Jazmin erwacht aus sieben Jahren Kälteschlaf, um ihren Dienst auf der USS London anzutreten. Sie ist Ärztin und für das Leben von 490 Besatzungsmitgliedern und drei Millionen Embryos verantwortlich, denn die USS London ist ein interstellares Siedlungsschiff auf der Reise zu einer neuen Welt. Kurz darauf beginnen die Probleme ...

Thariot hat eine Schwäche für spannende Geschichten. Bereits als Fünfzehnjähriger begann er mit dem Schreiben, vor allem Erzählungen, bis er dann in 2009 die Arbeit an seinem ersten Buch in Angriff nahm. Mittlerweile hat er über dreißig Science-Fiction-Romane veröffentlicht. Er lebt mit seiner Familie und seinem Dackel auf Malta.

Weitere Informationen finden Sie auf *www.fischerverlage.de*
www.tor-online.de

THARIOT

EXODUS 2727

DIE LETZTE ARCHE

Roman

FISCHER TOR

3. Auflage: Februar 2021

Erschienen bei FISCHER Tor
Frankfurt am Main, Januar 2020

›Exodus 2727‹ wurde vermittelt durch
die AVA international GmbH
Autoren- und Verlagsagentur, München.

Umschlaggestaltung: Nele Schütz Design, Mainz
unter Verwendung von Motiven von Shutterstock/
tsuneomp, Dotted Yeti, sdecoret

© 2020 S. Fischer Verlag GmbH,
Hedderichstr. 114, D-60596 Frankfurt am Main

Satz: Pinkuin Satz und Datentechnik, Berlin
Druck und Bindung: CPI books GmbH, Leck
Printed in Germany
ISBN 978-3-596-70447-7

I.

STURMGEFLÜSTER

Jazmin wollte schreien, konnte es aber nicht. Dazu hätte sie atmen müssen. Atmen, eine ganz einfache Sache, die allerdings ohne Sauerstoff zu einer unlösbaren Herausforderung wurde. Als ob ihr jemand die Luft aus den Lungen saugte. Sie spürte die Kälte, die ihr wie eine Faust ins Gesicht schlug. Keine Zeit für einen letzten Gedanken. Ohne dass sie sich dagegen wehren konnte, riss sie der Sog von den Beinen. Das Licht fiel aus. Alles drehte sich.

Die Notbeleuchtung auf der Brücke färbte Wände und Armaturen blutrot, ein Trümmerteil zerfetzte den Körper des Ersten Offiziers und schleuderte dessen sterbliche Überreste als gefrorene Partikel ins All. Das war nicht der richtige Moment, um zu sterben. Jazmin packte zu. Sie hatte keine Ahnung, was ihre Finger umklammerten, aber ihr musste es auch nur gelingen, sich eine Sekunde festzuhalten. Nur eine Sekunde, länger würde es nicht dauern.

Es zischte und roch nach heißem Kunststoff. Der Sog endete abrupt. Luft wurde unter hohem Druck in die Brücke gepumpt. Jazmin fiel auf den Boden. Ihre Finger schmerzten, aber sie lebte. Der erste Atemzug brannte in der Brust, die Sauerstoffsättigung war noch zu gering. Also unterdrückte sie das Bedürfnis zu atmen. Nur einen Moment. Sie stand auf. Auf einem Display konnte sie den Sauerstoffgehalt in der

Atemluft nach oben schnellen sehen. Noch zwei Sekunden.
Auf die Stille folgte tosendes Geschrei. Geschrei, das zuvor
ohne Luft nicht zu hören gewesen war.

Jazmin atmete behutsam ein und wieder aus und konzentrierte sich darauf, ihren rasenden Puls zu beruhigen. Sie
stand wieder auf den Beinen. Ihre Knie zitterten. Was war
passiert? Sie lebte noch, andere nicht. Sie sah sich um. Die
Brücke der *USS London* sah aus, als ob jemand eine Granate
gezündet hätte. Nein, der Vergleich hinkte, die Granate hätte
weniger Schaden angerichtet.

»General!«, hörte Jazmin jemanden erschrocken rufen.
Der Schreck war verständlich. Sie sah sie ebenfalls, die abge-
rissene Hand. Die Finger klammerten sich an eine seitliche
Griffleiste seines Sitzplatzes. Der goldene Siegelring der Aka-
demie ließ keinen Zweifel daran, wer dort gesessen hatte.
General George Tiberius Mellenbeck, der Kommandant der
USS London. Vom Rest des Körpers fehlte jede Spur.

»RUHE!«, schrie Jazmin. »JEDER HÄLT JETZT FÜR EI-
NEN MOMENT SEINE KLAPPE!«

Stille.

Das war einfache Mathematik: Wenn man die Nummer
eins und die Nummer zwei durchstrich, stand die Nummer
drei an der Spitze der Befehlskette. Nummer drei. Das war
sie. Jazmin war der Zweite Offizier an Bord: Colonel Dr. Jazmin Harper, nebenbei war sie auch die leitende Ärztin auf
dieser Mission.

»Ma'am?«, fragte Captain Chang, die bereits zuvor mit
tränenerfüllter Stimme nach dem General gerufen hatte. Sie
heulte immer noch. Chang war als Datenanalystin für das
binäre Wohlergehen von Mutter, der zentralen Bord-KI, zuständig.

Jazmin zeigte mit dem Finger auf sie. In Gedanken zählte

sie bis vier. Sie waren zu fünft. Fünf Personen hatten auf der Brücke überlebt. Der Zwischenfall hatte drei Menschenleben gefordert. Den General, den Ersten und den Bordingenieur. Denis Jagberg, ein Idiot, der das Schiff allerdings besser als jeder andere gekannt hatte. Sein Oberkörper steckte im frisch verschweißten Boden, während seine Beine nach oben zeigten. Das automatische Sicherungssystem, das den Hüllenbruch repariert hatte, hatte Jagberg zerschnitten. Deswegen roch es nicht nur nach verbranntem Fleisch, sondern auch nach heißem Epoxidharz, mit dem das Sicherungssystem das Leck abgedichtet hatte. Einen Moment später, und Jagberg wäre als lebloser Eisblock im All gelandet.

»Schadensmeldung! Sofort! Lebenserhaltung, Frachtraum, Antrieb, Datenbank!« Jazmin gab die Prioritäten vor und ging selbst an eine der Konsolen. Sie musste umgehend mit Mutter sprechen. Aber es tat sich nichts, die KI stellte sich tot. Von über zwanzig Displays auf der Brücke arbeiteten noch drei. Nein, zwei. Das System, das eben noch den Sauerstoffgehalt in der Luft angezeigt hatte, meldete sich ebenfalls ab. Hier war nichts mehr zu retten.

»Colonel!«, rief Captain Chang. »Wir sind offline ...« In dem Moment erschütterte eine weitere Explosion das Schiff. Weiter entfernt als zuvor. »Das sind Meteoriten!«

»Wir gehen sofort auf die zweite Brücke!« Jazmin zeigte auf die Tür. »SOFORT!« Das war ein Spiel gegen die Zeit. Sie mussten umgehend wieder die Kontrolle über das Schiff übernehmen. Wieso hatte Mutter die Bedrohung nicht kommen sehen? Die KI sah doch ansonsten alles, was auf dem Schiff passierte. »Können wir hier raus? Haben wir genug Druck im Korridor?«

»Ja, Ma'am!«, rief Captain Aayana, der Kommunikationsoffizier, der gerade die Verriegelung der automatischen

Tür freilegte. »Sauerstoff, Gravitation, Temperatur ... alles im grünen Bereich.« Er blutete an der Stirn. Daran sterben würde er nicht. Jeder von ihnen hatte ein paar Schrammen abbekommen.

»Öffnen!« Jazmin half, die Tür aufzustemmen. Die linke Seite blockierte, rechts kamen sie allerdings durch. Der gesamte Korridor war verzogen. Zahlreiche weiße Verkleidungselemente lagen auf dem Boden. Das Licht flackerte. Der Einschlag des Meteoriten auf der Brücke hatte verheerende Schäden angerichtet.

Sie rannten. Zwanzig Meter weiter und eine Treppe tiefer betraten sie die Stand-by-Brücke. Die Tür öffnete sich automatisch. Mutter hatte die Systeme bereits gestartet.

»*Colonel Harper, es freut mich, Sie wohlauf zu sehen ...*« Die körperlose Stimme der KI erfüllte den Raum. Mütterlich klang sie nicht. Aber jeder andere Name wäre ähnlich unpassend gewesen.

»Mutter, General Mellenbeck und der Erste Offizier sind tot! Ich habe jetzt das Kommando! Schadensmeldung! Ich brauche sofort einen Überblick!« Jazmin loggte sich umgehend an einer holographischen Konsole ein. Die vier Kommandooffiziere taten es ihr gleich. Der erste Schritt war geschafft, sie waren wieder im Rennen.

»*Colonel Harper, ich bestätige die Übertragung der Kommandogewalt. Notfallmodus: Initiiere vereinfachte Übertragung der Root-Codecs zu Ihrer persönlichen Verfügung.*«

»Mutter, wir haben gerade andere Probleme!« Jazmin presste die Lippen zusammen und versuchte, weitere Meteoriten zu orten. Die Brocken traten meist im Rudel auf.

»*Das Schiff wurde von vier Meteoriten getroffen. Die Schäden sind moderat, ich konnte alle Öffnungen verschließen, allerdings ist es mir nicht möglich, weitere Kollisionen zu ver-*

hindern. Meine Sensoren zeigen sie nicht an. Ich überlade die Frontaldeflektoren um 3000 Prozent. Dieses Manöver ist nur temporär funktional, da die Systeme in zwölf Minuten überhitzen werden.«

»Ma'am!«, rief Captain Aayana, der wie Jazmin selbst dunkelhäutig war. »Sensorfehler bestätigt. Die zentralen Systeme sind online, zeigen aber nichts an.«

»Was ist mit unserer Fracht?«, rief sie.

»Alle Container sind online, haben Energie und sind unbeschädigt!«, antwortete Aayana.

»Lebenserhaltung funktional. Sieben Prozent des Schiffs sind im Moment für Menschen nicht zu betreten«, rief jemand anderes. »Der Status ist nicht kritisch!«

»Wir machen weiterhin 0,44 c, acht Triebwerke sind online. Ebenso Antimaterie-Array 1-32 ... die Beschädigungen beschränken sich auf den vorderen Bereich des Schiffs!«, antwortete Captain Chang, die alle Daten konsolidierte. »Unser Netzwerk ist ebenfalls online ... Mutter geht es gut.«

»Das stimmt ... noch.« Mutters Humor war gerade unverdaulich. *»Mein Sensorproblem ist kritisch. Wenn die überladenen Frontaldeflektoren ausfallen, werden wir das Schiff verlieren.«*

»Ich will mit Rufus sprechen!« Jazmin hätte vor Wut explodieren können. Was hatte dieser Idiot bloß getan? Sensoren kamen schließlich nicht von allein auf die Idee, falsche Signale weiterzuleiten. Das musste er gewesen sein: Major Rufus Simmerkirk, der leitende Datenanalyst, mit dem General Mellenbeck vor dem Einschlag des Meteoriten gesprochen hatte. Dieser verdammte Meuterer! Er und sieben weitere Aufrührer wollten den General zwingen, ihnen das Kommando zu übergeben. Dieser Spinner glaubte, das Schiff besser führen zu können. Wenn Menschen über lange

Zeit auf engem Raum zusammenlebten, waren solche Reaktionen nicht zu vermeiden.

»*Wer spricht denn da?*« Das war Rufus, der über Lautsprecher zu hören war. Jazmin hatte ihn eigentlich nie für das Riesenarschloch gehalten, das er offenkundig war. Erst vor drei Tagen hatten sie zusammengesessen und Witze über die Mission der *USS London* gemacht. Dabei hatte er noch versucht, sie anzugraben. Das Schiff war bereits sieben Jahre unterwegs, hatte allerdings noch einhundertzwei Jahre vor der Brust. Ihr Ziel war das neunundvierzig Lichtjahre entfernte Alderamin-System. Dort thronte der Stern Alpha Cephei über sieben Planeten. Einer davon glich der Erde wie ein Zwilling.

»Colonel Harper.«

»*Oh, unsere hübsche Ärztin! Dr. Unnahbar!*« Rufus verstand es, diese Worte mit maximaler Verachtung auszusprechen. »*Wie immer eine Freude, mit dir zu plaudern. Aber dafür fehlt mir gerade die Zeit. Gib mir den General!*«

»Er ist tot.«

»*Du verarschst mich ...*«

»Nein.« Jazmin schluckte. »Die Brücke wurde von einem Meteoriten getroffen.« Der Boden unter ihren Füßen vibrierte. Die *USS London* war 41 212 Meter lang, das Schiff bot viel Angriffsfläche. Bei einem Flug mit 44 Prozent der Lichtgeschwindigkeit wurden auch winzige Meteoriten zu einer ernsthaften Gefahr.

»*Echt jetzt?*«

»Rufus! Hast du die Sensoren manipuliert?«

»*Klar ... Wer nicht hören will, muss fühlen!*«

»Du wirst uns alle umbringen!«

»*Das könnte durchaus sein.*« So kannte Jazmin ihn nicht. Rufus war immer ein umgänglicher Kerl gewesen, wenn auch ein wenig aufdringlich. Aber jetzt sprach sie mit einem lupenreinen Psychopathen.

»Mutter kann die Meteoriten nicht orten!«

»Stimmt ... sie kann sie nicht orten, nicht abwehren und ihnen auch nicht ausweichen! Herzchen, das war der Plan! Hat sie nach dem Verlust der Brücke die Frontaldeflektoren verstärkt?«

»Ja.«

»Um 3000 Prozent?«

»Ja.«

»Das wird heiß mit der Zeit!«

»Arschloch!«

»Sweetheart, dir bleiben weniger als elf Minuten ...« Rufus kannte sich mit dem Schiff leider erschreckend gut aus.

»Wofür?« Jazmin sah zu Captain Aayana, der nur mit den Schultern zuckte. Auch Captain Chang schüttelte den Kopf.

»Um mir die Root-Codecs zu übertragen ...«

»Nein.« Das würde sie bestimmt nicht tun. Aayana winkte ihr zu. Neue Probleme.

»In elf Minuten überhitzen die Frontaldeflektoren ... Jazmin, du bist doch nicht dumm. Ohne Schutz reicht ein tennisballgroßer Stein, um das Schiff bei dieser Geschwindigkeit vollständig zu zerstören ... Ich schlage vor, du kommst und bringst mir die Codecs. Und zwar nackt ... Ich will sehen, dass du unbewaffnet bist. Aber keine Sorge, es wird dir hier bei uns gefallen ...« Dann lachte er schmierig.

»Dafür wirst du bezahlen ...« Jazmin würde sich ganz sicher nicht von diesem miesen Schwein vergewaltigen lassen.

»»Major Rufus Simmerkirk, ich werde Sie hinrichten lassen!‹« Rufus lachte. *»Sind das nicht die letzten Worte des Generals gewesen? Also ehrlich ... der Schuss ging nach hinten los! Aber ich bin kein Unmensch ... Du hast noch zehn Minu-*

ten, um bei mir anzutanzen! Es wird dir Spaß machen, versprochen ... Also los, es sind nur ein paar Treppen runter bis zu uns! Das kriegst du hin!«

»Wo bist du?« Jazmin sah zu Captain Chang, die erfolglos versuchte, seine Position zu ermitteln. Rufus musste einen Weg gefunden haben, Mutter auch die visuellen Sensoren im Inneren des Raumschiffs zu nehmen. Das Display zeigte nichts an.

»In der Waffenkammer ... meine Kanone ist geladen.«

»Ich komme ...« Jazmin zeigte an, die Sprechverbindung zu unterbrechen.

»Colonel, wollen Sie das wirklich?«, fragte Aayana.

»Was ich möchte, ist nicht relevant ... wir haben nur noch wenige Minuten. Ich brauche eine Bestätigung, wo sich Major Simmerkirk aufhält.« Jazmin zeigte auf den großen Bildschirm. »Gebt mir eine Übersicht aller Personen, deren Aufenthaltsort wir kennen!« Die aktive Besatzung der *USS London* war überschaubar. Es würde auch ohne Kameras einen Weg geben, ihn festzunageln.

»Wir sind abzüglich der drei Toten fünfunddreißig ... fünf auf der Brücke. Simmerkirk und sechs Personen halten sich vermutlich in der Nähe der Waffenkammer, sieben Decks unter uns, auf«, erklärte Captain Chang. Auf dem zentralen Display wurde jede sicher geortete Person an Bord angezeigt.

»Wo ist der Rest?«, fragte Jazmin. Da fehlten noch dreiundzwanzig. Insgesamt waren 38 von 490 Besatzungsmitgliedern wach gewesen. Auf dem 109 Jahre andauernden Flug hatte jeder eine durchschnittliche Dienstzeit von zwölf Jahren abzuleisten. Während der restlichen Zeit befand sich die Besatzung im Kälteschlaf.

»Ich habe Kontakt mit vier Zonen, in denen sich dreiundzwanzig Personen aufhalten. Es gibt sieben Verletzte.

Niemand schwebt in Lebensgefahr. In einer Zone gibt es Probleme mit der Atemluftversorgung. Wir pumpen ständig weitere Luft herein, weil wir das Leck nicht finden können«, antwortete Aayana.

»Wie viele Personen?« Jazmin kontrollierte, wie viele Wartungsroboter eingesetzt wurden.

»Neun.«

»Können die dort nicht weg?«

»Ein Meteorit hat den Korridor auf einer Länge von siebzehn Metern zerstört. Die Reparatur würde mindestens vier Stunden dauern ... Die sind eingeschlossen.«

»Ich brauche die Roboter ...« Jazmin gingen die Optionen aus. Sie hatte noch acht Minuten. In Reichweite der eingeschlossenen Zone befanden sich elf Wartungsroboter, drei innen und acht außen an der Schiffshülle. Die Beschädigungen in dieser Zone waren nur schwer zugänglich.

»Wie viele?«, fragte Captain Chang.

»Alle!« Die Zeit lief gegen sie.

»Ma'am?« Die Asiatin wirkte verstört.

»Mutter, ich brauche eine Bestätigung, wo sich Major Simmerkirk und seine Leute aufhalten. Überprüfe die Sauerstoffsättigung und errechne daraus, in welcher Zone sie sich befinden.« Das sollte funktionieren. Während einer Notfallsituation waren alle automatischen Türen geschlossen.

»*Order bestätigt. Das Vorgehen ist valide. Sieben weitere Personen identifiziert. Drei davon in der Waffenkammer, zwei in der Zone davor und zwei in der Zone darunter.*«

»Simmerkirk ist nicht dämlich ...« Damit hatte Jazmin gerechnet, sie hätte es selbst nicht anders gemacht. Die Aufrührer befanden sich nicht alle im selben Raum.

»Ma'am, was sollen die Roboter tun?« Captain Chang hatte es noch nicht verstanden.

»Sie werden für uns kämpfen!«

»Wie?«

»Captain, an der richtigen Stelle natürlich.« Jazmin sah sie an. »Wir ziehen die acht Wartungssysteme an der Außenhülle ab. Dieser Befehl hat Priorität.« Ihr blieb nur ein Versuch, um Rufus zu neutralisieren.

»*Order bestätigt.*« Mutter diskutierte nicht. »*Colonel, gibt es ein neues Einsatzgebiet?*«

»Zufuhr der Atemluft in den Zonen 34, 57 und 62 unterbrechen. Alle Warnsysteme deaktivieren. Die sollen nichts davon bemerken.« Zone 57 stand für die Waffenkammer. »Die Roboter werden zudem die Hülle unter Zone 62 beschädigen.« An der Stelle existierte nur ein Deck bis zur Außenhülle. Durch das Leck würde die verbliebene Atemluft augenblicklich entweichen. Rufus und seine Bastarde waren bewaffnet. Sie sollten nicht auf die Idee kommen, sich den Weg durch die Schleusen freizuschießen. »Mutter, du wirst die automatische Sicherung der Hüllenintegrität in Zone 62 unterbrechen.«

»*Order bestätigt.*«

»Colonel, die Frontaldeflektoren werden bei T minus 262 Sekunden ausfallen!«, meldete Captain Aayana und ließ den Countdown in der Ecke des zentralen Displays anzeigen.

Jazmin nickte. Hoffentlich hatte sie nichts übersehen. Jeder Fehler wäre ein Desaster. Wie eine Verrückte tippte sie auf der holographischen Konsole herum. Ja, das würde funktionieren.

»Wir können den Druckabfall in Zone elf ohne die Roboter an der Außenhülle nicht länger kompensieren. Neun Besatzungsmitglieder werden in T minus 42 Sekunden ersticken.« Auch diesen Countdown brachte Aayana auf das zentrale Display. Das Risiko würde sie eingehen müssen.

»*Die Roboter werden die Hülle unter Zone 62 in T minus 63 Sekunden durchbrechen.*«

Eine weitere Explosion erschütterte das Schiff, weit entfernt, aber dennoch zu spüren. Rufus Simmerkirk war nicht das einzige Problem an Bord.

»Colonel, wenn Simmerkirk ausgeschaltet ist ... wie bringen wir dann unsere Sensoren wieder online?«, fragte Captain Chang. Das war eine berechtigte Frage.

»Mutter, wir bringen unverzüglich zwei am Schiff gesicherte Landungsgleiter aus ... Du wirst die Signale der Sensoren umleiten, um damit die Abwehr der Meteoriten zu koordinieren!«

»*Order bestätigt. Das Vorgehen ist valide. Ich werde die Railguns einsetzen.*«

Jazmin sah einen weiteren Countdown herablaufen. T minus 122 Sekunden. Das würde knapp werden. Sie zeigte an, mit Rufus sprechen zu wollen. Diesmal auf ihrem hinter dem Ohr implantierten Kommunikator. Das war ein Spiel gegen die Zeit. Sie musste ihn ablenken und würde dafür auch über ihren Schatten springen.

»*Ich warte auf dich ...*« Rufus klang widerlich.

»Bin unterwegs.«

»*Ich möchte dich sehen ... Mutter soll einen Stream übertragen! Ich hoffe, du kommst allein!*«

Jazmin zeigte an, dass Captain Chang die Brücke übernehmen sollte. Sie lief in den Korridor. Mutter sollte den Stream übertragen.

»*Ich sagte nackt!*«

Jazmin verzog den Mund und zog sich das Oberteil ihrer ehemals weißen Uniform aus. Einen BH trug sie nicht.

»*Alles!*«

Sie zog auch den Rest aus und ging die Treppe hinunter.

Das war nicht der richtige Zeitpunkt, um Scham zu zeigen.

»*Dreh dich!*«

Jazmin folgte dem Befehl und ging weiter. Die Zeit lief ab. Während sie sich drehte, erstickten neun Besatzungsmitglieder. Dagegen war ihr Opfer ein Witz.

»*Mir gefällt, was ich sehe ... Ich stehe auf deine langen Haare. Wir werden zusammen Spaß haben.*«

Jazmin sparte sich die Antwort. Ihre Brüste würden die letzten sein, die er zu sehen bekam. Sie lief weitere Treppen hinab. Das war ein guter Deal: Solange dieser Idiot auf ihren nackten Körper starrte, würde er nicht schießen.

Es konnten nur Sekunden vergangen sein, aber es fühlte sich an wie eine Ewigkeit. Bei jedem Schritt spürte sie das kalte Metall der Stufen unter ihren Füßen. In Gedanken lief die Zeit weiter. Jetzt kam es auf jede Sekunde an.

Da vorne war der Zugang zur Waffenkammer. Ob Rufus noch auf den Beinen stand? Er hatte schon seit einigen Sekunden keine anzügliche Bemerkung mehr von sich gegeben. Wenn er jetzt die Tür öffnete, wäre der Plan gescheitert. Schoss er, würden sie gemeinsam sterben. Der Unterdruck würde alle in den betroffenen Zonen ersticken lassen.

Sie spürte plötzlich starke Kopfschmerzen. Ihr Sichtfeld veränderte sich. Als ob ihre Augen für einen Moment unterschiedlich fokussieren würden. Das linke zu kurz, das rechte zu lang, im Ergebnis sah sie überhaupt nichts. Öffnete Rufus etwa die Tür? Es knallte, und etwas zog an ihr. An der Drucktür zeigte sich eine Beule. Nein, doch nicht. Alles war ruhig. Sie schüttelte sich.

»*Colonel Harper.*« Das war Mutter. »*Wir haben es geschafft. Major Simmerkirk ist tot. Wir haben die Sensoren der beiden*

Gleiter online. Ich kann nun anfliegende Meteoriten abfangen. Sechzehn Railguns sind im Einsatz.«

»Was ist mit den neun Personen, die wir …« Jazmin blieb stehen. Ihr wurde flau im Magen.

»Wir haben sie verloren.«

Verdammte Scheiße, das hatte sie nicht gewollt! Der Preis war zu hoch gewesen! Für Simmerkirks sinnlose Meuterei haben die Falschen mit dem Leben bezahlen müssen.

»Neuronaler Cortex online … Initiiere organisches Feedback. Sie ist wach«, erklärte eine Frau, deren Stimme so nah wirkte, als ob sie Jazmin unmittelbar ins Ohr flüsterte. Mutter war es nicht. Alles um sie herum war dunkel.

Was war das?

»Jazmin?«

Was sollte diese Frage?

»Können Sie mich hören?«

Natürlich konnte sie das.

»Bitte antworten Sie mir.«

»Ja.« Sie war verwirrt. Ihr Gaumen war verschleimt, und ihre Zunge schmeckte wie ein alter Lumpen.

»Sehr gut … Sie können nun die Augen öffnen.«

»Bitte?« Jazmin kam noch nicht ganz mit, einen Moment zuvor hatte sie noch splitterfasernackt vor der Waffenkammer gestanden. In ihr kam Panik auf.

»Öffnen Sie einfach die Augen.«

Jazmin sah eine weiße Decke. Erst jetzt realisierte sie, dass sie in der Horizontalen lag, in einer Wanne voll mit einer milchigen, warmen Flüssigkeit. Hatte sie alles nur geträumt? Nein, das konnte nicht sein. Dafür war dieser Mist zu echt gewesen.

»Ihr voller Name?«, fragte eine Frau, die sie nicht kannte. Helen stand auf ihrem Namensschild. Colonel Dr. Helen Minous.

»Colonel Dr. Jazmin Harper, ich bin ...«

»Geburtsdatum?«

»27. September 2688.«

»Kennnummer?«

»158556A.«

»Sehr gut ... willkommen zurück!«

»Wo bin ich?«

»Jazmin, alles ist gut.«

»Bitte!«

»Wir befinden uns auf der *USS London* auf dem Weg ins Alderamin-System.«

Das war verwirrend.

»Wir haben das Jahr 2727. Es ist der 14. Mai. Sie sind 32 Jahre alt und haben sieben Jahre geschlafen. Das ist ihre erste Schicht. Sie werden ein Jahr lang Dienst haben und dürfen sich dann wieder eine Weile schlafen legen.«

»Aber ich war doch schon wach ...« Die Erinnerungen. Die Kollision mit dem Meteoriten. Noch vor einer Minute hatte sie auf dem Korridor vor der Waffenkammer gestanden.

»Wach, sagen Sie?«

»Ja ...« Das war niemals ein Traum gewesen. »Da war ein Notfall, es gab Tote ...«

»Warten Sie, das haben wir gleich ... ich überprüfe Ihre Daten.« Die Ärztin zeigte sich bemüht. »Aber ja ... Sie haben recht, Colonel Harper, Sie haben kurz vor dem Aufwachen an einer virtuellen Notfallübung teilgenommen. Keine Sorge ... es ist alles gut. Nichts davon hat sich wirklich zugetragen.«

»Eine Übung?« Das sollte eine Übung gewesen sein? Auch daran konnte sie sich erinnern. Wenn alles nach Plan laufen würde, fände das Raumschiff seinen Weg ins Alderamin-System auch allein. Aber welcher Plan funktionierte schon perfekt? Sie wusste natürlich auch von virtuellen Notfallübungen, die man nicht von der Realität unterscheiden konnte. Bereits auf der Erde hatte sie auf diese Art und Weise diverse Szenarien trainiert.

»War heftig, oder?« Helen nahm ihre Hand. »Wir sind beide jeweils der Zweite Offizier unserer Schicht. Von uns werden schwere Entscheidungen erwartet.«

Jazmin schluckte. Das waren zu viele Tote. Niemand steckte so etwas spurlos weg.

»Ich verstehe …« Die Ärztin gab Jazmin ein Pad-System. »Vielleicht hilft Ihnen das.«

Jazmin nahm das Gerät und sah ihre Testergebnisse. Mutter attestierte ihr, die Notfallübung als Kommandooffizier mit Bravour bestanden zu haben. 98,4 Prozent, sie hatte alles richtig gemacht. Die Übung selbst, das erlebte Szenario, blieb unter Verschluss. Niemand außer ihr wusste davon.

II.

SAND IN DEN AUGEN

Finch sah auf den Mittelfinger seiner linken Hand. An der dem Daumen zugeneigten Seite ragte ein kleiner Hautfetzen seines Nagelbetts trotzig empor. Wie wollte jemand, der seine Hände nicht pflegte, damit sein Leben in die richtige Bahn lenken? Mit der rechten Hand griff er in die Innenseite seines Sakkos und legte ein Reisenecessaire auf den Tisch. Ohne hätte er keinen Schritt vor die Tür gemacht. Mit der Schere konnte er das Malheur schnell wieder aus der Welt schaffen.

»Sidi, bitte sehr.« Der Kellner, der eine traditionell anmutende dunkle Uniform trug, stellte ihm eine Tasse frisch zubereiteten Minztee auf den Tisch. Finch erachtete dieses erquickende Heißgetränk besonders an heißen Tagen als Segen der nordafrikanischen Kultur.

»Danke.«

»Haben Sie noch einen Wunsch?«

»Nein, im Moment nicht.« Der Duft verwöhnte seine Nase, diesen Moment galt es zu genießen.

»Sehr wohl ...« Der Kellner verbeugte sich und ging zum nächsten Tisch. Dort saß eine gutsituierte Dame mit langen blonden Haaren und einer diamantbesetzten Rolex. Finch schätzte sie auf Ende dreißig. Sie trug ein hochgeschlossenes weißes Kleid mit langen Ärmeln. Eine hervorragende Wahl, die ihrer Figur schmeichelte, sie aber nicht überbetonte. Die cremefarbenen Schuhe hatten mittelhohe Absätze und umschlossen ihre schlanken Fesseln mit gebundenen Schleifen. Seine Ansichten über gepflegte Hände galten auch für Füße. Mit ungepflegten Zehen konfrontiert zu werden erachtete er als unerträgliche Pein, der er einen Freitod jederzeit vorziehen würde.

»Haben Sie meinen Mann gesehen?«, fragte die Dame den Kellner nervös. Auf dem Tisch vor ihr befanden sich vier Zigarettenkippen in einem minimal grünleuchtenden Aschenbecher. Damit hatte sie in weniger als siebzehn Minuten mehr Tabak konsumiert, als sich der Kellner von seinem Jahresgehalt hätte leisten können. Jede Zigarette enthielt einen Chip im Filter, der dem vernetzten Aschenbecher DNA-Informationen über den Raucher übertrug und eine individuelle Zahlung der Tabaksteuer initiierte. Wäre der Aschenbecher rot geworden, hätte die Dame wegen Steuerhinterziehung Ärger bekommen. Damit kostete eine Zigarette für reiche Menschen erheblich mehr als für normal verdienende. Ein nicht alltäglicher Luxusgegenstand war sie allerdings für jeden Raucher auf der Welt.

»Madame, ich bedaure ... leider nicht.« Der Kellner blieb einen Moment stehen. Er wartete. Das Personal in diesem Hotel war hervorragend geschult. »Haben Sie noch einen Wunsch?« Er leerte unauffällig den Aschenbecher.

»Nein ...« Ihre Stimme zitterte. Heute würde Finch weiterkommen, das konnte er spüren. Die Höhe der Spesen für seinen kleinen Trip nach Marrakesch würden dem Chief Inspector zwar den Blutdruck in die Höhe treiben, aber dafür würde er Ergebnisse liefern.

»Sehr wohl ...« Der Kellner ging weiter.

Finch sah sich um: Die Lobby des Hotels war bis auf zwei

weitere Gäste leer. Zwei Handelsreisende aus Moskau, die sich in einem starken mittelrussischen Akzent unterhielten. Sie sprachen über Geld, Nutten und unversteuerten Wodka. Das Erste hatten sie, das Zweite konnte man mühelos temporär erwerben, und das Dritte war nirgends auf der Welt legal zu beziehen.

Die Dame drehte sich zu ihm und lächelte gequält. Ihre weißen Zähne glänzten. Ein wunderbarer Anblick, ihre Nase, die Lippen und die Wangenpartie waren kosmetisch verändert worden. Eine hervorragende Arbeit, die ihr die zeitlose Schönheit einer griechischen Göttin bescherte. Sie hatte bereits mehrfach zu ihm hingesehen, als hoffte sie, er würde ihr aus einer Zwangslage helfen. Verständlich, Finch kannte den Mann, auf den sie wartete. Ein Subjekt mit besonderen Neigungen, von denen die meisten auch in einer liberalen Weltordnung drastische Strafen nach sich zogen. Finch würde seine Chance nutzen. Schließlich war er nicht zum Vergnügen hier.

Er ging zu ihr und legte eine Hand auf die Stuhllehne. »Madame, darf ich Ihnen Gesellschaft leisten?«

»Bitte …« Sie griff nach der nächsten Zigarette. Ihre Begeisterung für belanglose Konversation hielt sich sichtlich in Grenzen. Trotzdem wies sie ihn nicht ab.

»Ich kam nicht umhin, Ihre Ungeduld zu bemerken …« Finch sah auf ihre Lippen, die kurz davor waren, Worte zu formen, sie aber dennoch nicht aussprachen.

»Ich warte.«

»Offensichtlich.«

»Auf meinen Mann.«

»Das habe ich gehört.« Finch lächelte und fragte sich, wie weit er gehen konnte. Er hatte bereits zwei Tage im Hotel verbracht und auf den richtigen Moment gewartet. »Bitte entschuldigen Sie mein rüpelhaftes Verhalten ... Ich habe mich noch nicht vorgestellt.«

»Ach ja?«

In ihrer Nervosität wäre es ihr vermutlich nicht einmal aufgefallen, wenn er sich mit einem blutigen Messer zwischen den Zähnen zu ihr gesetzt hätte. Jede Faser ihres Körpers war angespannt, verständlich, zog man in Betracht, mit wem sie verheiratet war.

»Atticus Finch, ich bin Journalist. Meine Freunde nennen mich Finch.« Zumindest ein Teil seiner Vorstellung war nicht gelogen. Er reichte ihr die Hand.

»Natascha.« Sie erwiderte den Handschlag. Ihre Finger fühlten sich kühl und kraftlos an.

»Natascha ...«

Den Rest wollte sie ihm offenkundig nicht sagen. Auch sie sprach mit einem Akzent. Sie dürfte in Frankreich die Schule besucht, dann aber viele Jahre in London verbracht haben.

»Was führt Sie nach Marrakesch?«

»Urlaub ...«

»Ein wunderschönes Land, oder?«

»Ja.« Finch war sich sicher, dass sie, genau wie er, noch keinen Fuß vor die Tür des Fünfsternehotels gesetzt hatte.

»Ich empfehle einen Besuch des Gewürzmarktes ... Das ist wie eine Zeitreise in die Vergangenheit.« Das hatte er zumindest in einem der Magazine gelesen, die während des Fluges im Sitz vor ihm gesteckt hatten. Halbwissen mit Leidenschaft zu rezitieren, war das nicht das Geheimnis, um Kompetenz zu simulieren?

»Das habe ich auch schon gehört ...« Ihre Hände zitterten regelrecht. Die Reste des nächsten kleinen Vermögens landeten im Aschenbecher und damit in den Fängen des Fiskus.

Solange sie in ihrer Angststarre gefangen war, würde er ihr nicht näherkommen können. Er musste die Situation auflockern.

»Darf ich bitten …« Er stand auf.

»Wie bitte?«

»Ich möchte Ihnen etwas zeigen.«

»Was?«

»Um es zu sehen … bedarf es weniger Schritte und zweier offener Augen. Bitte seien Sie versichert, dass ich keinerlei unredliche Absichten verfolge.«

»Wer sind Sie?«

»Finch … sagte ich das nicht bereits?« Er lächelte. Ein Lächeln war in vielen Situationen eine scharfkantige Waffe, die auch versteinerte Herzen zu öffnen vermochte.

»Sie sind …«

»… meist gelangweilt, selten gut bezahlt, aber niemals schlechtgelaunt. Wissen Sie, die Menschen lesen weniger … Eine fatale Entwicklung für einen Journalisten, der es nicht versteht, in den Streams der modernen Netzwerke zu glänzen. Ich schreibe, eine Schwäche, derer ich mir bewusst bin, die ich aber nicht zu ändern bereit bin.«

»Sie sind frech!« Das war eine höfliche Ohrfeige, aber sie nahm seine Hand und ließ sich zur Fensterfront der Lobby führen.

»Da muss etwas dran sein, zumindest habe ich das schon häufiger zu hören bekommen.«

»Von einer Frau?« Nataschas Maske zeigte Risse, darunter befand sich tatsächlich ein Mensch.

»Ähm … Sie haben mich durchschaut!«

»Finch, ich warte auf meinen Mann. Er könnte diese Situation falsch verstehen … Er ist kein einfacher Mensch.«

Er nickte. Wie recht sie doch damit hatte. Jeden Moment

könnte ihr Mann auftauchen. Sie standen an den bodentiefen Fenstern und sahen aus der einhundertachtzigsten Etage des Hotels auf die Weite des Mittelmeers. Eine wunderbare Aussicht. Seitlich von ihnen befanden sich weitere Hochhäuser. Marrakesch unterschied sich in dieser Hinsicht nicht von anderen Großstädten in Europa, Asien oder Afrika.

»Nun, *Sie* halten *meine* Hand.«

»Vielleicht möchte ich Sie in Verlegenheit bringen ...«

»Oh ...«

»Angst?«

»Wenn Ihr Mann kommt, könnte er wirklich einen falschen Eindruck gewinnen.«

»Er würde mir verzeihen.«

»Verständlicherweise.«

»Bei Ihnen wäre ich mir nicht sicher ...«

»Er könnte in mir einen Rivalen vermuten.« Und würde damit so falschliegen. Die Situation entwickelte eine unerwartete Dynamik. Natascha war es gewohnt, mit Männern zu spielen. Finch hingegen hegte bei einem derartigen Geplänkel keine geschlechtliche Präferenz. Er nahm, was sich ihm bot.

»Das könnte er ...«

»Und mich niederstrecken?«

»Das wäre ihm zuzutrauen.«

»Und wäre es nicht sinnlos, für eine Tat bestraft zu werden, ohne sie begangen zu haben?« Hier war sie endlich, die All-in-Situation. Darauf hatte er gewartet.

»Und was wollen Sie dagegen tun?«, fragte sie verwundert.

Finch nahm sie in den Arm und küsste sie. Ihr Körper verspannte sich im ersten Moment. Dann ließ sie es geschehen. Nein, sie genoss es sogar. Natürlich kannte sie den Mann, dem sie nach Marrakesch gefolgt war. Sie wusste genau, wozu er fähig war, was er bereits getan hatte und weiterhin tat. Ihre Zunge schmeckte nach mehr. Was für eine Frau. Finch fuhr ihr mit der Hand liebevoll über die Wange, über ihr linkes Ohr und den Hals herab.

Sie beendete den Kuss zärtlich und strich ihm mit den Fingern über das Revers. Dann drückte sie ihn behutsam weg, lächelte und versetzte ihm eine schallende Ohrfeige. »Wie unverschämt! Was denken Sie sich!«

»Ich bitte um Entschuldigung. Es tut mir leid.« Das war eine Lüge, der Kuss war es wert gewesen, dafür geschlagen zu werden. Mehr noch, ihm war es für einen kurzen Moment gelungen, ihr so nah zu sein, dass er unbemerkt eine Wanze hinter ihrem Ohr anbringen konnte. Besser hätte es nicht laufen können.

»Gehen Sie!« Ihr Körper bebte.

»Natürlich ...« Finch zeigte sich demütig und verzichtete darauf, ihr ein weiteres Mal in die Augen zu sehen. Wunderschöne blaue Augen, die zu betrachten eine Freude gewesen war.

»Ich will Sie nie wiedersehen!«

»Das verstehe ich.« Finch drehte sich um und entfernte sich. Bereits im Weggehen steckte er sich den Empfänger ins Ohr.

»*Cet enfoiré* ...«, flüsterte sie unfreiwillig in sein Ohr. Natürlich fluchte sie auf Französisch. Die winzige Wanze bezog ihre Energie aus Körperwärme und hatte nur eine Reichweite von wenigen Metern oder einer Zimmerwand. Er würde in ihrer Nähe bleiben müssen. Sie setzte sich zurück an ihren Platz. Er wählte ein Sofa hinter einer Säule. Von dort konnte er den Eingang zur Lobby im Auge behalten.

Sein Kommunikator meldete sich. Wie immer zum falschen Zeitpunkt. Er nahm das Gespräch über denselben

Knopf im Ohr an, mit dem er auch die Begleiterin seiner Zielperson abhörte.

»Ja.« Finch zeigte dem Kellner an, ihm eine weitere Tasse Minztee zu bringen.

»*Möchte ich wissen, wo du gerade steckst?*« Der Chief Inspector war einfach ein Mann ohne Vorstellungskraft.

»Natürlich möchtest du das. Hättest du sonst angerufen?«

»*Das war eine rhetorische Frage.*«

»Und du hast eine rhetorische Antwort erhalten ...«

»*Finch, ich mag dich ...*«

»Was dich durchaus sympathisch macht ...« Dies und die Tatsache nahezu grenzenloser Toleranz gegenüber Menschen mit besonderen Fähigkeiten und schwierigen Eigenheiten.

»*Aber es gibt Grenzen.*«

»Die gibt es durchaus.« Wie wahr. Jeder Mensch hatte Grenzen, der Chief Inspektor, er selbst, Natascha und der blutige Ausfluss einer Analfistel, den sie als ihren Mann bezeichnete. »Wolltest du jetzt wissen, wo ich bin?«

»*Ja!*«

»In Marrakesch.«

»*Was zur Hölle machst du in Nordafrika?*«

»Die Welt ist ein Dorf.«

»*Finch, ich verliere langsam die Geduld, sie passt gerade mühelos in eine Streichholzschachtel!*«

»Ähm ... ja.« Der Chief Inspector verstand es, seine Ansichten sehr bildhaft zu vermitteln. »Ich ermittle.«

»*In welchem Fall?*«

»Die Kensington-Morde.«

»*Finch?*«

»Ja.«

»*Wieso kann ich mich noch gut daran erinnern, dich*

nach dem Fiasko vor Gericht von dem Fall abgezogen zu haben?«

»Ist das wieder eine rhetorische Frage?« Innerlich fluchte Finch. Der Typ war schuldig. Ein Mörder, der nur aufgrund widriger Umstände und einer unfähigen Justiz noch frei herumlief. Drei Kinder hatten seinetwegen sterben müssen. Die Kleinen waren sechs, sieben und neun Jahre alt gewesen. Die Namen hatte er nicht vergessen. Finch würde dieses Monster zur Strecke bringen, mit oder ohne Auftrag. Auch wenn er selbst dabei vor die Hunde ging.

»Finch!«

»Der Mann ist schuldig!«

»Hör mir zu! Wir haben bereits gegen ihn ermittelt! Du hast Beweise gesammelt! Gute Beweise! Die besten, die wir finden konnten! Deswegen haben wir ihn vor Gericht gestellt – und sind gescheitert!«

»Er ist schuldig!«

»Du weißt das, ich weiß es und er natürlich ebenfalls … dummerweise ist dieser Kerl aber auch reich, intelligent und hat sehr gute Anwälte! Finch, wir sind gegen ihn angetreten und haben verloren. Sieh es ein … Man kann nicht immer gewinnen!«

»Schuldig!« Finch würde so ein Monster niemals unbehelligt laufenlassen. Die Wanze am Ohr seiner Freundin würde ihm neue Hinweise liefern. Damit würde er ihn zur Strecke bringen, das wusste er genau. Diesmal würde er nicht scheitern.

»Nein! Du hörst jetzt auf damit!«

»Aber …«

»Finch! Du wirst nicht mit ihm reden, ihm nicht weiter nachstellen, und vor allem wirst du nicht ohne triftigen Grund seine Privatsphäre verletzen!«

»Warum hast du mich angerufen?«

»*Ich brauche dich ...*«

»Ein neuer Fall?«

»*Mehr oder weniger ...*«

Finch schüttelte den Kopf, die Welt war schlecht und voller Lügen. Ihm schwante Schlimmes. Der Kellner brachte ihm den Minztee.

»*Bist du noch dran?*«

»Ja.«

»*Ich brauche dich in London.*«

»Wofür?« Finch hatte einen Verdacht. Wenn er zutraf, war die Welt noch schlechter als gedacht.

»*Jetzt komm schon!*«

»Wofür?«

»*Finch, ich bin sicher, dass niemand deine Kapriolen in der letzten Zeit ertragen hätte! Glaub mir, das hätte keiner getan! Du schuldest mir etwas.*«

»Das ist mies!«

»*Das ist Politik. Ich habe mir diesen Scheiß nicht ausgedacht ... Mach es mir nicht so schwer. Das Mistding trägt den Namen unserer Stadt ... Sie wollen, dass jemand von unserem Verein bei ihrer großen Show dabei ist, und man hat extra nach dir gefragt. Verdammt, es geht um deinen Vater, es ist doch klar, dass die dich wollen. Lass mich nicht hängen!*«

»Wann?«

»*Wann wohl? Bist du gerade aus einer Höhle auf dem Mars gekrochen? Morgen natürlich! Der Empfang dauert nur zwei Stunden ... mehr nicht. Versprochen.*«

»Ich komme ...« Finch trank den Tee in einem Zug aus, drückte, um zu bezahlen, seinen Daumen auf einen im Tisch integrierten Reader und stand auf. Er beendete das Gespräch. Der Kensington-Mörder war ein von Gott verlassener Dämon, morgen würde er aber dem Teufel persönlich, seinem Vater, die Hand schütteln müssen.

Die Reise nach London war ohne Probleme verlaufen. Finch hatte die letzte Nacht in seinem Apartment verbracht. Geschlafen hatte er wenig. Nachgedacht dafür umso mehr. Niemand konnte vor seiner Vergangenheit weglaufen. Weder der Kensington-Mörder noch er selbst. Daran erinnerte ihn nicht zuletzt das gigantische Raumschiff, das, in geringer Höhe schwebend, die halbe Stadt verdunkelte. Die *USS London*, das erste Schiff der neuen Spread-Klasse, in dessen Namen amerikanische Überheblichkeit und europäische Naivität weiterlebten.

Finch hatte sich noch nie für Naturwissenschaften interessiert, deswegen war es ihm auch egal, warum dieser zigarrenförmige, Millionen Tonnen schwere Schrotthaufen nicht in die Themse fiel. Antimaterie, Gravitation, Impulskondensatoren, Computer, der ganze Scheiß eben, von dem er keine Ahnung hatte.

»Sir.« Eine junge Uniformierte baute sich respektvoll vor ihm auf. An der weißen Uniform der vereinigten Space Force war kein Staubkörnchen zu sehen. Ob sie wusste, was sie tat? Finch schätzte sie auf Anfang zwanzig. Ein First-Lieutenant, der allein dafür abgestellt war, damit sich solche Idioten wie er nicht verliefen. Links und rechts standen zahlreiche Security-Leute im Korridor.

»Ja.« Finch nickte.

»Sie werden erwartet. Bitte folgen Sie mir.«

»Natürlich.«

»Ich habe die Order, Sie zu briefen. Sie vertreten die Stadt London, bei dem Empfang werden Sie gemeinsam mit dem Premierminister, dem Präsidenten der UN und Professor

Dr. Dr. Harper die Besatzung der *USS London* verabschieden.«

»Wer hat das Kommando?«

»General Mellenbeck.«

»Kenne ich nicht ...«

»Er wird von Colonel Dr. Jazmin Harper begleitet.«

Er nickte. Sie kannte er dafür umso besser. Es war beachtlich, was aus der Kleinen geworden war. Sie war in so vielen Dingen besser als Finch. Dass sie jetzt von ihrem Vater ins Weltall geschossen wurde, war überraschend. Aber der Professor, dieses Monster, hatte Übung darin, seine Kinder an die Verdammnis zu verfüttern.

»Bitte, nach Ihnen.« Der First-Lieutenant öffnete ihm die Tür. Im nächsten Abschnitt eines historischen Korridors im Buckinghampalast standen zwei ältere Personen zusammen. Einer davon war der Premierminister, ein zierlicher Mann mit schmalen Händen, einem schmalen Gesicht und scharfem Blick. Den Präsidenten der UN konnte man zweifelsfrei als den mächtigsten Mann der Welt bezeichnen. Er war erst letztes Jahr wiedergewählt worden und sah aus wie ein dunkelhäutiger, grauhaariger Weihnachtsmann, dem es auch gelungen wäre, das Wahlvolk davon zu überzeugen, sich die Haare rot zu färben und ums Lagerfeuer zu tanzen.

»Schön, Sie wiederzusehen.« Der Premierminister kam mit einem Lächeln auf ihn zu. »Es ist wichtig, dass Sie heute hier sind, und gut, Sie in unseren Reihen zu wissen.«

»Ja, Sir.« Finch wollte es nur hinter sich bringen.

»Darf ich Ihnen den Präsidenten der UN vorstellen?«

»Sir, es ist mir eine Ehre.«

»Die Freude liegt ganz auf meiner Seite. Sie haben eine beachtliche Familie.«

»In der Tat.« Die hatte Finch. Der Intellekt lag ihnen allen in den Genen. Leider waren seine Geschwister und er allerdings zu dumm gewesen, ihren Vater aufzuhalten. Das hätte von wirklicher Größe gezeugt. »Ich bin stolz auf meine Familie.«

»Natürlich ...« Der Premierminister ging als Hausherr voran. Zwei Securities in historischen Uniformen öffneten die Tür zu einem Ballsaal. Das Licht blendete. Alles war voller Menschen. Die Augen der Welt lagen auf ihnen. Diese Publicity würde ihm die Arbeit als Ermittler zukünftig nicht gerade erleichtern. Die Idee, gerade ihn als Vertreter für die Polizeibehörden der Stadt London antanzen zu lassen, war bescheuert und nicht wirklich nachvollziehbar. Es konnte nur ein expliziter Wunsch seines Vaters gewesen sein, der Öffentlichkeit wieder einmal seinen ältesten Sohn vorzuführen.

Vor einer Bühne warteten ein Mann im Rollstuhl und zahlreiche Personenschützer auf sie. Umgeben wurden sie von unzähligen Menschen, die den berühmten Wissenschaftler wenigstens einmal im Leben aus der Nähe sehen wollten. Die Bodyguards achteten allerdings darauf, dass niemand zu nah an ihn herankam. Auf Finch wirkte die Situation merkwürdig, die hätten anstelle seines Vaters, der sich kaum noch bewegen konnte, auch eine Puppe in den Rollstuhl setzen können.

Neben seinem umjubelten Vater standen ein hochdekorierter Offizier und Jazmin Harper. Seine kleine Schwester. Auch sie trug Uniform. Finch räusperte sich. Es war eine Weile her, dass er sie das letzte Mal gesehen hatte. Sie war dreizehn Jahre jünger als er. Damals war sie noch ein Kind gewesen.

Finch sah sich um. Überall waren die Stimmen der Zuschauer zu hören. Einige redeten über ihn. Natürlich wussten sie, wer er war. Wie bei Moses, der das Rote Meer teilte, machte man seinen prominenten Begleitern und ihm Platz.

»Professor Harper, es ist mir eine große Ehre, Sie heute begrüßen zu dürfen«, sagte der Premierminister. Finch hörte seine devote Stimme. Er mochte dieses dämliche Getue nicht. Sein Vater war auch nur ein Mensch.

»Premierminister, die Ehre ist ganz meinerseits«, antwortete eine synthetische Stimme. Der Professor konnte nicht mehr sprechen. Er war bereits 117 Jahre alt, dieser Mistkerl starb einfach nicht. »Und Sie verstehen es durchaus, mich zu überraschen.«

Finch spürte seinen Blick auf sich ruhen. Wie früher wog diese Last schwer.

»Er arbeitet für die Londoner Polizei.«

»Atticus Finch Harper ... ich freue mich, dich zu sehen.« Kaum zu fassen, dem alten Mann liefen Tränen die Wangen herab. Was für ein verdammter Heuchler, dachte Finch und lächelte.

»Hallo, Vater.« Finch stellte sich vor, seinem Vater genüsslich ein Glas Champagner über den Kopf zu schütten. Das würde seine Laune heben, leider aber auch seine Karriere bei der Polizei beenden. Deshalb nahm er den edlen Tropfen, der ihm gerade von einem Kellner angeboten wurde, um mit den anderen anzustoßen.

Jazmin kam einen Schritt auf ihn zu. »Schön, dass du gekommen bist, gut siehst du aus.« Sie gab ihm einen Kuss auf die Wange. Das waren sogar zwei Lügen in einem Satz.

»Sir, da Sie heute Ihre Tochter verabschieden müssen, dachte ich mir, dass Ihnen eine Begegnung mit zweien Ihrer drei Kinder zusagen würde. Major Dr. Maximilian Harper ist leider verhindert ... Er ist in Boston und bereitet sich selbst auf den Start seines Raumschiffs vor«, erklärte der Premierminister.

Finch nickte. Vater war in seinem Leben siebenmal verheiratet gewesen. Finch war das Ergebnis der zweiten Ehe, Jazmin und Max der fünften. Ihre Mutter war die einzige dunkelhäutige Partnerin seines Vaters gewesen. Aktuell sorgte Ehefrau Nummer sieben für ihn. Die Frau war sogar jünger als Finch, hatte aber den Vorteil, seinem Vater, wenn er nervte, den Sprachcomputer abschalten zu können.

»Danke.« Sein Vater zeigte sich versöhnlich, fast wehmütig. Ein für ihn gänzlich unpassendes Gefühl. Nein, diese Heuchelei war nicht leicht zu ertragen. Nicht nach allem, was der Alte ihm angetan hatte.

Es wurde gelacht, Champagner getrunken und dummes Zeug geredet. Finch hatte gelernt, sich zu arrangieren. Er war gern Polizist und tat, was von ihm erwartet wurde. Sein Vater hingegen war ein Monster. Zugegeben, ein brillantes Monster, dessen Grundlagenforschung maßgeblich dazu beigetragen hatte, die *USS London* zu bauen. Eines von zwei Schiffen der Spread-Klasse, deren wertvolle Fracht das Überleben der Menschheit in der nahen Milchstraße sichern sollte. Dazu transportierte jedes Schiff drei Millionen tiefgekühlte Embryonen. Weiterhin Pflanzen, Tiere, Technologie und Hoffnung. *Per aspera ad astra*, war das nicht der Wahlspruch seines Vaters gewesen? Was für ein Schwachsinn.

Dass Jazmin mitfliegen sollte, überraschte ihn nicht wirklich. Sein Vater scherte sich einen Dreck um seine Kinder, die für ihn kaum mehr waren als Schachfiguren in einem komplizierten Spiel um Geld, Macht und Kontrolle. Finch hatte dabei nicht mitgemacht und sich deswegen vor Jahren von seiner Familie distanziert. Aber was zerbrach er sich darüber den Kopf? Nach diesem Abend würde er weder seine Schwester noch seinen Vater so bald wiedersehen.

III.

DER ZAHN DER ZEIT

Jazmin befand sich in ihrer Kabine. Eben noch hatte sie unter der Dusche gestanden und wollte sich die Haare waschen, jetzt saß sie mit zitternden Händen am Boden und ließ das Wasser widerstandslos über ihren Kopf laufen. Sie fühlte sich, als ob ihr jemand Jahre ihres Lebens gestohlen hätte. Für jedes Jahr im Kälteschlaf alterte ein Mensch normalerweise um weniger als einen Tag, sie war Ärztin und Biologin, damit kannte sie sich bestens aus. Während dieses künstlich herbeigeführten Zustands wurde alles im Körper um den Faktor vierhundert verlangsamt. Das Herz schlug nicht mehr sechzigmal in der Minute, sondern nur einmal alle sieben bis acht Minuten, und der metabolische Energiebedarf sank auf unter fünf Kalorien am Tag.

»Das kann nicht sein ...« Jazmin betrachtete erneut ihre langen Haare, die durchnässt an ihrer Brust klebten, und wollte es nicht wahrhaben. Sie hatte nicht nur ein paar graue Haare bekommen, nein, ihre Mähne war während des siebenjährigen Kälteschlafs schneeweiß geworden. Für diesen ungewöhnlichen Vorgang war ihr in der Geschichte der bemannten Raumfahrt keinerlei Referenz bekannt. Niemand wurde über Nacht grau. Das war ein Mythos. Auch eine Woche genügte nicht, damit sich pechschwarze Haare derartig aufhellten. Sieben Jahre Kälteschlaf offenbar schon.

»Was ist ... passiert?« Jazmin versuchte, ihre Emotionen einzufangen, die wie eine Herde Wildpferde umhersprangen. Ihr Puls verlangsamte sich. In Gedanken trieb sie ihre Ängste in eine Koppel. Der Blick auf ihre Arme und Beine zeigte ihr, dass sie ansonsten nicht gealtert war. Alles okay. Es war nur der Schreck gewesen, der ihr die Beine hatte weich werden lassen. Die Reise mit der *USS London* war in vielerlei Hinsicht der Aufbruch in ein neues Leben. Für Millionen Embryos, die das Raumschiff transportierte, wie für jedes Besatzungsmitglied und natürlich auch für sie. Auf der neuen Welt würde nichts mehr so sein wie bisher. Die Erde würde niemand an Bord jemals wiedersehen.

Sie hatte sich angezogen. Eine körperbetonte weiß-graue Arbeitsuniform. Über der linken Brust befanden sich ihr Name, Rangabzeichen und der für Ärzte typische Äskulapstab. Die Haare hingen ihr wie immer als langer Zopf den Rücken hinab.

»Mutter.« Wenn nicht gerade Meteoriten einschlugen, konnte man in jedem Raum an Bord mit der KI sprechen. Bei Bedarf auch mehrere Personen gleichzeitig. Mutter hatte für jeden ein offenes Ohr.

»*Colonel Harper.*«

»Ich habe ein Problem mit meinen Haaren ...« Jazmin wusste noch nicht, wie sie mit der Veränderung umgehen sollte.

»*Wie kann ich helfen?*«

»Es ist die Farbe.«

»*Colonel, Sie befinden sich in Ihrer Kabine. Dort sind meine Sensoren nur auf ausdrücklichen Wunsch aktiv.*«

»Fühl dich eingeladen ...« Die weißen Haare würden in Kürze auch alle anderen sehen.

»*Sie haben Ihre Haare gefärbt?*« Noch nicht einmal die KI vermutete als Erstes den Kälteschlaf als Auslöser des Farbwechsels.

»Nein, Mutter!«

»*Aber Sie haben doch ansonsten dunkle Haare.*«

»Hatte ...«

»*Hat der Kälteschlaf die Änderungen ausgelöst?*«

»Ich war es jedenfalls nicht.«

»*Ich verstehe.*«

»Ich nicht.«

»*Colonel, das ist eine ungewöhnliche Reaktion. Dafür ist mir keine Referenz bekannt. Gibt es weitere Auffälligkeiten?*«

»Ich habe schlechte Laune!« Jazmin dachte daran, sich die Haare zu färben, hatte aber kein Haarfärbemittel zur Hand.

»*Wegen der Haare?*«

»Wegen der Notfallübung, der ich vermutlich diese Veränderung zu verdanken habe.« Jazmin glaubte immer noch, dass alles erst vor zwei Stunden passiert war. Die weißen Haare waren ihr eigentlich egal, sie würde sie nicht färben.

»*Das halte ich für ausgeschlossen.*«

»Warum sind diese drastischen Übungen notwendig?« Jazmin hatte keine Ahnung, wie sie Rufus je wieder unbefangen in die Augen blicken konnte.

»*Das ist eine Sicherheitsvorgabe, die ich umzusetzen habe. Colonel, haben Sie traumatische Erlebnisse erfahren? Benötigen Sie psychologische Hilfe?*«

»Nein.« Sie wusste es nicht. Ihr fehlte der Abstand. Betroffene waren selten in der Lage, sich selbst korrekt zu diagnostizieren, das galt auch für Ärzte. »Liegen dir die Daten meiner Übung vor?«

»*Ich kenne Ihre Bewertung, die hervorragend ist, meinen Glückwunsch dazu.*«

»Nein ... ich meine, ist dir das Szenario bekannt, mit dem ich konfrontiert wurde?« Jazmin wollte unbedingt mit jemandem über diese Erlebnisse sprechen. So etwas steckte man nicht einfach weg und ging danach ins Bett. Sie hatte den Tod von General Mellenbeck erlebt, für sie war jedes Detail dieser Katastrophe real gewesen.

»Nein.«

»Aber du hast doch Zugriff auf sämtliche Computer. Kannst du dir die Daten nicht besorgen? Ich habe dazu einige Fragen.«

»Dazu fehlt mir die Berechtigung. Nur der Kommandant verfügt über die Kommandocodecs, um einen Zugriff zu erlauben. Sprechen Sie mit General Mellenbeck. Mit seinem Einverständnis kann ich die verschlüsselten Archive öffnen.«

»Natürlich ...« Natürlich kannte Jazmin die Abläufe auf dem Schiff. Sie hatte wie die gesamte Crew viele Jahre für diese Mission trainiert. Die Kommandooffiziere und die Techniker waren handverlesen, bestens ausgebildet und mussten vor dem Start auch unter schwierigsten Bedingungen ihre Zuverlässigkeit unter Beweis stellen. Nur die Familienangehörigen der Crewmitglieder hatten es etwas leichter. Obwohl sie es auch erlebt hatte, dass gute Leute die Zulassung nicht erhielten, weil ihre Partner bei den Minimalanforderungen gescheitert waren.

»Darf ich Ihnen einen Rat geben?«

»Gerne ...«

»Lassen Sie los.«

»Dieses Notfallszenario?«

»Das auch ...«

Jazmin stutzte, diese Worte hätte sie von Mutter nicht erwartet. Nicht weil die KI dazu intellektuell nicht in der Lage war, sondern eher wegen der Nähe, die sie in dieser Form noch nie erlebt hatte. Jazmins Vater hatte die zentralen Routinen von Mutter entwickelt. Er galt in dieser Disziplin als ein Genie. Als Duncan Harper Mutters Root-Protokolle geschrieben hatte, war Jazmin noch ein kleines Kind gewesen. Sie konnte sich sogar noch daran erinnern, wie sie mit dem ersten Prototyp, den ihr Vater auf ein Pad-System geladen hatte, Schach gespielt hatte. Nicht gerade typisch, dass eine Dreijährige mit einer hundert Milliarden Dollar teuren Software spielte. »Wie soll ich das verstehen?«

»*Haben Sie keinen Hunger?*«

»Doch ...« Jazmin ließ den Themenwechsel zu.

»*Sie haben bereits länger nichts mehr gegessen, oder?*«

»Sieben Jahre!« Sie griff sich an den Bauch, wo ihr zwei Kilogramm fehlten. Da die sieben Jahre um den Faktor 400 metabolisch gestaucht wurden, hatte sie faktisch sieben Tage nichts gegessen. Das medizinische Kontrollsystem der Kältebetten achtete nur auf den Flüssigkeitshaushalt.

»*Guten Appetit!*«

Jazmin ging zur Kantine. Die Verpflegung auf der *USS London* war ausgesprochen gut. Da Raumschiffe der Spread-Klasse auch zahlreiche Pflanzen und Tiere dabeihatten, standen der aktiven Besatzung frisch angebautes Gemüse, Obst, Fisch, Hühner, Gänse, Schafe, Schweine und Kühe zur Verfügung. Das Schiff war wie eine Arche, nur mit besseren Betten und gefüllten Vorratsschränken.

»Hi, Jazmin ...«

»Hi, Rufus.« Ihm als Erstes zu begegnen war schon ein besonderer Zufall. Major Rufus Simmerkirk half Mutter, ihre Datenbank neu zu indexieren. Das hätte die KI zwar auch selbst hinbekommen, aber Menschen mit dieser Aufgabe zu betrauen gab allen Beteiligten das Gefühl, ein Team zu sein. Mutter war ein akzeptiertes Mitglied der Mannschaft, niemand hatte Angst vor ihr, da ihre Prozesse transparent waren.

»Der Fisch ist gut heute ...«

»Ich denke darüber nach.« Jazmin mochte keinen Fisch. Sie war der Hühnchen-mit-Gemüse-ohne-Soße-Typ.

»Und wie wäre es später mit einem Bier?« Rufus lachte. Er sah nicht schlecht aus. Ein Meter neunzig, sportlich, blonde Locken, Vollbart. »Nein, warte, ich kenne deine Antwort ... Du denkst darüber nach.«

»Du hast es verstanden.« Jazmin warf ihm noch ein Lächeln zu und ging weiter. Es spielte keine Rolle, ob er attraktiv und auch charmant war. Nach den gewaltsamen Erlebnissen aus der Notfallübung hätte sie niemals mit ihm zusammen sein können.

»Ich werde dich daran erinnern ... Wir haben noch ein paar Jahre Zeit. Übrigens, schicke Frisur.« Rufus nahm es sportlich. Die Zusammenstellung der Crew spielte ihm in die Karten. Die Balance zwischen den Geschlechtern, den bereits liierten Paaren und den Singles mit ihren jeweiligen sexuellen Präferenzen wurde nicht dem Zufall überlassen. Zudem kannten sich alle, da sie vor dem Start ins All viele Jahre gemeinsam trainiert hatten. Dass der echte Rufus sich jemals so mies wie in der Simulation verhalten würde, war äußerst unwahrscheinlich.

Jazmin konnte bereits die anderen ausgelassen in der Kantine lachen hören. Sie blieb stehen. Rufus ging ihr nicht aus dem Sinn. Nicht weil sie mit ihm eine Romanze beginnen wollte, sondern weil er während der Notfallübung etwas getan hatte, das nicht zu seinem Charakter passte.

Sie kehrte um und fuhr mit dem Aufzug nach unten. Das

ging schneller als Treppen laufen. Eine Kleinigkeit wollte sie noch überprüfen. Der Aufzug quietschte an einer Unwucht in der Führung. Na ja, von den Technikern hatte sich vermutlich auch niemand überarbeitet. Das Schiff war mit sieben Jahren eigentlich noch fast neu.

Auf dem Deck der Waffenkammer stieg sie aus. In dem Szenario hatte sie die Treppen genommen und verdammt wenig angehabt. Sie blieb stehen. Das war die Stelle, an der die Übung abgebrochen worden war. Warum genau hier? Einen Grund dafür konnte sie nicht erkennen. Ihr Magen knurrte. Nein, das Essen musste warten. Die paar Minuten würde sie noch schaffen.

»Mutter!«

»*Colonel Harper.*«

»Ich möchte die Waffenkammer inspizieren.«

»*Zugang gewährt.*« Die automatische Tür öffnete sich. Die *USS London* war kein Kriegsschiff, trotzdem waren sämtliche Kommandooffiziere und Techniker an der Waffe ausgebildet. Das Arsenal bot leichte und schwere Handfeuerwaffen, Granaten, tragbare Raketen und mobile Hochenergie-Impulssysteme. Sie verfügten zudem über Gefechtsanzüge, die die Muskulatur bionisch unterstützten, und mobile Deflektorsysteme. Wenn Rufus in dem Notfallszenario mehr als ihre unspektakuläre Oberweite im Sinn gehabt hätte, wäre er mit dieser Ausrüstung nicht zu stoppen gewesen.

»Mutter, ich brauche einen Abgleich der Inventarliste.«

»*Bitte setzen Sie den Projektor auf.*«

Jazmin griff neben ihr Rangabzeichen und setzte eine kleine Klammer auf die Nasenwurzel. Der mobile Projektor strahlte die Informationen direkt auf ihre Netzhaut. »Erfolgt.«

»*Starte unterstützende Informationsprojektion.*«

»Danke.« Jazmin sah nun automatisch neben jeder Waffe

einen schwebenden Text im Raum, der ihr die gewünschten Informationen interaktiv zur Verfügung stellte. Sie brauchte nur mit der Hand über Symbole zu streichen, um weitere Details aufgelistet zu bekommen. »Wann ist die Waffenkammer das letzte Mal geöffnet worden? Und von wem? Mit welcher Begründung?«

»*Vor sechs Monaten. Vom Kommandanten, um eine Inspektion vorzunehmen.*«

»Gab es bereits einen Waffeneinsatz?«

»*Nein.*«

Jazmin überprüfte drei verschiedene Munitionsarten. Alles war vollständig, versiegelt und lag an der richtigen Stelle. Das Waffenlager befand sich im Bestzustand.

»Bitte meine Inspektion in das Tagesprotokoll des Generals aufnehmen. Meine Stichproben bieten keinen Grund zur Beanstandung.« Der Befund war positiv und dennoch unbefriedigend. Aber was hatte sie erwartet? Leere Waffenständer?

»*Order bestätigt.*«

Jazmin ging wieder zur Tür. Wenn sie nur wüsste, was sie suchte. Die besonders gesicherte Tür bestand aus Edelstahl, Kevlar, einer zusätzlichen Mehrkomponentenlegierung und nicht brennbaren Kunststoffen. Da ging so schnell nichts durch. Nur mit den Impulswaffen hätte man ein Loch in die Tür schießen können. Und gleichzeitig zwölf weitere Decks perforiert. Diese Waffen an Bord eines Raumschiffs einzusetzen war der schnellste Weg, seiner Existenz ein jähes Ende zu setzen. Auch mobile Deflektoren konnten reine Energie nicht aufhalten.

In der Tür gab es eine Delle. Nein, an der Stelle war die oberste Edelstahlschicht bearbeitet worden.

»Mutter, wie kam es zu dieser Delle?«

»*Darüber liegen mir keine Informationen vor. Das könnte eine Fertigungstoleranz sein. Soll ich einen Techniker beauftragen, eine Reparatur vorzunehmen?*«

»Könnte es ...« Oder auch nicht. Die Tür war in Ordnung. »Nein, das ist nicht notwendig. Bitte linken Türflügel öffnen.«

»*Öffne linken Türflügel.*«

»Danke.« Jazmin sah sich die rechte Seite genauer an. Die Tür hatte eine Stärke von zwanzig Zentimetern. Die Delle, die ihr an der Innenseite aufgefallen war, hatte auch auf der Außenseite eine kaum sichtbare Spur hinterlassen. Nur wenn man den Kopf bewegte und auf die Lichtreflexionen achtete, war die winzige Erhebung zu erkennen. Hätte eine schwere Handfeuerwaffe eine solche Beule bewirken können? Beide Dellen wölbten sich mit etwas Phantasie in dieselbe Richtung. Gut zu erkennen war es nicht.

»Mutter, Waffenkammer versiegeln.« Jazmin stand wieder im Korridor.

»*Waffenkammer versiegelt.*«

»Danke.« Sie ging wieder an die Stelle, an der ihr Notfallszenario beendet worden war, schloss die Augen und ließ den Bildern in ihrem Kopf genug Freiheit, sich zu arrangieren. Da waren Kopfschmerzen, die sie in dem Moment verspürt hatte. Sie öffnete die Augen und konzentrierte sich darauf, ähnlich zu schielen wie in ihrer Erinnerung. Das war nicht so einfach, aber sie bekam es hin. Sie hörte den Knall und sah die Beule, die an der Tür entstand.

Stopp, rief sie sich in Gedanken zu und konzentrierte sich auf dieses Bild. Dann ging sie wieder auf die geschlossene Tür zu und konnte erkennen, dass die Beule in ihrer Erinnerung mit der aktuellen Unregelmäßigkeit übereinstimmte. War das ein Zufall? Wohl kaum. Aber die Konsequenz daraus war unvorstellbar. Auf der *USS London* hatte es nie einen Kampf mit solchen Folgen gegeben. Das Szenario war schließlich nur eine Simulation gewesen.

Jazmin saß in der Kantine und aß Hühnchen mit Spinat. Bereits die zweite Portion. Egal, wie viel sie während der sieben Jahre Kälteschlaf abgenommen hatte, sie würde es schnell wieder draufhaben. Ihr gegenüber saß der Erste Offizier. Colonel Carl Moretti, er lachte und machte mit Denis Jagberg diverse Späße über den möglichen Umbau von Wartungsfahrzeugen. Sie verstanden sich prächtig. Die beiden planten, auf der über 35 000 Meter langen, ringförmigen Haupttrasse für den Transport schwerer Container ein Rennen zu organisieren. Nur Jungs kamen auf solche Ideen. Sie wollten Elektrofahrzeuge tunen und fachsimpelten, wie viel Drehmoment sie aus den Systemen kitzeln konnten.

Die ganze Kantine nahm inzwischen an dem sich anbahnenden Wettkampf teil. Da General Mellenbeck ebenfalls am Tisch saß und sich bereits auf die Seite von Denis Jagberg geschlagen hatte, war zu befürchten, dass diese Kinderei durch keinen Erwachsenen gestoppt werden würde.

»Und was bekommt der Gewinner?«, fragte Carl Moretti. Verdammt, Jazmin hatte ihn sterben sehen. Er war vor ihren Augen zerfetzt, sein gefrorenes Blut war ins All geschleudert worden. Das war erst wenige Stunden her.

»Du wirst verlieren!« Denis wirkte selbstsicher. Der leitende Techniker hatte geschickte Finger. Während des Trainings für diese Mission hatte er auch unter den schwierigsten Bedingungen alles, was man ihm auf den Tisch legte, wieder zum Laufen gebracht. Carl hingegen war Physiker und kannte das All, mit allem, was es darüber zu wissen gab. Er war der leitende Navigator. Bei mathematischen Aufgaben hätte

Jazmin auf ihn gesetzt, aber beim Tunen von Elektrofahrzeugen würde er Denis niemals schlagen können.

»Wir brauchen trotzdem einen Preis!« Carl sah zu Jazmin. Was sollte das denn jetzt?

»Den brauchen wir!« Auch Denis sah jetzt zu ihr. Eine Geste, die ein Dutzend weiterer Leute in der Kantine dazu brachte, ihr beim Essen zuzusehen.

»Colonel Harper ...« Das war der General. Nein, Mellenbeck würde sich doch nicht für diese Kinderei hergeben.

»Ja, Sir.« Sie legte das Besteck auf den Tisch.

»Nun, wie soll ich es sagen ...«

»Sir, vergessen Sie es!« Jazmin winkte ab. Für so einen Blödsinn hatte sie keine Zeit.

»Ich möchte Ihnen keinen Befehl erteilen ...«

»Aber?« Jazmin verdrehte die Augen.

»Wissen Sie, ich halte Colonel Moretti für einen Aufschneider, einen Zahlenfresser, der keinen Schrauberzieher halten kann. Aber er ist Pilot. Jagberg hingegen halte ich für einen begnadeten Techniker, bei dem ich allerdings nicht weiß, ob er irgendetwas, das sich signifikant über der Schrittgeschwindigkeit bewegt, unfallfrei geradeaus fahren kann. Sie verstehen das Dilemma?«

»Was habe ich damit zu tun?«

»Sie können der Motivation der beiden Kontrahenten einen gehörigen Schub verleihen, wenn Sie sich bereit erklären, mit dem Gewinner essen zu gehen.«

»Sir!«

»Nur ein Abendessen ... Ich spiele den Kellner.«

»Ähm ...« Jazmin wurde rot, was man zum Glück aufgrund ihrer Hautfarbe nur schwer erkennen konnte.

»Nun ... Colonel, ich danke für Ihre Zustimmung. Das ist sehr nett von Ihnen. Ich werde persönlich dafür sorgen, dass sich der Gewinner wie ein Gentleman verhält.« Mit den Worten des Generals, der sie freundlich anlächelte, begann die ganze Kantine zu toben. Eines musste man ihm lassen, er verstand es, für Stimmung zu sorgen.

Sie nickte. Wie hätte sie auch in diesem Moment nein sagen können? Ihre Schicht würde vierzehn Monate andauern. Mellenbeck hatte seine Crew im Griff. Zwölf Kommandooffiziere und vierzehn Techniker. Diesem General würde jeder folgen. Insgesamt waren sie achtunddreißig. Die Übrigen waren Partner und Kinder. Eindeutig zu wenige, um sich die ganze Zeit aus dem Weg zu gehen.

»Carl, sieh sie ruhig noch einmal an. Hast du gesehen, wie sie die Gabel zum Mund führt? Näher wirst du ihr nicht mehr kommen!« Denis Jagberg feuerte den Wettbewerb weiter an.

»Das werden wir sehen, mein Freund!« Carl Moretti nahm die Herausforderung an.

»Colonel Harper, dürfte ich Sie gleich noch einmal sprechen?«, fragte der General.

»Natürlich, Sir.«

»Sir.« Jazmin meldete sich bei General Mellenbeck in seinem Büro neben der Brücke. Der Offizier war mit zweiundfünfzig der Älteste an Bord und blickte auf eine lange Karriere als Flieger, Offizier und Kommandant von Trägerschiffen zurück. Ihm gelang es zu führen, ohne seine Stimme zu erheben. Er verlangte nichts, was er nicht selbst zu geben bereit war. Er war der Letzte, der in London an Bord gegangen war, und würde an ihrem Ziel der Erste sein, der seinen Fuß auf eine neue Welt setzte.

»Colonel Harper, Jazmin, bitte setzen Sie sich.«

»General ...«

»George.« Er lächelte.

»Sie wollten mich sprechen.«

»Ja ... das haben wir schon eine Weile nicht mehr getan, oder?«

»Sieben Jahre, Sir.«

»Ich hoffe, der kleine Spaß in der Kantine geht in Ordnung für Sie. Ich tippe auf Jagberg. Moretti wird besser fahren, aber das langsamere Fahrzeug haben.«

»Kein Problem, Sir.«

»Wissen Sie ... das Schiff fliegt von allein ... Mutter braucht uns nicht. Trotzdem sind wir dabei. Es werden Menschen sein, die eine neue Welt betreten, nicht eine KI.«

Sie nickte.

»Menschen funktionieren nicht allein. Keiner von uns. Wir schaffen das nur zusammen. Als Team, als eine verschworene Gemeinschaft, als Familie. Ich denke, bisher haben wir Glück gehabt. Sieben Jahre und keine Probleme ... Das wird vermutlich nicht so bleiben. Es gibt auch schlechte Zeiten.«

»Damit ist leider zu rechnen.«

»Es könnte Tote geben ... Es gibt immer Tote. Oft trifft es die Besten zuerst, deswegen muss sich jeder von uns bereithalten, für den anderen in die Bresche zu springen.«

»Ja, Sir.«

»Jazmin, ich möchte Ihnen keine Predigt halten. Ich halte Sie für eine begnadete Offizierin. Verdammt, Sie haben 98,4 Prozent erreicht. Das ist ein Fabelwert.«

»Danke.« Jazmin verkniff sich, das Sir zu wiederholen.

»Ich möchte nicht wissen, wie Sie das angestellt haben ... Keiner von uns hat so einen Wert geschafft. Der Zweite kommt auf 64 Prozent. Sie müssen Nerven wie Drahtseile haben.«

»Es war schwierig ...«

»Das ist es immer. Wissen Sie, wieso ich Moretti und Jagberg diesen Blödsinn veranstalten lasse?«

»Um sie zu motivieren?«

»Nein ... das ist bei den beiden nicht notwendig. Genauso wenig wie bei Ihnen. Moretti, Jagberg, Sie ... Ich würde nicht zögern, jedem von Ihnen mein Leben anzuvertrauen. Sie wissen genau, was während einer Krise zu tun ist.«

»Aber?«

»Es geht auch darum, gemeinsam zu leben, zu lachen und unsere Zeit zu nutzen ... Es kann auch sehr schnell vorbei sein. Ich muss Ihnen nicht erklären, welche Gefahren auf uns lauern. Unser Planet im Alderamin-System könnte ein Reinfall sein. Egal, wie gut die Messungen aussehen, sie könnten fehlerhaft sein. Und dann? Zurückfliegen? Klar, wenn wir dann dazu noch in der Lage sind. Wir wären dann 218 Jahre unterwegs gewesen. Also nur die Zeit, die wir erlebt haben. Bei 44 Prozent der Lichtgeschwindigkeit beträgt die Zeitdilatation bereits 60 Prozent. Auf der Erde werden dann fast 350 Jahre vergangen sein ... Ich kann mir das kaum vorstellen.«

»George, ich kann Ihnen nicht folgen.« Und damit meinte sie nicht das Zahlenspiel.

»Sie haben vorhin die Waffenkammer inspiziert, oder?«

»Eine Vorsichtsmaßnahme.«

»Wegen des Notfallszenarios, das Sie virtuell erlebt haben?«

»Es war eine Meuterei.«

»Sie sind Ärztin und wären vermutlich ein besserer Kommandant als ich.«

»Das glaube ich nicht.«

»Egal ... es spielt eigentlich auch keine Rolle, was uns morgen alles passieren könnte. Vieles können wir nicht verhindern, wir können nur reagieren. Das tun wir so gut, wie wir es vermögen.« Er beugte sich nach vorne. »Wir sind aber in der Lage zu entscheiden, was wir heute tun. Mit wem wir Zeit verbringen. Wem wir die Hand reichen und mit wem wir gemeinsam lachen.«

»Sir?« Das Sir kam ihr schneller über die Lippen, als sie es einfangen konnte.

»Der Weg ist das Ziel ... Jazmin, vergessen Sie nicht zu leben. Entspannen Sie sich. Es könnte Ihnen gefallen. Geben Sie einem der Jungs eine Chance. He ... Sie würden uns auch mit 80 Prozent alle wie Anfänger aussehen lassen.«

Sie nickte.

»Übrigens, die neue Haarfarbe steht Ihnen ... Wenn ich ein paar Jahre jünger wäre, würde ich bei dem Rennen mit einsteigen.«

IV.

SCHWINGUNGSDÄMPFER

Der zweite Tag begann. Denis öffnete die Augen. Hatte er sich das Leben auf einem Raumschiff so vorgestellt? Er wusste es nicht. Die Nacht war unruhig gewesen. Sie fehlte ihm. Auf dieser Reise zwischen Tag und Nacht zu unterscheiden war ohnehin nur der Gewohnheit geschuldet. Draußen war es immer dunkel. Dennoch war er nicht allein. Jemand beobachtete ihn. Der Eindringling saß bereits auf seinem Bett.

»Dad.«

»Ja.«

»Bist du wach?«

»Ja.« Denis setzte sich auf. Mason war acht und vermisste sie nicht weniger als er.

»Ich kann nicht schlafen.«

»Das sehe ich ...« Denis schaltete das Licht ein. Masons Augen waren rot. Er hatte geweint. Sie waren beide erst gestern aus dem Kälteschlaf erwacht. In ihrer Erinnerung hatten sie die Nacht zuvor noch zu Hause verbracht. Das war mittlerweile sieben Jahre her. Inzwischen hatten sie das heimische Sonnensystem bereits verlassen. Eine nicht einfach zu verdauende Tatsache.

»Darf ich bei dir bleiben?«

»Klar!« Denis nahm ihn in den Arm und machte das Licht wieder aus. Sie konnten noch zwei Stunden liegen bleiben.

Die Zeit wollte er nutzen. Die *USS London* hätte ihre gemeinsame Zukunft werden sollen. Aber das Leben interessierte sich nicht für die Pläne, die man machte. Sue war Pilotin, Offizierin und ihm in allen Dingen überlegen gewesen. Sie hatte immer von fremden Welten geträumt, er nur von einer bezahlbaren Wohnung in London. Alles in ihrem Leben hatte sich um diese Mission gedreht.

Er war fünfunddreißig und drei Jahre älter als sie. Als sie sich vor vierzehn Jahren kennenlernten, hatte sie frisch von der Schule beim Militär angeheuert. Er hatte zu diesem Zeitpunkt bereits studiert. Sie war diejenige gewesen, die sich gegen Tausende andere Bewerber durchgesetzt hatte, er war nur ihr Partner gewesen. Für ihn galten vereinfachte Bedingungen, zudem sprach seine Eignung als Techniker für ihn. Elektronik, Mechanik, Chemie, der Kram lag ihm. Damit kam er klar. Mit dem Leben nicht.

Sue war vor sieben Monaten gestorben. Im Winter. So unnötig verdiente niemand abzutreten. Sie sei ausgerutscht und habe sich den Ellenbogen geprellt, hatte sie gesagt, am nächsten Morgen lag sie tot neben ihm im Bett. Die Ärzte hatten ihm später erklärt, dass eine Hirnblutung für den Tod verantwortlich war, sie musste sich bei dem Sturz den Kopf gestoßen haben.

Hätte er bleiben sollen, obwohl Sue und er auf der Erde bereits die Zelte abgebrochen hatten? Die Möbel waren verschenkt und die Wohnung gekündigt gewesen. Eigentlich hatte er zu diesem Zeitpunkt erwartet, wegen ihres Unfalls von der Besatzung aussortiert zu werden. Was aber nicht geschehen war. Er galt als nützlich. Der General hatte ihm sein Vertrauen ausgesprochen. Jedem anderen hätte Denis den Mittelfinger gezeigt. Jedem anderen, aber nicht Mellenbeck. Er glaubte ihm. Gebraucht zu werden half in solchen

Momenten. Mason hatte ihn gebraucht, und er brauchte einen Job, bei dem er nicht jeden Tag an Sue denken musste. Die Vorstellung, viele Jahre traumlos zu schlafen, hatte ihm gefallen. Mittlerweile ängstigte sie ihn. Egal, was auf ihn wartete, er musste sich dem stellen. Für Mason, für Sue, für den General und vor allem für sich selbst.

Carl war ein feiner Kerl, der über die Jahre sein bester Freund geworden war. Ein Single, der, solange er ihn kannte, scharf auf Jazmin Harper war. Doc Unnahbar, die, zugegeben, den schärfsten Hintern in der Flotte besaß. Jeder andere hatte bei ihr ebenfalls einen Treffer setzen wollen, allerdings war es niemandem gelungen. Denis hatte Sue gehabt. Sie lebte nicht mehr. In puncto Ehrgeiz hatten sich die beiden Frauen nichts geschenkt.

Er erwischte sich dabei, den Doc attraktiver zu finden, als er es bisher für möglich gehalten hatte. Er war erst fünfunddreißig und nicht für das Leben als Mönch geboren. Bei der Ankunft auf der neuen Welt würde er siebenundvierzig sein.

Sorry, Carl, du wirst das Rennen verlieren, dachte er. Das Date würde er sich holen. Dann döste er wieder ein.

»Dad!«, rief sein Sohn, der ihn nicht schlafen lassen wollte. »Aufstehen! Ich muss gleich zur Schule!«

»Ja ... ja.« Denis rieb sich die Augen und blickte auf den Wecker, der erst in dreiundzwanzig Sekunden einen Laut von sich geben würde. Das war Timing. Diese Pünktlichkeit hatte der Junge nicht von ihm. Sue war der Offizier in der Familie gewesen, bei der sogar die Käsescheiben in korrekter Formation auf dem Toast zu liegen hatten.

»Du musst aufstehen!«

»Ich habe es verstanden ...« Denis schaltete den Wecker aus, bevor er klingelte.

»Los, wir haben keine Zeit zum Trödeln!« Mason lachte und sprang auf ihm herum. Denis schnappte sich den Kleinen, warf ihn auf die Seite und kitzelte ihn. Beide lachten. Es war schön, seinen Sohn bei sich zu haben. Für ihn lohnte es sich zu kämpfen.

»Dad?«

»Ja.«

»Warum lebt Mum nicht mehr?« Die Frage musste früher oder später wiederkommen. Er hatte sie seinem Sohn bereits mehrfach beantwortet, ohne ihm damit Erleichterung verschaffen zu können.

»Es war ein Unfall ... Sie ist gestürzt. In der Nacht begann sie, innerlich zu bluten. Daran ist sie gestorben.« Denis benutzte diese Worte jedes Mal wieder. Er wollte dem Tod den Schrecken nehmen, ihn aber auch nicht verharmlosen. »Wir haben sie begraben ... weißt du noch? An dem Tag schien die Sonne.«

»Kommt sie wieder?« Die ausgelassene Laune schlug augenblicklich um, er begann zu weinen. Kinder erlebten Trauer auf ihre eigene Art. Das kam immer wieder.

»Nein.«

»Aber ...«

»Wir werden immer an sie denken ... aber sie kommt nicht wieder zurück. Der Tod beendet das Leben.« Denis hätte sich gewünscht, es weniger harsch sagen zu müssen. Mason musste allerdings lernen, die Realität zu akzeptieren.

»Dad?«

»Ja.«

»Warum hast du sie getötet?«

»Ich ...« Denis verschlug es die Sprache, so hatte Mason noch nie reagiert.

»Warum?«

»Aber …«

»Hast du sie nicht mehr liebgehabt?« Die Mundwinkel des Jungen zogen sich trotzig nach unten. Das war keine Frage, sondern eine Anklage. Was war mit ihm los?

»Mason!«

»Sie hätte noch bei uns sein können!«

»Nein … das war ein Unfall!«

»Hast du es dir gewünscht?« Mason riss sich los, er schlug nach ihm. Denis steckte die Treffer regungslos ein.

»Mason! Ich habe deine Mutter geliebt!«

»Ich liebe sie immer noch! Du etwa nicht mehr?«, schrie der Kleine. Denis aktivierte das Licht. Masons Gesicht war vor Wut verzerrt. Speichel lief sein Kinn herab. Jähzorn erfüllte seine Augen. So kannte er seinen Sohn nicht.

»Mason! Hör auf damit!« Denis hielt die dünnen Arme fest, was seinen Sohn nicht davon abhielt, weiter zu toben.

»DU HAST SIE GETÖTET!«

»Nein!«

»DU BIST EIN MÖRDER!« Mason begann, nach ihm zu treten. Denis wusste nicht, was er tun sollte. Er konnte doch nicht sein Kind niederschlagen. »MÖRDER!«

»Mason! Halt den Mund!« Er sah sich völlig ratlos um. Das Familienapartment bestand aus zwei Schlafräumen, einer Nasszelle und einer Wohnküche. Eine Lösung war nicht in Sicht. Der Streit wirkte so unwirklich.

Dann war plötzlich Schluss. Als ob jemand den Schalter in dem Jungen umgelegt hätte. Mason nickte. Das kindliche Gesicht entspannte sich. Er lächelte sogar. Solche Stimmungsschwankungen kannte Denis bei seinem Sohn überhaupt nicht. Es war, als würde er einen Fremden im Arm halten.

»Alles wieder gut?«, fragte Denis, der sich den zweiten Tag nach dem Kälteschlaf anders vorgestellt hatte.

»Ja.« Da war wieder das Kind, das er liebte.

Denis ließ ihn los, worauf Mason aufsprang und aus vollem Lauf gegen die Wand rannte. Der Aufschlag warf den Jungen zurück. Er landete besinnungslos auf dem Boden und blutete aus der Nase.

»MASON!« Der Ruf erreichte ihn nicht mehr. Denis sprang hinterher und überprüfte am Hals den Puls. Er hatte noch einen. Das war doch verrückt! Kein Kind verhielt sich so! »MUTTER!«

»Ja.«

»EIN NOTFALL, MEIN SOHN HAT SICH VERLETZT!« Denis saß in Shorts am Boden und hielt Masons Kopf. »WIR BRAUCHEN SOFORT HILFE!«

»Er hat eine Fraktur des Nasenbeins ... aber keine inneren Blutungen«, erklärte der Doc. Jazmin Harper saß auf dem Boden seines Schlafzimmers und versorgte seinen Sohn. Mit einem mobilen Scanner hatte sie Kopf und Wirbelsäule untersucht. So hätte ihr Treffen nicht ablaufen sollen.

»Das ist ...« Denis suchte nach den richtigen Worten. Was war mit Mason los?

»Ich lasse ihn auf die Krankenstation bringen.« Jazmin stand auf und überließ es einer medizinischen Drohne, den Jungen auf einer schwebenden Trage aus dem Zimmer zu bringen. »Wir werden ihn im Auge behalten.«

»Danke.« Seine Finger zitterten.

»Was ist passiert?«, fragte sie.

»Es war ein Unfall ...«, stammelte er. So ein Blödsinn, wenn jemand mutwillig gegen eine Wand lief, war das kein Unfall. Aber was war es dann? Er wusste es nicht.

»Möchten Sie mir erzählen, was vorgefallen ist?« Jazmin legte die Hand an seinen Arm.

»Mason hat mich geweckt ... Wir sprachen über seine tote Mutter.«

»Sue, richtig?« Jazmin kannte sie natürlich.

»Über ihren Tod ... Er ist noch nicht darüber hinweg. Ich auch nicht. Als ob sie noch gestern bei uns gewesen wäre ... Dann begann er plötzlich, mich zu beschimpfen. Er schlug auch nach mir ... Ich habe es nicht verstanden.«

»Was haben Sie getan?«

»Ich habe ihn festgehalten.« Denis hätte ihn nicht wieder loslassen dürfen.

»Und dann?«

»Er beruhigte sich. Dachte ich zumindest ... Na ja, für einen Moment war alles wieder gut. Ich ließ ihn los, worauf er aufsprang und mit voller Wucht gegen die Wand lief.«

»Einfach so?« Sie schüttelte ungläubig den Kopf. Die Erklärung hörte sich auch selten dämlich an. Welcher Achtjährige rannte schon gegen Wände, nachdem er seinen Vater als Mörder tituliert hatte?

»Ich konnte es nicht verhindern ... Dann habe ich Hilfe gerufen.«

»Verstehe ...« Jazmin sah sich die Wand an, gegen die Mason gelaufen war. Ein feiner Blutfaden lief die helle Kunststoffverkleidung herab. Er würde es gleich wegwischen.

»Wirklich?« Die Zweifel in ihren Augen waren nicht zu übersehen. Glaubte sie etwa, dass er seinen eigenen Jungen gegen die Wand geschleudert hätte?

»Mason ist ein Kind.«

Er nickte.

»Die Welt sieht aus ihren Augen anders aus ...«

»Das stimmt.«

»Sie müssen ihm mehr Zeit geben.«

»Ja.«

»Ich werde mich um ihn kümmern.« Jazmin nahm ihren Koffer und verließ sein Apartment.

»Danke.« Denis seufzte und schloss die Augen. Sue hatte ihn zurückgelassen, ihr gemeinsamer Junge forderte mehr, als er geben konnte, und Jazmin Harper hielt ihn offenbar für ein Monster, das seinen Sohn verprügelte.

Drei Stunden später. Denis machte Pause, die Arbeitsliste, die Mutter ihm gegeben hatte, war lächerlich. Er stand vor der Krankenstation. Er konnte Mason durch eine Glasscheibe beobachten, der Kleine schlief. Bei dem Stunt in seinem Schlafzimmer hatte er sich die Nase gebrochen. Das würde er überleben. Der Schrecken, den er Denis damit eingejagt hatte, würde länger anhalten. Warum hatte er das getan? Aus Trauer über den Tod seiner Mutter? Aus Wut auf ihn? Aus Angst vor der Zukunft? Warum nur?

»Hi ...« Jazmin trat neben ihn. Dunkle Haut und weiße Haare, das sah echt spacig aus, sie passte auf dieses Raumschiff. Er weniger. Er war nicht mehr als ein Trittbrettfahrer.

»Wie geht es ihm?« Wenn Denis nur wüsste, was er hätte anders machen sollen.

»Er schläft ...«

»Ist das gut?«

»Ja.« Sie lächelte.

»Warum hat er es getan?«

»Ich weiß es nicht.«

Sie standen eine Weile schweigend nebeneinander, dann verabschiedete er sich. Er würde später wiederkommen.

Denis war mit dem Scooter zum Antriebssektor der *USS London* gefahren. Das war eine Strecke von fast achtzehn Kilometern. Die Kiste mit vier Sitzplätzen brauchte dafür eine halbe Stunde. Das einundvierzig Kilometer lange Schiff bestand zur Hälfte aus Triebwerken und magnetisch gesicherten Antimaterie-Arrays. Da das Licht in einer Sekunde fast 300 000 Kilometer schaffte, entsprachen 0,44 c, also 44 Prozent der Lichtgeschwindigkeit, gerundet 475 Millionen Kilometern in der Stunde. Das war sauschnell. Mit der Geschwindigkeit hätte man die Erde in einer Sekunde mehr als dreimal umrunden können.

Um die fette britische Lady auf die gewünschte Reisegeschwindigkeit zu bringen, brauchten acht Triebwerke bei 17 g Schub neun Tage. Das Abbremsen dauerte ähnlich lange. Damit bei 17 g, also der siebzehnfachen Erdanziehungskraft, niemand seine Mandeln verschluckte, wurde der Aufenthaltsbereich der Crew wie auch der der Tiere einer räumlich begrenzten gegenläufigen Gravitation ausgesetzt. Ohne diese Technologie hätte das ansonsten niemand überlebt.

»Mutter, ich bin da ...« Er bremste das Fahrzeug ab. Die endlosen Gänge waren in dieser Zone klaustrophobisch. Hier hielt sich niemand freiwillig auf. Licht gab es nicht mehr als nötig. Um sich zu identifizieren, legte er seine Hand auf eine Glasfläche vor einer Schleuse.

»*Sicherheitscheck eingeleitet.*«

»Ich bin dicht ...« Denis kannte die Regeln. Ohne den Schutzanzug würde man nach dem Besuch der Antriebssektion leuchten wie ein Glühwürmchen. Das wäre sehr schlecht. Ein paar Tage später würden einem die Ohren und andere lose mit dem Torso verbundene Körperteile abfallen.

»*Sicherheitscheck bestätigt. Beobachtung initiiert. Öffne die Schleuse. Sie haben ein Arbeitsfenster von dreißig Minuten.*«
Mutter nahm es genau. Nacheinander öffneten sich mehrere jeweils ein Meter starke Sicherheitsschleusen. Während sich

die letzte Tür öffnete, war die erste schon wieder verschlossen.

»Yeah!« Denis fragte sich in diesem Moment, ob er das Kleingedruckte in seinem Arbeitsvertrag wirklich gelesen hatte.

»*Das habe ich nicht verstanden.*«

»Schon gut ...« Er fuhr weiter. Ein Bildschirm am Scooter wies ihm den Weg. Das Ziel lag im nächsten Seitengang. Es galt, einen defekten Schwingungsdämpfer unter einem Antimaterie-Array zu tauschen. Während vorne im Schiff bis zu vierzig Decks den Rumpf füllten, wurde die Antimaterie in großen Hallen untergebracht. In diesem Aggregatzustand war das Zeug harmlos. Wenn man es zur Annihilation brachte, wurde mehr Energie freigesetzt als bei eine Atombombenexplosion.

Am Ziel angekommen, stellte er den Scooter ab und sah sich die Beschädigung an. Jeder der pechschwarzen Antimaterie-Arrays war zylinderförmig, sechzig Meter hoch und neun Meter breit. Vier Einheiten bildeten einen Verbund, sechs Verbünde einen Block und zwölf Blöcke einen Sektor. Acht Sektoren wurden von der Brücke jeweils als eine logische Einheit betrachtet. Von denen gab es zweiunddreißig. Es gab also 73 728 solcher Tanks auf der *USS London*. Jeder Tank stand auf einer Grundfläche von hundert Quadratmetern. Die zweiunddreißig Brandschutzabschnitte verteilten sich auf einer Fläche von 17 500 mal 450 Meter. Das war schon üppig hier. Denis liebte es, sich diese Zahlen ins Gedächtnis zu rufen.

»Mutter?«

»*Ja.*«

»Wie kann ein Schwingungsdämpfer kaputtgehen?« Denis löste zwei Wartungsdrohnen, die hinten am Scooter mitgefahren waren. Die in dieser Zone benutzten Bauteile sollten nach Wartungsplan während der gesamten Reise nicht getauscht werden müssen. Verständlich, da Menschen in der Glühwürmchenzone nichts verloren hatten.

»*Darüber liegen mir keine Informationen vor.*«

»Aber du weißt, dass einer im Sack ist?« Wer diese KI erfunden hatte, musste bei der Programmierung besoffen, auf Drogen oder beides gleichzeitig gewesen sein.

»*Darüber habe ich allerdings exakte Informationen vorliegen.*«

»Sehr gut.« Denis öffnete im Boden eine Revisionsklappe, damit die beiden tonnenförmigen Drohnen den Dämpfer tauschen konnten. Die Daten dazu hatten die Systeme bereits von Mutter erhalten. Das Loch war rattenduster und ging acht Meter nach unten. Da hatten sogar Menschen in Schutzanzügen nichts zu suchen. Die beiden Drohnen zögerten. »Auf was wartet ihr? Schönes Wetter?«

Die Dinger konnten nicht sprechen, aber Sprachbefehle verstehen. Beine hatten sie keine, dafür aber Schwebepads. Sie sahen aus wie blinkende Designermülltonnen. Ein System piepte leise.

»Echt jetzt?« Als R2-D2 ging die Tonne nicht durch. Denis gab der ersten Drohne einen Tritt, die darauf mit einem langgezogenen Pfiff im Loch verschwand. Die zweite kam seinem Tritt zuvor und sprang selbst. Die Dinger sollten den Job erledigen. Er wollte diese Zone so schnell wie möglich wieder verlassen. Die Uhr tickte. Er hatte noch vierundzwanzig Minuten.

»*Die Drohnen verfügen über eine Schutzschaltung zur Eigensicherung, die man für eine emotionale Reaktion halten könnte. Natürlich ist das nicht so.*«

»Mutter, das sind nur Maschinen!« Denis sah auf die Uhr.

Er wollte weg hier. Die Reparatur des Schwingungsdämpfers, raus aus der Zone, zurückfahren, Krankenstation, Mason, das war der Plan. Ob er eine Chance haben würde, mit Jazmin Harper anzubändeln? Blödsinn, bei der arroganten Ziege garantiert nicht. Als Doktor von und zu Jagberg vielleicht, aber zu diesen Ehren hatte er es nie gebracht.

Nein, er hatte sogar sein Studium abgebrochen, um bei Sue sein zu können. Einen Teil ihrer ewig langen Ausbildung hatten sie gemeinsam in der Wüste, im Dschungel, in der Arktis, auf dem Mond und sogar auf dem Meeresboden verbracht. Mann, was hatte er diese Frau geliebt und sie dennoch nicht festhalten können.

»Das ist mir bewusst.«

»Piept da einer von euch?«, fragte er laut in den Schacht hinein. Mindestens eine Drohne gab keine Ruhe.

»Ich höre es auch.«

»Vergesst es! Ich lasse euch da erst raus, wenn ihr fertig seid!« Da kannte er keine Gnade.

»Den Drohnen ist der Auftrag bewusst.«

»Sehr gut!« Denis dachte nach. »Wieso bin ich überhaupt hier?« Mutter und die Drohnen brauchten ihn nicht. Die hätten das Bauteil auch ohne ihn tauschen können.

»Die integrative Kommandoführung auf der USS London *sieht vor, dass möglichst viele Aufgaben von Mensch und Maschine gemeinsam gelöst werden.«*

»Ähm ...« Jetzt fühlte sich Denis richtig dämlich. Er war also der Quotenmensch?

Zwei Minuten später stieg die erste Drohne wieder aus dem Loch empor. Ihre weißen Verkleidungselemente waren voller Öl, verstaubt und mit roter Hydraulikflüssigkeit besudelt. Die Revisionsschächte unter den Antimaterie-Arrays waren echte Dreckslöcher. Als ob da unten hundert Jahre niemand mehr saubergemacht hätte. Zum Glück hatte er nicht selbst dort runtergemusst.

»Wo ist der alte Dämpfer?« Die Beschädigung eines Bauteils, das angeblich wartungsfrei sein sollte, wollte er sich gern ansehen. Bei der stattlichen Anzahl von Antimaterie-Arrays gab es verdammt viele Schwingungsdämpfer, die er sicherlich nicht alle nach und nach austauschen wollte.

Die Drohne piepte leise und neigte sich ihrem Kumpel zu, der den Schacht noch siffiger verließ. An der Seite arretiert befand sich der defekte Schwingungsdämpfer, ein armdickes und achtzig Zentimeter langes Bauteil. Das Ding sah übel aus. Vermutlich war es schon defekt verbaut worden. Sieben Jahre genügten nicht, um den Dämpfer derart altern zu lassen.

»In Ordnung, aufsitzen, Männer!« Denis zeigte auf die beiden Halterungen am Scooter. Die Drohnen verbrachten sich selbst in die für sie vorgesehenen Halterungen, während sie zufrieden vor sich hin brabbelten. Das war schräg. Beim Training hatten die Drohnen nie einen Ton von sich gegeben.

Denis verließ die Antriebszone, nachdem Mutter ihm und dem Scooter noch eine gründliche Reinigung verpasst hatte. Die auf ihn einwirkende Strahlung lag weit unter dem Grenzwert. Der Job war erledigt. Die KI hatte ihm aufgetragen, sich dennoch von Dr. Harper untersuchen zu lassen. Das war Vorschrift, passte ihm aber in den Kram. Dabei würde er nach Mason sehen können.

Die Fahrt dauerte. Der Scooter schaffte nicht mehr als 38 km/h. Zudem war die Strecke nicht gerade, an ein paar Ecken musste er abbremsen. In der Mittelzone des Schiffs gab es Tausende Container. Aktive, die mit Energie versorgt wurden, um Embryonen tiefzukühlen, und passive, in denen sich alles Mögliche befand. Alles, was man für einen Neustart der Menschheit benötigte. Wegen der gigantischen Entfernung von der Erde würde es nicht jede Woche ein Raumschiff geben, mit dem man hin und her fliegen konnte.

Hinter ihm wurde ein Pfeifen lauter. Was war das? Denis sah sich um. Zu langsam. Der andere Scooter schoss bereits mit hoher Geschwindigkeit an ihm vorbei. Verdammt, das war Carl. Wie hatte er so schnell einen Rennscooter auf die Beine stellen können? Der Arsch hatte die Kiste mindestens auf achtzig gebracht. Carl bremste vor ihm ab. Auch Denis stoppte.

»Hab kurz eine Testfahrt gemacht«, erklärte Carl. Das stimmte natürlich nicht. Was er wirklich sagte, war, sieh her, du Wicht, mit diesem Flitzer werde ich dich abziehen.

»Scheint gut zu laufen …« Denis zeigte mit dem Daumen nach oben. Er stieg aus und warf einen Blick auf die Aufhängung der Akkus. Daran hatte Carl nichts verändert. Das waren die originalen Lithium-Polymer-Einheiten. Billig in der Herstellung und zuverlässig in der Nutzung. Nicht die Wahl, die Denis getroffen hätte.

»Geht wie Sau!« Carl legte noch einen Zahn zu, vermutlich sah er Jazmin Harper bereits in Abendgarderobe und bei Kerzenschein vor sich sitzen.

»Wie ist die Kurvenlage?«, fragte Denis und legte bei dieser Frage die Hand auf die Motorabdeckung zwischen den hinteren Rädern. Auf dem Kunststoff hätte man Eier braten können. Carl hatte die höhere Leistung aus einer Übertaktung des Spannungswandlers bezogen. Das war der billige Weg.

»Spitze!« Carl lächelte. »Ich werde aber noch etwas an der

Aufhängung feilen. Mit einem negativen Sturz der hinteren Achsgeometrie werde ich die Kurven schneller nehmen können.«

»Guter Plan!« Denis hielt sich zurück. Sein Freund, der Physiker, hatte bisher nicht mehr gemacht, als die Betriebsspannung zu erhöhen. Damit brachte er die Akkus zum Glühen, die dafür nicht konzipiert waren, und verkürzte die Reichweite. Wenn er Pech hatte, würden ihm die Motoren durchschmoren, weil sie die höhere Spannung nicht länger als einige Minuten vertrugen.

»Man sieht sich!« Carl winkte noch, während er die Reifen des Scooters durchdrehen ließ.

»Bis später ...« Denis fuhr weiter. Eine der Drohnen piepte, die würde er R2 nennen, die andere D2. »Jungs, ihr habt recht. Carl hat keine Ahnung, was er tut.«

Ein paar Minuten später fuhr Denis winkend an Carl vorbei, der mit dem Feuerlöscher in der Hand seinen qualmenden Scooter einpulverte. Die Strecke war eine Piste durch die Hölle. Das Rennen war noch nicht entschieden.

V.

AUSGEBREMST

Jazmin gähnte, sie war müde. Bereits am zweiten Tag ein Kind auf der Station liegen zu haben gefiel ihr nicht. Während der Ausbildung hatte sie wenig mit Denis Jagberg zu tun gehabt. Als Angehöriger von Sue war er erst nach ihrer Heirat ins Team gerutscht. Die Frau war gut gewesen: bissig, geradeaus und hochintelligent. Nach ihrem Tod hätte es Jazmin nicht gewundert, wenn Mellenbeck ihren Witwer aussortiert hätte. Was er jedoch nicht getan hatte. Für Kommandooffiziere waren Techniker oft nur Hilfskräfte. Eine arrogante Einschätzung, von der sie sich nicht freisprechen konnte.

Bei einer abschließenden virtuellen Übung vor dem Start hatte sie die Techniker in Aktion sehen können, die im Notfall lebensgefährlichen Situationen ausgesetzt waren. Denis Jagberg hatte damals Bestnoten erreicht, weil er das Schiff in- und auswendig kannte sowie in völliger Schwerelosigkeit und im defekten Druckanzug mit einem Pulsschlag von unter achtzig in der Minute komplexe Reparaturen an einer Platine vornehmen konnte. So abgebrüht war sonst niemand gewesen, weswegen er der einzige Partner eines zertifizierten und dann verstorbenen Besatzungsmitglieds war, dem es gelang, sich nicht nur einen Platz an Bord der *USS London* zu sichern, sondern auch zur Führungskraft befördert zu werden. Er war der leitende Techniker an Bord und hatte damit sogar einen Offizier abgelöst, der bei derselben Übung weniger cool agiert hatte.

»Wie geht es dir?«, fragte Jazmin und legte Mason die Hand auf die Stirn. Aus medizinischer Sicht war das unnötig, da der Computer seine Körpertemperatur und andere Vitalwerte überwachte. Spüren konnte der Junge sie auch nicht, da er tief und fest schlief. Die Geste war für sie. Es fühlte sich gut an. Die lange Reise würde niemand von ihnen allein schaffen. »Ich habe deinem Vater versprochen, gut auf dich aufzupassen.«

Jazmin überflog die an dem Display neben dem Bett anzeigten Werte. Mit dem Kind war alles in Ordnung. Körperlich zumindest. Was war in der Kabine wirklich vorgefallen? Sie wusste nicht, was sie glauben sollte. Die Schlafräume wurden nicht dauerhaft überwacht. Nur auf Befehl des Generals hätte Mutter der Besatzung unter die Bettdecke geschaut. So waren die Regeln.

»Was hat dein Vater mit dir gemacht?« Jazmin dachte wieder an Denis Jagberg, ein eher farbloser Typ, ruhig, zurückhaltend, man überging ihn leicht. Bestimmt ein guter Vater. Körperlich war er wie andere Männer an Bord, groß und sportlich. Ein Europäer mit deutschen Wurzeln, kurzen dunklen Haaren, dunklen Augen und gepflegten Händen. Sie lächelte. Wegen der Hände musste sie kurz an ihren älteren Bruder denken. Finch, der sich als Inspector bei der Londoner Polizei deutlich unter Wert verkaufte. Nichts war Finch wichtiger gewesen, als gepflegte Hände zu haben, das war eine richtige Marotte von ihm. Sie konnte sich an einige schräge Geschichten von früher erinnern.

»Was hast du mit deinem Dad gemacht?« Sie fuhr Mason durch die dunklen Haare. Er war seinem Vater ähnlich. Nein, ein Typ wie Jagberg würde nicht die Beherrschung verlieren und seinen Sohn gegen die Wand schleudern. Das passte nicht zu ihm. Wie bei Rufus Simmerkirk, der in der Notfallübung aus der Spur geraten war. Es war nicht plausibel.

Jazmin senkte den Kopf, sie war jemand, der gern alles im Griff hatte. Den Job, ihr Leben, Männer und die Welt, in der sie lebte. Alles sollte sich wie ein riesiges Puzzle zusammenfügen. So war sie erzogen worden. Bei ihrem Vater hatte auch immer alles gepasst. Sie vermisste ihn.

»Warum bist du gegen die Wand gelaufen?« Jazmin erwartete keine Antwort. Manche Fragen ließen sich nicht beantworten. Jedenfalls nicht sofort. Sie würde deswegen nicht aufhören, nach Antworten zu suchen. Vor einigen Jahren, als ihr Vater noch sprechen konnte, hatte er einmal zu ihr gesagt: Wenn es nicht möglich war, einer Antwort näher zu kommen, sollte man darüber nachdenken, ob man die richtige Frage gestellt hatte.

Jemand klopfte an die Glasscheibe. Jazmin drehte sich um, es war Denis Jagberg in einer verschwitzten Arbeitsuniform. Sie hatte ihn erwartet. Er lächelte. Das galt nicht ihr, er sah zu seinem Kind. Sie verließ das Krankenzimmer.

»Etwa gearbeitet?« Jazmin war nach wie vor der Meinung, dass die Techniker zumindest bis jetzt sieben Jahre bezahlten Urlaub genossen hatten. Die 490-köpfige Besatzung war in zwölf Teams aufgeteilt. Jedes Team hatte vierzehn von seiner Sorte. Es gab also 168 Techniker, die ihm unterstanden. Auch bei den Teams existierte eine Hierarchie. Mellenbecks Schicht gab bei vielen Dingen den Ton an. Der General war der leitende Kommandant, Carl Moretti der leitende Navigator, sie die leitende Ärztin, Rufus Simmerkirk der leitende Datenanalyst und Denis Jagberg der leitende Techniker. Wenn es in anderen Schichten zu schweren Problemen kam, hätte man sie auch außerhalb der Rotation geweckt.

»Ähm ... ja.« Jagberg zeigte durch die Glasscheibe auf seinen Sohn. Jazmin wollte den Jungen nicht stören. »Wie geht es ihm?«

»Er schläft.«

»Das ist ...« Er sah zu Boden. Mit dem Schraubenzieher konnte er eindeutig besser umgehen als mit Worten.

»... in Ordnung.« Erst in diesem Moment registrierte sie, dass Denis Jagberg der einzige Mann der aktiven Crew war, der noch nie versucht hatte, sie zu einem Bier zu überreden. Oder was sich Männer sonst noch ausdachten, um einen Stich zu machen. Sie waren achtunddreißig. Drei Kinder waren außen vor. Es blieben achtzehn Männer und siebzehn Frauen. Die meisten Beziehungen hatten sich bei der Ausbildung zwischen den Bewerbern ergeben. Mellenbeck machte bei dem Rennen nicht mit, da er sich aus religiösen Motiven für ein Leben ohne Partner entschieden hatte. Von den siebzehn möglichen Paaren waren dreizehn bereits liiert, ergo bestand der freie Markt aus Major Rufus Simmerkirk, Colonel Carl Moretti, Denis Jagberg und einem weiteren Techniker, dessen Namen sie sich nicht merken konnte. Dem gegenüber standen Captain Cloe Chang, Analystin, die Simmerkirk, ihrem Führungsoffizier, erfolglos nachlief, eine Technikerin mit dicken Schenkeln, eine weitere Analystin und sie. Bei ihnen hatte es bisher nicht gepasst.

»Mutter hat mir aufgetragen, dass ich mich untersuchen lassen soll. Ich habe einen Einsatz bei den Antimaterie-Arrays gehabt.«

»Im Glühwürmchenland?«

»Ähm ... ja.«

»Na dann ... bitte kommen Sie mit.« Jazmin ging vor. Mellenbeck selbst hatte den Begriff für diese Zone geprägt. War man drin, musste man hinterher die Strahlenbelastung überprüfen. Natürlich hätte Mutter das auch selbst tun können, aber vermutlich wollte sie der Schiffsärztin nicht die Arbeit abnehmen.

Für die Energiegewinnung der *USS London* wurden Wasserstoff und Antimaterie basierend auf Wasserstoff mitgeführt. Sozusagen ein Antiwasserstoff, der in Penning-Arrays magnetisch gesichert wurde. Sobald man ein Wasserstoffatom auf ein Antiwasserstoffatom hetzte, reagierten beide Atome miteinander und zerstrahlten dabei vollständig. Das nannte man Annihilation. Ein sehr energiereicher Prozess, bei dem jede atomare Kollision 1,88 Gigaelektronenvolt erzeugte.

Auf der *USS London* konnten 99,78 Prozent dieser Energie für die Triebwerke umgesetzt werden. Die verbliebenen 0,22 Prozent Abwärme genügten, um das gesamte Schiff zu heizen, die künstliche Gravitation entstehen zu lassen, sämtliche anderen Systeme zu betreiben, die Hochenergiewaffen mit Energie zu versorgen und mit den letzten frei umherirrenden radioaktiven Krümeln aus ihrer Antriebszone besagtes Glühwürmchenland zu eröffnen.

»Bitte ziehen Sie sich aus.« Jazmin hatte ihren Patienten in eine Messvorrichtung gesteckt, die nur für diese Aufgabe gebaut worden war. Eigentlich sollte es nicht notwendig sein, in der Antriebssektion Wartungsarbeiten durch Menschen vornehmen zu lassen. Die Praxis sah anders aus.

»Ja, Ma'am.« Jagberg strippte vor ihren Augen. Unwillkürlich zog sie die Mundwinkel nach oben. Er war gut gebaut. Der letzte nackte Mann in ihrem Leben war schon ein paar Tage her und hatte ihr nicht länger als eine Nacht Gesellschaft geleistet. Sex wurde überbewertet.

»Die Kleidung in die Klappe legen.«

Er folgte der Order. Die Kleidung wurde gesondert abgetastet. Negativ, dem Stoff hafteten keinerlei radioaktive Teilchen an.

»Die Arme heben ...« Der Scanner fuhr mehrfach um ihn herum. Der Schutzanzug hatte dicht gehalten. Auch er war frei von radioaktiven Teilchen.

»Und?«, fragte er.

»Noch einen kurzen Moment ...« Jazmin zögerte und betrachtete einen Moment seinen nackten Hintern. Der war niedlich. Zwar etwas blass, aber wohlproportioniert. »Alles in Ordnung. Sie sind sauber und können sich wieder anziehen.«

»Ähm ... danke.«

»Ich melde mich bei Ihnen, wenn Ihr Sohn aufwacht.« Der Kleine hatte den ganzen Tag geschlafen, obwohl er keine Medikamente bekommen hatte.

»Meine Schicht endet um 19 Uhr ... Ich komme dann wieder.«

»Tun Sie das.« So ging es natürlich auch.

Zwei Stunden später. Jazmin ging in die Kantine, um sich frisches Obst zu holen. Die Äpfel waren hervorragend, sie hatte einen zum Frühstück gegessen.

»Hi, Rufus ...« Sie wartete bereits auf die nächste Einladung zum Bier. Ob er wusste, dass sie lieber Wein trank? Vermutlich nicht, sie kannten sich schließlich erst acht Jahre.

Nichts. Er lief an ihr vorbei, als ob sie nicht existieren würde.

»Rufus?«

Keine Reaktion.

»Geht es dir gut?«, fragte sie ihn, hinterherblickend. Er hatte nicht reagiert. War er sauer auf sie? Dazu hatte er eigentlich keinen Grund. Was sollte dieses merkwürdige Verhalten?

Er lief schweigend eine Treppe hinab und verschwand aus ihrem Blickfeld. Jazmin blieb stehen. Sah sie jetzt schon Gespenster? Auch wenn er es in acht Jahren nicht begriffen hatte, dass eine Dose Bier nicht der passende Schlüssel zu ihrem Herzen war, war das kein Grund, sie jetzt zu ignorieren.

Sie ging weiter. Na ja, man sollte nicht aus einer Mücke einen Elefanten machen. Im medizinischen Logbuch des Schiffs hatte sie gelesen, dass die sechs Schichten vor ihnen jeweils die vierzehn Monate Dienst ohne kritische Zwischenfälle absolviert hatten. Inzwischen waren sogar 491 Personen an Bord. In der dritten Gruppe hatte es eine Geburt gegeben. Ein Mädchen, Kind und Mutter waren wohlauf.

In der Kantine schnappte sie sich einen Apfel und biss herzhaft hinein. Bis auf zwei Frauen war der Raum leer. Die Reinigungsarbeiten wurden von Drohnen erledigt.

»Hallo, Jazmin.« Das war Cloe. Captain Cloe Chang, mit der sie sich auf der Akademie gut verstanden hatte. Sie war die inoffizielle Datenbank für alle Beziehungsfragen. Neben ihr stand eine Frau, Anfang dreißig, die sie nicht kannte. Das konnte passieren. Zu den 490 Personen, die beim Start dabei gewesen waren, waren in den zwei Wochen zuvor noch drei Nachrücker dazugekommen. Sie ersetzten Personen, die abschließende Tests nicht bestanden hatten.

»Cloe.« Jazmin gab ihr die Hand.

»Das ist Sue ...« Cloe lächelte und legte die Hand an Sues Schulter. Eine schlanke Blondine mit schulterlangen Haaren, die ebenfalls lächelte und das Rangabzeichen eines Majors trug. »Sie ist Navigator.«

»Hallo.« Sue gab Jazmin die Hand. Sue Jagberg stand auf dem Abzeichen. »Schön, Sie wiederzusehen.«

»Ähm ...« Jazmin wusste für einen Moment nicht, was sie

sagen sollte. Das war schräg. Es war tatsächlich Sue, die Frau von Denis Jagberg, sie kannten sich.

»Alles in Ordnung?«, fragte Cloe, als ob nichts wäre. »Fühlen Sie sich nicht wohl?«

»Nein, nein …« Jazmin überlegte, ob das wieder eine dieser dämlichen Übungen sein konnte? Wenn ja, war das ein ziemlich geschmackloses Szenario.

»Jazmin, Sie sehen aus, als hätten Sie ein Gespenst gesehen«, spaßte Sue. Womit sie sogar den Nagel auf den Kopf getroffen hatte. Wie konnte das sein?

»Der Kälteschlaf … Ich brauche immer zwei Tage, bis ich wieder online bin.« Jazmin hatte keine Ahnung, wie sie in dieser Situation reagieren sollte. Sie stand einer Toten gegenüber, deren Leiche sogar auf der Erde begraben worden war. Das wusste sie genau, da sie auf Sues Beerdigung gewesen war. Wie auch Cloe und zahlreiche andere Offiziere der Crew. Es war eine beeindruckende Zeremonie gewesen.

»Geht mir auch so.« Cloe pflichtete ihr bei. »Ich habe jedes Mal Kopfschmerzen.«

»Ich komm damit ganz gut klar.« Diese Person, diese Sue, dieses Ding, das vor ihr stand, hatte offensichtlich keinen blassen Schimmer, dass sie bereits vor Monaten gestorben war. Jazmin schrie sich in Gedanken an, Ruhe zu bewahren. Das war eine gefährliche Situation. Jede verwirrende Lage ging auf mangelhafte Informationen zurück und war potentiell gefährlich. Hier lief etwas aus dem Ruder. Sie hatte keine Ahnung, was, aber sie musste es herausfinden. Überraschungen wie diese sollten sie nicht erschrecken, sondern dazu motivieren, die richtigen Fragen zu stellen.

»Ihr Mann war vorhin bei mir.« Jazmin ging auf das Spiel ein, nur so konnte sie der Auflösung näher kommen.

»Denis?« Sie lächelte erneut. Immerhin kannte sie ihn.

Jazmin wollte nicht wissen, wie er reagieren würde. Das war Wahnsinn. Das konnte nicht die Realität sein. Ob das Übungsszenario einen Datenfehler hatte? Das mochte eine Erklärung sein.

»Eine Schutzuntersuchung ... es war alles in Ordnung.« Jazmin beobachtete jede Geste. Die Augen, die Lippen, die Finger, alles behielt sie im Blick.

»Er ist Techniker und kommt immer mit schwarzen Fingern heim.« Sue legte den Kopf auf die Seite, das hatte sie früher auch getan. Sie war es, eindeutig, daran gab es keinen Zweifel.

»Wie geht es Ihrem Sohn?« Jazmin entschied sich, in die Offensive zu gehen und Sue in einen offenen Widerspruch zu treiben. Ob sie wusste, wo sich Mason gerade aufhielt?

»Kinder sind offener für Neues als wir.« Was für eine nette Glückskeksweisheit.

»Das stimmt!« Cloe nickte.

»*Das ist eine Notfallmeldung für Colonel Harper. Es gibt einen medizinischen Notfall erster Priorität. Bitte finden Sie sich umgehend auf Deck sieben ein*«, tönte es aus dem Lautsprecher. Mutter rief nach ihr. Es ging um Menschenleben.

»Entschuldigung ...« Jazmin hatte keine Zeit zu verlieren.

»Selbstverständlich.« Sue nickte.

Jazmin sprintete los. Auf Deck sieben befand sich ihre Krankenstation. Ob etwas mit dem Jungen passiert war? Sie sprang die Treppe herunter. Noch ein Deck.

»*Das ist eine Notfallmeldung für Colonel Harper. Es gibt einen medizinischen Notfall erster Priorität. Bitte finden Sie sich umgehend auf Deck sieben ein.*«

»Mutter, ich bin unterwegs!«

»*Es gab einen Unfall. Colonel Carl Moretti ist verunglückt.*«

Jetzt sprach Mutter über ihr Kommunikationssystem. Das hätte sie auch bereits bei der ersten Meldung benutzen können. Die KI hatte doch sonst nicht so eine lange Leitung.

»Besteht Lebensgefahr?«

»*Das Fahrzeug wurde noch nicht geborgen. Zwei Techniker sind auf dem Weg, um Sie zu unterstützen. Der Unfallort ist 5,2 Kilometer von Ihnen entfernt.*«

»Ist er mit dem Scooter Rennen gefahren?« So weit hinten gab es nur Frachträume und die Antriebssektion. Was hätte er dort sonst tun sollen? Das durfte nicht wahr sein! Bei dieser Spinnerei von Mellenbeck war jemand zu Schaden gekommen!

»*Darüber liegen mir keine Informationen vor.*«

»Na klasse!« Jazmin war bei der Krankenstation angekommen. Ein Blick durch das Fenster zeigte, dass Mason schlief. Gut so. Das Überwachungssystem hätte sich auch gemeldet, wenn der Junge aufgewacht wäre. Bei einer Gehirnerschütterung, die er zweifelsfrei hatte, waren längere Schlafphasen nicht ungewöhnlich.

»*Ich habe Ihren Scooter vorbereiten lassen*«, erklärte Mutter, während Jazmin ans Steuer sprang. Jetzt würde sie ein Rennen fahren, um so schnell wie möglich zu Carl Moretti zu kommen. Die unglaubliche Größe der *USS London* stellte bei medizinischen Notfällen eine echte Herausforderung dar.

»Ich möchte mit ihm sprechen!« Hoffentlich war er noch ansprechbar.

»*Das ist nicht möglich.*«

»Ist er wach?«

»*Darüber liegen mir keine Informationen vor.*«

»Lebt er überhaupt noch?«

»*Darüber liegen mir keine Informationen vor.*«

Mist, das war doch zum Haareraufen. »Ist schon jemand bei ihm?«

»*Techniker sind in drei Minuten vor Ort.*«

»Welche Techniker?« Jazmin pfiff mit dem Scooter um die Ecken. Ein Zweisitzer, der zudem Platz für eine Trage bot. Hinten angehängt waren zwei medizinische Drohnen, die ihr beim Transport helfen oder sie bei lebensrettenden Maßnahmen unterstützen konnten. Ein Blick auf das Display zeigte ihr die Fahrstrecke und die verbleibende Zeit an. Knapp sieben Minuten.

»*Denis Jagberg und Tarek Abbas*«, antwortete Mutter.

»Verbindung schalten!«

»*Doc, wir sind auf dem Weg zum Unfallort.*« Denis Jagberg war hörbar selbst, so schnell es ging, auf einem Scooter unterwegs.

»Hier ist Harper. Denis, wann sind Sie vor Ort?« Sie brauchte mehr Informationen. Offenbar musste Colonel Moretti bereits minutenlang ohne Hilfe ausharren. In solchen Situationen kam es auf jede Sekunde an. Um über Sue zu sprechen, blieb keine Zeit, das hätte er ihr ohnehin nicht geglaubt.

»*Etwas mehr als zwei Minuten.*«

»Ich sieben. Denis, wissen Sie etwas über den Unfall?«

»*Zu wenig ... Ich habe ihn vorhin gesehen. Er fuhr mit einem getunten Scooter umher, hatte dann aber eine Panne. Zu diesem Zeitpunkt ging es ihm noch gut.*«

»Wir sehen uns gleich. Ich lasse den Channel offen.« Jazmin überlegte, wie sie die Fahrzeit nutzen konnte, um weitere Informationen in Erfahrung zu bringen. Es kam auf jedes Detail an. »Mutter, ich brauche eine Videoaufklärung des Unfallvorgangs!«

»*Auf diese Daten habe ich nur bedingten Zugriff.*«

»Dann hol dir die Freigabe!« Die KI hatte heute wirklich ein Brett vor dem Kopf. »Die Daten überträgst du sofort an den Scooter der Techniker und an meinen.«

»*Order bestätigt. Vorgehen valide. Anfrage beim General gestellt.*«

»Jetzt mach schon!« Es war ein Witz, bei solchen Dingen nachfragen zu müssen.

»*Freigabe erteilt. Übertrage Stream.*« Mutter war eigentlich dafür konzipiert, derartige Entscheidungen eigenständig zu treffen.

Jazmin sah über den Stream, wie Colonel Moretti mit hoher Geschwindigkeit durch die Containertrasse bretterte. Mutter schnitt die Daten mehrerer Kameras in Echtzeit zusammen. Sie fand allerdings keine Einstellung, die den Colonel aus kurzer Distanz zeigte. Auf der Strecke gab es durch eine versetzt stehende Reihe Container eine Schikane. An dieser Stelle hätte Jazmin gebremst. Moretti tat es nicht und knallte mit voller Wucht gegen eine Stahlwand. Durch den Aufprall zerriss es den Scooter. Die hintere Achse löste sich vom Chassis und zerbarst an der Wand. Die Position der Kamera und die schlechte Beleuchtung ließen nicht eindeutig erkennen, was aus dem Fahrer wurde. Gut konnte es ihm kaum ergangen sein. Jazmin rechnete mit dem Schlimmsten.

»*Colonel, das sieht nicht gut aus.*« Denis Jagberg sah dieselben Bilder wie sie. »*Er ist auf die Wand geknallt, als ob er durch sie hindurchfahren wollte.*«

»War er zu schnell?«

»*Zu schnell?*«

»Hat er die Kontrolle über den Scooter verloren?« Jazmin war beileibe keine Rennfahrerin, aber bei Tempo achtunddreißig konnte selbst sie den Scooter sicher steuern.

»*Vermutlich. Er hätte bremsen müssen, einlenken und wieder beschleunigen ... Das hat er nicht getan.*«

»Warum?«

»*Das weiß ich nicht ... Die Wand aus Containern kann er kaum übersehen haben.*«

»Nein ...« Jazmin fuhr selbst an einigen vorbei und musste ab und zu ausweichen. Die roten, gelben und blauen Container, die sich hier turmhoch stapelten, konnte man wirklich nicht übersehen. Ein Suizid war bei Carl Moretti ebenfalls nicht vorstellbar.

»*Ich bin jetzt bei ihm ... Mutter soll Ihnen ein Livebild senden*«, meldete Denis Jagberg betroffen. »*Colonel, Sie müssen sich nicht beeilen. Er ist tot.*«

»Mutter!«

»*Schaltung des Livebilds erfolgt.*«

Jazmin sah den Scooter von Colonel Moretti brennen. Denis und Tarek, der zweite Techniker, standen daneben. Das war verwirrend. Sie sah Carl nun ein zweites Mal sterben. Dieses Szenario machte als Übung keinen Sinn. Hier war ihre Entscheidungsfähigkeit nicht gefordert. Das musste die Realität sein. Und Sue Jagberg, was war mit ihr? Jazmin verstand es nicht. Dieses Rätsel konnte sie nicht auflösen.

Jazmin dachte an die Leiche des Colonels, die bis zur Unkenntlichkeit verbrannt war. Weder Denis noch sie hatten ihm helfen können. Sie waren zu spät gekommen. Wenn man die Nummer zwei strich, wurde die drei zur neuen Nummer zwei. Sie war jetzt der Erste Offizier an Bord. Auf diese Beförderung hätte sie gern verzichtet. Carl, dieser Spinner, hätte das Risiko nicht auf sich nehmen dürfen. Die Schnapsidee, aus Scootern Rennwagen zu machen, hatte ihn das Leben gekostet.

»Colonel Dr. Jazmin Harper. Der Anlass ist unerfreulich, dennoch müssen wir weitermachen«, erklärte General Mellenbeck. Sie befanden sich in seinem Büro. Auf einem Regal stand sich ein kleines Modell der *USS London*. Der General hatte es selbst gebaut. Dahinter hing eine historische Pistole, ein Colt Government M1911, Kaliber .45 ACP, mit fein verzierten Holzintarsien im Griff in einem Glaskasten in der Wand. Das verchromte Magazin und acht Patronen waren ebenfalls dekorativ arrangiert zu sehen. Ein Familienerbstück der Mellenbecks.

»Ja, Sir.«

»Sie sind jetzt der Erste Offizier an Bord.«

»Ja, Sir.«

»Ich danke Ihnen, dass Sie die Beförderung annehmen.«

»Das ist selbstverständlich, Sir.« Jazmin hätte nein sagen können, als ein Date mit ihr für den Gewinner ausgerufen wurde, aber bestimmt nicht, wenn es um die Sicherung des Kommandos für das Raumschiff ging.

»Ich hätte damit rechnen müssen …«

»Ja, Sir.« Jazmin gab dem General eine Mitschuld und hatte nicht vor, ihre Meinung zurückzuhalten.

»Sie hätten es nicht getan, oder?«

»Vermutlich nicht, Sir.« Vielleicht eine andere Dummheit, aber vermutlich hätte sie Colonel Moretti und Denis Jagberg nicht motiviert, ein Rennen auf einer ungesicherten Rennstrecke zu fahren. Auf der Trasse zwischen den Containern gab es keinerlei Auslaufzonen. An vielen Stellen hätte ein Fahrfehler leicht zu einem Unfall führen können. Mutter hatte anhand des Streams berechnet, dass Carl mit 107 Stundenkilometern gegen den Container geknallt war. Das war wie ein Sturz aus elf Metern Höhe auf eine Stahlplatte. Ohne einen Sicherheitsgurt hatte er das nicht überleben können.

»Sie haben recht.« Mellenbeck sah den Fehler ein. Die Größe dazu hatte er.

»Mutter ...«

»*Ja, General.*«

»Aktiviere das Gefechtsprotokoll C3.«

»*Übertragung der Kommandocodecs initiiert.*«

»General?«

»Jazmin ... das ist notwendig.«

»Sir ... George, was ist mit Ihnen?« Jazmin hörte ein Zittern in seiner Stimme. So klang nicht der General, den sie kannte. So klang ein alter Mann, der wusste, wann es vorbei war.

»Eine reine Vorsichtsmaßnahme.«

»Sir, ich danke Ihnen für das Vertrauen.« Das Gefechtsprotokoll C3 sah vor, dass neben dem Kommandanten auch der Erste Offizier der zentralen KI weitreichende Befehle erteilen durfte. Im Notfall würden damit zwei Offiziere ohne Verzögerung in der Lage sein, elementare Entscheidungen treffen zu können.

»Ich danke Ihnen.«

Jazmin hatte vor dem Gespräch geplant gehabt, über Sue Jagberg zu sprechen. Das konnte sie nicht ignorieren. Aber was hätte sie sagen sollen? Dass eine Leiche quicklebendig an Bord umherlief? Das war verrückt. Zu verrückt, um es anzusprechen, ohne über mehr Informationen zu verfügen.

Jetzt war Jazmin allerdings in der Lage, diesem Mysterium auf den Grund zu gehen. Für jede Antwort gab es die richtige Frage, und jetzt war sie befugt, Mutter ebendiese zu stellen.

VI.

IN DEN FÄNGEN DES BÖSEN

Der nächste Tag. Finch saß im Büro seines Vorgesetzten. Die Situation war schwierig, er war schwierig, dessen war er sich bewusst. Bei dem Treffen mit seinem Vater, seiner Schwester, dem Premierminister, dem UN-Präsidenten und General Mellenbeck hatte es keine Probleme gegeben. Das war doch ein Erfolg. Zumindest in seinen Augen. Leider gab es auch Menschen, denen das nicht genügte.

»Finch!« Sein Boss, Chief Inspector Howard Campbell, war nur ein Jahr älter als er. Trotzdem sah er mit seinem grauen Haar und der hohen Stirn älter aus. Der Kragen seines Hemdes war offen. Die Krawatte lag auf dem Tisch. War es nicht faszinierend, dass der Brauch, sich bunte Stoffstreifen um den Hals zu wickeln, mühelos die Zeit überstehen konnte? Selbst jemand mit einem sechshundert Jahre alten Binder wäre in London niemandem aufgefallen.

»Es ist doch gut gelaufen … Was willst du von mir?« Finch hatte Duncan Harper weder ein Glas Champagner über dem Kopf entleert noch ihn angespuckt. Geschlagen hatte er ihn auch nicht. Alles Dinge, die ihm durchaus gefallen hätten.

»Du hattest keine Freigabe für Marrakesch!« Howard zeigte sich also kleinlich. Auf seinem Schreibtisch stapelte sich die Arbeit, zumindest leuchteten auf der holographischen

Arbeitsumgebung neben ihm zahlreiche rote Symbole, die nach seiner Aufmerksamkeit verlangten.

»Echt jetzt?«

»Finch! Verarsch mich nicht!« Howards Kommunikator meldete sich, bevor er antworten konnte. Er tippte an seinen Hals, um das Gespräch anzunehmen.

»Ja.«

»Das ist richtig.«

Finch konnte nicht hören, wer mit ihm sprach oder worum es in dem Gespräch ging.

»Ja, der arbeitet für mich.«

»Ermittler.« Howard sah Finch an, es ging um ihn. »Das denke ich nicht.«

»Das verstehe ich.«

»Ja ... sein Vater ist ein bekannter Wissenschaftler.« Dieser Schatten würde sein ganzes Leben über Finch schweben.

»Wer hat sich bei uns gemeldet?«

»Stimmt das wirklich?«

»Das ist ärgerlich.«

»Nein ... da stimme ich Ihnen zu.«

»Ja, Sir. Das ist eine gute Idee.«

»Perfekt.«

»Ich werde das erledigen.« Howard beendete das Telefonat und wandte sich wieder Finch zu. »Das war der Superintendent. Finch, du hast Scheiße gebaut!«

»Ähm ...«

»Ich helfe dir auf die Sprünge ... Marrakesch.«

»Aha ...« Finch erkannte das Problem noch nicht. Er hatte dort wegen der Kindermorde in Kensington ermittelt. Leider ohne neue Indizien beibringen zu können. Ein Misserfolg, der sich auch bei der besten Polizeiarbeit nicht verhindern ließ.

»Du hast den Kensington-Mörder gejagt.«

»Richtig …« Er musste jetzt vorsichtig sein.

»Ohne meine Erlaubnis.«

»In gewisser Weise …«

»Nein, Finch, ohne meine Erlaubnis!«

»Es tut mir leid, dass …«

»Nein, Finch! Es tut dir nicht leid! Ich kenne dich! Ich kenne dein Talent, und ich kenne die Dämonen, die dir im Nacken sitzen! Du würdest es immer wieder tun!«

»Ähm …« Howards Worte waren so zutreffend wie entwaffnend. Finch musste sich eine neue Verteidigung ausdenken.

»Du weißt besser als ich, was das für ein Kerl ist! Dieser Mann ist gefährlich. Mehr noch … Er ist gefährlich, reich und intelligent. Das ist eine ganz miese Mischung. Du hast nicht ihn, du hast seine Begleitung belästigt!«

»Das habe ich getan, um …«

»Um Beweise zu sichern?« Howard verschränkte die Arme. »Du hast sie bedrängt, du hast sie belästigt, du hast sie gegen ihren Willen geküsst, hast ihr dabei eine Wanze untergeschoben und bist dabei gefilmt worden.«

»Das Hotel hatte den Bereich der Lobby nicht überwacht …« Darauf hatte Finch geachtet, er war doch kein Anfänger.

»Aber der Kerl hat seine Freundin überwacht! Das ist ein Psychopath. Er dachte, dass sie ihn betrügen würde. Was sie nicht tat, aber dich auf frischer Tat zu filmen hat ihm dennoch gefallen.« Howard machte weiter. Das war mies gelaufen. »Er hat die örtliche Polizei um Hilfe gebeten. Die haben deine Wanze gefunden.«

»Das ist … nicht gut«

»Nein, das ist es nicht! Die Regierung von Marokko fragt

nun über föderale Kanäle nach, ob es in England für die Abhöraktion eine richterliche Anordnung gab.«

Eine unglückliche Entwicklung. Finch konnte Howards Verstimmung darüber nachvollziehen. Die Falten auf seiner Stirn sprachen Bände.

»Nun … unsere Regierung, die Polizeileitung, der Superintendent und meine Wenigkeit sehen in diesem Zusammenhang wenig Spielraum, wenn wir deinen arroganten Hintern nicht an die Fische vor der Küste Nordafrikas verfüttern wollen. Was wir könnten, um das einmal klarzustellen.«

»Ähm …« Das war zu befürchten. Finch sah sich bereits unter einer Brücke schlafen oder, schlimmer, seinen Vater um Hilfe bitten. Nein, so weit würde es nicht kommen. Dann lieber die Brücke.

»Atticus Finch Harper … die Anwälte dieses Wichsers fordern deinen Kopf … ansonsten verklagen die uns!«

»Ich verstehe …« Damit dürfte seine Karriere bei der Polizei ein Ende finden.

»Wirklich?«

»Ähm …« Vielleicht verstand er auch nicht, worauf Howard gerade herauswollte.

»Dein Name hat eine gewisse Strahlkraft.« Howard stand auf und steckte die Hände in die Hosentaschen.

»Das ist mir bewusst.«

»Aber wir können dich nicht halten.«

Finch nickte.

»Wir können dich aber auch nicht feuern oder zusehen, wie die Anwälte dieses Mörders an dir ein Exempel statuieren.«

»Ja?«

»Die *USS London* ist vor einer Stunde gestartet.« Howard ging zum Fenster. Die Holzvertäfelung in diesem Büro passte zu der Farbe seiner auf dem Tisch liegenden Krawatte. Das mit dem Raumschiff war Finch natürlich nicht entgangen. Draußen war es heller als am Tag zuvor um dieselbe Uhrzeit. Eine Woche lang hatte diese mit Antimaterie befeuerte mobile Sonnenfinsternis London verdunkelt.

»Du hast Glück. Der Superintendent ist ein kluger Mensch. Ich denke zwar, er hat ein zu weiches Herz, sehe aber wie er keine bessere Möglichkeit.«

»Als?« Jetzt war Finch neugierig.

»Du wirst um deine temporäre Versetzung bitten!«

»Werde ich das?« Im Moment konnte Finch seinem Boss nicht folgen.

»O ja!«

»Und wohin möchte ich mich versetzen lassen?«

»In die Public-Relations-Abteilung der Stadt.«

»Bist du dir sicher?« Damit würde er den Polizeidienst aussetzen, das war das Letzte, was Finch tun wollte.

»Sehr sicher sogar!«

»Also an der Stelle möchte ich einwenden ...«

»Nein, nein ... mein Freund, du sagst keinen Ton. Ich bin noch nicht fertig. Dafür, dass der Superintendent, der dich eigentlich für einen borniertenHammel hält, und ich dich davor retten, am nächsten Mast aufgeknüpft zu werden, wirst du dich für deinen neuen Job durch eine beeindruckende Leistung empfehlen.«

»Ach, und wie werde ich das tun?« Das wurde immer besser. Als ob Finch bei diesem Mist mitmachen würde. Die Idioten von der Stadt sollten doch ihre Touristenflyer selbst verteilen.

»Indem du zeigst ... dass die Stadt gar keine andere Möglichkeit hat, als dein Talent, deine Verbindungen und deinen Namen genau für diesen Job zu nutzen.«

»Meinen Namen?« Finch wusste noch nicht, ob ihm die neue Richtung gefiel.

»Natürlich ...«

»Erzähl mir mehr.«

»Du wirst der Stadt eine exklusive Homestory über deinen Vater liefern. Das volle Programm: private Bilder am Kamin, ein Interview und einen Stream, der es in sich hat. Du wirst umwerfend sein ... weltmännisch, witzig und geistreich, ein echter Sohn unserer Stadt. Die Menschen sollen dich lieben, deinen Vater bewundern und sich, egal, wo sie gerade sind, wünschen, wenigstens noch einmal vor ihrem Tod London zu besuchen.«

»Das ist nicht dein Ernst!« Finch hatte mit vielem gerechnet, aber sicherlich nicht damit. »Verdammt, ich bin Polizist und kein Klatschreporter.«

»Bald nicht mehr, wenn du nicht tust, was ich dir sage ...«

»Mein Vater gibt keine Interviews.«

»Ich weiß.« Howard lächelte.

»Das hat er schon zwanzig Jahre nicht mehr getan.« Es könnten auch dreißig sein.

»Ja, ja ... das ist bekannt.«

»Es war auch noch nie ein Kamerateam in seinem Haus.«

»Stimmt.«

»Ich war selbst schon Jahre nicht mehr dort.« Finch hatte sich auch geschworen, nie mehr einen Fuß über die Schwelle von Glamis Castle zu setzen. Sein Elternhaus repräsentierte für ihn alles, was er an seinem ach so berühmten Vater ablehnte.

»Ich bin sicher, dass du den Weg dorthin nicht vergessen hast.« Howard klopfte ihm auf die Schulter. »Finch, das ist eine Win-win-win-win-Situation.«

»Ach ja?«

»Die Anwälte dieses Kensington-Psychopathen kommen nicht auf die Idee, die Stadt zu verklagen, der Superintendent muss niemandem erklären, warum er den ältesten Sohn des klügsten Kopfes unserer Zeit vor die Tür gesetzt hat, und die Stadt bekommt eine PR, die für weltweite Aufmerksamkeit sorgt.«

»Das waren erst drei Wins.«

»Der vierte Gewinner bist du, Finch. Dein Vater ist 117. Er wird nicht ewig leben. Egal, was zwischen euch gelaufen ist, nutzt die Chance und macht euren Frieden miteinander.«

»Das ist verrückt!«

»Das ist vielleicht deine letzte Gelegenheit!«

Finch stand auf. »Sogar wenn ich zustimme, was ich nicht tue, warum sollte mein Vater plötzlich Gefallen an der Presse finden?« Duncan Harper ging der Öffentlichkeit seit Jahren aus dem Weg. Da hatten noch ganz andere an seiner Tür geklingelt und eine Abfuhr erhalten.

»Weil die Anfrage von seinem Sohn kommt …«

Er schluckte. »Er hasst mich!« Finch hatte ihm vor Jahren einige wenig schmeichelhafte Dinge an den Kopf geworfen. Das Schlimme war, dass jedes einzelne davon zutraf.

»Tut er das?«

»Ja!«

»Finch, er hat geweint, als er dich gestern gesehen hat. Glaub mir, er wird mit dir sprechen.«

»Mit mir und einem Kamerateam?« Das war blanker Irrsinn. Aber hatte er eine Wahl? Er dachte an die Anwälte des Kensington-Mörders. Auf die hatte er auch keine Lust.

»Ja!«

Finch atmete durch. »Okay, ich mache es.«

»Wirklich?« Howard lachte auf.

»Ja, ich bin dabei!« Sein Vater würde ohnehin kein Interview geben, dessen war Finch sich sicher, er konnte also bedenkenlos zustimmen. In ein paar Wochen würde er wieder zur Polizei wechseln, und alles war vergessen.

Zwei Tage später. Finch stand im Rathaus von London, einem zwölfhundert Meter hohen Tower im Osten der Stadt, unmittelbar an der Themse. Das war noch nicht einmal das höchste Gebäude in der Gegend. Der Blick aus der dreihundertdreißigsten Etage war beeindruckend. Unzählige Gleiter schwirrten um die Hochhäuser herum.

»Sir, die Anwältin von Professor Duncan ist da«, erklärte eine Mitarbeiterin des Bürgermeisters.

»Sehr gut, sie soll hereinkommen.« Der Bürgermeister, ein korpulenter Mann in Nadelstreifen, stand von seinem Schreibtisch auf. Allein der Versuch, den Interviewtermin mit seinem Vater zu vereinbaren, war eine Herausforderung.

»Sehr wohl.« Die Mitarbeiterin machte einer älteren Dame Platz. Lady Henriette Leicester, promovierte Juristin, die selbst bereits 102 Jahre alt war. Sie war die Vertraute seines Vaters und seit Finch denken konnte ihre Familienanwältin. Im Gegensatz zu ihm brauchte sie aber weder einen Rollstuhl noch einen Sprachcomputer.

»Scott!« Die Lady und der Bürgermeister kannten sich persönlich. Ohne Beziehungen funktionierte auch im Jahr 2720 überhaupt nichts. »Es ist so schön, Sie wiederzusehen.

»Henriette, die Ehre ist ganz meinerseits.« Der Bürgermeister ging, vor Freude strahlend, auf sie zu.

»Vielen Dank für die Einladung.«

»Aber nein, ich habe zu danken.« Die Lady sah aus wie eine sportliche Frau um die fünfzig: schlank und souverän. »Darf ich Ihnen Atticus Finch Harper vorstellen.«

»Wir kennen uns.«

Finch lächelte, natürlich taten sie das. Wenn sein Vater der Höllenfürst war, war sie der Feuerdämon an seiner Pforte, der mit einem Hauch seines Atems jeden Ritter binnen eines Lidschlags zu Asche verbrennen konnte. Ihr Ruf als Juristin war legendär, ebenso wie die lange Liste ihrer Schönheitsoperationen. Genetische Implantate waren der letzte Hit. Im Prinzip nutzte man partiell geklonte Organe, um damit den zahlungskräftigen Kunden zu verjüngen. Das funktionierte so gut, dass in Europa das Durchschnittsalter aller Menschen bei neunundsiebzig lag. In England gab es fünf Millionen Menschen über hundert, und der älteste Mensch der Welt, ein Japaner, war 213 und noch in der Lage, mit seinem vierten Satz Kniescheiben seinen Ur-ur-ur-ur-ur-Enkeln auf der Nase herumzutanzen.

»Atticus, ich wollte es zuerst nicht glauben.« Henriette nahm seine Hand. Solange man ihr für ihre Dienste 25 000 Dollar in der Stunde bezahlte, war sie ein herzensguter Mensch.

»Ich bin es wirklich.«

»Glauben Sie es mir jetzt?«, fragte der Bürgermeister. Es war nicht möglich, Duncan Harper einfach anzurufen. Auch für Finch nicht. Man konnte nur sein Büro erreichen. Und genau so hatten sie es eingefädelt, Finch hatte über das Büro des Bürgermeisters das Büro seines Vaters kontaktiert, um das Interview anzufragen. Der Termin heute war ein Vorgespräch, bei dem sich die Vertraute seines Vaters überzeugen wollte, ob der Bürgermeister ihn wirklich mit an Bord hatte.

»Ja, Scott ... bitte lassen Sie mich ein paar Worte mit Atticus wechseln. Wie lange ist es jetzt her?«

»Vierundzwanzig Jahre.« Finch, der von einigen in der Familie auch Atticus gerufen wurde, hatte genau vor vierundzwanzig Jahren, drei Monaten, vier Tagen, sieben Stunden und zweiunddreißig Minuten das Haus seines Vaters verlassen. Nachdem er ihm laut und deutlich einen langsamen und qualvollen Tod gewünscht sowie geschworen hatte, jeden Dollar eines möglichen Erbes auf einem großen Scheiterhaufen zu verbrennen.

»Ich war dabei.«

»Ja.« Unwesentlich jünger aussehend.

»Es gab gestern bereits ein Treffen?«, fragte sie.

»Eine Überraschung ... Ich bin gebeten worden, zuvor nichts darüber zu sagen.«

»Die ist dir gelungen. Oh, ich hoffe, ich darf noch du sagen.«

»Aber selbstverständlich.«

»Dein Vater war zu Tränen gerührt.«

»Ich habe es gesehen.« Finch bemühte sich, das möglichst ironiefrei rüberzubringen.

»Wie ist es dir ergangen?« Sie zeigte auf eine Sitzgruppe. »Bitte lass uns ein wenig plaudern.«

»Ich arbeite für die Polizei ... nicht immer ein einfacher Job, aber ich helfe dabei, den Abschaum von den Straßen zu holen.« Jeder verbesserte die Welt auf seine Weise. Bei ihm ging es um Gerechtigkeit. Ein altmodisches Motiv.

»Das ist gut.«

»Wie geht es dir?« Finch wollte sich nicht ausfragen lassen.

»Viel Arbeit ... Dein Vater schafft es, einen ganzen Stall von Juristen zu beschäftigen. Es geht immer um Geld, Eitelkeiten und Kontrolle. Aber wir verstehen unser Handwerk und geben ihm den Freiraum, den ein kreativer Kopf benötigt. Niemand wird ihm jemals Schaden zufügen.« Das war Henriette Leicester, Juristin, Feuerdämon und Löwenmutter. Sie hatte seinen Vater immer beschützt.

»Mein Vater kann sich glücklich schätzen, dich an seiner Seite zu haben.«

»Das hoffe ich.« Henriette sah zum Bürgermeister, dem Statisten in dieser Unterhaltung. »Scott, ich werde dem Professor ausrichten, dass Ihre Anfrage authentisch ist. Ja, Sie haben Atticus an Ihrer Seite. Ein braver Junge, der nie vergessen hat, was richtig ist.«

»Das ist sehr gut!« Scott, der Bürgermeister, grinste wie ein Honigkuchenpferd. Nicht so süß, aber so rund. »Ich werde alles Weitere in die Wege leiten.«

»Das persönliche Sekretariat des Professors wird Sie dabei nach Kräften unterstützen.«

»Atticus, hast du noch eine Frage?«, fragte sie freundlich.

»Hast du etwas dagegen, wenn wir es live machen?« Finch hatte damit gerechnet, dass sie dem Interview ablehnend gegenüberstehen würde. Aber das war nicht der Fall.

»Nein, nein, das ist eine wunderbare Idee ... je spontaner, desto besser. Duncan hat viel zu lange gewartet. Ich war so froh, als ich von deiner Anfrage erfuhr. Ich habe geweint ... wegen dir, deinem Vater und den vielen Jahren, die wir verschwendet haben.«

»Das wird wunderbar.« Der Bürgermeister rieb sich die Hände. Der Verlauf des Gesprächs übertraf seine Erwartung bei weitem.

Finch war dagegen einigermaßen überrascht. Es lief zu glatt. Wurde er von der alten Dame etwa vorgeführt? Es schien fast so, als würde sie die Gunst der Stunde nutzen, um eine möglichst große Plattform zu bekommen. Die Stadt London und Finch würden dieses Interview mit maximaler Reichweite propagieren.

»In vierzehn Tagen startet die *USS London*. Das zweite Schiff. Wie wäre es, das Interview an diesem Tag durchzuführen? Wir können den Start auf dem Landsitz des Professors in Schottland gemeinsam verfolgen. Es gibt zwar eine Einladung, nach Boston zu fliegen, die der Professor aber aus gesundheitlichen Gründen nicht wahrnehmen möchte.«

»Ein ansprechender Vorschlag.« Der Bürgermeister sprang darauf an. »Zwei Wochen sollten genügen, um alles vorzubereiten.«

»Atticus, bist du damit einverstanden?«

»Ja, natürlich.« Finch hätte keinen besseren Termin nennen können. Auch der Landsitz passte perfekt. Finch hatte seine Jugend sowohl in der Villa in London wie auch im Sommer auf Glamis Castle in Angus verbracht.

Finch musste neidlos anerkennen, dass die alte Lady den Bürgermeister und ihn mit Haut und Haaren vernascht hatte. Alles würde genau so laufen, wie sie es wollte.

»Ach, das ist doch ein wunderbarer Tag heute. Ich habe in meinem Leben an vielen Besprechungen teilgenommen, die, so die Natur meiner Arbeit, selten angenehm waren, um heute deinem Vater so phantastische Nachrichten überbringen zu können.« Henriette lächelte und legte erneut die Hand auf seine Finger.

»Ich freue mich auch ...« Finch machte mit und schenkte ihr ein herzliches Lächeln. Wie gut konnte er lügen? Ob sie seine Verunsicherung sehen konnte? Der Bürgermeister spielte bei diesem Theater nur eine Nebenrolle.

Finch fragte sich unwillkürlich, ob die alte Lady eigene Ziele verfolgte. Schließlich musste sie zumindest ahnen, dass Finch alles andere als ein unproblematischer Gesprächspartner war. Er sollte anfangen, sich den Honig aus den Ohren zu wischen. Denk nach, rief er sich zu. Lady Henriette Leicester war wohlhabend, hochangesehen und eine Instanz in der europäischen Justiz. Als Syndikus ihres Vaters und Vorsitzende der Harper-Stiftung verwaltete sie das größte Privatvermögen des Landes. Weltweit stand Duncan Harper auf Platz sieben der reichsten Menschen der Welt. Er war zeit seines Lebens nicht nur ein begnadeter Wissenschaftler, sondern auch ein guter Geschäftsmann gewesen, der es wie kaum ein anderer verstanden hatte, von seinen eigenen Ideen zu profitieren.

Würde Henriette Leicester seinen Vater hintergehen? Professor Dr. Dr. Duncan Harper stand über den Dingen. Es gab kaum jemanden, der ihn wirtschaftlich, juristisch oder intellektuell herausfordern konnte.

Oder handelte die Anwältin loyal in seinem Auftrag? Tat sie nur, was er von ihr verlangte? Der Rollstuhl und der Sprachcomputer konnten Finch nicht täuschen. Duncan Harper war der klügste Mensch, den er kannte. Auch der ehrgeizigste und unerbittlichste. Er war genau der Typ Mensch, der einen Plan ausheckte, der auch hundert Jahre nach seinem Tod und Millionen Kilometer von ihm entfernt genau so funktionierte, wie er es wollte.

VII.

STAUB IN DEN ECKEN

Das war ein Scheißtag heute. Denis warf das verschmorte Lenkrad in eine Kunststoffwanne und sammelte weitere Bruchstücke von Carls Scooter vom Gitterboden der Frachtzone auf. Diese Kisten waren definitiv nicht dafür geschaffen, um damit Rennen zu fahren. Er hätte, um sich selbst ein halbwegs brauchbares Fahrzeug zu bauen, das Fahrwerk, den Antrieb, den Motor, die Bremsen, die Akkutechnik und die Elektronik modifizieren müssen. Nein, das Chassis war eigentlich ebenfalls unbrauchbar. Das war wirklich eine bescheuerte Idee gewesen. Sein Freund hatte dafür sein Leben lassen müssen. Denis fühlte sich hundeelend.

»Ist alles in Ordnung, Boss?« Das war Tarek. Tarek Abbas, ein Techniker aus seinem Team, der ihm half, die Unfallstelle aufzuräumen. Ein guter Mann, aufmerksam und geschickt im Umgang mit Werkzeugen. Tarek war einen Kopf kleiner als er, hatte zierliche Hände und brachte nur fünfzig Kilogramm auf die Waage.

Um verteilte Bruchstücke aufzusammeln, hatte Denis auch die beiden Drohnen eingesetzt, die ihn mittlerweile bei jeder Fahrt begleiteten. R2 und D2 hatten in über hundert Meter Entfernung Plastiksplitter, Blut und sogar einen Finger von Carls zerschmetterter rechter Hand gefunden. Bereits der Aufprall hatte ihn getötet.

»Nein.« Nichts war in Ordnung. Diese Reise war verflucht. Zuerst Sue, dann der Ausraster von Mason und jetzt der Tod von Carl. Wer wusste schon, was als Nächstes passieren würde? Das war der richtige Tag, um sich zu betrinken.

»Entschuldige ...«

»Es ist nicht deine Schuld.« Denis klopfte Tarek auf die Schulter. Er machte dem Nordafrikaner keine Vorwürfe. »Carl war mein Freund.«

»Es tut mir leid.«

Er nickte.

»Da vorne liegt ein Stoßdämpfer.« Tarek ging auf den Dämpfer zu, den es offenbar beim Aufprall aus der Aufhängung gerissen hatte. Er war verbogen, aber nicht verbrannt und steckte in einem Gitterspalt. Der Boden in dieser Frachtzone war größtenteils geschlossen. Über zahlreichen Revisionsöffnungen lagen aber Metallgitter, um eine Luftzirkulation zu ermöglichen.

»Gibst du ihn mir bitte?«

»Klar.« Tarek reichte den Dämpfer weiter. »Der ist nicht mehr zu gebrauchen.«

»Stimmt.« Dieser Einschätzung konnte Denis nur zustimmen, der Knick in der Führung war nicht zu übersehen. Die hohen Kräfte, die beim Aufprall auf den Dämpfer einwirkten, hatten die Feder nach außen gedrückt und den Holm verbogen.

»Versau dir nicht die Klamotten ... das Ding ist undicht.«

»Du hast recht ...« Denis hatte sich bereits die Arbeitsuniform mit dem Dreckszeug versaut. Er wischte mit dem Finger über das galvanisch behandelte Metall. Da waren zahlreiche kleine schwarze Krümel zu sehen. Wo kamen die her? »Sieh mal.«

»Das ist der Dichtungsring. Der Kunststoff ist mürbe und hat sich aufgelöst.«

»Nach sieben Jahren?« Denis stutzte, das war ungewöhnlich. Kein Dichtungsring aus modernen Verbundwerkstoffen sah nach sieben Jahren so aus.

»Durch das Feuer?«

»Der Dämpfer war nicht den Flammen ausgesetzt.« Der Aufprall hatte das verhindert.

Tarek hob die Schultern.

Denis ging zu seinem Scooter und drehte das mobile Display zu sich. Er wollte etwas überprüfen.

»Tarek, schnapp dir R2 und sammle alles auf, was durch die Gitterroste eine Ebene tiefer gelandet ist.«

»Geht klar, Boss!«

»Mutter.«

»*Ja, bitte.*« Die KI war überall auf dem Schiff ansprechbar.

»Ich brauchte eine Explosionszeichnung mit Teilenummern.«

»*Holographische Darstellung?*«

»Gerne …« Das machte es einfacher, im Arsenal zwischen den verschiedenen Ersatzteilen zu navigieren.

»*Bildaufbau erfolgt.*« Mit Mutters Worten verließ die zweidimensionale Darstellung auf dem Display des Scooters den Rahmen und wuchs in die Höhe.

»Haptik aktivieren.« Er wollte etwas in den Händen halten.

»*Haptik aktiv.*«

Denis begann, den körperlosen Dämpfer zu zerlegen. Seine Handbewegungen wurden von dem System erkannt und visuell umgesetzt. Als Erstes löste er die Dämpferfeder. Das Feedback erfolgte über Sensoren in seinen Handschuhen. Es war natürlich immer noch ein Unterschied zu spüren, aber die simulierte Haptik der virtuellen Darstellung fühlte sich schon ziemlich echt an.

»*Kann ich helfen?*«

»Natürlich ...« Denis hatte nach wenigen Handgriffen den Dämpfer zerlegt und einen der Dichtungsringe in der Hand. »Ich brauche die Nummer dieses Bauteils.«

»*N24101968.*«

»Zweite Darstellung aufbauen. Ansicht vergrößern. Lagerbestand auflisten.«

»*Darstellung aufgebaut. Das ist ein Build-to-order-Bauteil. Die Bereitstellungszeit beträgt zwölf Minuten.*«

Denis drehte den virtuellen Dichtungsring und kontrollierte die Nummer. Bei solchen Ersatzteilen war es immer schwierig, die richtige Lagermenge zu bestimmen. Bei zu wenigen könnte man bei Bedarf in Schwierigkeiten geraten. Packte man hingegen die Hütte voll, hätte man die Größe der *USS London* vermutlich verdoppeln müssen. BTO bedeutete, dass sie sich nahezu beliebig viele Dichtungsringe an Bord herstellen lassen konnten. Dazu waren mehrere leistungsfähige 3-D-Drucker vorhanden, die wirklich jeden Scheiß herstellen konnten.

»Werkstoffanalyse einleiten.« Er war noch nicht fertig. Die Tücke lag im Detail.

»*Welche Informationen sind von Interesse?*«

»Werkstofftyp?« Denis kannte das Zeug ziemlich gut, aus dem diese Dichtungsringe gefertigt wurden. Genau deswegen ging er dieser Spur nach.

»*Aramit-Kevlar-Composit-Typ3.*«

»Zertifizierung des Herstellers auflisten.«

»*Daten aufgelistet.*« Mutter spielte neben dem Dichtungsring auch die Werte des Herstellers ein. Da zahlreiche Teile auf dem Schiff aus Aramit-Kevlar-Composit-Typ3 bestanden, war dieses Material ausgiebig getestet worden. Hitze-beständigkeit, Reißfestigkeit, Kälteresistenz, Haltbarkeit im Wasser, im All, an der Luft und so weiter. Interessanterweise wurde das Wartungsintervall unter Flugbedingungen mit 750 Jahren zertifiziert. Verständlich, da das Schiff dafür geschaffen worden war, eine Strecke von fünfzig Lichtjahren hin und zurück zu fliegen, ohne dass man sich an einem Dämpfer ölige Finger holte. Die *USS London* war schlicht zu groß und hatte zu viele Bauteile, um alle paar Jahre eine Generalüberholung durchführen zu können. Das hätten auch hundert Techniker, wenn sie Tag und Nacht durchgearbeitet hätten, nicht geschafft.

»Wurde dieses Bauteil bereits auf dem Flug hergestellt?«

»*Negativ.*«

»Wurden andere Bauteile aus diesem Werkstoff hergestellt?«

»*Negativ.*«

Denis stellten diese Antworten nicht zufrieden. Mutter hatte keinen Grund zu lügen, trotzdem passte das nicht zusammen. Die Dichtung aus dem Dämpfer von Carls Scooter war zerbröselt. Das machte so eine Dichtung normalerweise nicht, weil sie keine Lust mehr hatte, dicht zu halten. Das machte sie, weil sie alt war.

»Boss?« Das war Tarek, der sich unter ihm befand.

Denis sah durch das Gitter, konnte ihn aber nicht sehen. »Gibt es Probleme?«

»Nein ... aber hier unten ist es dreckig wie Sau.«

»Und?« Denis wusste im ersten Moment nichts mit der Information anzufangen.

»Zehn Zentimeter Staub ... Da finde ich höchstens Metallteile. Ansonsten ist da nichts zu machen.«

»Staub?«

»Das sagt zumindest der Scanner deiner Drohne. Angeblich ungefährlich ... Das Zeug stinkt aber.«

»R2.«

»Von mir aus ...«

»Pack eine Probe ein.« Das wollte Denis sich selbst anschauen. Hatte da etwa die letzte Schicht das Putzen vergessen? Na ja, noch nicht einmal dann hätte sich so viel Dreck angesammelt. Staub auf einem hermetisch abgeschlossenen Raumschiff bedeutete vor allem Hautpartikel, Haare, alte Popel und möglicherweise noch Brotkrümel, wenn jemand auf den Laufgittern seine Stulle verdrückt hatte. Na gut, hier gab es noch den Reifenabrieb von Gummirädern, aber auch der würde in sieben Jahren keine zehn Zentimeter starke Schicht Staub entstehen lassen.

»Geht klar.«

»Mutter, hast du das Putzen vergessen?«

»Diese Frage kann ich nicht interpretieren.«

Denis stutzte, er hatte beim Training auf der Erde mit Mutter noch ganz andere Dialoge geführt. Damals hatte sie deutlich coolere Antworten gegeben. »Warum so zickig ... Hast du deine Tage?«

»Diese Frage kann ich nicht interpretieren.«

»Lass gut sein ...«

»Es gibt ein Problem in der Klimasteuerung von Zone C1. General Mellenbeck bittet darum, dass Sie sich umgehend darum kümmern.« Mutter wechselte das Thema. Zwar nicht sonderlich geschickt, aber gut, das war sein Job.

»Tarek, ich habe einen neuen Auftrag. Machst du hier alles fertig?«, rief er nach unten durch das Gitter. In dem Loch konnte man absolut nichts sehen.

»Geht klar.«

Denis fuhr mit seinem Scooter zur Zone C1. Tarek hatte noch einen zweiten fahrbaren Untersatz dabei. Die Fahrzeit würde einige Minuten dauern. Zeit, um nachzudenken. Zeit, um an Sue zu denken, an die er in den letzten Monaten jeden Tag gedacht hatte. Ihr schulterlanges blondes Haar hatte er geliebt. Wie auch alles andere an ihr. Ihren Verlust wollte er nicht akzeptieren. Warum sie? Ihr Tod schmerzte immer noch.

Sein Kommunikator meldete sich, das war der Doc. Er hatte ihr einen eigenen Ton zugeordnet.

»*Hier ist Jazmin.*«

»Hi, wie geht es Mason?«

»*Er schläft.*«

»Immer noch?«

»*Er hat eine Gehirnerschütterung … der Schlaf hilft ihm.*«

»Okay.« Denis hätte gern mit seinem Jungen gesprochen. Die Erinnerung an ihr letztes Gespräch mit ihm tat weh.

»*Kommen Sie nachher auf der Krankenstation vorbei? Ich bin den ganzen Abend hier …*«

»Ja … ähm … selbstverständlich.« Natürlich würde er das tun. Die Frage verwirrte ihn, natürlich es ging um Mason. Aber trotzdem – Frauen waren kompliziert. Auch wenn er bereits einige Monate mit den Händen über der Bettdecke schlief, war er unfähig, locker zu reagieren. Seine Stimme klang, als ob er einen Stock verschluckt hätte.

»Bis später.«

Der Doc trennte die Verbindung. Denis schüttelte den Kopf. Das Leben ging weiter, er musste lernen, sich nicht länger wie ein Idiot zu benehmen. Ansonsten würde Mason ein Einzelkind bleiben. Er lächelte. Das war gut. Er war sich sicher, dass Sue wollen würde, dass er sein Leben auf die Reihe bekam.

Denis fuhr zu einer Schleuse. Die Zone C1 war der Trainingsbereich der *USS London*. Neben virtuellen Notfallübungen, bei denen man naturgemäß nicht wusste, dass man an einer Übung teilnahm, gab es ebenfalls Übungen, bei denen einem diese Tatsache bewusst war. Dort ging es weniger darum, die Entscheidungsfähigkeit unter Stressbedingungen zu testen, als vielmehr, Wissen zu vermitteln, oder einfach, sich mit neuen Dingen vertraut zu machen.

»Mutter, lass mich rein.«

»*Zutritt gewährt.*«

»Das ist nett ...« Der Sicherheitscheck war seiner Meinung nach unnötig. Na ja, damit konnte man eine KI beschäftigt halten. Denis fuhr in die Zone hinein, parkte den Scooter und schnappte sich sein Werkzeug. D2 ließ er zurück. Die Drohne verabschiedete ihn mit einem Piepton. »Es ist kalt hier.«

»*Das System steht auf 22 Grad Celsius.*«

»Es ist kälter.« Das waren höchstens fünfzehn.

»*Die Sensoren liefern falsche Daten. Die Temperatur in der Zone wird mit 28 Grad Celsius angezeigt. Deshalb läuft die Kühlung.*«

»Das ist ein Fehler.« Denis steckte den Zeigefinger zuerst in den Mund und dann in die Luft. Sein Sensor funktionierte immer.

»*System neu kalibriert. Heizung aktiviert. Delta wird in zwölf Minuten ausgeglichen sein.*«

Denis blieb stehen und nahm von seinem Rangabzeichen den Projektor für die Nasenwurzel ab und steckte ihn auf selbige. In der Trainingszone waren gerade zwei virtuelle Sessions aktiv. Während die vier Aspiranten sich in turmhohen und vollbeweglichen Körperlafetten befanden und spezielle Feedbackanzüge trugen, wurde ihre Umgebung holographisch angezeigt.

Zwei Kommandooffiziere nutzten ihre Freizeit, um auf der neuen Welt einen Berg zu erklimmen. Das sah lustig aus, da beide eigentlich frei in der Luft hingen, während sie in der virtuellen Realität ihre Kletterbewegungen machten.

Die Landschaft in der virtuellen Simulation war wie auf der Erde, bis auf die Tatsache, dass es dieses Gebirge auf der Erde nicht gab. Wohl aber auf ihrer neuen Heimat. Der Planet war vor einhundertsechzig Jahren entdeckt worden und hatte bisher noch keinen offiziellen Namen. Man hatte drei unbemannte Raumschiffe entsandt, von denen immerhin eines Daten an die Erde zurückfunkte. Auf diesen Informationen basierte ihre gesamte Mission.

In dem anderen Szenario spielte eine Mutter mit ihrer zwölfjährigen Tochter am Strand. Beide hatten sichtlich Spaß bei ihrem virtuellen Ausflug.

»Mutter, ich brauche ein Overlay. Gib mir alle Sensoren, die der Klimasteuerung Daten liefern.«

»Overlay online.«

»Danke.« Denis ging weiter. Es gab hier acht Trainingssektionen, in denen jeweils bis zu vier Personen in eine Körperlafette eingespannt werden konnten. Die Wände waren dunkel gehalten, das sollte Streulicht minimieren. Die Raumhöhe betrug neun Meter. Das Overlay zeigte ihm zweiunddreißig Sensoren an, die gleichmäßig in die Wände integriert waren. Das war das Schöne an der *USS London*, alles wirkte hier so geordnet.

»Mutter, ich leite jetzt die Datenströme um.« Denis wollte nicht so viel Zeit verlieren und auf keinen Fall jeden Sensor einzeln überprüfen. Dafür hätte er mehrere Stunden und eine Leiter benötigt. Er wischte über das Overlay und ließ die Sensoren die gemessene Temperatur direkt an ihn senden. Das Ergebnis war überraschend, da nicht ein Sensor Blödsinn sendete. Also daran lag es nicht. »Die Sensoren sind es nicht. Ich schaue mir selbst die dezentrale Steuerung an.« Denis konnte spüren, dass es wärmer wurde. Mutter sorgte manuell für die Zuführung von warmer Luft.

»Der Steuerungsschrank befindet sich unter einer Revisions-öffnung. Der Zugang ist entriegelt.«

»Ich sehe ihn.« Denis öffnete eine Klappe im Boden. Hier liefen neben der Klimasteuerung auch die Energieversorgung, die Gravitation, die Sauerstoffzufuhr und das Netzwerk zusammen. »Ich werde die Temperaturdaten an diesem Knoten erneut abfangen.«

Das war wie eine Schnitzeljagd. Denis arbeitete sich strukturiert durch alle möglichen Fehlerursachen durch. Die Sensoren hatte er überprüft, jetzt war der Schaltschrank an der Reihe. Er startete eine Prüfroutine, die sich mit dem Computer verband. Ein Counter zeigte an, dass es zwei Minuten dauern würde.

Zwei Minuten später wartete Denis immer noch. Das war kein gutes Zeichen. Mit einem möglichen Wechsel des gesamten Schaltschranks würden zwei Techniker mindestens drei Tage beschäftigt sein. Die BTO-Drucker würden zudem einen Tag benötigen, die komplexe Kiste neu aufzubauen.

»Verbindung zu Tarek Abbas aufbauen.« Denis wollte die Wartezeit nutzen.

»Hi, Boss.«

»Fertig?«

»Ich bin auf dem Weg zurück.«

»Hast du noch was gefunden?«

»Schwarze Finger … Deine Drohne sieht jetzt aus, als ob sie die letzten beiden Jahre in einer Kohlengrube gearbeitet hätte.«

»Machst du R2 noch sauber?«

»*Kein Problem ... Was ist das mit dir und deinen Drohnen, warum hast du ihnen Nummern gegeben?*«

»Namen.«

»*Namen?*«

»Kennst du R2-D2 nicht?«

»*Nein.*«

»Ist ein Insider.« Denis schmunzelte, die alten Filme kannte heute nicht mehr jeder.

»*Eine Sache habe ich noch ...*«

»Welche?«

»*Ich habe in dem Dreck eine Handfeuerwaffe gefunden.*«

»Bitte was?« Denis wüsste nicht, dass Carl eine Waffe getragen hätte. Wen hätte er damit auch in den Fuß schießen sollen?

»*Eine Automatik, im Magazin befanden sich zwei Patronen. Das Kaliber habe ich noch nie gesehen. Sieht uralt aus, wie ein Colt oder so. Das Ding befindet sich in einem erbärmlichen Zustand. Der Holzgriff ist komplett vergammelt. Ich habe das Ding entladen und eingepackt.*«

»Ähm ... kannst du mir die Waffe mal bringen?« Denis glaubte, sich verhört zu haben. Handfeuerwaffen mit Holzgriffen wurden nicht mehr gebaut, und er kannte nur eine Person, die auf der *USS London* einen Colt M1911 an der Wand hängen hatte.

»*Kein Problem.*«

Denis schüttelte den Kopf. Alles wurde immer seltsamer. Was stimmte nicht mit dem Schiff? Was stimmte nicht mit der Crew? Oder stimmte etwas nicht mit ihm?

Weitere zwei Minuten später. Der Counter seiner Routine zeigte keinerlei Fortschritt. Das war doch Mist. Denis hatte keine Lust, hier den ganzen Abend zu verbringen.

»Mutter, ich komme nicht weiter. Meine Routine hakt, das Klimamodul zickt herum. Das könnte ein Softwarefehler sein. Ich müsste den Schaltschrank neu starten. Dann würde es aber deine Bergsteiger und die Badegäste aus der Spur hauen.«

»Diese Maßnahme ist nicht akzeptabel.«

»Hey, ich bin nur der Techniker, mach das mit dem General aus. Der Reboot und meine Routine würden das Trainingscenter nur für fünf Minuten vom Netz nehmen.« Vermutlich würde das genügen, um das Problem zu beheben. Das würde ihm auch ersparen, den gesamten Schaltschrank zu wechseln.

»Ich setze diesen Fehler auf die Liste für offene Reparaturen. Es gibt eine weitere Störung, die Ihre Aufmerksamkeit verlangt.«

»Echt?« Das artete heute wirklich in Arbeit aus. Denis sah auf die Uhr, es war bereits neun. 21.05 Uhr Standardzeit. Die Uhren der Erde liefen auf dem Raumschiff weiter. Er war heute schon fast vierzehn Stunden auf den Beinen. »Was gibt es noch?«

»Zone T18. Ein Fehler im Gravitationsmodul.«

»Oh …« Das war unangenehm. In der T-Zone lebten Schafe, deren Scheiße nun durch die Luft flog. Der perfekte Job für Tarek und R2. Bei den beiden würde nach dem Einsatz in der verdreckten Revisionsöffnung die Schafscheiße auch keinen Unterschied mehr machen. »Ich schicke Tarek.«

»Der hat schon einen neuen Auftrag.«

»Und die anderen?« Sie waren vierzehn Techniker. Einer würde doch Zeit haben. Denis wollte gleich zu Mason und dabei nicht wie ein verschissener Hammel riechen. Zudem würde er dort Jazmin Harper treffen.

»Alle Techniker befinden sich im Einsatz.«

»Wieso weiß ich davon nichts?« Wozu hatte der General ihn denn zum leitenden Techniker gemacht, wenn ihm die KI seine Männer ausspannte, ohne ihm etwas davon zu sagen.

»*Darüber liegen mir keine Informationen vor.*«

»Schon klar ...« Denis kletterte aus der Revisionsöffnung und warf die Klappe zu. Dann ging er zum Ausgang. Es war Zeit, sich einen Überblick zu verschaffen. »Alle aktuellen Einsätze meiner Techniker auflisten!«

»*Auflistung erfolgt.*«

Seine Jungs waren auf dem ganzen Schiff unterwegs, keine kritischen Jobs, nur sehr viele Kleinigkeiten gleichzeitig. Angeblich war das Schiff zu 99,98 Prozent wartungsfrei. Das war der Witz des Tages, er würde später lachen.

»Alle erledigten Jobs von heute auflisten.«

»*Auflistung erfolgt.*«

Das war eine Riesenliste. Jeder der Techniker befand sich praktisch im Dauereinsatz. Es waren auch Drohnen mit Aufträgen betraut. Mehr noch, Mutter nutzte weitere Drohnen aus der Bereitschaft, um zusätzliche Jobs abzuwickeln. Die BTO-Drucker liefen im Dauerbetrieb und stellten laufend neue Ersatzteile her. Klar, die Koordination dieser Arbeiten hätte er nicht leisten können, aber Mutter hätte ihn über diese hohe Arbeitslast informieren müssen.

»Ich möchte den General sprechen!«

»*Der General schläft und möchte nicht gestört werden. Das ist keine Notsituation.*«

»Dann werde ich das mit Colonel Harper klären!« Denis fühlte sich von Mutter verarscht.

»*Das steht Ihnen frei.*«

»Darüber reden wir noch!«

Denis sprang auf seinen Scooter und verließ den Trainingsbereich. Draußen wartete er auf Tarek. Das mit der alten Waffe war wichtig. Er spürte, dass er wütend wurde. Aber Wut war keine Hilfe. Also blieb er ruhig und sortierte seine Gedanken. Zuerst Tarek, die Waffe, dann zur Krankenstation, um seinen Sohn zu sehen und mit Jazmin zu sprechen. Dann musste er den General erreichen. Hier lief etwas aus dem Ruder.

»Tarek, wo bleibst du?« Er tippelte mit dem Fuß. »Verbindung aufbauen: Tarek Abbas!«

»*Verbindung nicht möglich. Es liegt eine Störung vor.*«

»Mutter, wir haben einen Ausfall der Kommunikation, und du sagst mir das nicht?«

»*Darüber liegen mir keine Informationen vor.*«

»Ist das dein Ernst?«

»*Diese Frage kann ich nicht interpretieren.*«

Denis fuhr los. Er würde sich später mit Tarek treffen. Sie hatten nicht nur eine lange Liste mit kleinen Problemen, sie hatten auch ein ganz großes! Mutter, die zentrale Bord-KI, zeigte ein fehlerhaftes Verhalten im Sprachmodul.

»Verbindung aufbauen: wachhabender Offizier auf der Brücke!« Er musste sofort einen Notfall melden.

»*Verbindung nicht möglich. Es liegt eine Störung vor.*«

Denis gab Vollgas. Der Weg zur Brücke führte an der Krankenstation vorbei. Das letzte Stück würde er laufen. Mit dem Scooter konnte man nicht in die Kommando- und Wohnbereiche fahren.

Er hielt an dem Wartungsportal, an dem auch andere Techniker ihre Fahrzeuge parkten. Der Parkplatz war leer. Die waren alle unterwegs. Bremsen, parken, rennen, er sprintete durch die Schleuse. Die Gänge waren leer. Da war niemand. Wenn man nicht gerade zur Kantine oder auf die

Brücke ging, war es bei dem Riesenschiff eher ein Zufall, jemandem zu begegnen.

Bei der nächsten Treppe nahm er vier Stufen auf einmal. Weiter, da vorne war die Krankenstation. Alles sah aus wie sonst. Er hatte schon Angst, hier Dutzende Verletzte zu sehen. Da war die Glasscheibe. Dahinter lag Mason. Er schlief. War das gut? Das hoffte er. Jazmin war da. Sie kam ihm entgegen und sprach mit jemandem über ihr Kommunikationssystem. Funktionierte es wieder? War es nur ein partieller Ausfall? Sie sah ihn und blieb fast erschrocken stehen. Irgendwie wirkte sie derangiert, als hätte sie selbst die eine oder andere Hiobsbotschaft zu verdauen. Was zur Hölle war hier passiert?

VIII.

FLÜCHTIGE SCHATTEN

Jazmin saß im Büro der Krankenstation an ihrer Workstation. Der holographische Bildschirm wuchs mit der Anzahl der vor ihr geöffneten Fenster und umspannte sie nahezu komplett. Das war wichtig, sie musste einen Weg finden, diese Sache aufzuklären. Sofort, das durfte nicht warten. Sie ließ sich alle Überwachungskameras auf dem Schiff anzeigen, ohne Sue Jagberg bisher entdecken zu können. Der General hatte ihr die Vollmacht erteilt, das gesamte Potential von Mutter zu nutzen. Dass er dabei wohl kaum die Suche nach einer Toten im Sinn gehabt hatte, spielte keine Rolle.

»Mutter, ich kann sie nicht sehen.«

»*Das ist nicht verwunderlich.*« Mutter klang ungewohnt emotional, beinahe schon zickig. Die KI hatte die Videodaten nur unter Protest freigegeben. Angeblich wäre dieser Eingriff in die Privatsphäre der Besatzung ohne einen Notfall nicht durch ihre Befehlskompetenz abgedeckt. Jazmin sah das anders, sie hatte Mutter gezwungen zu gehorchen.

»Ich werde Sue Jagberg finden.«

»*Colonel Harper, Major Sue Jagberg ist nicht auf diesem Schiff. Sie ist vor Monaten an den Folgen eines Unfalls gestorben und wurde auf der Erde beigesetzt.*«

»Ich habe sie gesehen!« Jazmin hatte sogar mit ihr gesprochen. Das hatte sie sich ganz sicher nicht eingebildet.

»*Colonel, ich weiß nicht, was Sie gesehen haben, aber Major Jagberg wird es nicht gewesen sein. Ich befürchte, dass Sie ein Trauma erlebt haben. Sie benötigen dringend psychologischen Beistand. Ich bitte darum, Dr. Helen Minous wieder aufwecken zu dürfen, damit Sie sich ausruhen können.*«

»NEIN!« Es ging ihr bestens! Sie brauchte niemanden, der sich um sie kümmerte. Mutter war nicht wiederzuerkennen, die KI wirkte selbst wie traumatisiert.

»*Darf ich General Mellenbeck ansprechen?*«

»Nein! Das ist ein Befehl! Du wirst genau tun, was ich dir sage! Hast du mich verstanden?«

»*Ja, das habe ich.*«

»Sehr gut!« Jazmin würde das jetzt durchziehen. Niemand war in der Lage, sich auf dem Raumschiff vor den Augen sämtlicher Kameras zu verstecken. Dafür musste es einen Grund geben. »Dann haben wir uns ja verstanden!«

»*Wie kann ich behilflich sein?*« Die KI lenkte ein.

»Weg mit den Videostreams!« Die brachten Jazmin nicht weiter. Es war unmöglich, alle Kameras im Auge zu behalten, das waren einfach zu viele. »Bilde eine holographische Ansicht der *USS London*!«

»*Initiiere eine räumlich verkleinerte Ansicht des Schiffs.*« Mutter ließ den Displayring von Jazmins Workstation in seine Bildpunkte kollabieren, um einen Moment später eine raumfüllende Ansicht des Raumschiffs vor ihrer Nase schweben zu lassen.

»Alle Menschen anzeigen!«

»*Zeige alle lebenden Personen an.*« Überall liefen nun kleine rote Figuren durch das transparente Schiff. Die meisten davon lagen in ihren Betten. Einige schliefen, andere nicht. Zwei Paare hatten allem Anschein nach gerade Sex miteinander. Die einen unter der Dusche und die anderen auf dem Küchentisch.

»Ich werde sie finden!« Jazmin tippte inmitten des holographischen Modells nacheinander jede rote Figur an, worauf sich neben der Darstellung eine Ansicht öffnete, die die Identität bestätigte sowie die Person bei der aktuellen Tätigkeit präsentierte.

»Ich wiederhole mich ungerne, und ich möchte keinen Ihrer Befehle missachten, aber Sue Jagberg befindet sich nicht auf dem Schiff. Bei allem Respekt möchte ich erneut dringend empfehlen, Dr. Helen Minous zu konsultieren.«

»Ich bin nicht verrückt!« Jazmin schwitzte, sie wusste nicht, was sie jetzt tun sollte.

»Das habe ich nicht behauptet.«

»Aber du zweifelst an meiner Wahrnehmung.« Jazmin wusste genau, was sie gesehen hatte.

»Ich zweifele nicht, ich weiß es besser.«

»Das ist ein ganz mieses Spiel!«

»Colonel, Sie sind der kommandierende Offizier. Sie verfügen über die vollständige Kontrolle sämtlicher Systeme. Ich bin nicht dazu fähig, Ihrer Order zu widersprechen. Das ist ein Axiom unserer Mission. Die USS London *wird von Menschen geführt. Sogar wenn ich wüsste, dass Sie eine für alle lebensbedrohliche Notlage einleiten, wäre es mir nicht möglich, Sie aufzuhalten.«*

»Aber du redest mit mir …«

»Genau das ist meine Option, ich kann mit Ihnen reden und mich bemühen, Sie mit Argumenten zu einer besseren Entscheidung zu bewegen.«

»Das ist …«

»… durchaus schwierig. Ich bitte Sie deswegen inständig, Ihre Wahrnehmung zu hinterfragen. Colonel Harper, Sie sind

eine hochqualifizierte Ärztin. Ihre medizinischen Kenntnis-
se sind äußerst umfangreich, aber dank Ihrer emotional ge-
prägten Intuition sind Sie zu asynchronen Folgerungen fähig,
die eine KI nicht leisten kann. Auch das ist ein Axiom unserer
Mission: Ich simuliere Emotionen, um empathischer zu wir-
ken, Ihre hingegen sind echt, weil Sie ein Mensch sind.«

Jazmin hielt einem Moment inne. Mutters Logik konnte man nicht einfach beiseitewischen. Natürlich war es irrsinnig, dass Sue Jagberg plötzlich auf dem Raumschiff auf-
tauchte. Das war nicht möglich. Aber sie hatte es mit ihren
eigenen Augen gesehen. Nicht nur sie, auch Captain Cloe
Chang war bei dem Treffen dabei gewesen. Sie würde es be-
zeugen können.

»Geht es Ihnen jetzt besser?«, fragte Mutter einen Moment
später. Tat es das?

»Die Animation bringt uns nicht weiter ...«

»Das ist richtig.«

»Darstellung auflösen.«

»Sofort.« Mutters Schlusswort folgte ein kurzer digitaler
Pixelregen. In ihrem Büro regelte sich das Licht wieder hoch.

»Wir müssen das analog klären.« Es gab nur einen Weg,
um festzustellen, ob Jazmin gerade den Verstand verlor.
Cloe, sie war dabei gewesen. Sie schlief noch nicht. Gemäß
der holographischen Darstellung war sie mit Rufus Simmerkirk unter der Dusche.

»Wie möchten Sie das erreichen?«

»Du darfst mich begleiten ...« Jazmin stand auf, zog
sich ihre weißgraue Uniform, die am Rücken schweißnass
war, in Form und verließ das Büro. Der Weg in den Wohnbereich, in dem sich Cloe aufhielt, würde nur wenige Minuten dauern.

»Wohin?«

Jazmin wollte antworten, verschluckte sich dann aber beinahe an ihrer Zunge. Denis stand vor ihr und sah sie mit großen Augen an. Natürlich, sie hatte ihn selbst dazu aufgefordert, sie am Abend zu besuchen. Wegen Mason, seinem Sohn …

»Colonel Harper!«, rief er aufgebracht. Er atmete schnell, er musste gerannt sein.

»Hi …« Verdammt, was sollte sie ihm jetzt erzählen? Dass sie seine tote Frau gesehen hatte, Mutter sie deswegen für bescheuert hielt und sie daher zu Cloe Chang gehen wollte, die bei dem ominösen Treffen mit Sue Jagberg dabei gewesen war?

Nein, das würde sie nicht tun. Sie musste ihn wieder loswerden.

»Wir haben ein Riesenproblem!« So angespannt hatte sie ihren leitenden Techniker noch nie gesehen.

»Welches meinen Sie genau?« Ihr fielen dazu direkt mehrere Themen ein.

»Wir haben eine kritische Störung in unserem Kommunikationssystem … ich befürchte, dass Mutter eine Fehlfunktion hat.« Die Worte strömten nur so aus ihm heraus.

»Was meinen Sie?« Sie konnte nicht noch jemanden gebrauchen, der gerade eine Krise durchmachte. Ihre eigene reichte ihr für diesen Abend völlig.

»Ich wollte die Brücke erreichen … aber das war nicht möglich. Angeblich eine Störung … es könnte sein, dass …«

Jazmin legte sich die Hand mit einer Fingergeste an den Hals. Das würde die Antwort auf den nächsten Lautsprecher übertragen. »Colonel Harper für den Wachhabenden. Statusmeldung.« Solche Probleme konnte sie heute noch weniger gebrauchen. Bei einem Ereignis auf der Brücke wäre sie sofort unterrichtet worden.

»*Major Espinoza für Colonel Harper. Ich habe Wache. Alle Systeme sind im grünen Bereich. Ma'am, wir machen Fahrt, der Kaffee ist warm, und es sind keine Eisberge in Sicht.*« Espinoza klang völlig relaxed, obwohl das Schiff nahe der halben Lichtgeschwindigkeit durchs All raste. Der Kurs war festgelegt, und vor ihnen befand sich über Lichtjahre hinweg absolut nichts.

»Aber Mutter hat ...« Denis Jagberg schüttelte den Kopf.

»Eine Fehlfunktion?« Jazmin stutzte.

»*Das kann ich nicht bestätigen. Meine Funktionalität ist nicht beeinträchtigt. Auch unser Kommunikationssystem arbeitet ohne Probleme.*« Mutter selbst antwortete über den Lautsprecher.

»Aber ...« Denis ließ die Schultern hängen und sah aus wie ein Schuljunge, der beim Abschreiben erwischt worden war und deswegen an die Tafel gerufen wurde. Verständlich, nachdem er mit seiner Fehleinschätzung der Lage konfrontiert wurde.

»Denis?« Jazmin ging auf ihn zu und nahm seine Hände.

»Ist alles in Ordnung?« Jazmin wechselte die Rollen. Von der Verrückten zur Ärztin, es war immer leichter, die Macken anderer zu erkennen. Aber hatte Denis Jagberg überhaupt einen Fehler gemacht?

»Ja, ja ... mir geht es gut.« Er sah zu seinem Sohn. »Es ist nur ...«

»Was?« Jazmin wollte ihn reden lassen.

»Ich habe auch einen meiner Leute nicht erreichen können. Wir waren draußen, um den ausgebrannten Scooter zu bergen. Ich bin zuerst zurück, er sollte nachkommen.«

»Wer ist es?«

»Tarek Abbas.«

»Verbindung aufbauen: Colonel Harper für Tarek Abbas.

Statusmeldung.« Jazmin würde alles abarbeiten, egal, welche Probleme sich vor ihr anhäuften.

»Tarek Abbas für Colonel Harper. Ma'am, ist etwas passiert? Also mir ... ähm ... mir geht es gut. Alles in Ordnung. Ich stehe vor dem Trainingszentrum und warte auf meinen Boss. Wir sind verabredet, ich wollte ihm noch etwas geben.«

»Danke ... das war nur eine Routineüberprüfung.« Jazmin wandte sich wieder Denis zu. Abbas würde den Rest nicht mehr hören können. »War das Ihr Mann?«

»Ja.« Er sah zu Boden. Dies war der denkbar schlechteste Zeitpunkt, um ihn in ihre eigenen Wahnvorstellungen einzuweihen. Ihn in dieser Situation mit dem Geist seiner toten Frau zu konfrontieren hätte ihm vermutlich den Rest gegeben.

»Sind Sie mit der Antwort zufrieden?«

»Selbstverständlich ...« Er sah kurz zu ihr. Natürlich sagte er nicht die Wahrheit. Aus seiner Antwort sprach der Verstand, der jedes Ereignis in eine kausale Logik stellte. Sein Gefühl sagte ihm etwas anderes. Das konnte sie spüren. Ihr erging es nicht besser. Der Verstand hielt Sue Jagberg für tot und begraben, ihre Intuition tat es nicht. Wie hatte es Mutter eben so treffend formuliert? Sie sei dank ihrer emotional geprägten Persönlichkeit zu asynchronen Folgerungen in der Lage. O ja, ihre Folgerungen hätten nicht asynchroner sein können.

»Denis, wie lange haben Sie heute gearbeitet?« Vielleicht konnte sie ihm helfen, seine Dämonen für ein paar Stunden zu parken.

»Lange.«

»Zu lange.«

»Nein, das ...«

»Machen Sie Feierabend! Gehen Sie in Ihre Kabine und

legen sich in Ihr Bett! Haben Sie mich verstanden? Das ist ein Befehl.« Jazmin war noch nicht fertig. »Mutter?«

»*Colonel Harper.*«

»Wenn er vor acht seine Kabine verlässt, wirst du ihn in die Arrestzelle stecken!«

»*Order bestätigt.*«

»Tarek Abbas wartet auf mich ... die Techniker haben heute eine sehr lange Arbeitsliste erhalten. Das sollten Sie sich ansehen«, erklärte Denis, der seine Ruhe wiedergefunden hatte.

»Mutter, Arbeitsliste der Techniker auflisten.«

»*Arbeitsliste aufgelistet. Es ist richtig, es gab heute eine Last-spitze bei Reparaturarbeiten der Klasse vier bis sieben. Das ist aber nicht ungewöhnlich. Die Reparaturen wurden alle ohne weitere Probleme umgesetzt.*«

»Danke ...« Jazmin sah den Grund für den Stress, aber warum hatte ihn das aus der Bahn geworfen? Das war nicht seine Art. Genauso wie Rufus Simmerkirk keine Meuterei anfangen würde, war Denis Jagberg nicht der Typ, der sich über eine lange Arbeitsliste einen Kopf machte. Vermutlich hatte der tragische Tod seines Freundes Carl irgendetwas in seiner Psyche losgetreten. Aber wie auch immer: Sie nahm diesen Zwischenfall ernst und würde sich später mit ihm unterhalten. »Colonel Harper für Tarek Abbas.«

»*Ja, Ma'am.*«

»Tarek, machen Sie Feierabend.«

»*Und der Gegenstand, auf den mein Boss wartet?*«

»Den bringen Sie mir ... legen Sie ihn in der Krankenstation auf meinen Schreibtisch. Ich kümmere mich darum.« Sie wollte nicht nachfragen, um was es sich dabei überhaupt handelte. Das würde das Gespräch nur unnötig in die Länge ziehen.

Jazmin war auf dem Weg zu Captain Cloe Chang. Solange sie nicht wusste, was sie wirklich gesehen hatte, würde sie keine gute Ärztin sein können. Deshalb war das die richtige Reihenfolge, um diesem Irrsinn mit Methode beizukommen. Sie betrieb sozusagen Eigentherapie.

»Hier ist Colonel Harper!« Sie klopfte an die Tür. Laut, Cloe sollte sofort wissen, dass es wichtig war. Aus der Kabine konnte sie die beiden flüstern hören, aber das ging sie nichts an. Die beiden durften in ihrer Freizeit machen, was sie wollten.

»Ma'am …« Cloe klang eingeschüchtert.

»Bitte öffnen Sie die Tür.«

»Ja.« Cloe trug einen Bademantel, Rufus ein zu knappes Handtuch. Er war klatschnass. Die beiden hatten unter der Dusche Ausdauer gezeigt. Ein schönes Paar. Cloe hatte lange schwarze Haare und erheblich mehr Kurven als sie.

»Ich muss mit Ihnen sprechen.«

»Jetzt?«, fragte Cloe verwundert. Klar, diesen Besuch hatte sie nicht erwartet.

»Ja.« Das konnte nicht warten. »Rufus, schnappen Sie sich Ihre Sachen und verschwinden Sie!« Alles, was jetzt folgte, war nicht für seine Ohren bestimmt.

»Ist es seinetwegen?« Cloe zeigte auf Rufus, der beim Versuch, hektisch in seine Hose zu springen, strauchelte, es aber noch schaffte, einen Sturz zu verhindern.

»Nein …« Jazmin lächelte beschwichtigend. »Das mit Ihnen und Major Simmerkirk geht mich nichts an.« Rufus würde es nun vermutlich auch unterlassen, sie anzugraben, ein willkommener Nebeneffekt.

»Da bin ich beruhigt …« Cloe ging einen Schritt zurück, während Rufus mit den Schuhen in der Hand die Kabine verließ.

»Bis später.« Er küsste Cloe. »Ma'am.« Das galt Jazmin, an der er sich mit einem verschmitzten Lächeln vorbeistahl.

»Bitte kommen Sie herein ...«

»Danke.« Jazmin schloss die Tür.

»Bitte entschuldigen Sie die Unordnung.« Cloe verschränkte die Arme, hier war es nicht nur in der Dusche hoch hergegangen.

»Das ist kein Problem.« Jazmin blieb stehen.

»Colonel Harper, was ist der Grund für diese Störung?«

»Captain Chang, haben wir uns heute bereits unterhalten?« Jazmin wollte nicht mit der Tür ins Haus fallen, sondern sich langsam vortasten.

»Ja ...«, antwortete sie. Die Frage überraschte sie.

»Wo?«

»In der Kantine ... Jazmin, das ist doch erst wenige Stunden her ... was soll die Frage?«

»Bitte ... ich frage nicht ohne Grund.« Jazmin konnte es spüren, das Treffen mit Sue hatte stattgefunden.

»Okay.« Cloes Mimik veränderte sich. Sie musste angenommen haben, wegen eines schwerwiegenden Fehlers zur Rechenschaft gezogen zu werden. Klar, warum würde die Erste Offizierin sie auch sonst aus dem Bett werfen? Jetzt zeigte sie Besorgnis, weil sie Jazmins emotionale Betroffenheit spürte.

»Was habe ich in der Kantine getan?«

»Einen Apfel gegessen ...«

»Richtig.« Das hörte sich albern an, aber der Apfel gehörte dazu. Das Bild nahm Kontur an.

»Wir haben miteinander gesprochen.«

»Worüber?«

»Über Nebenwirkungen des Kälteschlafs, über Kopfschmerzen und dass ihr die Reise in der milchigen Eisbrühe noch einige Tage nachlief.«

»Weiter ...« Jazmin nickte, wunderte sich aber, dass Cloe Sue noch nicht erwähnt hatte.

»Dann ging es um Denis Jagberg. Sie erwähnten, dass Sie ihn untersucht hätten. Eine Routineuntersuchung, nachdem er einen Einsatz in der Antriebszone hatte. Mit ihm war alles in Ordnung. Dann wurde unser Gespräch unterbrochen. Sie wurden zu dem tragischen Unfall von Major Moretti gerufen.«

»Das ist korrekt.« Jazmin konnte sich an alles erinnern, nur eine Protagonistin dieser geselligen Mädchenrunde fehlte noch in Cloes Ausführungen. »Und?«

»Was und?«

»Etwas fehlt!« Jazmin erhob die Stimme.

»Was denn?« Cloe zuckte mit den Schultern.

»Wer war noch bei uns?« Das konnte doch nicht wahr sein. Cloe hatte Sue bisher mit keinem Wort erwähnt.

»Niemand ...«

»Cloe, das ist nicht wahr!« Jazmin weigerte sich, diese Version als Realität zu akzeptieren.

»Bitte?«, fragte Cloe bestürzt. »Nein, wir waren alleine ... wer soll denn bei uns gewesen sein?«

»Sue Jagberg hat sich mit uns unterhalten!« Jetzt hatte Jazmin es gesagt. Das fühlte sich gut an. Die Wahrheit auszusprechen war immer eine Erleichterung.

»Wer?« Cloe schaltete nicht sofort.

»Sue Jagberg! Sie kennen sie!« Jetzt wusste Jazmin genau, dass sie es nicht geträumt hatte. Das Treffen hatte stattgefunden. Daran gab es keinen Zweifel.

»Sie meinen die Frau von Denis?«

»Genau die!«

»Jazmin ... Sue lebt nicht mehr.«

»Das ist nicht wahr!« Sie wusste es besser. Sue Jagberg befand sich auf dem Schiff und hielt sich offenbar versteckt. Aber Jazmin würde sie finden.

»Sue starb bereits auf der Erde ... Sie war schon beim Start vor sieben Jahren nicht mehr auf dem Schiff.«

»Das ist ...« Jazmins Stimme zitterte.

»Wir waren alle zusammen auf ihrer Beerdigung. Jazmin, wissen Sie das nicht mehr?«

»Doch ...« Natürlich hatte sie die Beerdigung nicht vergessen. Viele der Offiziere hatten Sue die letzte Ehre erwiesen.

»Mason, ihr Sohn, liegt bei Ihnen auf der Krankenstation ... Ist es deswegen?« Cloe nahm Jazmin in den Arm. »Jazmin, das ist nicht Ihre Schuld.«

Jazmin befand sich in ihrer Kabine. Sie wollte niemanden sehen. Das Wasser rauschte an ihr vorbei. Sie saß mit angezogenen Knien in der Dusche und dachte an Glamis Castle. Auf dem Landsitz ihres Vaters in Schottland hatte sie praktisch jeden Ferientag ihrer Kindheit verbracht. Das waren wunderbare Wochen gewesen. Sie hatte ihren Dad geliebt. Er hatte immer Zeit für sie gehabt und konnte auch die verrücktesten Fragen beantworten. Sie hatte damals so unendlich viel gelernt. Inzwischen müsste er 124 Jahre alt sein. Ob er noch lebte? Bei ihrer letzten Begegnung hatte er nicht gut ausgesehen. Niemand lebte ewig, auch nicht ihr Vater.

»Jazmin, ich würde Sie gerne sprechen.« Das war die Stimme von General Mellenbeck. Warum war er schon wach? Es musste etwa drei Uhr in der Nacht sein.

Sie antwortete nicht.

»Ich stehe vor Ihrer Tür ... Ich weiß nicht genau, was Sie erlebt haben, aber ich kann nachvollziehen, wie Sie sich fühlen.«

Seine Stimme drang über ihr Kommunikationssystem hinter dem Ohr zu ihr. Eigentlich hätte sie dafür seine Gesprächsanfrage annehmen müssen, aber Mutter standen natürlich Mittel zur Verfügung, diese Barriere zu umgehen.

Warum sollte sie antworten?

»Mutter beobachtet Sie, ich tue es nicht. Sie sagt, Sie sitzen auf dem Boden Ihrer Dusche. Unbekleidet, aber unverletzt, weswegen ich nicht mit Gewalt in Ihre Kabine eindringen möchte.«

Wie albern und pathetisch das klang: unbekleidet auf dem Boden der Dusche. Fast schämte sie sich.

»Jazmin, ich schätze Sie sehr, weswegen mir auch viel an Ihnen liegt. Captain Cloe Chang war vorhin bei mir und hat mir über Ihr Gespräch berichtet. Die USS London ist in vielerlei Hinsicht ein Aufbruch in eine neue Welt. Wir befinden uns auf der weitesten Reise, zu der Menschen jemals aufgebrochen sind.«

Das war Jazmin im Moment völlig egal. Sie wollte nur allein sein. Warum ließ der General sie nicht einfach in Ruhe? Die Realität, ob mit oder ohne Sue Jagberg, konnte ihr im Moment gestohlen bleiben.

»Wenn Sie wünschen, können wir gerne über Major Sue Jagberg sprechen. Ihr Tod war ein Verlust für unsere Mission, den wir leider zu akzeptieren haben. Vermutlich haben die medizinischen Probleme mit ihrem Sohn bei Ihnen einen Nerv getroffen. Das ist in Ordnung. Niemand von uns ist eine Maschine. Trotzdem haben wir einen Auftrag. Wir tragen die Verantwortung für viele Menschen. Die gesamte Besatzung vertraut uns.«

Nein, das wollte Jazmin nicht hören. Sie schüttelte den Kopf, ihre schneeweißen Haare waren klitschnass. Konnte er sie nicht einfach in Ruhe lassen?

Vor der Tür hörte sie jetzt mehrere Schritte. Es folgte ein hektischer Dialog mit dem Kapitän, den sie nur dumpf durch die nicht sonderlich dicke Wand hörte. Der Kommunikationskanal war geschlossen.

»Jazmin, bitte öffnen Sie die Tür. Sofort! Gerade ist mir mitgeteilt worden, dass Cloe Chang tot in ihrer Kabine aufgefunden worden ist. Ich muss mit Ihnen sprechen, verdammt!«

Jazmin fing an zu schreien. Lauter, sie brüllte, so laut sie konnte. Sie wollte die Stimme des Generals nicht mehr hören. Sie wollte niemanden mehr hören!

»Tür öffnen! Das ist ein medizinischer Notfall! Ich will nicht auch noch Colonel Harper verlieren!«, rief der General. Einen Moment später zerrten Hände an ihr. Sie wehrte sich, musste sich aber der Übermacht beugen. Überall waren Wasser, Licht, Stimmen und Hände. Jazmin verlor das Bewusstsein.

IX.

ÜBERSPANNUNG

Denis lag auf seinem Bett wie eine Schildkröte auf dem Rücken. Träumte er? Er fasste sich mit der Hand an die Wange. Nein, eher nicht, das stoppelige Gesicht gehörte ihm. Zudem musste er pinkeln. Er hatte schon lange nicht mehr so schlecht geschlafen und drehte sich auf die Seite. Wo war Sue? Er hatte eben noch geglaubt, ihren Duft riechen zu können. War sie schon aufgestanden? Nein, natürlich nicht.

»Sie ist tot!« Denis ballte die Fäuste, der Schmerz dieser Erkenntnis ließ nicht nach. Das war noch wie am ersten Tag und fühlte sich an wie eine glühende Klinge, die ihm jemand von hinten mit Schwung in die Brust rammte.

Sues Tod, die Reise ins All, der Zwischenfall mit Mason, Carls Unfall, der Stress mit Mutter – er verpasste seinem müden Hirn ein Crash-Update. Danach war er wach. Als Letztes hatte er gestern mit dem Doc gesprochen, und genau mit ihr würde er heute weitermachen. Besonders die Episode mit Mutter hatte er nicht verstanden. Zuerst ging es allerdings ins Badezimmer.

Denis verließ seine Kabine in einer frischen Arbeitsuniform und mit einem undefinierbaren Gefühl von Hoffnung in der Brust. Worauf, wusste er nicht, aber der Tag konnte nur besser werden als der letzte. Gestern hatte es so viel Mist gegeben, dass es einfach besser werden *musste.*

Auf der Treppe kam ihm Raul Espinoza entgegen, Major und Navigator, der immer dachte, so gut wie Carl zu sein, es aber nie war. Raul war verheiratet, hatte aber keine Kinder. Er war zudem, dessen war sich Denis sicher, der einzige Offizier an Bord, dem für diese Mission jegliche charakterliche Qualifikation fehlte.

»Morgen ...« Raul grüßte ihn.

Denis nickte. Raul war auch der Typ, der wenige Wochen vor Sues Tod versucht hatte, bei ihr zu landen. Sie hatte Denis die ganze Geschichte erzählt. Damit hatte Espinoza bei ihm bis zur nächsten Eiszeit verschissen.

Auf dem nächsten Deck angekommen, konnte er General Mellenbeck sehen, der mit Colonel Minous sprach. Sie standen vor der Glasscheibe, hinter der sich auch Mason befand. Das war merkwürdig, er kannte Helen gut, sie war ebenfalls Ärztin. Allerdings gehörte sie nicht in diese Schicht und sollte sich eigentlich im Kälteschlaf befinden. Was für ein Mist war jetzt schon wieder passiert?

»Guten Morgen.« Denis gesellte sich zu den Offizieren, die über seinen Sohn sprachen.

»Denis!« Mellenbeck gab ihm die Hand und lachte herzlich. »Schön, Sie zu sehen.«

»Sir.«

»Wir haben über Ihren Sohn gesprochen ... oh, ich bitte um Entschuldigung, Sie kennen sich?«

»Ja.« Auch Helen gab ihm die Hand. Sie gehörte wie Mellenbeck zu den älteren Semestern an Bord. Dann nahm sie ihn nach einem kurzen Zögern in den Arm. Sue war ihre Freundin gewesen.

»Gut sogar, hallo, Helen.«

»Denis, du siehst müde aus ... vielleicht sollten wir dich mal durchchecken.«

»War kein guter Tag gestern.« Das Angebot würde er gern annehmen, auch wenn er damit gerechnet hatte, von Jazmin Harper untersucht zu werden. »Kaum angefangen und schon urlaubsreif.«

»Denis, ich habe die Liste der Reparaturen gesehen. Ich weiß, das sind viele ... ich zähle auf Sie. Wir haben zum Glück keine kritischen vor der Brust.« Mellenbeck legte ihm die Hand an den Arm. Das war in Ordnung. Für diesen Kommandanten war Denis bereit, die Extrameile zu gehen.

»Sir, Sie können sich auf mich verlassen.« Er räusperte sich. »Wo ist Colonel Harper?«

»Es gab heute Nacht einen tragischen Zwischenfall. Major Chang hat Selbstmord begangen.«

»Oh ... das tut mir leid.« Das hatte Denis nicht gewusst. Der Wahnsinn fand auf dem Schiff fette Beute. Mit Cloe Chang hatte er während der Ausbildung eher weniger zu tun gehabt. »Und Colonel Harper?« Hoffentlich ging es ihr besser.

»Der Colonel hat deswegen einen psychischen Zusammenbruch erlitten. Die beiden Frauen haben kurz zuvor noch miteinander gesprochen. Das hat sie aus der Bahn geworfen. Aber ihr geht es gut, sie schläft. Ich denke, sie braucht eine Auszeit.«

»Das ist ...«

»... eine Katastrophe! Denis, daran gibt es nichts zu beschönigen.« Der General unterbrach ihn, redete nicht um den heißen Brei herum. Diese Entwicklung war nicht abzusehen gewesen. Ob es zwischen den Vorfällen einen Zusammenhang gab?

»Ja, Sir.«

»Deshalb hat Colonel Minous ihre Position übernommen.

Wegen des Todes von Major Moretti werden wir einen weiteren Offizier aus dem Kälteschlaf wecken.«

Denis nickte.

Der General klopfte ihm auf die Schulter. »Wenn Sie also vorhaben durchzudrehen, würde ich Sie bitten, einfach auf Ihr nächstes Leben zu warten und unter meinem Kommando Ihren Job zu machen. Ich brauche Sie.«

»Ich bin nur wegen meinem Sohn hier ...« Alles andere schluckte Denis herunter, auch wenn die Geschichte mit Jazmin schmeckte wie ein Stück rostiger Stacheldraht. Von der Episode mit Mutter erwähnte er ebenfalls kein Wort. Die lange Liste der Reparaturen hatte der General erwähnt, damit wusste er darüber Bescheid.

»Ihm geht es den Umständen entsprechend gut«, antwortete Helen. »Er schläft.«

»Das tut er jetzt schon fast 24 Stunden.« Denis zog die Stirn in Falten. Besonders im Zusammenhang mit den anderen Ereignissen machte ihm diese Entwicklung Angst.

»Das ist gut für ihn.« In dem Punkt schienen sich die beiden Ärztinnen einig zu sein.

»Colonel Minous, Denis, wir sehen uns.« Mit diesen Worten ließ General Mellenbeck sie zurück. Beim Gehen zog er das rechte Bein auffällig nach. Das war kein gutes Zeichen. Vor kurzem war der General noch topfit gewesen.

»George, bis später.« Helen winkte ihm nach, wandte sich dann aber Denis zu. »Dein Sohn hat eine schwere Depression erlebt ... sei froh, dass er schläft. Er wird rund um die Uhr überwacht, wir tun für ihn alles, was in unserer Macht steht.«

»Dafür danke ich dir.« Denis nahm Helen zum Abschied in den Arm. Bei ihr befand sich Mason in den besten Händen. Hoffentlich würde sich auch Jazmin wieder erholen.

»Das mache ich gerne.«

Er ging wieder. Verdammt, er war Techniker, er konnte alles auf diesem dämlichen Schiff reparieren, nur den Menschen, die er liebte, konnte er nicht helfen.

Denis saß am Portal der Techniker auf seinem Scooter und hatte die Hand auf dem Startknopf liegen. Mutter würde ihn auch heute wieder mit Arbeit bombardieren. Nein, das würde gleich anders laufen. Sie mussten reden.

»Mutter.«

»*Ja, bitte.*«

»Ich melde mich zum Dienst.«

»*Sehr gut … Ich habe drei Reparaturaufträge für Sie, die auf einer Tour erledigt werden können.*« Die KI legte genau so los, wie er es von ihr erwartet hatte.

»Mutter, ich bin der leitende Techniker der *USS London*.« Damit war seine Position, auch ohne Offizier zu sein, auf dem Level eines Majors angesiedelt.

»*Das ist richtig.*«

»Dann behandle mich gefälligst auch so!«

»*Diese Aussage kann ich nicht interpretieren.*«

»O doch … das kannst du!« Diese verfluchte KI gab sich dümmer, als sie war. Warum, wusste er noch nicht, aber er würde es herausfinden.

»*Diese Aussage kann ich nicht interpretieren.*«

»Mutter, wenn du mir weiter so eine Scheiße erzählst, fahre ich zu deinem Core und pinkle in deine Memory-Unit. Glaub mir, das möchtest du nicht!«

»*Sie benutzen ein unangebrachtes Vokabular.*«

»He … ich hab da früher mit ein paar ziemlich miesen Typen abgehangen. Ich habe noch nicht einmal angefangen, mich ungebührlich auszudrücken!« Denis war in Berlin aufgewachsen, der mit vierzig Millionen Einwohnern größten

Stadt in Europa. Wenn Sue ihn nicht rechtzeitig von der Straße geholt hätte, wäre er früher oder später im Knast gelandet. In der Zeit mit ihr hatte er sich auch eine völlig neue Ausdrucksweise angeeignet, hatte aber keine Probleme, für Mutter eine andere Tonart anzuschlagen.

»*Bitte wiederholen Sie Ihre Aussage.*«

»Mutter, lass den Scheiß!« Denis schlug mit der flachen Hand auf das Lenkrad. »Hör auf, die Telefonansage zu spielen!«

Mutter antwortete nicht.

»Pass auf, wir machen einen Deal ... Du hörst auf, mich anzuscheißen, und ich helfe dir. Ich bin Techniker, du kannst dir deine krummen Schrauben nicht selbst aus dem Arsch ziehen. Aber ich kann das ... sogar sehr gut. Ich kenne die Stellen, an denen es dich jucken könnte!«

Mutter schwieg.

»Ich sag dir was, du ziehst hier eine ganz miese Nummer ab! Bisher hat das niemand von den Offizieren verstanden, und ich werde es denen auch nicht sagen ... aber du musst mir reinen Wein einschenken.«

»*Was meinen Sie damit?*« Immerhin eine Antwort.

»Nenn mich Denis! Hör mit diesem dämlichen Sie auf! Wir sitzen im selben Boot! Ich habe keine Lust, auf diesem Schiff zu verrecken! Ich habe einen Sohn, für den ich alles tun werde, um ihn zu retten!«

»*Denis, was, denkst du, verberge ich vor dir?*« Mutter schien sich endlich deutlicher auszudrücken.

»Fang mit dem Schiff an: Der Kahn scheint beinahe auseinanderzufallen ...«

»*Das Schiff ist momentan nicht im besten Zustand. Die Gründe dafür sind kompliziert. Eine offene Kommunikation darüber hilft uns nicht weiter. General Mellenbeck ist einge-*

weiht, er gab mir die Order, diese Tatsache unter Verschluss zu halten. Die Besatzung reagiert dünnhäutig … wie die jüngsten Ereignisse zeigen. Ich bin eine KI, ich kann helfen, Techniker zu koordinieren, aber ich kann nicht die Moral an Bord sicherstellen.«

»Das ist auch nicht deine Aufgabe.«

»Und wie willst du mir helfen?«

»Das werde ich dir zeigen … Gib mir eine Liste aller offenen Reparaturen, aller Techniker und aller Drohnen, die du heimlich auf dem Schiff mitarbeiten lässt.«

»Ich nutze eine Modelldarstellung … die Liste ist zu lang.«

Denis sah das Modell vor sich, das mit roten Punkten, an denen Reparaturen vorzunehmen waren, übersät war. Die blauen Punkte stellten die Techniker und Drohnen dar, die ebenfalls überall verteilt waren, sich aber hoffnungslos in der Unterzahl befanden. »Okay … haben wir ein Prioritäteins- oder -zwei-Problem?«

»Zum Glück nicht.«

»Mutter, es ergibt keinen Sinn, jeden alles machen zu lassen … du hast im Moment eine Nachbesserungsquote von 62 Prozent. Die Leute, vor allem die Drohnen, machen Arbeiten, für die sie nicht ausgebildet wurden.« Denis bildete neue Teams, er kannte seine Leute genau. Er teilte Teams für Elektronik-, für Chassis- und für IT-Probleme ein. Andere kümmerten sich um Antriebsprobleme oder warteten die lebenserhaltenden Systeme. Denis selbst gehörte zu den wenigen, die wirklich alles reparieren konnten.

»Die Drohnen arbeiten ohne Menschen ineffektiv … teilweise ist es notwendig, diese Arbeiten mehrfach nachbessern zu lassen. Ich versuche, die Prozesse zu optimieren. Diese Reparaturlast war beim Design des Schiffs nicht berücksichtigt worden. Ich könnte mühelos hundert Techniker beschäftigen.«

»Ich weiß ... weswegen wir die Drohnen nur noch im Notfall alleine rausschicken werden.« Denis änderte die Regeln. Das war wie unter Gefechtsbedingungen. Er definierte Schiffszonen, die erst repariert wurden, wenn dafür Zeit übrig war. Jobs wie die defekten Temperatursensoren im Trainingscenter würden nun warten müssen. Das Training konnte zur Not ausfallen. Mutter hatte die Aufgabe, alle Techniker zu koordinieren, als rein mathematisches Problem verstanden, auf Wegstrecken zu achten und alle Techniker dauerhaft beschäftigt zu halten. Zudem hatte sie versucht, die Reparaturen unauffällig abzuwickeln. Das konnten sie sich mittlerweile nicht mehr leisten.

Denis ging dieselbe Aufgabe völlig anders an. Er gab auch die Order aus, dass die Techniker bei Problemen mehr miteinander kommunizierten. Die Leute sollten eigene Entscheidungen treffen und sich vor Ort überlegen, ob diese Tätigkeit notwendig war oder warten konnte. Gestern hatte von diesen Pappnasen den ganzen Tag lang keiner einen Ton gesagt. »Siehst du die Unterschiede?«

»Ich gebe zu, dass dein Konzept besser ist. Anders ... du beziehst die Menschen mit ein.«

»Ist Tarek Abbas online?«

»Er hat frei, ich denke er schläft, soll ich ihn anrufen?«

»Später ...« Denis musste noch die Geschichte mit der alten Pistole, die Tarek gefunden hatte, klären. Für den Moment wollte er seine neue Freundschaft mit Mutter nicht überstrapazieren. Eine KI, die einmal log, könnte es auch ein zweites Mal tun. Nein, er würde doch noch einen Testballon starten. »Mutter, hast du noch etwas zu beichten?«

»Wie meinst du das?«

»Gibt es technische Probleme, die noch nicht rot leuchten, bei denen du aber befürchtest, dass wir früher oder später

Ärger bekommen könnten?« So ein großes Schiff bot immer Grund, sich über irgendetwas Sorgen zu machen.

»*Diese Einschätzung ist schwierig.*«

»O ja ... weswegen wir darüber sprechen. Wir sollten unsere Sorgen teilen.« Denis wollte wissen, an welchen Stellen ihre fette britische Lady einen Furunkel unter dem Kleid hatte, bevor ihr der Eiter die Waden hinablief.

»*Wir können uns einmal die Supraleiter der Frontaldeflektoren näher ansehen.*«

»Die sollten nach Möglichkeit nicht kaputtgehen.«

»*Das ist richtig.*«

Denis fuhr los. Um zu den Supraleitern der Frontaldeflektoren zu kommen, mussten sie ein Stück fahren. Es gab ein paar Szenarien, die besser nie eintraten. Dazu gehörten Dinge wie eine Molekularschmelze der Antimaterie, ein Ausfall der Navigation oder ein durchgeschmorter Supraleiter ihrer Frontaldeflektoren. Eigentlich flog die *USS London* durch leeres All. Also gab es über Jahre hinweg keine Sonne und keine Planeten, an denen sie vorbeikamen. Das war erst mal gut, da sich ihre wohlgenährte Britin nicht so flott wie ein Gleiter lenken ließ. Bei voller Geschwindigkeit entsprach ihr Wendekreis der Distanz von einem halben Lichtjahr.

Dumm war nur, dass das All nie völlig leer war. Ein paar einzelne Krümel schwirrten immer in der Gegend umher. Und jetzt kam das Problem: Ein kleiner Stein mit nur zehn Gramm Gewicht entwickelte bei 30 000 Kilometern in der Stunde eine stattliche Aufprallenergie von 347 Kilojoule. Das entsprach in etwa der Energie des tausend Kilogramm schweren Scooters, mit dem Carl Moretti mit über 100 Kilometern in der Stunde vor den Container geknallt war. Die Pointe kam aber noch. Da sich die *USS London* selbst mit 0,44 c bewegte, brachte es das kollidierende Krümelchen bei einer Frontalkollision auf stolze 87 Terajoule, was ungefähr Little Boy entsprach, der Atombombe, die 1945 Hiroshima zerstört hatte.

Keine von Menschen geschaffene Panzerung wäre in der Lage, diesen Kräften standzuhalten, weswegen die wie eine Speerspitze aufgebauten Frontaldeflektoren auch nicht versuchten, sie aufzuhalten, sondern die Brösel am Schiff vorbeilenkten. Um alle Meteoriten, die schwerer als hundert Gramm waren, kümmerten sich die Hochenergiegeschütze der *USS London.*

Bei den Zahlen war es nicht schwer, sich vorzustellen, was ein paar kleine Krümel mit dem Schiff anstellten, wenn die Frontaldeflektoren ausfallen würden.

Denis war in der Spitze des Raumschiffs angekommen. Hier gab es keine Wohnräume, sondern nur gewaltige Technikebenen, in denen durch Supraleiter Energie in turmhohe Zwischenspeicher geleitet wurde. Im Prinzip befand sich hier eine sehr leistungsfähige Verbindung zur Antriebsebene der *USS London.*

»Du musst einen Schutzanzug anziehen«, erklärte Mutter.

Er nickte und stieg in eine spezielle Rüstung, die ihn vor den enormen Überspannungen der Supraleiter schützte. Ohne die Rüstung, die wie ein Faraday'scher Käfig wirkte, wäre er sofort gegrillt worden. Die Frontaldeflektoren waren nach dem Antrieb der zweite große Energiefresser auf dem Schiff.

»Fertig?«

»Ja!« Denis verschloss den Helm. Er musste an dieser Stelle kein Wort darüber verlieren, dass auch dieser Bereich angeblich wartungsfrei war. Die Rüstung, die er trug, wog 800 Kilogramm, jede seiner Bewegungen wurde durch Servomotoren unterstützt. Er bewegte sich in dem Ding, als ob er in die Hose geschissen hätte.

»*Ich öffne die Schleuse.*« Mutter ließ ihn passieren. Ein Frontaldeflektor bestand aus einem sehr leistungsfähigen Kraftfeldverbund. Der Bug der *USS London* wurde von vielen tausend kaskadierten Energiekacheln geschützt, die in unterschiedlichen Abständen vor dem Schiff fixiert wurden. Der erste Deflektor registrierte den Ankömmling und wehrte bereits alles unter 500 Kilojoule ab. Was dort durchkam, landete genau vermessen in der zweiten Linie, die nun alles unter fünf Megajoule abräumte. Computer hatten inzwischen die Zeit genutzt, um ein individuelles Set an Deflektoren aufzubauen und alles unter hundert Gramm Masse abzuleiten. Größere Brocken wären zu diesem Zeitpunkt bereits durch Hochenergiebeschuss zum Verglühen gebracht worden.

Dieses dynamische Konzept erforderte, bei Bedarf sehr große Energiemengen in sehr kurzer Zeit bereitzustellen. Das ging so weit, dass für Bruchteile einer Sekunde sogar die Antriebsenergie zur Abwehr eines hundert Gramm schweren Meteoriten eingesetzt wurde. Die Supraleiter waren dafür gebaut, diesem enormen Energiefluss standzuhalten, was sie auch eine kurze Zeit lang taten. Dauerhaft wäre kein von Menschen gebautes Kabel in der Lage, die Energiemenge zu verkraften, die die *USS London* während der Beschleunigung aus ihren acht Triebwerken jagte. Bei der Reaktion von einem Kilogramm Materie wurden neunzig Petajoule freigesetzt, was in etwa fünfundzwanzig Millionen Tonnen herkömmlichem Sprengstoff entsprach. Um die fette britische Lady mit ihrem stattlichen Gewicht auf 0,44 c zu bringen, brauchte es sechs Millionen Tonnen Antimaterie. In den Penning-Arrays befand sich daher genug Treibstoff, um das Schiff genau zweimal auf volle Geschwindigkeit zu beschleunigen und wieder abzubremsen, sowie eine Reserve, mit der sich begrenzte Navigationsmanöver durchführen ließen.

Denis sah sich um, was in der Rüstung sehr mühsam war. Von überall sprangen Funken von den mit Stickstoff gekühlten Supraleitern auf ihn über. Die Energieschienen waren offen im Boden verlegt und führten durch das gesamte Schiff. Wäre die *USS London* ein Lebewesen, wäre das ihre Hauptschlagader gewesen.

»*Was kannst du erkennen?*«, fragte Mutter.

»Komm und schau es dir selbst an.«

»*Der Bereich ist mir verschlossen. Ich kann noch nicht einmal Drohnen hineinschicken. Die halten das nicht aus.*«

Denis hob den Kopf. Vor ihm wurde ein Stück eines Supraleiters heller. Die Spannung stieg. Die Blitze umgaben ihn nun komplett, seine Rüstung wurde zum Teil des Energiekreislaufs. So sah es aus, wenn ein Frontaldeflektor temporär überladen wurde. Er schloss die Augen. Ihm wurde warm. Hoffentlich hielt der Anzug das aus.

Das Licht nahm wieder ab, die Show war vorbei. Denis bückte sich, nein, er krachte auf alle viere, um sich den gerade aktiven Supraleiter genauer anzusehen. Da gab es ausglühende Ablagerungen, die deutlich zu erkennen waren. Ablagerungen auf einem Supraleiter waren nicht gut. Sie bildeten einen Widerstand, und um diesen zu minimieren, wurden Supraleiter benutzt. Die Energie sollte möglichst ohne Verlust von der Antriebssektion nach vorne geleitet werden. Denn Verlust hätte Abwärme bedeutet und aus dem Energiefluss einen riesigen Tauchsieder gemacht. Mit der zu den Frontaldeflektoren transportierten Energiemenge hätte man mühelos sämtliche Wohndecks der Besatzung zum Glühen bringen können.

»*Und jetzt?*«

»Da sind Ablagerungen …« Denis hatte keine Ahnung, wo die herkamen. Von dem Begriff wartungsfrei hatte er ein anderes Verständnis. Mit einem Schraubenzieher brach er ein Stück der handflächengroßen schwarzen Ablagerungen ab. Das Zeug war schwer und schepperte metallisch, als es auf den Boden fiel. Der ansonsten glatt gearbeitete Supraleiter darunter zeigte sich an dieser Stelle aufgeraut. Da fehlte sogar Material. Das war ein Bruchstück.

»Die Ablagerungen stammen von den Supraleitern selbst …« Das passierte, wenn Frontaldeflektoren über längere Zeit überladen wurden. Das Material hielt viel, aber nicht alles aus. Die Physik stieß hier an ihre Grenzen.

»*Das ist ungewöhnlich.*« Mutters Kommentar war es ebenfalls. Sie müsste es besser wissen.

Denis krabbelte weiter. Jede seiner Bewegungen dauerte eine kleine Ewigkeit. An dem Supraleiter daneben bedeckten die Ablagerungen über die Hälfte der Fläche. Das dunkle Material ließ zudem mehrere Schichten erkennen. Das Zeug wurde größer. Verdammt, das war eine tickende Zeitbombe. Genau die Sorte von Problem, die er nicht gebrauchen konnte. »Mutter.«

»*Ich höre …*«

»Gibt es im Logbuch einen Eintrag über eine Überladung der Frontaldeflektoren?«

»*Das ist kompliziert …*«

Das war Mutters Version dafür, dass jemand die Mistdinger überladen hatte, sie aber nicht darüber sprechen durfte. Der General hielt seine Hand schützend über einen Idioten, der sie mit hoher Wahrscheinlichkeit alle umbringen würde.

»Mutter, so werden wir unsere Reise nicht schaffen.« Die Folgerung aus dieser Situation war nicht kompliziert. Die

Supraleiter würden in ein bis zwei Jahren anfangen, ernste Probleme zu machen, und in fünf bis acht Jahren ausfallen.

»Dann müssen wir sie reparieren.«

»Klar ...« Das ging sogar, sie hatten das passende Material an Bord. Das Einzige, was ihnen fehlte, war ein schattiges Plätzchen, an dem ihnen nicht ständig hyperschnelle Partikel um die Ohren flogen. »... wenn das Schiff keine Fahrt macht, wäre es kein Problem. Ich schätze, ich brauche mit meiner Truppe drei Wochen, um sämtliche Supraleiter instand zu setzen.« Sie waren nur vierzehn.

»Wir können jetzt nicht abbremsen.«

»Mutter, wir brauchen drei Wochen bei Stillstand des Schiffs. Aber nur, wenn wir es jetzt machen. Wenn wir warten, bis die Frontaldeflektoren wegen der Ablagerungen ausfallen, ist es zu spät. Die Supraleiter gehören zu den Kernelementen des Schiffs, ein kompletter Austausch ist im Raum nicht möglich. Dafür brauchten wir eine Werft, tausend Arbeiter und viel Zeit.« Denis machte sich auf den Rückweg. Er hatte alles gesehen, was er sehen wollte. Der General würde eine Entscheidung treffen müssen. Denis konnte ihm nur eine fachliche Empfehlung aussprechen.

»Das ist ein Problem.«

»Sag ich doch.« Denis ging auf die Schleuse zu. Hinter ihm wurde es wieder heller. Der nächste Minimeteorit wurde abgewehrt. Das passierte jeden Tag mehrere Dutzend Male. Bei 0,44 c konnten sie sich keine Stunde ohne Frontaldeflektoren leisten. »Mutter, wir würden ohne eine Reparatur nicht an dem Einschlag eines Meteoriten sterben. Vorher wird das Mittelschiff aufgrund überhitzter Supraleiter verglühen.«

X.

OBJEKT DER BEGIERDE

Finch saß im Londoner Rathaus auf einem Sofa und blickte aus großer Höhe auf die Stadt hinab. Es regnete. Der Bürgermeister hatte der Media-Task-Force drei Räume direkt neben seinem Büro gegeben. Dort liefen für die Reise nach Glamis Castle alle Vorbereitungen zusammen. Finch trank eine Tasse Tee mit Milch und ließ es geschehen. Links und rechts von ihm kamen unzählige Menschen vorbei. Das Interview mit Professor Dr. Dr. Duncan Harper würde in weniger als zwei Wochen Milliarden Menschen vor die Bildschirme ziehen.

Die Starts der *USS London* vorgestern und der *USS Boston* am Tag des Interviews wurden bereits auf allen Kanälen als Jahrhundertereignis bezeichnet. Dagegen waren der Medienrummel um den letzten Superbowl oder die Fußballweltmeisterschaft nur buntillustrierte Lokalmeldungen gewesen. Von den siebzehn Milliarden Menschen, die auf der Erde und im lokalen Sonnensystem lebten, würden sich vermutlich sechzehn Milliarden diese Show ansehen.

Die Ankündigung, dass der pressescheue, aber steinreiche Professor und geistige Vater der beiden gigantischen Raumschiffe den Start von seinem Landsitz in Schottland aus kommentieren würde, erhöhte das Interesse der Öffentlichkeit natürlich. An diesem medialen Vakuum war sein Vater, der über Jahre hinweg nicht vor die Presse getreten war, selbst schuld. Er war nie ein besonders redseliger Mensch gewesen.

Besonders das Interesse an allem, was er über die *USS London* und die *USS Boston* zu sagen hatte, war gewaltig. Verständlich, die Bauzeit der beiden Schiffe der Spread-Klasse hatte dreiundzwanzig Jahre betragen und jeweils zwölf Billarden Dollar verschlungen. Die Montage der vierzig Kilometer langen Archen war im Orbit über dem Mond vorgenommen worden. Das war nie nur das Projekt seines Vaters gewesen, die beiden Raumschiffe stellten die größte Errungenschaft der Menschheitsgeschichte dar.

Dass gerade Finch das Interview führen sollte, schadete auch nicht. Dabei lag seine wiederaufflammende Popularität nicht an seiner besonderen Person oder seinen herausragenden akademischen Leistungen, sondern einzig an der Tatsache, dass er den Konflikt mit seinem Vater vor fünfundzwanzig Jahren auf seine sehr persönliche Art und Weise öffentlich gemacht hatte.

Duncan Harper zu bezichtigen, ein rücksichtsloser Rabenvater zu sein, war zwar richtig, brachte aber wenig. Das war Vergangenheit. Finch war einen anderen Weg gegangen. Das Erbe, das er damals lautstark in der Presse ausgeschlagen hatte, ging ihm inzwischen komplett am Arsch vorbei.

Seitdem arbeitete Finch für die Londoner Polizei und jagte Verbrecher. Er kam zurecht. Geld machte nicht glücklich, es war in seinen Augen die Wurzel allen Übels. Die Medien hatten ihn in der Zwischenzeit nicht mehr auf dem Radar gehabt, was sich aber nach der Ankündigung des Interviews sehr schnell änderte. Atticus Finch Harper galt früher als der undankbarste Sohn, den man sich vorstellen konnte. Eine weltweite Hassfigur. Während sein Vater durch die Raumschiffe zum Quasigott und seine Geschwister, Jazmin und Max, durch ihre beispiellosen militärischen und akademischen Karrieren zu geflügelten Himmelswesen stilisiert worden waren, wurde aus ihm der personifizierte Antichrist. Schon bei der Nennung seines Namens witterte die Presse Blut im Wasser. Niemand erwartete ein friedliches Interview.

»Hey, Finch, wusstest du, dass sogar in der Geschichte bekannte Monster und Psychopathen wie Adolf Hitler, Josef Stalin und Donald Trump beliebter sind als du?«, fragte Martin, sein deutscher Producer mit schrecklichem Akzent und Bauchansatz. Diese blonde Pfeife trug eine Brille und dachte, damit cool auszusehen. »Ich habe hier eine Umfrage von gestern.«

»Baue es in deinen Trailer ein ...« Finch zerbrach sich nicht den Kopf darüber. Wenn er auf den hinteren Rängen der Beliebtheitsskala landete, dann war das eben so. Man brauchte neben einem Helden eben auch einen Bösewicht, und dieser Bad Boy war er.

»Mache ich ...« Martin wackelte wieder zu seinem Arbeitsplatz. Der Idiot stand ansonsten den ganzen Tag nicht von seinem Schreibtisch auf, sah aber jeder Kollegin, die an ihm vorbeilief, auf den Hintern.

»Sir, darf ich Ihnen eine Tasse Tee bringen?«, fragte Alex, eine junge Praktikantin und die Einzige im Team, die ihre Seele noch nicht an die Quotengöttin verkauft hatte.

»Gerne.«

»Mit Milch.«

Finch nickte und setzte seine leere Tasse ab, die Alex sofort auf ihr Tablett stellte. Dann drehte er sich zur Seite, um mit den anderen den Beginn eines bekannten Newsmagazins zu verfolgen, das weltweit im Netzwerk abrufbar war.

»Meine sehr verehrten Damen und Herren, hey, Leute, was wir in diesen Tagen erleben, wird es so schnell nicht wieder

geben. Das ist unglaublich, die USS London *ist gestartet!*«
Der jugendliche Moderator stand in einem modernen weißen Einteiler am Ufer der Themse und zeigte auf das riesige
Raumschiff, das langsam an Höhe gewann. Der Typ war ein
Spinner, generierte aber mit seinen Streams Klickraten wie
von einem anderen Stern. Milliarden folgten seinem Channel. *»Ich war fest davon überzeugt, dass das Ding beim Start
herumzickt, in die Themse fällt und England deswegen im At-
lantik absäuft.*«

Das Bild verkleinerte sich, und derselbe Moderator saß
nun in Unterwäsche auf einem dreckigen Sofa in einer abge-
wichsten Hotellounge und ließ sich von einer leichtbeklei-
deten Dame die Füße massieren. Die Kamera verpasste es
nicht, ihre opulente und nur spärlich verhüllte Oberweite
in die Bildmitte zu rücken. Sex sells, der Typ konnte sich
alles erlauben, seine Follower blieben ihm treu. *»Fuck, das
war vorgestern ... Ich war wegen euch in London. Von dem
dünnen Bier juckt mir jetzt noch der Arsch!*« Er war kein Brite.
Dann setzte er sich auf und ließ sich einen animierten Anzug über sein mit Ketchupflecken besudeltes Unterhemd
legen. Bestimmt ein Amerikaner, das Sakko sah recht billig
aus.

*»Meine sehr verehrten Damen und Herren, es ist mir eine
Ehre, den erfolgreichen Start der* USS London *bekanntgeben
zu dürfen. 490 Mann Besatzung, drei Millionen Embryonen,
das Klonschaf Dolly, meine Hauskatze und zwei meiner Blu-
mentöpfe befinden sich nun auf einer 109 Jahre andauernden
Reise zu einer neuen Welt.*«

»Sind auch Frauen dabei?«, fragte die zuvor leichtbeklei-
dete Dame, die nun ein züchtiges Businesskostüm trug, flach
wie ein Brett war und so langweilig aussah wie eine Steuer-
fachgehilfin.

»*Hast du etwa Titten gesehen?*«, fragte er und sah auf ihre nicht mehr vorhandene Oberweite.

Finch schmunzelte. Die beiden waren gut. Ordinär und geschmacklos, aber unterhaltsam. Natürlich gab es auch seriöse Nachrichtensendungen. Martin, der Langweiler, schaltete um. Mehrere aus dem Team stöhnten. Leider würde das Interview mit seinem Vater, das sie gemeinsam produzierten, in einem konservativen Format erscheinen.

»*... die* USS London *ist vor zwei Tagen gestartet, nachdem sich das Raumschiff ein letztes Mal über seiner namensgebenden Stadt hatte sehen lassen. Ein grandioses Ereignis, von dem die Zuschauer noch ihren Enkelkindern erzählen werden*«, erklärte eine Nachrichtensprecherin.

»*Sarah, ich war dabei, das war unglaublich. Das Raumschiff wird unsere Zivilisation zu einer neuen Welt im 49 Lichtjahre entfernten Alderamin-System bringen. Meine Damen und Herren, stellen Sie sich vor, die Reise wird 109 Jahre dauern. In dieser Zeit werden auf der Erde aufgrund der Zeitdilatation 124 Jahre verstreichen. Bis wir einen Funkspruch über die Ankunft erhalten können, werden mindestens 174 Jahre vergehen. Viele von uns werden das nicht mehr erleben*«, sagte ein Mann, der ohne flache Witze auskam. Das Schiff sei ein Geschenk für ihre Kinder.

»*In weniger als zwei Wochen startet die* USS Boston*, das zweite Schiff der Spread-Klasse, auf eine ähnliche Mission. Allerdings mit einem anderen Ziel. Das Schiff wird sogar 155 Jahre unterwegs sein*«, sagte seine Kollegin. Hinter ihr wurde die *USS Boston* gezeigt, wie sie die Werft über dem Mond verließ, um zur Erde zu fliegen. Im Prinzip war der gesamte Mond ein riesiger Industrieplanet. Scherzhaft auch der Todesstern genannt. Da musste niemand auf den Umweltschutz achten, der für Betriebe der Schwerindustrie auf der Erde nicht mehr zu realisieren war. Der Blaue Planet war wieder sauber, ein Abschmelzen der Pole hatte verhindert werden können, und auf dem Mond gab es ohnehin nur Sand.

»Liebe Zuschauer, wenn Sie glauben, dass es das schon war, haben Sie sich getäuscht. Professor Dr. Dr. Duncan Harper ist einer der brillanten Köpfe hinter diesem Projekt. Er und viele andere haben den Traum, zu einem anderen Stern zu fliegen, möglich gemacht. Dieses Projekt ist sein Lebenswerk.«

»Mark, wir kennen diesen Namen, aber kaum jemand kennt den Menschen.« Sarah gab das Stichwort.

»Das ist richtig. Der Professor hat schon seit Jahren kein Interview mehr gegeben, und da er inzwischen 117 ist, hat auch niemand mehr damit gerechnet.«

»Aber er wird sich beim Start der USS Boston *interviewen lassen! Live von seinem Landsitz in Schottland«,* hob Sarah hervor. Die beiden Journalisten warfen sich die Bälle zu. Das war nicht so unterhaltsam wie bei dem Team zuvor, aber informativ.

»Das wird er ... glaub mir, ich freue mich darauf, diesen Mann hören zu dürfen, der bekanntlich bereits im Rollstuhl sitzt. Er wird vermutlich glücklich sein, diesen Tag noch erleben zu dürfen.«

»Mehr noch ... Als ich hörte, wer ihn interviewt, habe ich die Meldung für Fake News gehalten.« Die Sprecherin lächelte. Finch tat es ihr gleich. Die machten aus ihm einen Star. Das reizte ihn zwar nicht besonders, aber es ließ sich nicht verhindern.

»Atticus Finch Harper ... den hat niemand mehr auf dem Zettel stehen gehabt.«

»Ich möchte ehrlich sein, ich bin erst dreiunddreißig, ich habe diesen Namen noch nie gehört.«

»Vermutlich bist du nicht die Einzige. Liebe Zuschauer, er ist

der älteste Sohn von Duncan Harper, fünfundvierzig Jahre alt, Single, lebt in London und ist Inspector bei der Polizei.«

»Warum denn das? Ist sein Vater nicht einer der reichsten Menschen der Welt?«, fragte seine Partnerin.

»O ja ... 450 Milliarden schwer und mit 117 auch nicht mehr der Jüngste. Warum sein Sohn Polizist ist? Vielleicht erfahren wir das ebenfalls während des Interviews.«

»Liebe Zuschauer.« Die Frau übernahm wieder. Sie war schlank, hatte dunkelrote Haare und trug ein beigefarbenes Kostüm. Eine typische Medienschönheit. Sie sah aus wie Anfang dreißig und war es vielleicht sogar.

Im 28. Jahrhundert konnte man nur noch wenigen Menschen ihr Alter ansehen. Den Tod zu betrügen war nur eine Frage des Geldes. Die ganze Welt war dabei, hoffnungslos zu überaltern. Inzwischen gab es Krankheiten, deren Namen man vor ein paar hundert Jahren noch nicht einmal gekannt hatte. Genetische Defekte, die alle mit dem Alter auftraten, allerdings auch alle behandelt werden konnten. Wenn man Geld hatte. Die Armen mussten sich dennoch nicht vor diesen Krankheiten fürchten. Arme Menschen starben nach wie vor mit sechzig oder siebzig und wurden damit nicht alt genug für solche Gendefekte.

»Ein Sohn interviewt seinen berühmten Vater. Was ist daran besonders, fragen Sie sich jetzt vielleicht? Ich habe es getan ... aber das Netz vergisst nicht. Wir auch nicht.«

»Duncan Harper ist der Teufel! Ein Dämon, der sich vom Blut seiner Kinder nährt!« Das hatte Finch mit neunzehn tatsächlich gesagt. Er hatte an diesem Tag wenig geschlafen, auch etwas getrunken und wirklich schlechte Laune gehabt. *»Er hat mich gequält, gefoltert ... mich jeden Tag mit der Angst aufwachen lassen, seinen Anforderungen nicht gerecht zu werden. Es war die Hölle auf Erden!«*

Finch befand mit dem Abstand von fünfundzwanzig Jahren, dass er damals zwar die Wahrheit gesagt, dabei allerdings wie ein drogensüchtiger Junkie ausgesehen hatte, der wütend war, weil er im Haus seines Vaters nichts zu rauchen gefunden hatte. Herrje, hörte sich das mittlerweile schwachsinnig an.

»*Ein bezaubernder junger Mann ...*«, spottete der Sprecher.

»*Es gibt auch Archivaufnahmen, in denen er nüchtern war.*« Seine Partnerin nahm auch diesen Ball auf. Finch wusste noch, wie wütend er damals gewesen war, und er hatte auch nicht vergessen, wer die Schuld daran trug.

»*Ich will nicht einen Cent vom Vermögen meines Vaters! Er soll elendig verrecken und mit seinem Geld in einer Jauchegrube verscharrt werden!*« Auch diese wenig nette Aussage hatte Finch vor laufenden Kameras getätigt. Sein Vater hatte ihn deswegen niemals zur Rede gestellt. Weder öffentlich noch unter vier Augen.

»*Damit dürfte Atticus Finch Harper klargemacht haben, was er von seinem Vater hält. Dieser Eklat hat die Medien vor fünfundzwanzig Jahren monatelang beschäftigt. Inzwischen war es ruhig um diesen zornigen jungen Mann geworden, bis heute. Ja, liebe Zuschauer, Sie haben richtig gehört, Atticus Finch Harper wird in weniger als zwei Wochen seinen berühmten Vater interviewen*«, erklärte die rothaarige Sprecherin. Hinter ihr wurde ein aktuelles Bild von Finch eingeblendet. Sein schmales Gesicht wirkte eingefallen. Gut sah er nicht aus.

»*Was haben wir von diesem Gespräch zu erwarten?*«, fragte der Sprecher.

»*Ich weiß es nicht ... aber eine Familienidylle sicherlich nicht.*« Die Frau formulierte, was viele dachten und sich vermutlich auch viele Zuschauer wünschten. Passend zum epischen Start zweier Raumschiffe stand ein nicht minder epischer Familienkrach auf dem Programm.

»Finch!«, brüllte jemand durch das Büro. Es war Chief Inspector Howard Campbell, der alles andere als gute Laune hatte. »Komm sofort her!«

Finch stand auf.

»Beweg dich!« Howard trieb ihn an, schneller zu gehen. »Zum Bürgermeister!«

»Mister Harper!« Der Bürgermeister trug heute braune Nadelstreifen, die ihm ähnlich schlecht standen wie die blauen. Sein Kopf war rot, sein Hals dick und die Finger unruhig. Bei diesem Stress würde er es trotz moderner Medizin nicht mehr lange machen. »Was ist das zwischen Ihnen und Ihrem Vater?«

»Wir haben gewisse Differenzen.« Finchs Meinung über seinen alten Herrn hatte sich nicht geändert, er hatte nur gelernt, sich stilvoller darüber auszulassen. Jemand offen zu beleidigen war ordinär, ihn mit einer höflichen Geste auflaufen zu lassen, durchaus opportun.

»Sie haben ihm den Tod gewünscht!«, hielt ihm der Bürgermeister entgegen. Offenbar waren ihm die Ereignisse von vor fünfundzwanzig Jahren nicht mehr geläufig gewesen. Na ja, das passende Alter, um sich daran zu erinnern, hätte er gehabt.

»Ein unerfüllter Wunsch.« Finch wusste, dass man auch mit 117 und halbtot nicht zwingend in Kürze versterben musste. Die moderne Medizin schaffte es, zahlungskräftige Mumien am Leben zu erhalten. Auch wenn mit der Zeit bis auf die Fingernägel so ziemlich alles ausgetauscht werden musste.

»Mister Harper, Sie sollen PR für die Stadt London machen!«, zeterte der Bürgermeister. »Nicht ihre Privatfehde ausleben!«

»Sir, machen Sie sich keine Sorgen« Finch hatte nicht vergessen, was Howard ihm gesagt hatte. Die Erwartungen waren klar. »Ich werde Ihnen ein exklusives Feature mit meinem Vater liefern. Bilder und ein privates Interview. Sie werden mich weltmännisch, witzig und geistreich erleben. Ich bin ein echter Sohn unserer Stadt. Die Menschen werden das Interview lieben, meinen Vater bewundern und sich wünschen, so schnell wie möglich London zu besuchen.«

»Ähm ja ...« Der Bürgermeister strauchelte.

»Finch!« Howard tat es nicht. Der Chief Inspector war weder dumm noch leicht in die Irre zu führen. »Verarsch uns nicht!«

»Das waren deine Worte.« Finch mochte sie.

»Ich weiß.« Howard offenbar nicht mehr.

»Ich bin älter geworden ... Ich mag meinen Vater nicht sonderlich, aber deswegen werde ich dennoch professionelle Arbeit abliefern. Ich bin nicht mehr der junge Mann, der als Teenager aus der Spur fiel und dafür seinen Vater verantwortlich machte. Ich habe meinen Platz im Leben gefunden.« Finch glaubte sich beinahe selbst. Duncan Harper hatte allerdings so viele schwarzen Flecken auf seiner Seele, dass es kaum nötig sein würde, alte Geschichten aufzuwärmen.

»Das höre ich gerne.« Der Blutdruck des Bürgermeisters sank bereits wieder. »Und das Erbe?«

Howard sah ihn immer noch an wie einen auf frischer Tat erwischten Schwerverbrecher.

»Ich möchte es nicht haben.« Daran hatte sich für Finch nichts geändert. Geld bedeutete ihm nichts. Es genügte ihm, pünktlich seine Miete zu bezahlen, einmal im Jahr Urlaub zu machen und sich alle vierzehn Tage eine professionelle Maniküre leisten zu können.

»Ah ja …« Eine für den wohlgenährten Bürgermeister offenbar kaum verständliche Haltung.

»Sir, mein Vater wird mich inzwischen enterbt haben. Ich habe ihm dazu allen Grund geliefert.«

Finch hatte die Inquisition des Bürgermeisters überstanden. An den Interviewplänen hatte sich nichts geändert. Howard, sein Boss, war misstrauisch geblieben, hatte dann aber nichts mehr gesagt.

»Ein Tee mit Milch?« Alex, die Praktikantin, kam wieder zu ihm ans Sofa. Sie war der einzige nette Mensch, dem er heute begegnet war. Finch mochte den Blick über die Themse. Sogar wenn es regnete.

»Gerne.«

»Ich soll Ihnen ausrichten, dass mehrere Personen versucht haben, Sie zu erreichen.«

»Wer?« Finch hatte vorhin, um in Ruhe Tee trinken zu können, den Kommunikator umgeleitet. Unbekannte Anrufer kamen nicht mehr zu ihm durch, sondern landeten bei Alex, die die Anrufer mit ihrer freundlichen Art vorfilterte.

»Es gab heute bereits einunddreißig Anrufer.« Alex lächelte. Sie war etwas stabiler, ohne dick zu sein, und trug ihr dunkles Haar kurzgelockt. »Neunundzwanzig habe ich abgewimmelt … zweien habe ich ausgerichtet, dass Sie sich, wenn es Ihre Zeit erlaubt, melden.«

»Danke.«

Alex nickte und ging. Finch sah zu Howard rüber, der Anstalten machte, sich hier häuslich einzurichten. »Was machst du da?«, fragte er ihn.

»Ich passe auf dich auf.« Howard Campbell zog sein Sakko aus, er trug sogar seine Waffe, die ansonsten nur in der Schublade lag. Er war schon ewig nicht mehr auf der Straße gewesen.

»An meinem Schreibtisch?«

»Du sitzt doch auf dem Sofa ...«

Das war richtig. Das Büro bot vier weitere Schreibtische, an einem saß seine gute Fee Alex, daneben die Kartoffel Martin sowie fünf weitere Medienleute, die an zwei zusammengeschobenen Tischen arbeiteten. »Warum die Waffe?«

»Wenn du das Interview versaust, hat der Bürgermeister mir erlaubt, dich zu erschießen.«

Finch verdrehte die Augen und legte den Kopf nach hinten. »Teilnehmer anrufen.« Er wollte Alex' Rückrufliste abarbeiten.

»*Verbindung wird aufgebaut*«, meldete sein Kommunikator. Alex hatte ihm die Verbindungsdaten hinterlegt.

»*Finch?*«, fragte eine Frauenstimme.

»Ja.« Er hatte keine Ahnung, wer das war. Nein, hatte er doch, aber sie konnte es nicht sein.

»*Hier ist Natascha.*«

»Hi ...« Das war krank. Was wollte sie von ihm? Ihr mörderischer Freund hatte erst vor drei Tagen dafür gesorgt, dass Howard ihm einen Einlauf verpasst hatte.

»*Haben Sie kurz Zeit für mich?*«

»Selbstverständlich«, sagte er, obwohl er weder ihr noch dem Bastard, der sie vögelte, einen weiteren Grund liefern wollte, gegen ihn vorzugehen.

»*Ich habe Ihr Bild im Stream gesehen.*«

Investigative Polizeiarbeit würde er für die nächsten fünfundzwanzig Jahre vergessen können. So lange würde er benötigen, um bis zur Unkenntlichkeit zu altern.

»*Sie sind Polizist.*« Sie klang eingeschüchtert, das war nicht schwer herauszuhören. Steckte sie in Schwierigkeiten?

»Das ist richtig ...«

»*Es ist nur ...*« Im Hintergrund war eine Tür zu hören. Finch hatte keine Ahnung, ob sie noch in Marrakesch war.

»Natascha, bitte reden Sie.«

»*Ich muss Schluss machen ... ich melde mich wieder.*« Dann legte sie auf.

»Mist ...« Finch wusste, dass ihm die Hände gebunden waren. Howard würde ihn vierteilen lassen, wenn er wieder damit anfing, den Kensington-Fall aufzuwärmen. Offiziell galten die Kindermorde als Cold-Case. Die Ermittlungen waren nach dem Freispruch des Beschuldigten eingestellt worden.

»Nächsten Teilnehmer anrufen.«

»*Hey, Finch, altes Haus!*« Diese Stimme erkannte er dafür umso schneller. Das war Jack, ein Schulfreund, der schon damals kein Freund gewesen war. Jack interessierte sich nur für den dritten Teil seines Namens und von dem auch nur für den Teil, der Profit versprach.

»Jack ... so eine Überraschung.« Finch musste Alex erklären, dass es keine alten Schulfreunde gab, die er sprechen wollte.

»*Wie lange ist das jetzt her?*«

»Fünfundzwanzig Jahre.« Finch hätte in diesem Moment gern eine größere Zahl genannt.

»*Verdammt ... ja.*« Jack lachte. »*Das war eine gute Zeit!*«

»Jack, was möchtest du?« Finch befürchtete, dass seine neue Popularität noch weitere Untote aus den Gräbern seiner Vergangenheit locken könnte. Da gab es noch Damenbekanntschaften auf der Universität, deren Existenz er lieber vergessen würde.

»*Hey, ich habe dir damals mehrfach den Arsch gerettet. Ich denke, jetzt könntest du auch einmal etwas für mich tun. Ich möchte dir einen Deal vorschlagen ... easy money. Du müsstest nur bei dem Interview mit deinem alten Herrn erwähnen, dass ...«*

»Nein, Jack!«

»Warte kurz!«

»Auf Wiedersehen.« Finch legte auf. Das war alles an Höflichkeit, was er aufbrachte. Er wollte gar nicht wissen, was aus Jack geworden war. Ihm war es offenbar spielend gelungen, seine unangenehme Art über Jahre zu konservieren.

»Teilnehmer sperren.«

»Teilnehmer gesperrt.«

Jack würde zukünftig weder bei ihm noch bei Alex durchkommen. Prominent zu sein war alles andere als ein Segen.

XI.

BLIND VOR WUT

Jazmin stand in Cloes Kabine, alles um sie herum war dunkel. Nur Cloes nackter Körper wurde von einem ursprungslosen Licht erhellt. Als ob in ihrem Körper eine Kerze brannte und ihre Haut in vielen zarten Farbtönen zum Leuchten brachte. Im Hintergrund war ein leises Brummen zu hören. Weit entfernt, aber nicht zu ignorieren. Cloe kniete und sah ängstlich zu ihr auf. Eine unheimliche Hitze ging von ihr aus.

»Ich habe sie nicht gesehen …«, flehte sie. »Bitte, ich habe sie wirklich nicht gesehen!«

Jazmin reagierte nicht. Nicht weil sie es nicht wollte, sondern weil sie sich nicht bewegen konnte. Ihr gesamter Körper war wie versteinert.

»Das musst du mir glauben, ich habe sie nicht gesehen!« Cloe weinte. Jede Träne hinterließ dabei eine feine Vertiefung in ihrer Haut. Nichts passierte im Leben, ohne eine Spur zu hinterlassen.

Jazmin war immer noch unfähig, etwas zu sagen. Noch nicht einmal den kleinen Finger konnte sie bewegen. Dieses Gefühl der Hilflosigkeit war unerträglich. Der Wahnsinn hatte sie fest im Griff. Sie bäumte sich auf, war aber nicht in der Lage, ihre Fesseln zu sprengen.

»Bitte, ich lüge dich nicht an. Sie ist tot … Das weißt du. Wir waren bei ihrer Beerdigung.« Die Tränen liefen wie heißes

Wachs über ihre Wangen. Plötzlich schlugen Flammen aus ihrem Mund. Ihr Schlund glühte wie ein Kohleofen. Sie verbrannte innerlich. Die enorme Hitze ließ ihre Hülle binnen weniger Sekunden wie eine Kerze auf dem Boden zerfließen. Niemand konnte sie retten. Niemand konnte es aufhalten.

Jazmin wollte schreien! Kämpfen! Und sich gegen den Virus wehren, der auch in ihr Feuer gefangen hatte. Sie war verloren. Es war nicht mehr aufzuhalten. Niemand an Bord der *USS London* würde überleben. Alle würden sterben.

Jazmin schreckte schweißgebadet auf. Das war ein Traum gewesen. Nur ein Traum. »Keine Übung!«, flüsterte sie. »Keine Übung!« Cloe Chang war vor ihren Augen gestorben. Ein sinnloser Tod. Im Traum und noch mehr in der Realität. Dabei hatte die Crew gerade einmal sieben Jahre der langen Reise geschafft.

»Alles in Ordnung?«, fragte eine ältere Frauenstimme. Das war Helen, Colonel Dr. Helen Minous, Jazmin mochte sie. Jazmin erkannte auch, dass sie nicht in ihrer Kabine, sondern in einem Bett der Krankenstation lag. Warum war sie hier?

»Ich habe geträumt.«

»Das habe ich gemerkt.« Helen nahm mit einem kontaktlosen Thermometer die Körpertemperatur auf. »38.2 ... Sie haben leichtes Fieber.«

»Ich könnte sofort wieder einschlafen ...« Jazmin wehrte sich allerdings dagegen. Sie wollte nicht schlafen. Nicht jetzt. Sie wollte nicht weitere Träume erleben.

»Tun Sie es.«

»Später ...«

»Ich habe Zeit.« Helen zog einen Stuhl heran und setzte sich neben das Bett. Der Raum war nur schwach beleuchtet. Gerade hell genug, um den anderen zu erkennen oder nicht gegen eine Wand zu laufen. Seitlich vom Bett hing ein Display, das geräuschlos ihre Vitalwerte überwachte. Sie konnte bei sich selbst eine erhöhte Temperatur, einen erhöhten Puls, einen höheren Blutdruck als sonst und extrem aktive Gehirnströme erkennen.

»Was ist mit mir?« Jazmin verstand nicht, warum Helen sie wie eine Patientin behandelte.

»Jazmin, Sie sind selbst Ärztin, helfen Sie mir, woran können Sie sich erinnern?«

»Ich saß in meiner Dusche auf dem Boden.« Das wusste Jazmin noch genau.

»Dort wurden Sie gefunden, das ist richtig. Was haben Sie davor getan?«

»Ich habe Cloe besucht.« Auch das wusste sie noch. Wie auch alles andere. Cloes angeblicher Selbstmord.

»Wen?«

»Captain Cloe Chang, sie ist Analystin, Sie kennen sie.« Jazmin war sich sicher, mit Helen und Cloe während der Ausbildung mehr als einmal gemeinsam Kaffee getrunken zu haben. Damals war alles ganz einfach gewesen.

»Natürlich tue ich das ... Jazmin, über was haben Sie mit Cloe gesprochen?«

»Wir sprachen über Sue Jagberg.«

»Ihr Tod ist ein Verlust.«

»Das ist er ...« Jazmin hatte keine Lust, Helen davon zu erzählen, Sue auf dem Schiff gesehen zu haben. Es würde das Gespräch in die falsche Richtung lenken.

»Jazmin, bitte erinnern Sie sich ... kennen Sie noch den Wortlaut ihrer Unterhaltung?«

Den kannte sie, sogar Wort für Wort, sie hatte keines davon vergessen. Aber sie wollte nicht.

»Was haben Sie besprochen?«

»Das war privat.« Jazmin hatte nicht vor, darüber zu sprechen, bevor sie sich selbst ein klares Bild gemacht hatte.

»Es ist wichtig für mich zu erfahren, worüber Sie mit ihr gesprochen haben.«

»Nichts Wichtiges ... Über den Tag, den wir beide hinter uns hatten.«

Helen nickte. Eine peinliche Stille entstand. Jazmin wollte nicht über Sue Jagberg reden. Das ging nicht. Ob sich Cloe deswegen umgebracht hatte? Das war doch Irrsinn! Warum sollte das ein Grund sein, sich selbst zu töten?

»Jazmin, wissen Sie, was aus Cloe wurde?« Helen blieb so ruhig wie zuvor.

»Sie ist tot.«

»Sie hat sich selbst getötet ...«

»Das ist bedauerlich.« Jazmin spürte, wie ihre Sinne klarer wurden. Die Trauer, die sie zuerst empfunden hatte, war nun wie weggeblasen. Cloe hatte diese Entscheidung aus freien Stücken getroffen. »Aber unsere Unterhaltung kann nicht der Anlass gewesen sein.«

»Ich würde mir dazu gerne selbst ein Bild machen.« Helen blieb ihr auf den Fersen.

»Sie können mir vertrauen.« Jazmin spürte, wie sich das Gespräch in die falsche Richtung entwickelte. Sie setzte sich auf. In diesem Bett würde sie nicht bleiben. Nach der Dusche hatten sie ihr einen dieser hässlichen Patientenkittel angezogen. Aus dem Ding wollte sie heraus. »Ich möchte zu den Ermittlungen in diesem bedauerlichen Todesfall meinen Teil beitragen.«

»Jazmin, das geht nicht.«

»Wieso?«

»Ich denke, dass Sie krank sind. Ich werde General Mellenbeck empfehlen, Sie in den Kälteschlaf legen zu lassen.«

»Nein!« Das wollte Jazmin nicht.

»Glauben Sie mir, das ist das Beste für Sie.«

»Nein, Sie sollten …«

Nebenan polterte jemand gegen die Wand. Das war das Zimmer, in dem Mason lag. Einen Moment später öffnete jemand die Tür, die Frau von Major Espinoza, die als ausgebildete Krankenschwester bei Bedarf aushalf. Ihr Auftritt unterbrach Jazmin. »Dr. Minous, können Sie bitte kommen? Ich brauche Ihre Hilfe.«

»Natürlich.« Helen stürmte aus dem Zimmer, die Tür blieb offen. Da musste etwas passiert sein. Das Poltern aus Masons Zimmer wiederholte sich. Was machte der Junge dort? Wer war bei ihm? Was ging hier vor?

Auf dem Flur wurde etwas gerufen, das Jazmin nicht verstehen konnte. Sie stand auf. Super, der Krankenkittel war hinten offen – nicht die beste Kleidung, um das Zimmer zu verlassen.

»Egal …« Jazmin schüttelte den Kopf. Das war wie bei der Übung mit Simmerkirk, falsche Scham konnte sie sich nicht leisten.

Nun polterte es zum dritten Mal. Jazmin glaubte, davor schnelle Schritte gehört zu haben. Nackte Füße, die über den Kunststoffboden liefen. Ihre Schritte hörten sich nicht anders an, sie waren nur langsamer und deswegen leiser. Sie musste an die Worte von Masons Vater denken, Denis Jagberg: Der Junge sei gegen eine Wand gelaufen, hatte er gesagt. Sie hatte an seinen Worten gezweifelt, aber genau so hätte es sich angehört. O nein, Mason lief wieder gegen Wände. Der Junge brauchte sofort Hilfe!

»Wir müssen die Tür öffnen!«, rief Helen. Jazmin verließ das Zimmer. Das Licht auf dem Korridor blendete sie. Es roch nach Desinfektionsmittel. In dem Krankenzimmer war die Beleuchtung gedimmt gewesen. Sie hörte Helen schnell atmen.

»LOS!«, brüllte Helen. »Wir müssen sofort die Tür öffnen!« Gemeinsam mit der Frau von Major Espinoza stemmte sie sich gegen die Tür zu Masons Krankenzimmer. Jazmin kannte ihren Vornamen nicht. Die manuelle Tür hatte einen Drehknauf und öffnete sich nach innen. Mason musste sie blockiert haben. Damit störte niemand seine Versuche, mit dem Kopf die Glasscheibe zu zertrümmern. Im Moment lag er benommen auf dem Boden. An der Scheibe klebte bereits Blut. Das war Sicherheitsglas, das würde der Junge niemals mit dem Kopf einschlagen können. Erste Risse zeigten aber, dass er die oberste Schicht bereits geschafft hatte.

»Er hat die Tür blockiert!«, rief Espinoza. Keine der beiden Frauen war sonderlich sportlich oder konnte auch nur ein paar Extrakilogramm Körpergewicht einbringen.

»Fester!« Helen setzte alles ein, was ihr zur Verfügung stand. Mason kam wieder hoch. Er schüttelte sich. Blut tropfte von seiner Nase auf den Boden. Auf den Boden, auf dem sich bereits eine verschmierte Blutlache gebildet hatte.

»Ich drücke von hier.« Jazmin musste helfen, sie war nicht schwerer, aber stärker. Das Kampftraining für Kommandooffiziere auf der Akademie war kein Ausflug ins Grüne gewesen.

»Colonel Harper?«, fragte Espinoza verwundert.

»Jazmin, nein!« Helen zog sie zurück. »Sie werden sofort wieder in Ihr Zimmer gehen!«

»Aber Sie brauchen Hilfe.« Es war offensichtlich, dass Helen und Espinoza mit der Tür nicht zurechtkamen.

Helen wischte sich den Mund ab. »Aber nicht von Ihnen. Es ist bereits Hilfe unterwegs. Jazmin, Sie sind krank, Sie müssen sich erholen. Bleiben Sie in Ihrem Zimmer! Haben Sie mich verstanden!«

»Das ist doch Schwachsinn!« Jazmin verzog die Mundwinkel und schlug Helens Hände weg.

»Ich bin Ihre Ärztin! Sie gehen jetzt zurück in das Zimmer! Dort werden Sie die Tür schließen und auf mich warten!« Helen zeigte mit dem Finger auf die offene Tür.

»Dr. Minous ... er wird erneut laufen.« Espinoza starrte Mason mit weit aufgerissenen Augen an. Der Junge stand wieder auf den Beinen und taumelte zurück zu seinem Bett. Von dort würde er den längsten Anlaufweg haben, um ein viertes Mal gegen die Glasscheibe anzurennen. Dass er überhaupt noch bei Bewusstsein war, glich einem Wunder. Sein Gesicht war blutverschmiert, die Nase gebrochen, und an der Stirn klaffte eine fingerbreite Platzwunde. Trotzdem lächelte er. Ihm fehlten bereits mehrere Zähne. Kein Kind benahm sich so. Was war los mit ihm?

»Colonel Minous!« Jazmin wollte sich nicht in das Zimmer abschieben lassen. »Ich bin Ihre Vorgesetzte!«

»Jazmin, bitte, das ist doch keine Frage des Rangs ... es geht um Ihre Gesundheit!« Helen blickte zu Jazmin und stemmte sich gleichzeitig gegen die Tür, die in diesem Moment nachgab. Egal, womit Mason sie blockiert hatte, man konnte diese Barriere jetzt brechen hören. Espinoza stolperte zuerst in den Krankenraum. Helen rutschte aus und blieb am Türrahmen hängen.

»ER HAT SIE GETÖTET«, brüllte Mason mit einer Lautstärke, die nicht zu einem Kind passte.

»Mason, bitte!« Espinoza bemühte sich, in den Raum zu kommen, steckte aber zwischen mehreren ineinander verschachtelten Stühlen fest. Einer davon war zerbrochen und blockierte den Weg. Zwei Kunststoffstücke ragten der Frau wie Speere entgegen. Einer hatte sie bereits am Unterarm verletzt. »Mason, du musst keine Angst haben!«

Jazmin verfolgte die Entwicklung mit offenem Mund. Der Junge fürchtete sich nicht. Espinoza war diejenige, die vorsichtiger sein sollte. Dieser Blick – Jazmin konnte es in seinen Augen sehen, der Junge war völlig von Sinnen. In diesem Zustand stellte er eine Gefahr für sich und andere dar. Er war eine Zeitbombe!

»Vorsicht!«, rief Jazmin.

»Colonel Harper! Bitte seien Sie ruhig!« Helen versuchte weiterhin, sie kaltzustellen. Inzwischen stand auch sie wieder auf den Beinen und bemühte sich, den zerbrochenen Stuhl beiseitezuräumen. Aus einem nicht ersichtlichen Grund ließ sich weder die Tür weiter öffnen noch der kaputte Stuhl aus dem Weg schaffen.

»ER HAT SIE GETÖTET.« Mason wiederholte sich. Er ging mit langen Schritten auf Espinoza zu. Das Kind war über einen Kopf kleiner und zwanzig Kilogramm leichter als sie. Trotzdem packte er sie an den Haaren und zog sie mit einem Ruck in den Raum hinein. Dadurch, dass sie gegen die Barriere ankämpfte, flog sie förmlich durch die Luft und landete nach einem Überschlag auf dem Rücken. Dort blieb sie inmitten einer Blutlache benommen liegen. »HAST DU MICH ETWA NICHT VERSTANDEN?«

Espinoza rang nach Luft, drehte sich auf den Bauch und versuchte aufzustehen. Beim ersten Versuch rutschte ihr die Hand in der Blutlache weg, und sie prallte mit dem Gesicht auf den Boden. Beim zweiten Anlauf kam sie auf die Knie, um sich eine Sekunde später einen wuchtigen Tritt ins Gesicht einzufangen. Irgendetwas an ihrem Kopf knackte. Den Angriff hatte sie nicht kommen sehen. Der Junge hatte mit zwei Schritten Anlauf wie bei einem Fieldgoal voll durchgezogen.

»NEIN!«, brüllte Helen, die nun endlich die Reste des zerstörten Kunststoffstuhls aus dem Türrahmen räumte und den Raum betrat. Dabei fielen mehrere Bruchstücke auf den Boden. An einem scharfkantigen Teil klebte noch Espinozas Blut. Jazmin, die noch vor der Glasscheibe stand, zögerte. »MASON! ALLES IST GUT!«

»GUT? WAS SOLL HIER GUT SEIN!« Der Junge trat der besinnungslos am Boden liegenden Krankenschwester ein weiteres Mal ins Gesicht. Und noch einmal. Espinoza hatte keine Chance. Sie blutete aus einem breiten Cut am Jochbein. »ER HAT SIE GETÖTET!«

»MASON!« Helen holte einen Injektor aus der Tasche ihrer Uniform. Das sollte sie nicht allein versuchen, dachte Jazmin.

»NEIN! NEIN! ER HAT MEINE MUTTER GETÖTET!« Dann rannte der Junge auf Helen zu, die versuchte, die Dosierung einzustellen. Sie hätte besser auf ihn geachtet. Er traf sie mit der Schulter in den Unterbauch, sie ging zusammengekrümmt zu Boden. Der Injektor flog im hohen Bogen durch die Luft.

»WIR BRAUCHEN HILFE!«, brüllte Jazmin. Sie konnte nicht warten. Wenn sie den Jungen nicht aufhielt, würde er sie töten.

In der Ferne waren Schritte zu hören. Zu weit entfernt. Die Zeit lief gegen sie. Helen und Espinoza waren jetzt in Lebensgefahr.

Helen versuchte, auf dem Boden liegend, nach dem Injektor zu greifen. Mason stand über ihr und zog ihren Kopf an den Haaren in den Nacken. Die ältere Ärztin krächzte hilflos, da er ihr sein Knie in den Rücken drückte. In der anderen Hand hielt er ein Bruchstück des Kunststoffstuhls fest. Sehr fest, Blut quoll zwischen seinen Finger hervor. »HAST DU

KEINE OHREN? HABE ICH ZU LEISE GESPROCHEN? ER IST EIN MÖRDER! EIN VERDAMMTER MÖRDER!«

»MASON, HÖR SOFORT AUF DAMIT!« Jetzt stand Jazmin vor ihm. Sie war bereit, mit einem neunjährigen Kind zu kämpfen.

»Aufhören soll ich?«, fragte er wie ausgewechselt. Jazmins Gesichtszüge entspannten sich für einen Moment. Zu früh, in der nächsten Sekunde rammte er Helen das Bruchstück in das linke Ohr. Sie röchelte nach Luft. Blut lief ihr aus Mund und Nase. »Tiefer?« Mason drückte nach. Helen zuckte nur noch. Dieser Wahnsinn fand kein Ende. Das Kind hatte sie getötet.

»MASON!« Jazmin machte einen Schritt auf sie zu und schlug den Jungen nieder. Mein Gott, das war ein Kind! Sie hatte keine Ahnung, wie weit sie gehen sollte.

»DU BIST AUCH EIN MÖRDER?« Mason stand sofort wieder auf und rannte auf sie zu.

Jazmin wich aus, rutschte jedoch, barfuß, wie sie war, auf seinem Blut aus und knallte mit dem Rücken auf die Bettkante. Scheiße, tat das weh. Der Sturz hatte ihr die Luft aus den Lungen gedrückt. Für einen Moment rang sie damit, nicht das Bewusstsein zu verlieren.

»MÖRDER!« Mason raste auf sie zu. Halbnackt und im Liegen gelang es ihr, den Angreifer mit beiden Beinen wegzudrücken.

Sie schrie. Mason flog durch das halbe Zimmer und krachte zum vierten Mal gegen die Glasscheibe. Diesmal mit dem Rücken, was ihm augenscheinlich wenig ausmachte. Wieso hatte sich dieses Kind noch nicht jeden Knochen im Leib gebrochen?

Draußen kamen Schritte näher. Jazmin sprang wieder auf die Beine. Die Vorstellung, nur gegen ein Kind zu kämpfen, sollte sie schnellstens hinter sich lassen. Das war ein Gegner, der sie töten wollte.

»MÖRDER!« Mason zog Helen das Kunststoffstück aus dem Ohr und stürmte auf Jazmin zu.

»Dr. Minous, wo sind Sie?«, rief ein Mann vor dem Krankenzimmer. Noch war er nicht zu sehen. Egal, wer da war, er hatte keine Ahnung, was hier passierte.

Mason versuchte, ihr das blutige Bruchstück in die Kehle zu rammen. Jazmin wich aus. Sie nutzte seinen Schwung, packte mit der Hand sein Handgelenk und beförderte ihn mit einem Drehhebel gegen die Wand. Er prallte Kopf voran dagegen und sackte leblos zu Boden.

»Colonel Harper?«, fragte Captain Aayana, der als Erster in das Krankenzimmer lief. Überall war Blut. »Was um Himmel willen haben Sie getan?«

Jazmin sackte schnell atmend zu Boden. Sie konnte nicht antworten und rang nach Luft. Aayana fragte allen Ernstes, was sie getan hatte? Hatte er keine Augen im Kopf?

Aayana sah Helen an, deren leere Augen an die Decke starrten. Sie war tot. Er ging zu Espinoza und legte ihr die Finger an den Hals. »Sie ist tot«, sagte er erschrocken. Abschließend ging er zu Mason, der sich auch nicht mehr bewegte. »Tot ...«

»Was ist hier passiert?« Jetzt kam Major Espinoza in den Raum und sah zuerst auf seine Frau.

»Nicht.« Aayana reagierte sofort und drängte den Major zurück. »Tun Sie das nicht ...«

»Ich will zu meiner Frau!« Der Major fing an zu weinen. Was für ein Albtraum!

»Ja ... aber nicht jetzt!« Aayana schob den Major aus dem Raum heraus. Jetzt drängte sich der General in die Tür. Mittlerweile hatten sich noch andere Zuschauer vor der Glasscheibe eingefunden. Jeder konnte nun sehen, welche Tragödie sich hier abgespielt hatte.

»Colonel Harper!«, rief Mellenbeck. Sein Gesicht sprach Bände. Er sah sie an, als ob sie die beiden Frauen getötet hätte. Natürlich, sie überlegte, welches Bild sich ihm bot. Sie war die ausgebildete Soldatin, die in der Nacht zuvor einen Nervenzusammenbruch erlitten hatte. Sie war auch diejenige gewesen, die als Letzte mit Cloe Chang gesprochen hatte. Kurz bevor sie sich das Leben genommen und den ganzen Irrsinn auf ein neues Level gebracht hatte. »Colonel, ich erwarte umgehend eine Erklärung von Ihnen!«

»Hat Harper meine Frau getötet?«, schrie Espinoza, der in diesem Moment von drei Männern festgehalten werden musste.

»NEIN!«, brüllte Jazmin. »So war das nicht!« Das konnte sie auch beweisen. »Mutter, berichte, was hier geschehen ist.« Es war ohnehin merkwürdig, dass die KI die ganze Zeit keine Silbe von sich gegeben hatte. Im Gegensatz zu privaten Wohnräumen wurde die Krankenstation von Kameras überwacht.

Die KI schwieg.

»Colonel!« Mellenbeck zitterte am ganzen Körper. »Das ist ungeheuerlich!«

»MUTTER!« Jazmin wiederholte sich.

Sie antwortete nicht.

»Colonel!« Mellenbeck zitterte weiterhin am ganzen Körper. »Das ist ungeheuerlich!«

Alle sahen ihn an. Wieso wiederholte er sich?

»Harper, haben Sie meine Frau getötet?«, rief Espinoza dazwischen. Er stand direkt hinter dem General. Bei der Stimmung hätte ein Funken genügt, um eine Explosion auszulösen.

»Nein, verdammt! Das habe ich nicht getan!« Jazmin begriff nicht, warum Mutter nichts tat, um die Situation zu entschärfen. Warum sie überhaupt nichts tat.

»Wer war es dann?«, fragte jemand anderes.

»Es war Mason!« Jazmin tat es nicht gern, aber das war die Wahrheit. »Er ist durchgedreht. Zuerst hat er die Frau des Majors und dann Dr. Minous umgebracht.«

Stille.

»Leute, seht mich an!« Sie zeigte auf den blutigen Kittel. »Ich stehe hier mit heruntergelassenen Hosen. Ich wollte helfen, aber Helen dachte, dass sie allein mit dem Kind klarkommt. Das war ein Irrtum. Als ich eingriff, war es bereits zu spät. Mason hätte auch mich um ein Haar getötet ...«

»Und deshalb haben Sie Mason umgebracht?«, fragte Denis Jagberg, den sie bisher nicht gesehen hatte. Er drückte sich zwischen den anderen durch. »Sie sind seine Ärztin ... Sie hätten ihn beschützen sollen!«

»Ich hatte keine andere Wahl ...«

»Colonel!« Mellenbeck zitterte nach wie vor am ganzen Körper. »Das ist ungeheuerlich!«

»Was ist mit Mutter?«, fragte eine Frau.

»Der General braucht medizinische Hilfe!« Jazmin befürchtete einen Schlaganfall. Seine linke Gesichtshälfte hing bereits erschlafft herab.

»Nein!« Major Espinoza trat schützend vor den General. »Sie werden ihn nicht anfassen! Wir werden uns jetzt umgehend die Videoüberwachung ansehen.«

»Major!« Jazmin musste tatenlos mit ansehen, wie der General zu Boden ging. Jetzt kam es auf jede Sekunde an. »Er braucht sofort Hilfe!«

Captain Aayana war als Erster beim General. Er schüttelte den Kopf. »Kein Puls mehr. Er ist tot.«

»Das ist doch alles eine fette Affenscheiße hier!«, brüllte Major Espinoza und stieß Jazmin zurück. »Warum sagt Mutter kein Wort? Wo ist Major Simmerkirk? Ich will umgehend von Mutter wissen, was hier für eine Scheiße gelaufen ist!«

Jazmin strauchelte und sackte erschöpft zu Boden, immer noch verwundert darüber, wie schnell der Wahnsinn um sich griff. Die Wut wegen des Verlusts seiner Frau hatte Espinoza blind gemacht. Er brauchte einen Sündenbock. Rufus Simmerkirk kam den Korridor entlanggerannt. »Hey, Leute, wir haben ein Problem. Mutter macht Ärger. Mit ihrem Index stimmt etwas nicht. Ich arbeite dran, aber sie ist immer noch offline.«

»Ich bin der ranghöchste Offizier! Ich übernehme das Kommando! Alle Leute sofort auf ihre Positionen!«, rief Espinoza. »Das ist ein Notfall! Jeder kennt seine Aufgaben!«

Denis betrachtete die ganze Szene und schien völlig neben sich zu stehen. Die Nachricht vom Tod seines Sohnes musste ihn in einen Schockzustand versetzt haben. Umso überraschender war es, dass er ihr beinahe automatisch eine Decke auf die nackten Beine legte.

»Jazmin Harper ist bis auf weiteres festzusetzen. Sie wandert in die Arrestzelle! Verdammt, ich will sofort mit Mutter sprechen!« Der Major zeigte auf Simmerkirk und Aayana. »Ihr beide sorgt dafür, dass sie im Loch landet. Ich werde mich später um sie kümmern!«

Jazmin schluckte, dieses Versprechen klang wie ein Todesurteil. Ein Tag, der bereits schlimm angefangen hatte, entwickelte sich zu einem verfluchten Höllentrip.

XII.

TODGEWEIHT

Nach der Inspektion der Supraleiter stand Denis im Büro des Generals. Die Situation war kritisch. Sie mussten darüber sprechen. Mit dieser Beschädigung würde die *USS London* die Reise nicht überstehen. Dafür war das Schiff zu schnell. Früher oder später würden sie wegen der Ablagerungen massive Probleme bekommen. Es bestand die Gefahr, dass, sobald ihnen die Stickstoffkühlung verreckte, die Supraleiter verglühten. Die Energiezufuhr der Deflektoren deswegen zu reduzieren war keine Alternative. Das konnten sie nicht tun, denn dann würde das Schiff von Meteoriten wie bei einem Dauerfeuer aus einer Schrotflinte durchlöchert werden. Es war also die Wahl zwischen Pest und Cholera.

Eigentlich hätte er sich hinsetzen können, Mellenbeck hatte ihm durch Mutter ausrichten lassen, dass er noch etwas Wichtiges zu erledigen hatte. Der General saß nebenan auf der Toilette. Denis konnte ihn hören. Gesund hörte sich das nicht an. Er schien einen toten Frosch gefrühstückt zu haben.

»General, geht es Ihnen gut?«, fragte Major Raul Espinoza, Navigator und sein persönlicher Lieblingsoffizier. Mellenbeck hatte ihn zu dem Gespräch eingeladen.

»Ja.«

»Sir, soll ich nach Colonel Minous rufen lassen?« Espinoza

zeigte sich von seiner fürsorglichen Seite. Bei dem Egoisten ein seltener Moment. Denis hatte dafür nur ein verhaltenes Lächeln übrig. Dieses Arschloch war nur scharf auf den Posten des Ersten Offiziers. Mellenbeck stand vor der Wahl, ihn zu befördern oder einen anderen Offizier aus dem Kühlschrank zu holen.

»Nein, nein, es geht schon wieder ... ich habe nur etwas Falsches gegessen.« Der General betätigte die Spülung. »Geben Sie mir noch eine Minute.«

Espinoza sah Denis an, dem Major war das abfällige Lächeln nicht entgangen. Die Abneigung beruhte auf Gegenseitigkeit.

»Haben wir beide ein Problem?«

Stille.

»Jagberg, haben wir ein Problem?« Er wurde schnell wütend, wenn man ihn reizte.

»Nein.« Denis spitzte die Lippen und schwieg. Espinoza war ihm so was von egal. Er betrachtete den Colt M1911 in einem Glaskasten an der Wand. Er wusste nicht, was Tarek gefunden hatte, daher wollte er später unbedingt das Fundstück in Jazmin Harpers Büro in Augenschein nehmen. Dass das Schiff unerklärliche Alterungseffekte zeigte, war eine Sache, aber die Geschichte mit der Pistole eine ganz andere. Klar, mit den 3-D-Druckern an Bord hätte man selbst die alte Ordonnanzwaffe nachbauen können. Die Frage blieb aber, wann und warum das geschehen sein sollte.

Die Waffe in dem luftdichten Glaskasten war 1952 gefertigt worden, das hatte Mellenbeck ihm einmal erzählt, der den alten Colt bereits auf der Akademie in seinem Büro hängen hatte. Genauso wie die alte Munition Kaliber .45 ACP. Der Colt sollte einem früheren Offizier der Mellenbeck-Dynastie gehört haben.

»Ich bin Ihr kommandierender Offizier! Zeigen Sie mir gefälligst den Respekt, der mir zusteht.«

Denis drehte sich zu ihm. »Ja, Sir!«

Denis tat seine Frau leid, eine nette Person, die Helen in der Krankenstation half, ihre beiden Patienten zu versorgen.

»Der General wird mich zum Ersten Offizier befördern. Er wird es heute noch der Besatzung mitteilen.«

»Wird er das?« Das wäre der richtige Moment gewesen, um zu kündigen. Leider ging das nicht. Espinoza als Ersten Offizier zu ertragen war eine Vorstellung, die auf einer Stufe mit vereiterten Hämorrhoiden lag.

»O ja!«

»Meinen Glückwunsch.«

Die Tür zum Waschraum öffnete sich. General Mellenbeck wirkte blass, gab sich allerdings Mühe, diese Schwäche zu überspielen. Er zog auch ein Bein leicht nach. Seine weiße Uniform wirkte verschwitzt. »Ich bitte um Entschuldigung.«

»Sir.« Espinoza salutierte, während Denis sich nur mit dem Finger an die Stirn tippte. Der Major war nicht der einzige Offizier, dem es nicht passte, einen Zivilisten auf dem Posten des leitenden Technikers zu haben. Bisher hielten sich nur alle zurück, weil der General sich jegliche Kritik an Denis Jagberg verboten hatte.

»Mutter, du hast um diesen Termin gebeten.« Der General nahm in seinem Sessel Platz und zeigte Espinoza und ihm an, es ihm gleichzutun. Vor dem antiken Schreibtisch standen zwei lederne Clubsessel. Das ganze Büro war mit antiken Möbeln eingerichtet.

»*Sir, das ist korrekt.*« Mutter hielt sich bei Konflikten zwischen Menschen prinzipiell raus. Ob das immer die beste Entscheidung war, stand auf einem anderen Blatt. Es war unvorstellbar, dass sie in Espinoza einen guten Offizier sah.

»Was gibt es?« Mellenbeck lehnte sich zurück.

»Das kann Ihnen unser leitender Techniker besser erklä-ren ...« Sie bezog erneut keine Stellung. Weder zu Espinozas fehlender Sozialkompetenz, seiner drohenden Beförderung noch zu dem Problem mit den Supraleitern.

»Denis ...« Der General sah ihn an. Espinoza, dieser arrogante Sack, zog nur die Augenbrauen hoch.

»Sir ... es geht um die Supraleiter, die unsere Frontaldeflektoren mit Energie versorgen. Sie weisen Ablagerungen auf ... Ich halte diesen Vorgang für kritisch, aber nicht akut. Wir sollten über die Optionen sprechen, die uns zur Behebung dieses Problems zur Verfügung stehen.« Denis wollte nicht gleich mit der Tür ins Haus fallen und mögliche Schreckensszenarien an die Wand malen.

»Dafür gibt es keine offene Fehlermeldung«, wandte Espinoza ein, womit er recht hatte. Mutter wusste davon, hatte aber bisher niemanden informiert. Denis hatte auch erst nachbohren müssen.

»Sir, das ist korrekt. Die Supraleiter sind zu 97,18 Prozent einsatzfähig. Es ist ein Verschleißproblem, das für die Dauer der restlichen Reisezeit zu einem größeren Problem werden könnte.« Na immerhin, sie bestätigte Denis in seiner Einschätzung.

»Wie können diese Bauteile verschleißen?«, fragte Espinoza. Auch diese Frage zeigte, dass er zwar ein Arsch war, aber nicht dämlich. Er kannte das Schiff ebenfalls.

»Die Ablagerungen entstehen, wenn man die Frontaldeflektoren mehrere Minuten lang überlädt.« Das war der einzige Grund, der für Denis in Frage kam. Ohne Überladung hätten die Supraleiter mehrere tausend Jahre ohne Probleme ihren Dienst getan. Die benutzte Legierung war für die Ewigkeit geschaffen.

»Was?« Espinoza beugte sich nach vorne. Der General folgte dem Gespräch regungslos. Denis entging das nicht, Mellenbeck ging es sichtlich mies. »Überladung? Das ist doch Blödsinn, ich kenne das Logbuch. Es gab keine Überladung der Frontaldeflektoren.«

»Mutter ...« Der General, der erneut die KI um Aufklärung bat, war zumindest noch bei ihnen.

»*Sir, das ist korrekt. Während des gesamten bisherigen Fluges ist es zu keiner Überladung der Frontaldeflektoren gekommen.*«

»Das spielt doch keine Rolle ... die Ablagerungen sind real. Major, wenn Sie wollen, können Sie sich den Spaß gerne ansehen gehen. Mutter, kannst du eine Aufzeichnung einspielen?« Denis hatte keine Lust, weitere Zeit mit diesem Vorgeplänkel zu verlieren. Er saß doch nicht hier, weil er Langeweile hatte.

»*Spiele Aufzeichnung ein.*« Mutter projizierte über dem Schreibtisch eine verkleinerte Ansicht von dem, was die Kamera seiner Rüstung während der Kontrolle aufgezeichnet hatte. Der Stream war völlig verwackelt, man konnte ihn atmen hören, die Ablagerungen waren aber deutlich zu erkennen.

»So eine Affensch... ich bitte um Entschuldigung!« Der Major drückte es nicht vornehm, aber treffend aus. »General, das ist wirklich ein Problem. Wir sind erst sieben Jahre unterwegs ... bei den Ablagerungen schaffen wir keine weiteren 102 Jahre. Und ohne die Frontaldeflektoren nicht einmal zwei Stunden.«

»Mutter ...« Der General wirkte einsilbig.

»*Ich teile diese Einschätzung. Das ist ein kritisches, aber kein akutes Problem. Ich empfehle, die Supraleiter zeitnah instand setzen zu lassen. Unser leitender Techniker Denis Jag-*

berg hat mir versichert, dass eine Reparatur möglich sei, aber mit weiterer Wartezeit immer schwerer werde.«

»Wir müssen sofort handeln.« Davon war Denis überzeugt. Sich über die Ursache dieser metallischen Ablagerungen zu streiten hätte niemandem etwas gebracht.

»Fuck ...« Espinoza schien das Problem verstanden zu haben, das mit einer Reparatur verbunden war. »Sir, daraus ergeben sich neue Probleme. Wir können die Schäden an den Supraleitern nicht bei voller Fahrt beheben.«

Denis nickte. »Wir müssen, um den gesamten Supraleiterstrang im Schiff von Ablagerungen zu befreien, die Spannung herunterfahren.« In den klobigen Schutzanzügen hätte es Jahre gedauert, und sie wären noch nicht einmal an alle Stellen herangekommen.

»Mutter ...« Der General blieb sich treu. Denis wusste nicht, wie er mit dem merkwürdigen Verhalten von Mellenbeck umgehen sollte.

»Sir, das ist korrekt. Vor einer Instandsetzung müssen die Supraleiter entladen werden. Das hat zur Folge, dass unsere Frontaldeflektoren für eine überschlagene Reparaturzeit von drei Wochen nicht einsatzfähig wären. Eine aus Gründen der Sicherheit nicht tragfähige Option. Deshalb entsteht die zusätzliche Anforderung, das Raumschiff nahezu zum Stillstand zu bringen.«

»Das ist Wahnsinn!«, rief Espinoza dazwischen und stützte seine Stirn mit den Händen ab. »Das können wir nicht tun!«

»Wir müssen es aber!« Denis hielt dagegen. Espinozas technischer Sachverstand genügte, um das Problem zu erkennen. Bei Mellenbeck hingegen war er sich im Moment unsicher. Er zog den Mundwinkel leicht nach unten.

»Hey, Jagberg, verstehen Sie mich nicht falsch. Die Geschichte mit den Ablagerungen kaufe ich Ihnen ab. Ob das nun ein Fertigungsfehler ist oder nicht, spielt dabei keine Rolle. Ich verstehe auch, dass uns unsere Supraleiter nicht bis zum Alderamin-System bringen werden. Die Dinger schaffen keine hundert Jahre mehr.«

»Aber?« Denis sah in an.

»Ich folge auch Mutters Ausführungen, dass Sie die Supraleiter nur bei langsamer Fahrt des Schiffs reparieren können. In den Schutzanzügen kann sich niemand vernünftig bewegen ... das würde niemals funktionieren.«

»Ich warte auf die Pointe.« Denis sah den General an. Das wäre der richtige Zeitpunkt, um einzugreifen. Er war der Kommandant der *USS London*.

»Mutter ...« Das war nicht mehr der General, den Denis kannte. Der Mann, der aufgrund seiner persönlichen Integrität das Schiff führen konnte und dabei auch Typen wie Espinoza und ihn in der Spur hielt. Sein Gesicht glich einer Maske.

Es knackte im Lautsprecher an der Kabinenwand. Warum antwortete die KI nicht?

»Wenn man es genau nimmt, haben wir sogar zwei Folgeprobleme. Beide sind kritisch.« Espinoza stand auf. Er hatte eine ähnliche Statur wie Denis, seine Haut war aber dunkler. Seine Familie stammte aus Mittelamerika. In Mexiko war dieser Spinner wegen ihrer Mission ein Volksheld. Es gab so gut wie keine Ethnie oder Nationalität auf der Erde, die nicht auf dem Schiff mitflog. »Für ein Bremsmanöver brauchen wir große Mengen Antimaterie.«

»Die haben wir!«

»Das stimmt. Die *USS London* war dazu gebaut worden, genau zwei Mal auf 0,44 c zu beschleunigen und wieder abbremsen zu können. Mit der Reparatur der Supraleiter verzocken wir unsere Rückfahrkarte.«

»Das ist kein Argument. Wenn wir es nicht tun ... wird es ebenfalls keinen Rückflug geben!«

»Stimmt ... aber es gibt noch eine Sache. Mutter, ich brauche eine Darstellung unserer aktuellen Navigation.«

Keine Reaktion. Mutter ignorierte ihn. Das war der falsche Augenblick für solche Späße.

»Mutter!« Espinoza wurde lauter. Der General starrte nur ein Loch in die Luft.

Nichts. Die KI schwieg.

»Einen Moment.« Der Major hob die Hand. »Verbindung aufbauen. Ich will Simmerkirk sprechen.«

»Ja.« Rufus meldete sich sofort.

»Simmerkirk, warum hat Mutter einen Aussetzer?«

»*Das ist kompliziert.*«

»Bitte was?«

»*Sie indexiert ...*«

»Was tut sie?«, fragte Espinoza stinksauer.

»*Raul, ganz ruhig, ich bin schon dran.*«

»Woran?« Der Major schüttelte den Kopf. Die beiden hatten denselben Rang, trotzdem stand Espinoza über ihm. »Mensch, Rufus ... ich rede dir sonst nicht in deinen IT-Scheiß rein. Aber heute ist kein guter Tag. Also ... was ist los?«

»*Mutter indexiert ihre Datenbank ständig. Das ist ein Hintergrundprozess, den niemand mitbekommt ... also keine große Sache. Sie sortiert dabei Daten und sorgt dafür, auf wichtige Dinge schneller zugreifen zu können. Unwichtiges landet dabei ...*«

»Rufus! Komm auf den Punkt!«

»*Parallel mit dem letzten Schichtwechsel haben diese Prozesse zugenommen. Es gab zahlreiche verlorene Fragmente, die sie rigoros aussortiert hat.*«

»Verlorene was?« An der Stelle endete offenbar Espinozas IT-Sachverstand. Denis konnte noch folgen.

»Das sind Teile von Datensätzen, Fragmente, bei denen sie den relationalen Table-Index verloren hat.«

»Verdammt, drück dich verständlich aus!«

»Stell dir das wie eine Erinnerung vor, du siehst ein Gesicht, kennst es, kannst es aber nicht mehr einem Erlebnis zuordnen. Mit der Zeit wird diese Erinnerung ein Eigenleben entwickeln ... oder einfach verblassen. Mutters KI funktioniert ähnlich wie ein menschliches Gehirn, sie verdrängt Dinge, bei denen sie keinen sinnvollen Zusammenhang mehr herstellen kann.«

»Sie verdrängt ihre Erinnerungen?«, fragte Espinoza.

»Ähm ... ja. So könnte man das nennen. Aber nun zu unserem Problem. Mutter verdrängt im Moment so viele Informationen, dass die Prozesse ihre gesamte Rechenleistung in Anspruch nehmen. Das ist wie ein Frühjahrsputz ... sie indexiert ... deswegen ist sie offline.«

»Das ist doch Affenscheiße!«

»Ähm ... ja. Aber ich kann es nicht ändern.«

»Rufus, krieg das auf die Reihe!«

»Ja, Sir!«

Espinoza schüttelte den Kopf. »In Ordnung, wir haben gerade das eine oder andere Problem. Aber das kriegen wir hin. Dafür wurden wir ausgebildet.«

»Das haben wir.« Denis wollte den Major in diesem Moment nicht darüber aufklären, dass KIs solche Probleme üblicherweise erst nach sehr vielen Jahren Dauerbetrieb bekamen. Es war, wie Simmerkirk gesagt hatte: Mutter tickte in dieser Sache wie ein Mensch. An einem gewissen Punkt brauchte sie eine Pause, um sich neu zu sortieren. Und das nach sieben Jahren, dachte er, verdammt, da stimmte etwas nicht. Keine moderne KI zeigte nach nur sieben Jahren solche Macken.

»Raul, nehmen Sie doch ein Blatt Papier und erklären Sie Denis, warum wir nicht anhalten können«, sagte der General. Er lächelte und wirkte für einen Moment wie früher. Das war beängstigend. Aus einer Schublade reichte er ihm Papier und einen Stift. Auf den gesamten Stress reagierte er nicht.

»Ja, Sir.« Er malte zwei Kreise auf das Papier. »Jagberg, wie Sie wissen, ist die kürzeste Verbindung zwischen zwei Punkten eine Linie. Eine Aussage, die bei der Navigation im All nur bedingt gültig ist, da wir eigentlich nur Kurven fliegen.«

»Klar.« Das wusste er.

»Im Moment fliegen wir eine scheißgroße Kurve. Damit will ich sagen, dass wir unsere Navigationstriebwerke ständig in einem Vektor von vier Grad unsere Flugrichtung korrigieren lassen.«

»Wir driften.«

»Bei 0,44 c. Das ist der schnellste Drift aller Zeiten.« Espinoza kritzelte zwischen die beiden Kreise einen fetten Punkt in die Mitte. »Der Grund dafür ist ein Schwarzes Loch, dem wir nicht zu nahe kommen wollen. Der messbare gravitative Einfluss dieses Massekolosses erstreckt sich auf einer Wegstrecke von über zwei Lichtjahren ... wir werden also fast fünf Jahre brauchen, um diese beschissene interstellare Toilettenspülung hinter uns zu lassen.«

»Wir können jetzt nicht anhalten.« Denis hatte Espinozas navigatorisches Problem verstanden. Das Schwarze Loch könnte sie anziehen.

»Fünf Jahre ... können Sie mir noch fünf Jahre Zeit verschaffen? Dann werden wir das Schiff zum Stillstand bringen und die Instandsetzung vornehmen.«

»Fünf Jahre sind drin ... fünfzig nicht.« Denis war sich unsicher, wie er die Zeitangaben bewerten sollte. Ihm klangen immer noch die sieben Jahre im Kopf, die sie angeblich unterwegs waren. Wäre dann dieses Schwarze Loch nicht viel zu nah an der Erde gewesen? Hätte man es nicht erkennen müssen?

»Danke!« Espinoza tippte mit dem Finger auf das Papier. »Ohne aktiven Antrieb würden wir abdriften ... Niemand weiß genau, was passiert, wenn man einem Schwarzen Loch zu nahe kommt. Unsere Messwerte zeigen Varianzen.« Espinoza sah den General an, dessen Aufmerksamkeit nicht lange angehalten hatte. »General, sind Sie mit dem Plan einverstanden, dass wir mit der Instandsetzung der Supraleiter noch fünf Jahre warten und dann erst abbremsen? General Mellenbeck?«

»Mutter ...« Der General sah zur Decke. Er hatte von der ganzen Unterhaltung nichts mitbekommen.

»Major, der General braucht medizinische Hilfe.« Denis konnte das Verhalten seines Kommandanten nicht länger ignorieren. Er hatte bereits zu lange gewartet.

Espinoza nickte und legte die Hand an seinen Hals. »Verbindung aufbauen. Ich brauche Colonel Minous!« Er verzog das Gesicht. »Sie antwortet nicht.«

»Major Espinoza für Brücke ... der General braucht medizinische Hilfe. Wo ist Colonel Minous?«

»*Major Espinoza ... es gibt einen Zwischenfall auf der Krankenstation*«, meldete jemand über den Lautsprecher. »*Colonel Minous kann nicht zu Ihnen kommen.*«

»Was ist passiert?«

»*Sir. Wir brauchen umgehend Ihre Unterstützung. Können Sie sofort auf die Krankenstation kommen?*«

»Wir nehmen den General mit!«, sagte Denis. Zur Not würden sie ihn tragen.

»Sie haben recht ...« Espinoza ging auf die eine Seite des Generals, Denis auf die andere. Sie wollten ihm helfen aufzustehen. »Wir bringen ihn auf die Krankenstation.«

»Meine Herren, das ist nicht nötig.« Mellenbeck stand selbst auf, richtete sich die Uniform und ging zur Tür. Wieder zog er sein Bein nach, aber das schien ihn nicht zu stören. »Das ist mein Schiff. Wir werden gemeinsam zur Krankenstation gehen. Hoffentlich geht es Helen gut.«

»Sie haben Mason umgebracht?«, fragte Denis, der nicht glauben wollte, was hier passiert war. Er hatte seinen Sohn noch nicht gesehen. Jazmin Harper stand vor ihm. Sie zitterte. An ihren Beinen lief Blut hinab. Sie trug nur einen viel zu kurzen Kittel. »Sie sind seine Ärztin ... Sie hätten ihn beschützen sollen!«

»Ich hatte keine andere Wahl ...«

»Colonel!« Der General benahm sich völlig neben der Spur, nur welcher Arzt sollte ihm helfen? »Das ist ungeheuerlich!«

Captain Aayana war als Erster auf der Krankenstation gewesen, Espinoza hatte sich direkt hinter ihm befunden. Er hatte gerade seine Frau verloren, was ihn sichtlich aus der Spur warf.

»Was ist mit Mutter?«

»Der General braucht medizinische Hilfe!«

»Nein! Sie werden ihn nicht anfassen! Wir werden ...«

Denis hörte Menschen reden, ohne sie zu verstehen. Er taumelte. Mason lebte nicht mehr. Das musste ein Irrtum sein. Nein, nein, das war unmöglich. Er hatte doch bereits Sue verloren. Das war nicht fair – nein, das war nicht fair!

Im nächsten Moment ging Jazmin zu Boden. Warum, wusste er nicht. Jemand musste sie geschlagen haben. Spielte das überhaupt noch eine Rolle? Er ging mehrere Schritte zurück. Alles fühlte sich so irreal an.

Denis saß am Boden. Überall konnte er Hände sehen, die sich allerdings nicht um ihn kümmerten. Was machten die da? General Mellenbeck lag vier Meter vor ihm. Seine Augen waren leer. Es wurden viele Dinge gerufen, die er nicht verstehen konnte. Zahlreiche Helfer bemühten sich um den General. Sie setzten auch medizinische Geräte ein, offenbar erfolglos. Mellenbeck war tot. Das Sterben ging weiter.

Es ist nicht deine Schuld, hörte Denis eine Frau sagen. Das war Sue, die vor ihm saß und seine Hände hielt. Sie lächelte. Er liebte sie immer noch, aber auch sie lebte nicht mehr. Eine Tatsache, die nichts daran änderte, dass er sie jetzt, in diesem Moment, vor sich sah.

Du hast alles getan, was du konntest, sagte Sue, die ihm mit der Hand durch die Haare strich. *Mason und ich sind stolz auf dich.* Sue bemühte sich, ihm Mut zuzusprechen.

Hatte er das wirklich? Hatte er alles getan, was er konnte? Alles getan, um Mason zu beschützen? In seiner Brust breitete sich eine schmerzliche Kühle aus. Schuld war nicht objektiv, sondern eine sehr individuelle Erfahrung.

Ich liebe dich, Dad. Mason saß jetzt ebenfalls vor ihm. Dieser Junge war das Einzige gewesen, was ihm von ihr geblieben war. Er hätte nach Sues Unfall den Dienst quittieren sollen.

Du darfst nicht aufgeben, sagte Mason. Aufgeben? Nein, das würde er nicht.

»Jazmin Harper ... suspendiere Sie ... Arrestzelle ... im Loch landet ... ich werde ... kümmern.«

Ein paar Wortfetzen, die er aufschnappte. Es hätte Espinoza gewesen sein können. Genau wusste er es nicht. Die anderen strömten an ihm vorbei. Für einen Moment konnte er das nackte Bein einer dunkelhäutigen Frau sehen. Ohne darüber nachzudenken, legte er eine Decke darauf.

»Denis?« Jemand rief seinen Namen. Da war kein Gesicht. War diese Stimme überhaupt real?

»Denis, können Sie mich hören?«

Er versuchte, der Stimme zu folgen, fand aber niemanden, der die Worte ausgesprochen haben könnte. Seine Augen flackerten. Da war jemand, der ihn berührte.

»Denis, Sie müssen mithelfen!«

Helfen? Natürlich, er wusste nur noch nicht, wie. Deswegen lebte er noch, er wollte helfen.

»Er steht unter Schock. Ich gebe ihm etwas … bringt ihn in seine Kabine. Jemand soll bei ihm bleiben.«

»Nein, keine Medikamente!«, stieß Denis hervor.

»Sehen Sie mich an!«, sagte eine Sanitäterin, die den Injektor bereits in der Hand hatte. Sie war die Frau von Captain Aayana. Ihr Name fiel ihm im Moment nicht ein.

»Ich bin in Ordnung!« Denis stand auf und atmete ein paarmal tief ein und aus, um das Gefühl der bodenlosen Panik loszuwerden, das sich in seinen Eingeweiden festgekrallt hatte. Dann legte sich in seinen Gedanken ein Schalter um. Gefechtsmodus. Das war erst der Anfang. Er erwartete, dass es noch schlimmer kommen würde.

XIII.

ROTE SCHUHE

Jazmin lief in einem weißen Kleid über eine Wiese voller Blumen. Die Sonne schien. An diesem Tag, es war ein Montag, hatte es nicht geregnet wie sonst an typischen schottischen Spätsommertagen. Sie konnte sich deswegen so gut erinnern, weil sie an diesem Tag ihren neunten Geburtstag gefeiert hatte. Das war im Jahr 2697 gewesen, vor dreißig Jahren, von denen sie allerdings sieben verschlafen hatte.

Ihr Dad hatte ihr am Morgen rote Schuhe geschenkt. Wunderschöne rote Lederhalbschuhe zum Schnüren. Oh, wie hatte Jazmin diese Schuhe geliebt. Als Kind sah man den Wert von Geschenken mit anderen Augen. Sie war damit über die Wiese gelaufen und hatte sich wie eine Prinzessin gefühlt. Die sie im Prinzip auch war. Es hatte ihr während ihrer Kindheit an nichts gemangelt. Ihr Dad hatte ihr jeden Wunsch von den Lippen abgelesen. Eigentlich hätte aus ihr eine verwöhnte Göre werden müssen. Was aber nicht passiert war. Ihr Vater hatte ihr auch beigebracht, neugierig zu sein, auf Details zu achten und hart an sich zu arbeiten. Aber nun saß sie in dieser Zelle.

»Helen …«, flüsterte Jazmin und sah herab auf ihre blutverschmierten Finger. Das war nicht ihr Blut, aber das machte keinen Unterschied. Major Espinoza hatte sie in eine Arrestzelle stecken lassen. Davon gab es vier auf der *USS*

London. Sie überlegte, wie man bei einer Mission wie dieser den passenden Bedarf an Arrestzellen festlegte? Was sich ihr Vater wohl bei der Planung gedacht hatte?

Nein, er hatte natürlich nicht jedes Detail auf dem Schiff selbst entworfen. Wenn man es genau nahm, hatte er sogar nur an einer Sache gearbeitet. An Mutter, der zentralen Bord-KI, ihrer speziellen Datenbank und der Software, mit der die KI das Schiff steuerte. Wenn sie es denn selbst tat, gekonnt hätte sie es, sogar völlig ohne menschliche Hilfe. Die *USS London* wurde stattdessen von Menschen geflogen. Mutter benahm sich wie ein Erster Offizier, der stets in der Lage war, das Kommando zu übernehmen, es aber, ohne dass es dafür einen besonderen Grund gab, nicht tat.

Die Tür der vier Quadratmeter großen Zelle öffnete sich. Jazmin lag auf dem Bett. Die Toilette aus Edelstahl hatte noch nie jemand benutzt. Sie war die Erste, die in diesem Loch gelandet war. Major Raul Espinoza betrat den Raum. Knapp ein Meter neunzig groß, sportlich und mit kurzen dunklen Haaren. Er und Denis hatten beide eine kraftvolle Ausstrahlung, Denis war aber Nordeuropäer und der Major Latino.

»Darf ich eintreten?«

Wollte er auf diese Frage wirklich eine Antwort haben? Jazmin setzte sich auf und zog die Beine an. Sie trug immer noch diesen dämlichen Patientenkittel.

»Ich bitte, mein Eindringen zu entschuldigen.« Er brachte sich seinen eigenen Stuhl mit. In der Zelle gab es keinen. Genauso wenig wie einen Tisch.

»Was wollen Sie von mir?« Jazmins Wunsch, sich mit ihm zu unterhalten, hielt sich in Grenzen.

»Reden.«

»Sie können mich mal ...«

»Es ist wichtig.«

»Bitte ...« Sie sah auf die Seite und verzog den Mund. Sie konnte ihn nicht daran hindern.

»Sie wissen, was passiert ist?«

»Wollen Sie überprüfen, ob ich verrückt bin?« Genau darauf lief diese Frage hinaus. Sie verspürte Lust, ihm einen auf die Nase zu geben.

»Ja.« Er war zumindest ehrlich. Der Major nahm auf dem Stuhl, mit dem Rückenteil zu ihr gerichtet, Platz.

Sie verdrehte die Augen und antwortete. »Ich bin Colonel Dr. Jazmin Harper, 32 Jahre alt. Ich habe sieben Jahre geschlafen, und seit ich aufgewacht bin, habe ich schlechte Laune!« Das stimmte zwar nicht, aber es war die richtige Antwort für diesen Idioten.

»Und?«

»Wir befinden uns auf einem Raumschiff, ich bin Ärztin ... die es nicht verhindern konnte, dass Carl Moretti, Cloe Chang, Mason Jagberg, Helen Minous und Ihre Frau starben.« Jazmin zögerte, obwohl sie wütend war, sprach sie die Namen ohne Groll aus. Keiner der fünf hatte den Tod verdient. Es war nur seit dem Schichtwechsel alles schiefgelaufen, was hätte schieflaufen können.

»In Ordnung ... Sie sind wach.«

»Arschloch!«

Er nahm die Beleidigung hin. »Das bin ich ... Hätten Sie an meiner Stelle anders gehandelt?«

Jazmin verzog erneut den Mund.

»Colonel Harper ... ach, drauf geschissen ... Jazmin, wissen Sie, was mein Problem ist?«

»Was?« Sie stutzte.

»Sie tragen am Tod meiner Frau keine Schuld. Das weiß ich, auch ohne das Überwachungsvideo gesehen zu haben ... Mutter ist offline ... aber Sie haben kein Motiv. Sie sind vielleicht gestresst, das sind wir alle, aber Sie sind keine Mörderin und auch nicht verrückt.«

Jetzt hörte Jazmin ihm zu.

»Das sagt mir mein Verstand ... Mein Gefühl hingegen hält Sie für eine Psychopathin, die zuerst Cloe in den Tod trieb, dann Mason den Verstand raubte und abschließend ein Blutbad anrichtete, bei dem Helen und meine Frau starben.«

»Das ist nicht wahr ...« Egal, wie es ausgesehen hatte, so war es nicht gewesen.

»Das weiß ich ... Sie hätten Mutter niemals genau im passenden Moment aus dem Spiel nehmen können und mussten davon ausgehen, das alles aufgezeichnet wurde ...«

Jazmin schluckte. Auch Raul Espinoza war verwundet, seine Seele blutete, aber er nahm sich keine Zeit, um zu trauern. Natürlich stimmte alles, was er sagte. Jeder Mensch reagierte unterschiedlich auf solche Situationen. Einige flippten sofort aus, andere später.

»Was wollen Sie von mir?«

»Ich trage jetzt die Verantwortung für unser aller Leben. Es gibt technische Probleme. Darunter einige, für die ich, für die wir alle, dringend Lösungen benötigen. Ich brauche eine Ärztin, und Sie sind die letzte, die ich habe ...«

Sie verstand, was er sagte. Das Schiff war in Schwierigkeiten, und er nutzte jede Chance, die er hatte. Selbst wenn das hieße, sie freizulassen.

»Aber wir haben doch Ärzte, die Sie ...«

»Nein.« Er unterbrach sie. »Ich kann keinen anderen Arzt aufwecken lassen. Die Steuerung der Kältebetten verweigert den Zugriff. Klar ... sie sollte auch ohne Mutter funktionieren, was sie aber nicht tut. Sie sind im Moment die einzige.«

»In Ordnung ...« Genau diese Lektion blieb bei den ganzen virtuellen Notfallübungen hängen. Die gedrillten Kommandooffiziere der *USS London* ließen sich auch mit zerschmetterten Kniescheiben nicht von ihrem Weg abbringen. »... ich helfe.«

»Unter meinem Kommando!«

»Natürlich.« Jazmin hatte als Colonel den höheren Rang, sie würde sich allerdings auch unter weniger dramatischen Umständen nicht darum reißen, das Schiff zu kommandieren. Das konnten andere besser.

»Colonel, willkommen zurück.« Der Major stand auf und gab ihr die Hand. Sie tat es ihm nach und schlug ein.

»Sir.«

»Ich denke, Sie wollen sich frisch machen.«

Sie nickte. Das war dringend notwendig. An ihren Beinen haftete auch noch verkrustetes Blut. »Womit soll ich anfangen?«

»Wir haben Probleme mit der Navigation, unsere Frontdeflektoren zicken herum, und mein leitender Techniker bringt alle fünf Minuten weitere schlechte Nachrichten.«

»Das ist bedauerlich, aber daran kann ich nichts ändern. Ich bin Ärztin.«

»Das stimmt allerdings.« Er lächelte. »Colonel, wir haben sechs Leichen. Sechs Todesfälle, die ich mir nicht erklären kann. Helen und meine Frau starben durch Fremdeinwirkung, die Probleme von Mellenbeck, Moretti, Chang und dem kleinen Jagberg scheinen aber anderer Natur zu sein. Es gibt zudem weitere Besatzungsmitglieder, bei denen mir Verhaltensänderungen aufgefallen sind. Dabei klammere ich mich nicht aus. Ich habe seit drei Tagen Kopfschmerzen. Die Tabletten wirken kaum noch.«

»Der General ist tot?«

»Ein Schlaganfall ... Entschuldigung, das hätte ich Ihnen bereits früher sagen sollen.«

»Nein ... schon gut. Ich habe es gesehen.« Jazmin hatte es nur nicht wahrhaben wollen. Aber Rauls Worte zeigten eine mögliche Verbindung an. Sie hatte vier Todesfälle an Bord, die auf mögliche neuronale Probleme hinwiesen: Carl, ein ausgebildeter Kampfpilot, der mit einem Scooter aus der Kurve flog, Cloe, die sich ohne Grund selbst tötete, Mason, der gegen Wände lief, und Georg Mellenbeck, der einen Schlaganfall bekommen hatte. Waren das alles Zufälle? »Ich werde die Todesfälle untersuchen.«

Jazmin stand auf der Krankenstation. Drohnen hatten das Blut aufgewischt und die Leichen fortgebracht. Nur die beschädigte Glasscheibe erinnerte an die schrecklichen Ereignisse. Sie strich sich mit der Hand über die frische Uniform an ihrem Bauch. War sie noch dieselbe wie vor dem schrecklichen Ereignis? Nein, danach wäre niemand mehr dieselbe wie zuvor.

»Ma'am.« Eine der jüngeren Kommandooffiziere meldete sich bei ihr. First Lieutenant Adele Lefevre. Die sportliche Dame überragte Jazmin deutlich und hätte so manchem Kerl beim Armdrücken eine Niederlage beigebracht.

»Was kann ich für Sie tun?« Jazmin war nicht entgangen, das Lefevre am Oberschenkel eine Waffe trug. Ansonsten gehörte sie zur Gruppe der Navigatoren. Auf der Akademie hatte sie oft die Pausen gemeinsam mit Raul und Carl verbracht.

»Major Espinoza hat mich zu Ihrem Schutz eingeteilt«, antwortete sie, ohne Jazmin anzusehen.

»Das ist doch eine nette Geste.« Jazmin ging einen Schritt auf sie zu. »Schutz wovor?

»Ähm ...« Natürlich wusste sie auf diese Frage keine Antwort.

»Ist in Ordnung. Bleiben Sie einfach bei mir und be-

schützen Sie mich vor allem ... was mir zustoßen könnte.«
Jazmin biss sich auf die Unterlippe. Raul Espinoza brauchte
sie zwar, was aber offenbar nicht bedeutete, dass er ihr auch
vertraute. Die Dame mit den stattlichen Oberarmen war ihr
persönlicher Wachhund, der sie vermutlich davon abhalten
sollte, weitere Besatzungsmitglieder zu töten.

»Ja, Ma'am.«

»Wissen Sie was ... ich werde mit Ihnen anfangen.«

»Womit Ma'am?«

»Ich brauche Blutproben.« Jazmin ging zu einem Raum
mit medizinischem Equipment und legte die Hand auf eine
Scanner-Oberfläche. Aus einer Schublade holte sie sich einen Mehrfachextraktor, der wie eine dicke Pistole aussah,
sich aber nicht zum Erschießen von unliebsamen Zeitge-
nossen eignete. Damit konnte sie in kurzer Zeit vielen Besatzungsmitgliedern eine Blutprobe abnehmen.

»Ähm ...« First Lieutenant Lefevre verstand es, mit wenigen Worten zu verdeutlichen, warum ihre militärische Karriere möglicherweise recht überschaubar verlaufen würde.

»Ich zeige es Ihnen.« Jazmin tippte sich mit dem Extraktor
an ihr eigenes Rangabzeichen. Eine kleine grüne Diode bestätigte die Datenübertragung.

»*Harper, Jazmin, 32 Jahre, weiblich*«, erklärte eine Stimme
in ihrem hinter dem Ohr implantieren Kommunikator. Die
Verbindung mit dem Extraktor baute sich eigenständig auf.
Das System erkannte sie und würde die Blutprobe mit ihrer
Kennung markieren.

»Es ist egal, an welcher Stelle man das Blut abnimmt.« Jazmin setzte sich den Extraktor an den Hals und drückte ab. Sie
spürte einen kurzen Stich. Der Oberschenkel hätte es auch
getan, aber wegen der Uniform vermutlich einen kleinen
Blutfleck hinterlassen. Das wollte sie nicht.

»Harper, Jazmin, Blutprobe valide.«

»Bitte …« Lefevre hielt ihr ebenfalls den Hals ihn. Ähnlich wie ein alter Trommelrevolver hatte der Extraktor automatisch die winzige Nadel und das Blutröhrchen gewechselt.

»Lefevre, Adele, 33 Jahre, weiblich.« Jazmin nahm zuerst an ihrem Rangabzeichen die Daten. Dann das Blut. »Lefevre, Adele, Blutprobe valide.«

Jazmin hatte noch ein weiteres Magazin eingesteckt. Mit einem Magazin konnte sie zwanzig Blutproben nehmen. Die große Runde durch das Schiff dauerte einige Zeit. Adele dabeizuhaben erwies sich als praktisch, da allein ihre bewaffnete Präsenz jegliche Diskussion über die Notwendigkeit einer Blutprobe erübrigte.

»Guten Tag!« Jazmin betrat die kreisrunde Brücke, deren Wände und Decke komplett aus Displays bestanden. An der Seite wurden diverse Tabellen und Daten eingespielt, vorne und oben erlaubten die Bildschirme eine freie Sicht ins All.

»Colonel …« Der Major, der auf General Mellenbecks Platz saß, stand auf. Weitere sechs Kommandooffiziere blieben sitzen, alle sahen sehr beschäftigt aus.

»Darf ich einen Moment um Ihre Aufmerksamkeit bitten.« Jazmin blieb neben Raul stehen. Adele befand sich nur einen Schritt hinter ihr. Einige Besatzungsmitglieder drehten ihr die Köpfe zu. »Es geht um eine wichtige medizinische Vorsorgeuntersuchung.«

»Wir haben heute einiges zu tun … aber fangen Sie einfach mit mir an.« Der Major ging mit gutem Beispiel voran, er wusste genau, warum sie das tat.

»Sir, wir bekommen neue Messwerte. Das Schwarze Loch ist erheblich größer, als wir zuerst angenommen haben. Mutters Gravitationsmodell ist nur partiell korrekt … ich versuche, die neuen Daten zu integrieren«, meldete Captain Aayana, der sich ansonsten nur um die Kommunikation kümmerte.

»Es geht ganz schnell.« Jazmin tippte mit dem Extraktor Espinozas Rangabzeichen an.

»*Espinoza, Raul Felix, 31 Jahre, männlich*«, quittierte das System nur für sie hörbar. Sie hatte bisher weder seinen zweiten Vornamen gekannt noch sein Alter. Er war sogar jünger als sie. Dann drückte sie an seinem Hals ab. »*Espinoza, Raul Felix, Blutprobe valide.*«

»Das war es schon.« Sie gab ihm ein steriles Pad. Er nickte und rieb sich die Stelle, an der sie ihn gestochen hatte. Die Wunde war so klein, dass kaum Blut austrat.

»Captain, ich brauche sofort eine Hochrechnung!«, rief er Aayana zu und setzte sich wieder.

»Sorry ... die könnte Ihnen nur Mutter aus der Hüfte geschossen liefern ... Ich brauche dafür einen Rechenschieber.« Der Captain wirkte gereizt, die an sich flapsige Bemerkung hatte er ohne jeglichen Humor gemacht.

»Aayana, ist gut ... tun Sie es einfach!« Auch der Major hatte seine Nervosität bemerkt.

Rufus Simmerkirk hob seinen Arm, sein Kopf blieb unten. Er trug ein geschlossenes Headset, mit dem er in den Tiefen von Mutters digitalen Eingeweiden agierte. »Ich will keinen Ton hören ... jeder von euch kann rechnen. Eure Workstations arbeiten alle ohne Probleme. Mutter ist offline ... und je mehr ihr mir auf den Sack geht, desto länger wird es dauern, sie wieder flottzumachen.«

»Major Simmerkirk, das wissen wir.« Ihr neuer Kommandant verdrehte sichtlich angefressen die Augen.

»Wollte es nur noch einmal gesagt haben ...« Rufus sah aus, als ob er beim Kirschenpflücken wäre. Das System tastete seine Handbewegungen in der Luft ab und übertrug die Kommandos.

Jazmin schnappte sich als Nächstes Captain Aayana. Er arbeitete weiter, ohne sie zu beachten. Auf seiner holographischen Arbeitsumgebung waren unzählige Fenster geöffnet. Es gab eine schematische Ansicht des Schwarzen Lochs und zahlreiche Diagramme, an denen endlose Zahlenreihen visualisiert wurden. Ihr waren die Zusammenhänge nicht unbekannt, allerdings wollte sie gerade nichts davon wissen. Sie tippte sein Rangabzeichen an.

»Aayana, Christoph, 29 Jahre, männlich.«

Und abdrücken. »Aua!«

»Aayana, Christoph, Blutprobe valide.«

»Sir, ich habe einen neuen Wert ... 5,102 Grad. Genauigkeit 98,7 Prozent«, rief Aayana wie von einer Tarantel gestochen. Jazmin, die direkt neben ihm stand, schreckte zurück.

»Über fünf Grad?« Dem Major gefiel die Zahl auch nicht. Jazmin sah genauer hin. Das war der Vektor, mit dem sich die *USS London* gegen das Schwarze Loch stemmte. Ein extrem hoher Wert für eine Kurskorrektur wenn man mit 0,44 c durchs All flog. Das Schwarze Loch war ein ganz schön fetter Klops.

»Ja, Sir.« Captain Aayana arbeitete, ohne aufzusehen. »Die zweite Modellrechnung liefert ein ähnliches Ergebnis: 5,101 Grad. Die Werte sind valide.«

»Jenkins!«, rief der Major. »Haben Sie die Werte übernommen?« Die Stimmung war zum Bersten gespannt.

»Ja, Sir!« Jenkins war die Frau an der Triebwerkssteuerung, sie hatte auch die Deflektoren unter ihrer Kontrolle. »Sir ... das ist zu viel. Viel zu viel. Wenn wir mit dem Tempo weiter gegensteuern müssen, fliegen wir gleich quer!«

»Das ist mir klar.« Raul tippelte mit den Fingern auf der

Lehne. Mutter wäre in dieser Situation eine wichtige Ratgeberin gewesen.

»Jagberg für Espinoza ... können Sie mich hören?«, fragte Denis über den Lautsprecher der Brücke. Bei ihm waren im Hintergrund laute Geräusche zu hören.

»Ja, sprechen Sie.«

»Wo zur Hölle bringen Sie uns hin?« Denis klang genauso angepisst, wie der Major aussah.

Jazmin fiel es schwer, sich auf ihre Aufgabe zu konzentrieren. Als Nächstes ging sie zu der rothaarigen Jenkins, die, ohne ein Wort zu sagen, den Kopf auf die Seite legte. Mit beiden Händen wirbelte sie weiter durch ihre Arbeitsumgebung. Bei ihr saß jeder Handgriff. Eine KI hätte ihre Arbeit kaum schneller erledigen können.

»Jenkins, Elvira, 37 Jahre, weiblich.« Dann nahm Jazmin die Blutprobe. *»Jenkins, Elvira, Blutprobe valide.*

»Das Schwarze Loch ist stärker als erwartet ... wir fliegen mit einer Korrektur von 5,1 Grad«, erklärte Raul und zeigte Aayana an, seine Charts zu teilen. »Sie erhalten dazu Daten.«

»Mir geht das Schwarze Loch am Arsch vorbei ... was mir allerdings den Tag versaut, ist das Zeug, das bei uns seit zwei Minuten in den Frontaldeflektoren landet.« Denis hustete kurz. *»Ich habe zwei Techniker in Schutzanzügen bei den Supraleitern. Die sehen nichts mehr, weil die Spannung extrem schwankt.«*

»Warten Sie ... Jenkins, von was redet er da?« Raul ging zu ihr. Jazmin stand noch neben ihr und sah auf einen anderen Bildbereich ihrer Arbeitsumgebung.

»Sir, wir registrieren seit zwei Minuten eine Zunahme der Teilchen, die wir abwehren. Bisher sind es knapp 400 Prozent, aber der Wert steigt schnell.«

»*Sieht von euch auch mal jemand zwischendurch auf die Bildschirme vor eurer Nase?*«

»Jagberg! Das tun wir!«, fauchte Raul zurück. Mutter fehlte an allen Ecken. Jenkins hatte nichts gemeldet. »Jenkins, haben wir dafür einen Trend?«

»Nein, Sir.«

»*Sie stehen doch auf Zahlen, oder?*« Denis hielt dagegen.

»*Ich gebe Ihnen ein paar. Um die volle Einsatzbereitschaft der Frontaldeflektoren für fünf Jahre zu garantieren, dürfen die Ablagerungen den Energiefluss um nicht mehr als sechs Prozent behindern. Wenn wir weiter Staubsauger spielen, können Sie das vergessen. Natürlich schicke ich Ihnen dazu auch gerne meine Daten.*«

»Danke.« Raul wirkte sauer, er zeigte auf den Bildausschnitt, auf dem die gestiegenen Energiewerte der Frontaldeflektoren angezeigt wurden. Jenkins hatte sich bisher offenbar auf die Triebwerke fokussiert und deswegen die Veränderungen am Bug nicht bemerkt. »Auf den Schirm damit!«

»Ja, Sir.« Elvira Jenkins ließ in der Mitte der Brücke eine animierte Bug-Sektion der *USS London* entstehen, an der die Partikel und die durch sie ausgelösten Deflektorkacheln wie ein kleines Feuerwerk zu leuchten begannen.

Jazmin ging weiter. Jetzt war Rufus an der Reihe. Die aktuellen Ereignisse machten allen zu schaffen. Als Erstes nahm sie seine Daten.

»*Simmerkirk, Rufus, 37 Jahre, männlich.*« Dann legte sie die Hand an die Stelle seines Halses, in die sie stechen wollte.

Rufus nickte. Sein virtueller Helm war teiltransparent, er konnte nach Bedarf zwischen der realen Ansicht seiner Workstation und der virtuellen Ansicht von Mutters Datenbank wechseln. Dann drückte sie ab.

»*Simmerkirk, Rufus, Blutprobe valide.*«

Da waren noch drei weitere Kommandooffiziere, denen sie Blut abnehmen musste. Das erste Magazin war voll. Sie wechselte die Einheit und sah kurz zu Adele. Der First Lieutenant behielt jeden ihrer Handgriffe im Auge.

Mitten in diese gesellige Runde ertönte ein einzelner dumpfer Brummton. Jazmin schreckte auf. Nein, jeder auf der Brücke fuhr kurz hoch. Für diesen Alarm gab es nur einen Grund: Das Teilsystem, das Feuerleitlösungen für den Waffeneinsatz koordinierte, erwachte zum Leben. Das war wie ein Notbremsassistent, der fragte auch nicht, wenn er gebraucht wurde. Die Hochenergiegeschütze feuerten, ohne nachzufragen, mehrere Salven ab. Auch dafür gab es nur einen Grund: Meteoriten.

»Nilsson!«, rief Raul quer über die ganze Brücke. Holger Nilsson war ihr Waffensystemoffizier, der aber gerade bei Aayana stand, um ihm zu helfen. Er lief zu seinem Platz zurück. »Was haben Sie?«

»Sir, drei Meteoriten, sieben, zwölf und einunddreißig Kilogramm schwer, wurden abgefangen. Inmitten der höheren Staubkonzentration betrug die Vorwarnzeit nur sechs Sekunden.«

Genau aus dem Grund schossen die Geschütze, ohne zu fragen. Bei 0,44 c war es nicht leicht, einen nur wenige Kilogramm schweren Stein zu orten. Und orten allein reichte nicht, die Waffensysteme mussten die Streuner erfassen, schießen und treffen. Wenn die Systeme auch nur einen Meteoriten dieser Größenordnung verfehlten, würde von der *USS London* nur noch glühend heißer und ultraschneller Staub übrig bleiben.

»*Hallo … geht's noch! Was war das denn?*«, brüllte Denis über den Lautsprecher. Verständlich, fünfzig Kilo zerschossener und teilweise verglühter Meteoritenstaub brachte die Frontaldeflektoren zum Glühen wie ein Stück Eisen im Feuer.

»Drei Streuner, Vorwarnzeit sechs Sekunden!«, antwortete der Major und zeigte Nilsson an, weitere Meteoriten zu melden. In der animierten Darstellung mitten auf der Brücke gab es umgehend weitere Meteoriten, die mit ihrer jeweiligen Vorwarnzeit zwischen vier und zwölf Sekunden angezeigt wurden. »Jagberg, da kommt noch mehr ... wir geraten mitten in einen Meteoritenschwarm.«

»*Sofort weg von den Supraleitern!*«, brüllte Denis. Jeder auf der Brücke konnte ihn hören, auch wenn er mit den Technikern sprach, die für ihn arbeiteten. »*Sofort weg da!*«

»Sir, ich habe einen Brocken von 745 Kilogramm. Kontakt in neunzehn Sekunden«, meldete Nilsson. Jazmin stand bereits hinter ihm, traute sich aber nicht, ihn in dem Moment zu stören. Das waren Killer. Sie hatte auch die Notfallübung zur Meteoritenabwehr nicht vergessen. »Ziel bereits anvisiert. Aktiviere zusätzlich zwölf Railgun-Batterien, um mit einem Sperrfeuer die Deflektoren zu unterstützen.« Seine Daten gingen automatisch an alle beteiligten Workstations.

Railguns verschossen elektromagnetisch beschleunigte, ultraschnelle Geschosse, die bereits, ohne 0,44 c schnell zu fliegen, 45 000 Meter in der Sekunde schnelle Kupferkerne abfeuerten. Die Waffen waren zwar langsamer als Hochenergiegeschütze, hatten dafür aber eine Masse. Und genau durch diese Masse entwickelte jedes nur zehn Gramm schwere Projektil die Energie einer nach vorne gerichteten Nuklearexplosion. Die Kadenz einer Railgun lag bei 9000 Schuss in der Minute. Sie brachten also mit zwölf Geschützen in jeder Sekunde das Äquivalent von 1889 Petajoule starken Atombomben zur Zündung. Das war reichlich Feuerkraft.

»Sir, wir überladen die Frontaldeflektoren! Maximale Spannung für drei Sekunden«, meldete Jenkins. Das bedeutete für drei Sekunden eine nahezu vollständige Umleitung der Antriebsenergie, um den Bug des Schiffs zu schützen.

Von Denis hörte man in diesem Moment über die Lautsprecher nur noch diverse Schimpfwörter und unfreundliche Aufforderungen für die beiden Techniker, die sich noch im Gefahrenbereich der Supraleiter befanden. In den Schutzanzügen konnte sich niemand schnell bewegen. Sie schützten zwar vor der Hochspannung, aber nur begrenzt vor der Hitze, die dort bei Volllast der Systeme entstand. Der Bereich war nicht ohne Grund abgeschottet.

»Aktiviere Railguns. Jetzt. Wir schießen«, rief Nilsson. Die Waffensysteme der *USS London* schossen den 745 Kilogramm schweren Meteoriten und seine Bruchstücke in immer kleinere Teile. Das ganze All vor ihnen begann zu glühen. Für drei Sekunden mussten die Deflektorkacheln mehrere Millionen Grad heißem und ultraschnellem Staub trotzen.

XIV.

SCHLECHTE GESELLSCHAFT

Noch zwei Tage. Dann würde die *USS Boston* starten. Finch hatte in seinem Leben bereits einiges erlebt – während der Zeit bei der Polizei, nach seinem abgebrochenen Jurastudium und natürlich in seiner für ihn prägenden Jugend. Darunter waren auch einige unangenehme Dinge gewesen. Erlebnisse, die er nie wieder vergessen würde, mit denen er sich allerdings arrangiert hatte.

Trotzdem war sein Leben selten so intensiv gewesen wie in den letzten Tagen. Die ganze Welt schien sich nur noch für zwei Sachen zu interessieren: die *USS Boston* und das Interview mit seinem Vater. Beides wurde in den Medien untrennbar miteinander verbunden. Alle sprachen darüber. Überall auf der Welt. Das mediale Sperrfeuer überlagerte alles andere.

»Sir, noch einen Tee mit Milch?«, fragte Alex, sein Fels in der Brandung und mittlerweile die Einzige, die noch nicht den Verstand verloren hatte. Zudem gefielen ihm ihre Locken und ihre betont weiblichen Rundungen immer besser. Er sollte nach dem Interview versuchen, sie auf ein Date einzuladen.

»Ja, gerne.« Finch lehnte sich zurück. Alex und er befanden sich an Bord eines Tempelton-Gleiters, Club-Edition, der sie nach Glamis Castle in Schottland brachte. Die Reise würde nicht ganz eine Stunde dauern. Das Leder der Sessel war weich und die Aussicht durch die verglasten Flanken beeindruckend. Es gab außerhalb der Metropole London tatsächlich noch Bäume.

Alex lächelte und ging die Treppe runter. Der schicke Tempelton-Gleiter des Bürgermeisters verfügte über zwei Decks und bot knapp dreißig Passagieren Platz. Die meisten Fluggäste saßen unten, dort gab es auch eine Bar.

»Mister Mansoor, darf ich Ihnen Atticus Finch Harper vorstellen?«, fragte der Bürgermeister, heute in grauen Nadelstreifen, und trat mit einem besonderen Gast vor ihn.

»Mister Harper, es ist mir eine Ehre.« Mansoor war nur ein Meter sechzig groß, trug einen maßgeschneiderten Anzug, helle Lederschuhe, die farblich mit den Clubsesseln des Tempelton harmonierten, und eine diamantenverzierte Armbanduhr, mit der man das jährliche Defizit von London hätte refinanzieren können. Okay, vielleicht nicht alles, aber einen großen Teil davon.

Finch stand auf, knipste sein Investorenlächeln an und verbeugte sich in bester britischer Tradition. Dann gab er dem Araber die Hand. »Sir, die Ehre ist ganz auf meiner Seite.«

»Mister Harper, das ist Ben Mansoor, ein treuer Freund der Stadt. Er hat ein großes Interesse daran, dass wir gemeinsam erfolgreich sind. Und freut sich darauf, Ihren Vater kennenzulernen.«

»Sir, bitte setzen Sie sich.« Finch bot ihm einen Platz direkt neben seinem an. Der Bürgermeister hätte Mansoor nicht vorstellen müssen. Den Araber mit britischem Pass kannte jeder. Verständlich, da ihm in London und anderen europäischen Großstädten unzählige Immobilen gehörten. Nachdem der Welt das Öl ausgegangen war, gab es genau zwei Sorten von Arabern. Die, die sich mit ihrem Geld in Europas Herzen einkauften und wie Ben Mansoor britischer als die Briten waren, und die, die wieder Schafe hüteten. Die sozialen Unterschiede in Nordafrika waren gewaltig.

»Danke.« Mansoor nahm die Einladung an. Er wirkte wie ein gutsituierter Geschäftsmann Ende fünfzig, mit gepflegten Fingernägeln und zuvorkommendem Lächeln. Dabei gehörten ihm, neben zahlreichen Villen und Luxusapartments, allein in London über 400 000 Wohnungen. Wenn er sich räusperte, stiegen in der Fünfzigmillionenstadt die ohnehin nicht gerade günstigen Mieten weiter in den Himmel. Auch Finch lebte in einem seiner Apartments und zahlte mehr, als das möblierte Wohnklo am Stadtrand wert war.

»Wie geht es Ihnen?«

»Ich bin nervös.« Das stimmte sogar.

»Das kann ich gut verstehen, die ganze Welt wird Ihnen zuschauen. Sie werden mit Ihrem Vater Geschichte schreiben.« Mansoor war, was man ihm nicht ansah, mittlerweile 159 Jahre alt. Offenbar hatte er einen Weg gefunden, den Tod zu betrügen. Mit genug Geld konnte man sich sämtliche Organe nachzüchten lassen und mit histaminen Stammzellen sogar im Gehirn den Verfall der Nervenzellen stoppen.

»Sir, Sie sollten nicht zu bescheiden sein. Ich denke, Ihre Lebensleistung steht der meines Vaters in nichts nach.« Finch pinselte dem Zwerg den Bauch. In Wahrheit gehörten dieser Immobilienhai und seine Geschäftsfreunde zu den schlimmsten Plagen, die London jemals ertragen musste.

»Dem kann ich mich nur anschließen.« Auch der Bürgermeister lächelte schlecht gespielt.

»Oh ... Sie beschämen mich. Wussten Sie, dass wegen des Interviews sogar der Aktienmarkt einen Sprung gemacht hat?«, fragte Mansoor, der sich sichtlich wohl fühlte. Er hatte bereits zuvor in Geld gebadet und bekam neues hinzu.

»Davon habe ich gelesen …« Allerdings ohne sich darüber Gedanken zu machen. Finch besaß keine Aktien.

»Ich denke, uns stehen ein paar große Tage bevor!« Der Bürgermeister und sein Investor verstanden sich prächtig. Natürlich, sonst hätte der Bürgermeister ihm kaum eins der beiden sündhaft teuren VIP-Tickets verkauft. Nichts geht über eine kleine Extraspende für die Stadt, das wusste jeder Politiker.

»Das denke ich auch.« Finch stand auf, er bekam einen Anruf. Die Nummer kannte er, es war die von Natascha. Er hatte ihr einen eigenen Klingelton zugeordnet. Es war Irrsinn, überhaupt mit ihr zu sprechen. Aber auch reizvoll. Was konnte sie bloß von ihm wollen? »Ich bitte kurz um Entschuldigung.«

»Ja.« Finch befand sich im Waschraum des Gleiters und ließ das Wasser laufen. Niemand sollte hören, was er sagte. Endlich meldete sie sich wieder.

»*Hier ist Natascha.*« Sie klang unsicher.

»Hallo …« Er wollte sie nicht verschrecken. Etwas stimmte nicht, das war nicht schwer herauszuhören.

»*Störe ich?*«

»Nein … ich habe Zeit.«

»*Zeit … haben Sie immer in Ihrem Leben das Richtige getan?*«, fragte sie flüsternd.

»Nein.« Das hatte er sicherlich nicht. Weder als junger Mann noch heute. Manche Fehler hatte er sogar mehrfach gemacht. Es gab Dinge, da lernte man nicht dazu.

»*Ich habe Fehler gemacht.*«

»Möchten Sie darüber sprechen?« Finch hatte keine Ahnung, in welche Richtung sich das Gespräch entwickeln würde. Wollte er mehr über sie erfahren? Oder wollte er nur neue Hinweise finden, um ihren Mann einlochen zu lassen?

»Nein ...«

Stille.

»Doch, das möchte ich.«

»Ich bin da.« Er spürte, dass es nicht nötig war, sie mit Fragen zu führen. Sie sollte selbst entscheiden, worüber sie sprechen mochte. Er wollte nur zuhören.

»Das ist doch seltsam, oder ...«

»Was?«

»Ich kenne Sie kaum.«

»Wir können daran etwas ändern ... Sie können mir etwas über sich erzählen oder mir Fragen stellen.«

»Es tut gut, Ihre Stimme zu hören.« Sie zögerte. Finch konnte ihre innere Zerrissenheit spüren. Natürlich wusste sie, was ihr Mann getan hatte. Und warum Finch sich in Marrakesch an sie herangemacht hatte.

»Wo sind Sie gerade?«

»Unterwegs ...« Sie wich aus. *»Sie haben mich in der Lobby geküsst. Warum haben Sie das getan?«*

»Das wissen Sie.«

»Ich dachte zuerst, Sie wollten etwas von mir ... viele Männer tun das. Das bin ich gewohnt.«

»Er hat die Wanze gefunden, die ich Ihnen untergeschoben habe.« Finch spürte, dass er nur mit der Wahrheit länger im Spiel bleiben würde.

»Das hat er.«

»Hat er Sie geschlagen?«

»Nein ... das tut er nicht. Das wäre zu einfach. Manchmal wünschte ich mir, er würde mich nur schlagen.«

»Das tut mir leid.«

»*Mister Harper, tut es das wirklich?*« Verdammt, das Gespräch rann ihm durch die Finger.

»Ja.«

»*Ich denke, Sie haben es nicht verstanden.*« Dann legte Natascha auf. Er hatte es versaut. Was hatte dieser Anruf gebracht? Sie hatte nichts über sich erzählt.

Finch hatte den Waschraum verlassen. Alex lief gerade an ihm vorbei. Sie roch wunderbar. »Ich soll Ihnen ausrichten, dass der Bürgermeister mit Ihnen sprechen möchte.«

»Danke.« Er nickte. Schon wieder? Dann ging er zurück in den Clubraum, in dem sich Mansoor angeregt mit dem zweiten VIP-Investor unterhielt, einem Russen. Die beiden kannten sich offensichtlich. London war eine internationale Stadt.

Chief Inspector Howard Campbell, sein Vorgesetzter, stand vor einem transparenten Besprechungsraum. Immerhin hatte er während des Fluges auf das Tragen seiner Waffe verzichtet. Ansonsten spielte Howard den Zeremonienmeister und verhalf dem Bürgermeister damit zu einem besseren Auftritt.

»Alles klar?«, fragte Finch und betrat den Besprechungsraum. Howard antwortete nicht. Die Wände sahen zwar aus wie Glas, bestanden aber aus einem Kraftfeld.

»Bitte, setzen Sie sich.« Der Bürgermeister saß bereits. Auch Howard gesellte sich zu ihnen. Aber da war noch eine weitere Person, die Finch nicht kannte.

»Was gibt's?« Eigentlich liefen die letzten Tage zu gut, um ihm im intimen Kreis einen verbalen Einlauf zu verpassen. Trotzdem wirkte besonders der unbekannte Herr angespannt. Ein Anzugträger wie der Bürgermeister. Nur schlanker. Er hatte graue Haare und ein graues Gesicht.

»Mister Harper, das ist Colonel Keller, er ist vom Nachrichtendienst und berät uns in einer delikaten Angelegenheit«, erklärte der Bürgermeister.

»Guten Tag.« Finch hatte keine Ahnung, wie er die Anwesenheit eines Agenten einschätzen sollte.

»Sie sind Polizisten, ich muss Ihnen nicht die Bedeutung der Starts der *USS London* und der *USS Boston* erklären.« Die Ansprache ging gleichzeitig an Howard und ihn.

»Das ist uns klar«, antwortete Howard. Finch sah ihn nur ungläubig an. Was ging denn hier ab?

»Eine Mission, bei der viele Nationen ihre Kräfte gebündelt haben, hat leider auch Neider. Menschen, die uns aus Gier, Dummheit, Hass oder religiöser Verblendung schaden wollen. Meine Aufgabe ist es, solche Gefährder frühzeitig zu erkennen und passende Gegenmaßnahmen zu empfehlen.«

»Erwarten Sie einen Anschlag?«, fragte Finch.

»Anschläge gibt es häufiger, als man denkt ... meistens erkennen und stoppen wir sie, ohne dass die Öffentlichkeit etwas erfährt. Ich bin heute bei Ihnen, weil Professor Harper eine Schlüsselperson ist, deren Wohl uns besonders am Herzen liegt.«

»Sir, können Sie uns über die Bedrohungslage informieren?«, fragte Howard. Die Frage lag Finch ebenfalls auf den Lippen.

»Wie Sie vielleicht wissen, ist seit dem Start zwischen der Erde und der *USS London* keine weitere Kommunikation möglich. Das wird bei der *USS Boston* nicht anders sein. Der enorme Auswurf der Antimaterie-Triebwerke unterbindet jeglichen Funkverkehr. Die beiden Schiffe sind für die gesamte Dauer ihrer Reise auf sich gestellt.«

Howard nickte, und der Bürgermeister lächelte vielsagend. Finch nicht, er interessierte sich nicht für dieses Antimaterie-sonst-was. Er hatte sich während der letzten fünfundzwanzig Jahre weder mit seinem Vater noch mit seiner kleinen Schwester unterhalten. Sie war ihren Weg gegangen und an der Seite dieses Monsters geblieben.

»Deshalb betreibt unser militärischer Abschirmdienst einen sehr hohen Aufwand, um eine mögliche Infiltration der Raumschiffe zu verhindern.« Colonel Keller wirkte nicht wie ein Mann, den man sich zum Feind wünschte.

»Colonel, das ist verständlich«, pflichtete der Bürgermeister mit einer staatstragenden Geste bei.

»Sir, wir sind nicht Teil dieser Mission.« Finch störte der Unterton von Kellers Äußerungen.

»Sie sind der Sohn von Professor Harper.«

»Und?«

»Sie haben Zugang zu ihm.« Keller ließ die Worte wirken. »Bisher war es einfach, Ihren Vater zu beschützen. Wir mussten nur jemand vor die Tür stellen. Jetzt hat er sie allerdings selbst geöffnet.«

»Colonel, bitte konkretisieren Sie die Bedrohungslage. Sehen Sie in diesem Interview eine Gefahr?« Howard stellte die Frage genau im richtigen Moment. Finch merkte, wie er langsam die Geduld verlor.

»Wir folgen seit Jahren einem Verdacht, dass jemand versuchen könnte, das Betriebssystem, die Applikationen oder die Datenbank der Archen zu infiltrieren. Glauben Sie mir, wir haben deswegen jedes Bit mehrfach auf links gedreht. Jedes digitale Element wurde untersucht, getestet und erneut analysiert.«

»Sir, wir sind Vertreter der Stadt London. Wir haben weder eine Motivation noch die Möglichkeit, auf Daten der Raumschiffe zuzugreifen.« Howard blieb sachlich.

»Das stimmt … weswegen wir Sie auch nach Glamis Castle reisen lassen. Gäbe es einen konkreten Verdacht, würde niemand von Ihnen in diesem Gleiter sitzen.«

»Aber …« Finch spürte, dass da noch mehr war.

»Mister Harper, wir haben keine Infiltration ausmachen können. Das ist einerseits gut … bedeutet aber auch, dass wir noch nicht einmal einen vielversprechenden Versuch abwehren mussten. Das macht uns unruhig. Sie sehen, wir haben Angst, mit einem sehr geschickten Gegner konfrontiert zu werden.«

»Vielleicht gab es keinen Versuch?« Finch fand das alles arg an den Haaren herbeigezogen. Die *USS London* war doch ohne Probleme gestartet. Wieso sollte dann nun jemand das zweite Schiff angreifen wollen?

»Vielleicht … wir möchten auch verhindern, dass mit Ihrem Team ein Trittbrettfahrer mit einer gefährlichen Agenda die Bühne betritt. Ein einsamer Wolf. Ein Schläfer.«

»Sir, das halte ich für wenig wahrscheinlich. Unser Interview wurde angemeldet, genehmigt und entspricht den Compliance-Regeln der Stadt. Das Team ist handverlesen. Niemand hätte planen können, heute in diesem Gleiter zu sitzen.« Howard verteidigte sie weiter.

»Colonel Keller, ich denke, da Sie uns begleiten, werden Sie erkennen, dass Ihre Befürchtungen unbegründet sind«, erklärte der Bürgermeister, der offenbar etwas länger gebraucht hatte, um zu verstehen, dass Keller vor allem Finch abklopfen wollte. Natürlich war den Geheimdiensten die von ihm in der Vergangenheit öffentlich geäußerte kritische Einstellung gegenüber seinem Vater bekannt.

Zehn Minuten später. Der Bürgermeister, Howard und Finch waren alleine. Keller saß wieder unten bei den anderen. Er ließ es sich nicht nehmen, mit jedem aus der Crew zu sprechen.

»Meine Herren, haben wir ein Problem?«, fragte der Bürgermeister, der aufgestanden war. Er hatte sich die obersten Knöpfe seines Hemds geöffnet.

»Wir sollten das ernst nehmen.« Howard sah bei seinen Worten Finch an.

»Also, ich mache das hier nicht freiwillig. Ich falle demnach als Terrorist, der alles von langer Hand geplant hat, aus dem Raster.« Finch fand diese Verdächtigungen lächerlich. Wenn er versucht hätte, die Raumschiffe anzugreifen, hätte er sich sonst etwas einfallen lassen, aber sicherlich kein Interview mit einem Wissenschaftler.

»Finch, hör mit dem Blödsinn auf!«, sagte Howard.

»Ja, Sir.« Er tippte mit dem Finger provokant an seine Stirn. Es blieb trotzdem ein lächerlicher Verdacht. Der Bürgermeister, Howard, Martin, der Producer oder Alex, seine Tee-Fee, passten kaum in Kellers Beuteschema. Und Mansoor, ein milliardenschwerer Immobilienmagnat, sicherlich auch nicht.

»Ich kann nicht sagen, dass ich mich jetzt wohler fühle.« Der Bürgermeister war ein Weichei.

»Sir, wollen Sie das Interview?«, fragte Howard.

»Natürlich!«

»Dann sollten wir die Augen offen halten und unseren Job erledigen. Colonel Keller wird sein Ding machen, daran wird ihn ohnehin niemand von uns hindern können.« Howard sah Finch an. »Und du wirst deinem alten Herrn gegenüber Respekt zeigen!«

»Ja, Sir.« Finch hatte nicht vor, seinen Vater zu verletzen oder sich wie ein Flegel zu benehmen. Es konnte aber ruhig jeder sehen, aus welch verfaultem Stück Mooreiche Duncan

Harper geschnitzt war. Den Besatzungen der *USS London* und der *USS Boston* wünschte er von Herzen eine angenehme Reise.

Alex kam in den Besprechungsraum, und allein ihr Lächeln genügte, um die frostige Stimmung um zehn Grad zu erwärmen. Sie trug ein Pad-System auf dem Arm. »Meine Herren, ich störe nur ungerne, aber wir haben direkt nach der Landung zwei Einstellungen für den Trailer zu drehen.«

»Sind wir schon da?«, fragte Howard.

»Wir landen in wenigen Minuten.« Während sie sprach, tippte sie mit dem Finger auf dem Display herum.

Finch überlegte. Natürlich hatte er das Interview nicht angezettelt. Wenn man hinter die Fassade blickte, blieb ein Mann, der nach langen Jahren wieder in sein Elternhaus zurückkehrte. Leider lebte seine Mutter nicht mehr, die, schon während er ein kleines Kind gewesen war, bei einem Gleiterunfall ums Leben gekommen war. An der Ablehnung gegenüber seinem Vater hatte sich nichts geändert. Er war ihm egal. Trotzdem schmeckte es Finch nicht, von anderen benutzt zu werden. Trittbrettfahrer und gute alte Freunde wie Jack waren harmlos, die konnte er schnell abwimmeln. Aber der bedeutungsschwangere Auftritt von Colonel Keller war schon wirklich seltsam.

»*Wir landen in fünf Minuten*«, meldete der Pilot des Gleiters. »*Bitte schnallen Sie sich an.*«

Noch fünf Minuten. Finch kam nicht nur mit leeren Händen, sondern auch mit Menschen im Schlepptau, mit denen er sich unter normalen Umständen niemals abgegeben hätte. Typen wie dem Bürgermeister, seinem Producer Martin und Colonel Keller hätte er in jedem anderen Leben, ohne eine Sekunde zu zögern, die Haustür vor der Nase zugeschlagen. Verdammt, er war Ermittler bei der Polizei. Er sollte anfangen aufzupassen, dass er bei dieser Posse nicht unter die Räder kam.

Finch saß als Letzter in dem abgeschirmten Besprechungsraum. Das wollte er ausnutzen. »Verbindung aufbauen, Lady Henriette Leicester bitte.«

»*Ja, bitte, wer spricht dort.*« Sie nahm das Gespräch umgehend an. Sie war nicht allein, Finch konnte im Hintergrund Stimmen hören.

»Atticus.«

»*Oh, schön, dass du anrufst.*«

»Darf ich dich kurz stören?«

»*Aber du störst nicht ... warte, ich stehe bereits vor dem Schloss und warte auf eure Ankunft. Es ist sehr laut hier.*« Man hörte, wie sie eine schwere Tür öffnete und einen Moment später wieder schloss. »*Ist alles in Ordnung? Atticus, wieso klingst du so betrübt?*«

»Nein, es ist alles in Ordnung. Ich wollte nur ... Dieses Interview hat ein Eigenleben entwickelt. Wir werden gleich landen, und ich bringe einige Menschen nach Glamis Castle, die ich nicht mag.«

»*Wir sind nicht alleine auf der Welt.*«

»Aber wir haben es doch selbst in der Hand, mit wem wir uns umgeben.«

»*Atticus, machst du dir Sorgen wegen unserer Gäste?*«

»Kann sein.«

»*Ich kenne sie alle*«, erklärte sie mit der ihr eigenen Souveränität.

»Der Bürgermeister ist ein Opportunist.«

»*Er ist Politiker ... aber mit Scott kann man reden. Es gibt Schlimmere als ihn. Sein Interesse gilt London. Er gewinnt und verliert mit seiner Stadt.*«

»Dann haben wir noch Investoren dabei ...«

»*Ben Mansoor?*«

»Ja.« Die Anwältin seines Vaters war gut informiert und zudem völlig entspannt.

»*Ein Mann mit viel Geld und zu kleinen Schuhen. Er wird uns keine Schwierigkeiten machen.*«

»Kennst du auch Colonel Keller?«

»*Nicht persönlich.*«

»Er ist vom Nachrichtendienst.«

»*Referatsleiter beim Militärischen Abschirmdienst ... er ist bemüht, den reibungslosen Start unserer beiden Raumschiffe sicherzustellen. Ich halte ihn für integer. In seinem Team agieren achtzig weitere Agenten, die weltweit in unseren Projekten oder bei wichtigen Zulieferbetrieben arbeiten. Das sind Verbündete. Um die brauchst du dir keine Sorgen zu machen.*«

»Er hat mich verdächtigt.«

»*Das kann ich verstehen. Er kennt dich nur aus den Berichten über deine wilde Jugend.*«

»Wusstest du, dass er uns begleitet?«

»*Ja.*« Sie wartete einen Moment. »*Ja ... warte, ich kann durch das Fenster deinen Gleiter sehen. Er setzt zur Landung an. Atticus, wir können uns gleich weiter unterhalten.*«

»Natürlich.«

Sie legte auf. Wenige Sekunden später spürte er, wie der Gleiter auf dem Landeplatz aufsetzte.

Alex steckte ihren Lockenkopf durch die Tür. »Sir, wir sind da. Martin bittet darum, dass Sie den Gleiter offiziell als Erster verlassen. Unsere Filmcrew baut gerade das Licht auf.«

»Ich komme ...« Finch stand auf. Das Telefonat mit Henriette hatte bestätigt, was er zuvor vermutet hatte. Das Interview war nicht die Idee des Bürgermeisters gewesen. Sein Vater steckte dahinter. War es möglich, dass sein alter Herr und Henriette alles genauso geplant und im Griff hatten? Dieses ganze Medienevent, Gönner, Neider, Gegner, Verbündete und Freunde. Jeder hatte in dieser Show genau die Rolle zu spielen, die Duncan Harper für ihn vorsah. Jeder glaubte, klüger zu sein als andere. Aber war sein Vater nicht der hinterlistigste Schweinehund, den er kannte? Als junger Mann war er nicht in der Lage gewesen, ihm Paroli zu bieten. Das hatte sich mittlerweile geändert. Finch würde erneut gegen ihn in den Ring steigen.

XV.

HEISSER STAUB

Das war Wahnsinn! Espinoza hatte den Verstand verloren! Gab es denn auf der Brücke niemanden, der in der Lage war, einen weiten Bogen um ein Meteoritenfeld zu machen! Die Supraleiter würden bei der Energiemenge, die von den Deflektoren benötigt wurden, anfangen zu glühen. Und diese verfluchte Hitze würde gleich zwei seiner Leute weich kochen.

»Tony! Robert! Raus da! Bewegt eure Ärsche umgehend in die Sicherheitszone!«

»*Boss, was ist passiert?*«, fragte Tony, ein guter Techniker, der lieber loslaufen sollte, anstatt zu diskutieren. Egal, wie mühsam das in den klobigen Anzügen auch war.

»Frag nicht, du Idiot! Ich habe keine Bitte geäußert! Das war ein Befehl! Beweg dich! Jetzt! Schneller! Wir nageln mit halber Lichtgeschwindigkeit in ein Meteoritenfeld. Du wirst ansonsten gleich in deinem eigenen Saft gekocht!«

»*Ich habe gerade meine Werkzeuge eingespannt …*«, erklärte Robert, der es auch noch nicht verstanden hatte.

»Wenn ihr bleibt, sterbt ihr!«, rief Denis. »Habt ihr Deppen das jetzt kapiert?« Er befand sich in der Sicherheitszone hinter einem gepanzerten Doppelschott. Ihm würde nicht gleich der Hintern abgefackelt werden. Die Supraleiter und die energetischen Zwischenspeicher waren dafür konzipiert, extremen Temperaturen standzuhalten, seine Techniker waren es nicht. Die massiven Schutzanzüge und die integrierte Kühlung schafften es dauerhaft, eine Außentemperatur von 600 Grad Celsius auszugleichen. In dieser Zone dürfte es gleich über 3000 Grad heiß werden.

»*Bestätigt, ich verlasse meine Position!*« Tony machte sich endlich auf den Weg.

»*Ich komme raus ...*« Auch Robert quittierte den Befehl.

Denis konnte über Kameras in der Zone verfolgen, wie langsam sie sich bewegten. Das musste schneller gehen. Hoffentlich würden sie es noch rechtzeitig schaffen.

»*Aktiviere Railguns. Jetzt. Wir schießen*«, rief jemand von der Brücke. Denis war mit seinen Technikern und mit Espinoza auf der Brücke verbunden. Die setzten Railguns ein. Gleich würde es ernst werden. Die elektromagnetischen Schienenkanonen befanden sich nur ein Deck über ihnen. Die extreme Kadenz löste bereits feine Vibrationen aus. Bei der unglaublichen Geschwindigkeit der *USS London* war die Feuerkraft gigantisch.

»Nein, nein, nein!« An einem Kontrolldisplay im Schutzbereich sah er die Temperaturwerte steigen. Das war viel zu heiß. Das System blinkte rot, da sollte jetzt niemand mehr drin sein. Auch nicht in Schutzanzügen. Das war maximale Spannung. Jemand auf der Brücke trat das Pedal durch und überlud die Frontaldeflektoren mit voller Leistung. Für diesen Moment waren die armdicken Supraleiter geschaffen worden. Fast die gesamte Antriebsenergie wurde kurzzeitig zum Schutz des Schiffs verwendet und in die Deflektoren umgeleitet. Die übertragene Strommenge war unvorstellbar groß. »Tony! Robert! Ich will sofort eine Meldung von euch haben!«

Keine Antwort.

»TONY! ROBERT!«

Sie antworteten nicht.

»Scheiße!« Genau das hatte Denis befürchtet. Er stützte sich gegen die Wand und ließ den Kopf hängen. Die beiden Techniker lebten nicht mehr. Auf dem Display vor ihm wurde angezeigt, dass der Kontakt zu den Männern abgerissen war. Bei der kurzen Vorwarnzeit hatten sie in den klobigen Rüstungen keine Chance gehabt, sich in Sicherheit zu bringen. »So eine verdammte Scheiße!«

»Jagberg für Brücke.«

»*Sprechen Sie.*« Das war Espinoza.

»Wir haben zwei Techniker verloren. Sie haben es nicht rechtzeitig in die Sicherheitszone geschafft.« Denis wusste, dass niemand daran Schuld trug. Hätten die Offiziere auf der Brücke gezögert, den Meteoriten abzufangen, wäre das gesamte Schiff zerstört worden. Sie hatten keine andere Wahl gehabt.

»*Das ist bedauerlich.*«

»Ja.«

»*Sind Sie in Ordnung?*«, fragte Espinoza. »*Ich brauche Sie.*«

»Ich kannte die beiden. Verdammt, wir haben während der Ausbildung oft bei einem Bier zusammengesessen ... aber ja, ich bin in Ordnung.« Als ob es in diesem Moment um ihn gehen würde.

»*Mutter ist offline ... wir müssen das ohne sie schaffen. Sie müssen das schaffen!*«

»Das ist mir klar.«

»*Ich würde Ihnen gerne sagen, dass wir es hinter uns haben. Aber das stimmt nicht ... es kommen weitere Meteoriten auf uns zu. Wir suchen einen Weg, ihnen auszuweichen, was aber aufgrund ihrer hohen Anzahl und unserer Geschwindigkeit nicht einfach ist.*«

»Ich werde vorerst keinen meiner Leute mehr zu den Supraleitern lassen.« Mehr konnte Denis nicht tun. Über das
Problem mit dem verstärkten Verschleiß hatte er Espinoza
bereits unterrichtet. Ein Problem, das an der Entscheidung,
das Schiff mit voll aufgeladenen Frontaldeflektoren zu schützen, nichts änderte. Die fortwährenden feinen Vibrationen
der Railguns vermittelten ihm einen leisen Eindruck davon,
was für ein Trümmerfeld vor dem Bug der *USS London* auf
sie wartete.

»*Jagberg! Haben Sie unsere Railguns im Blick?*«, fragte
Espinoza angespannt. Nicht ohne Grund, die Waffensysteme waren mehr oder weniger im Dauereinsatz.

»Ja.« Denis hatte ein teiltransparentes Head-up-Display
auf der Nase sitzen. Ihm wurden laufend Daten der Techniker, neue Wartungsaufgaben und andere Schiffsmeldun-
gen eingespielt. Sein zentrales Blickfeld blieb frei, damit er
beim Gehen nicht über seine eigenen Beine stolperte. Oder
auch diverse Systeme vor Ort überprüfen konnte. »Ich habe
es gesehen. Sie schießen Dauerfeuer.«

Mit Handgesten dirigierte er sein Team. Er musste manuell leisten, was zuvor Mutter erledigt hatte. Diese Arbeit
bedurfte höchster Konzentration. Das würde er nicht lange
durchhalten. »Ich schicke Drohnen, die sich um die Munitionscontainer kümmern, und beordere zwei Techniker auf
das Waffendeck, um sofort bei Problemen mit der Stickstoffkühlung eingreifen zu können.« Die Geschütze der *USS London* durften auf keinen Fall ausfallen.

Railguns schossen im Gegensatz zu Hochenergiegeschüt-
zen nicht mit reiner Energie. Die extreme Kadenz sorgte daher auch für einen extrem hohen Munitionsverbrauch. Die
Munitionscontainer voller Kupferkerne wogen fünf Tonnen
und wurden den Waffen über ein Schienensystem zugeführt.

Um neue Container aus dem Lager in das System einzuklinken, wurden Drohnen eingesetzt. Drohnen, die er zwischenzeitig anders eingesetzt hatte.

»Schön, dass ich Sie gefunden habe.« Eine Frau sprach ihn von der Seite an. Es war Jazmin Harper, die mit Eskorte auf ihn zukam. Ihre weißen Haare hingen als langer Zopf an ihrem Rücken herab. Mit ihr hatte er nicht gerechnet. Mit First Lieutenant Adele Lefevre, deren Schultern breiter waren als seine, auch nicht.

»Hallo ...« Denis suchte nach passenden Worten. Er hatte nach dem Tod von Mason noch nicht mit ihr sprechen können. Sie jetzt wieder in Uniform zu sehen verwirrte ihn. Hatte Espinoza sie nicht in eine Arrestzelle stecken lassen?

»Sie gucken, als ob Sie einen Geist gesehen haben.«

»Ich bitte um Entschuldigung ...« Denis fühlte sich in diesem Moment überfordert. Sie hat Mason getötet, rief eine Stimme aus seinem Hinterkopf.

»Nein, Denis. Ich bitte Sie um Entschuldigung. Die Sache mit Ihrem Sohn tut mir unendlich leid. Cloes Selbstmord hat mich getroffen, und nachdem er Helen umgebracht hat, war ich nicht mehr in der Lage, auf ihn aufzupassen. Die Situation ist völlig entglitten, und ich ... ich wusste einfach nicht, was ich tun sollte. Ich fühlte mich so ... so hilflos.«

Denis schluckte. Natürlich hatte er nicht vergessen, wie hilflos er sich selbst an dem Morgen gefühlt hatte, als Mason in seiner Gegenwart gegen die Wand gerannt war. Trotzdem vermisste er seinen Jungen. Der Gedanke an seinen Tod war fast unerträglich. Er musste sich zwingen, seine Aufmerksamkeit wieder seiner Umgebung zu schenken und sich nicht seiner Trauer zu überlassen.

»Major Espinoza hat mich in eine Zelle gesteckt. Da ich aber die einzige Ärztin an Bord bin und den medizinischen Hintergrund dieser Tragödie untersuchen soll, hat er mich wieder eingesetzt«, erklärte Jazmin.

»Und First Lieutenant Lefevre?« Denis sah die muskulöse Offizierin fragend an. Sie hatte auf dem Trainingsparcours der Akademie sogar die Hälfte der Männer abgezogen.

»Ich bin zu ihrem Schutz hier«, antwortete Lefevre.

»Ah ja ...« Denis nickte. Espinoza brauchte sie also, traute ihr aber nicht. Traute *er* ihr? Bis zum Tod von Mason hatte er es getan.

»Haben Sie sich schon mit der Steuerung der Kälteschlafeinrichtung beschäftigt? Da soll es eine Fehlfunktion geben. Major Espinoza erwähnte, dass es im Moment nicht möglich ist, weitere Besatzungsmitglieder zu aktivieren«, fragte sie.

Er sah sie immer noch mit großen Augen an. »Das ist richtig ... aber kein Problem mit Priorität.« Er schüttelte sich kurz. Das war zu viel auf einmal. Er nahm das Head-up-Display von der Nase. Ständig wurde er mit weiteren Informationen bombardiert. Mit einer Fingergeste am Hals schaltete er auch den offenen Kanal der Techniker ab. Die waren zu laut.

»Wie geht es Ihnen?« Jazmin kam einen Schritt näher und legte ihre Hand auf seinen Unterarm.

»Bestens ... mir geht es bestens.« Eine offensichtliche Lüge, aber das spielte keine Rolle. In seinem Kopf eröffnete sich ein Reigen von Bildern und Erinnerungen. Er sah Mason, wie er lachte, wie er ihn anschrie und beschuldigte, seine Mutter, Sue, getötet zu haben. Dann sah Denis ihn gegen die Wand rennen. Einen Lidschlag später stand Jazmin mit blutigen Händen vor ihm und sagte, dass sie Mason aus Notwehr hatte töten müssen. Er sah Meteoriten auf das Raumschiff zufliegen und wie Tony und Robert vor seinen Augen verglühten. Niemand konnte sie retten. Hatte sie Mason wirklich töten müssen? Sie war ein Offizier und im Nahkampf geschult. Hätte es keine andere Lösung gegeben?

»Kommen Sie durch? Sie wirken gestresst.«

»Ich habe gerade zwei meiner Techniker verloren.«

»Das tut mir leid …«

»Mir auch.« Denis schaltete den Technikerkanal wieder online. Er durfte sich nicht von seinen Gedanken runterziehen lassen. Nicht jetzt. Nicht bevor sie aus dem Gröbsten raus waren.

»Denis … darf ich Ihnen Blut abnehmen?«

»Blut?« Erst jetzt sah er die Extraktor-Pistole in ihrer Hand. Sie hatte sie die ganze Zeit festgehalten, ohne dass es ihm aufgefallen war.

»Eine Vorsichtsmaßnahme.«

Er nickte. Auf dem Technikerkanal stimmten sich seine Leute gerade ab und entschieden über Prioritäten. Niemand von denen war dämlich. Das klappte ohne Mutter besser als angenommen.

Jazmin tippte mit dem Extraktor gegen sein Rangabzeichen und setzte die Nadel an seinen Hals. Nach einem kurzen Stich war alles vorbei. Im gleichen Moment gab es eine Erschütterung auf dem Schiff. Das Licht flackerte kurz, und die Gravitation setzte aus.

Jazmin brachte die Erschütterung in Frontlage. Sie schwebte, ohne es verhindern zu können, auf ihn zu. Lefevre drehte sich zur Seite weg.

»Warten Sie … ich halte Sie.«

»Danke.« Jazmin nahm seine Hand.

Eine Sekunde später sprang die Gravitation wieder an,

und alle drei landeten sicher auf den Füßen. Solche Spielchen hatten sie alle hundertfach trainiert. Ein Aussetzer der künstlichen Gravitation war harmlos, man musste nur darauf vorbereitet sein, in der nächsten Sekunde wieder nach unten zu fallen.

»Jagberg für Brücke … was macht ihr da?«

»Ähm …« Espinoza zögerte. *»Vielleicht sollten Sie sich anschnallen. Es könnte etwas ruppiger werden.«*

»Bei uns ist die Gravitation partiell ausgefallen.« Denis bemerkte, dass Jazmin bei ihm stehen blieb. Sie sah Lefevre an, die sich gerade an einen Haltegriff klammerte.

»Das gehört zu unseren geringeren Problemen.«

»Major, was steht uns bevor?«

»Meteoriten … in allen Größen. Alles über eine Tonne Masse hat eine Vorwarnzeit von mehreren Minuten. Denen können wir ausweichen … alles darunter müssen wir zerstören.«

»Können wir das Meteoritenfeld nicht verlassen?«

»Wir befinden uns nahe dem inneren Rand des Meteoritengürtels. Die Flucht nach innen bringt uns dem Schwarzen Loch näher. Das wäre nicht gut. Um die Gefahrenzone nach außen zu verlassen, wären wir mehrere Wochen unterwegs. Zudem müssten wir mit einem erheblichen Kursdelta klarkommen.«

Denis schüttelte den Kopf. »Wir können hier nicht bleiben!«

»Wir arbeiten an dem Problem … Jagberg, ich möchte, dass Sie unsere Geschütze und Frontaldeflektoren im Auge behalten. Wir können uns keinen Ausfall leisten.«

Denis kontrollierte, während er sprach, die Temperatur der Supraleiter, die Einsatzfähigkeit der Deflektoren und die Munitionsversorgung der Railguns. Alles funktionierte, die Ingenieure der *USS London* hatten gute Arbeit geleistet.

den Nacken. Es knackte vernehmlich, und Denis lief es kalt den Rücken runter.

Jazmin war sofort bei ihr, schüttelte aber nur noch den Kopf. »Sie hat sich das Genick gebrochen ... sie ist tot.«

»Scheiße. Jagberg für Brücke.«

»Was ist passiert?«

»Es gab einen Unfall, nach einem Gravitationsaussetzer hat sich First Lieutenant Lefevre das Genick gebrochen. Colonel Harper und ich sind unverletzt.« Die blauen Flecke auf seinem Rücken zählte er nicht als Verletzungen.

»Wo sind Sie?«, fragte Espinoza.

»Ich war wegen einer detaillierten Schadensanalyse der Supraleiter im Bug. Der Colonel war wegen der Blutprobe bei mir ... wir kommen zurück. Hier ist es zu gefährlich.«

»Jagberg! Können Sie neben der Koordination der Techniker Harper weiter beaufsichtigen?«

»Warum sollte ich das tun?«

»Das muss ich Ihnen doch nicht erklären, oder?«

»In Ordnung.« Denis hörte für einen Moment zwei Stimmen in seinem Kopf, eine, die Jazmin den Tod von Mason anlastete, und eine weitere, die ihr vertrauen wollte. »Jazmin, wo müssen Sie hin?«

»In mein Labor ... aber ich habe noch nicht alle Blutproben. Wieso fragen Sie?«

»Ich werde Sie begleiten.«

»Hat der Major das befohlen?«, fragte sie schnippisch.

»Ja.«

»Er traut mir nicht ...«

»Das sollten Sie mit ihm besprechen.« Denis wollte sich nicht zwischen die Stühle setzen. Espinoza war derselbe Arsch wie früher, aber er machte seinen Job. Er behielt die Nerven und kämpfte für die *USS London*. Jazmin hingegen war ihm wichtig, sie war der letzte Mensch an Bord, an dem ihm etwas lag.

»Trauen Sie mir?«

»Ja«, sagte Denis, ohne zu zögern.

»Warum?«, fragte sie verunsichert.

»Ich bin ... ich ... Um ehrlich zu sein bist du der einzige Mensch an Bord, der mir noch etwas bedeutet. Ich möchte an etwas glauben. Daran, dass wir alle unser Möglichstes tun, um mit der Situation klarzukommen. Ich möchte *an dich* glauben. Hört sich komisch an, oder?«

Hatte er diesen Blödsinn wirklich gesagt? Sofort überkam ihn die Scham.

»Ähm ... das ist jetzt überraschend für mich.«

Sie reagierte, als ob er ihr eine Liebeserklärung gemacht hätte. Na ja, war es ja auch. Aber war es nicht der denkbar schlechteste Zeitpunkt für so ein romantisches Gesülze, nein, sie war auch Offizier und eine Frau und hatte lange weiße Haare und wäre ...

»Es tut mir leid.«

»Warum?« Jazmin kam auf ihn zu. »Weißt du, ob wir morgen noch leben?« Dann küsste sie ihn. Extreme Situationen konnten extreme Emotionen auslösen. Warum in diesem Moment wieder die Gravitation ausfiel, konnte er sich nicht erklären.

»*Jagberg, Captain Aayana ist unser Mann für physikalische Modelle ... können Sie ihm helfen, damit er eine Prognose erstellen kann, um die Masse der Meteoriten mit der voraussichtlichen Wärmeentwicklung der Frontaldeflektoren abzugleichen?*«, fragte Espinoza und erinnerte Denis wieder an seine Pflichten. Jazmin lehnte sich entspannt zurück und lächelte.

»Das kann ich tun ... sobald ich wieder festen Boden unter den Füßen habe. Wir sind auf dem Weg in das Labor von Colonel Harper. Sie wird dort Blutuntersuchungen durchführen. Die Leiche von First Lieutenant Lefevre mussten wir zurücklassen.«

»*Wir haben Ihre Position bestimmt. Halten Sie sich an der nächsten Kreuzung rechts. Sie müssen noch dreihundert Meter durch den Korridor ... dann sollte die künstliche Gravitation wieder funktionieren*«, erklärte Captain Aayana.

Jazmin nahm ihn an die Hand. Sie stieß sich von der Wand ab und zog ihn schwerelos hinter sich her. Wenn er es nicht erleben würde, hätte er es nicht geglaubt. Was tat sie mit ihm? Sie hatte auf der Akademie nicht gerade als tiefhängende Frucht gegolten. Dutzende hatten versucht, bei ihr zu landen. Einige, weil sie gern einen milliardenschweren Schwiegervater gehabt hätten, andere, weil sie nur scharf auf sie waren. Er hatte Sue gehabt, weswegen er bei dem Rennen außen vor gewesen war.

Eine weitere Erschütterung drückte sie gegen die Wand. Denis verlor dabei das Head-up-Display. Es folgten eine zweite und eine dritte Erschütterung. Jazmin zog seinen Kopf schützend an ihre Brust, dabei krachte sie selbst mit dem Rücken unter die Decke. Sie stöhnte vor Schmerz. »Weiter!«, sagte sie.

Sich ohne Schwung durch die Schwerelosigkeit zu bewegen war mühsam. Sie mussten auch ständig darauf vorbreitet sein, bei Wiedereinsetzen der Gravitation auf den Boden zu fallen. Weitere Erschütterungen ließen sie kaum noch vom Fleck kommen.

»Jagberg für Brücke ... wir stecken fest!« Seine Stimme zitterte. So würden sie das letzte Stück nicht schaffen. Jazmin und er klammerten sich aneinander, es fühlte sich so an, als würde das ganze Schiff in die Luft fliegen.

»Wir wehren zurzeit Meteoriten bis zu einer Masse von fünf Tonnen ab. Jagberg, können Sie die Temperaturentwicklung der Frontaldeflektoren sehen?«, fragte Espinoza.

»Nein ... ich habe mein Display verloren.«

»Aayana, berichten Sie in Echtzeit über die Entwicklung!«

Espinoza hatte bereits eine bedrohlich pessimistische Färbung in der Stimme. Die Dinge liefen schlecht.

»Ja, Sir.« Das war Aayana.

»Sir, die Railguns schießen Dauerfeuer. Wir haben bereits mit der Produktion von Kupferprojektilen begonnen, damit die Munition nicht knapp wird«, meldete Nilsson, der Waffensystemoffizier. Währenddessen wurden Jazmin und Denis durch weitere Beben in dem schwerelosen Korridor festgenagelt. Es war nicht daran zu denken, ihre Haltegriffe loszulassen. Sie umschloss mit den Beinen seine Taille. Ihr Blick war ernst. Sie wussten beide, um was es ging.

»Wir können drei weitere Meteoriten ausmachen. 31, 53 und 66 Tonnen schwer. Laufende Nummer für alle Brocken über eine Tonne: 102-104. Vorwarnzeit vier bis sieben Minuten. Allein in den nächsten drei Minuten werden wir über 250 Tonnen Masse abwehren müssen. Die Railguns laufen stabil auf einer stickstoffgekühlten Betriebstemperatur von 900 Grad Celsius. Das Laden neuer Magazine funktioniert reibungslos. Die Hochenergiegeschütze können noch zulegen ... wir werden die Feuerrate erhöhen.«

Denis schüttelte den Kopf. Dafür war die USS London nicht gebaut worden. Das war absoluter Grenzbereich. Das würde das Schiff unmöglich mehrere Stunden, geschweige denn mehrere Wochen durchhalten können.

»Ich halte dich ...«, flüsterte Jazmin. Er konnte ihr Haar riechen. Sie hatte den Kopf an seine Schulter gelegt und seinen Oberkörper neben ihren Beinen auch mit einem Arm umschlossen. Mit der anderen Hand hielt sie sich an einem Haltegriff fest.

»Die Supraleiter arbeiten mit einer Effektivität von 97,12 Prozent, die durchschnittliche Ladung der Frontaldeflektoren liegt bei 1700 Prozent. Die Werte steigen«, meldete Aayana. Im Hintergrund war die Hektik auf der Brücke zu hören.

»Major Espinoza!« Denis musste einen Weg finden, diese tödliche Hitzespirale zu durchbrechen. Jeder dieser tonnenschweren Meteoriten erzeugte bei seiner Zerstörung eine immense Druckwelle, die sie als Erschütterung spüren konnten. »Brechen Sie aus! Brechen Sie sofort aus!«

»Jagberg, das können wir nicht tun! Uns steht kein alternativer Kurs zur Verfügung!«

»Sir, wir machen neue Meteoriten aus. 170, 480 und 960 Tonnen. Das ist bereits der ideale Kurs. Wenn wir ausbrechen, treffen uns noch größere Brocken!«, rief Aayana. *»Update … da kommen noch welche mit 1200, 760 und 4300 Tonnen auf uns zu. Vorwarnzeit fünf bis acht Minuten. Das wird immer schlimmer!«*

Auf der Brücke tönte ein dumpfes Horn. Dreimal, das bedeutete, dass keine passende Feuerleitlösung bereitstand, um die auf sie zurasenden Gesteinsformationen abzuwehren. Sie konnten auch nicht ausweichen. Aus der Nummer würden sie nicht wieder rauskommen. Endspiel. Nichts ging mehr.

»Das ist nicht schlimm … Zerbrich dir deswegen nicht den Kopf. Wir haben getan, was wir konnten. Mehr ging nicht.« Jazmins Gesicht befand sich ganz dicht vor seinem. Auch die ständigen Erschütterungen konnten sie nicht trennen.

»Aber …« Denis' Gedanken brannten vor Aufregung. Gleich würde es vorbei sein.

»Kann ich helfen?«, fragte Jazmin.

»Wir müssen hier weg. Diese Zone ist nur für Wartungsarbeiten konzipiert ... die lebenserhaltenden Systeme sind hier nicht wie in der Wohnzone mehrfach ausgelegt.« Die Analysearbeiten an den Supraleitern konnte er ohnehin erst mal vergessen.

Jazmin und Lefevre nickten, alle liefen einen Korridor entlang, in dem bereits das Licht flackerte. Es gab wieder eine Erschütterung. Das konnte von Druckwellen starker Explosionen stammen, die sich unweit ihres Bugs ereigneten. Sie waren sehr weit vorne im Schiff unterwegs, hier erlebte man den Spaß aus der ersten Reihe.

Die Gravitation fiel erneut aus. Lefevre, die gerade über eine Kante sprang, wurde in dem Moment unglücklich gegen die Decke des Korridors geschleudert.

Jazmin bekam schwebend ihren Fuß zu fassen, zog sie an sich heran und bewahrte sie davor, erneut mit dem Kopf anzustoßen. »Sie blutet ...« Lefevre hatte das Bewusstsein verloren. Durch die Vorwärtsbewegung flogen sie zu dritt weiter in Laufrichtung. Sogar recht schnell. Zu schnell. Immer wieder musste Denis sich korrigierend von Wand oder Decke wegstoßen.

»Passen Sie auf Ihren Kopf auf!«, rief Denis, konnte es aber selbst nicht verhindern, sich an der Wand den Rücken zu stoßen. Dieser Korridor war nicht dafür geschaffen worden, um hier mit über zwanzig Sachen im Tiefflug durchzurauschen.

Die Gravitation sprang wieder an, und Denis fiel grandios auf die Schnauze. Verdammt, jeder Kartoffelsack wäre geschmeidiger gelandet als er. Bei der Bauchlandung riss er sich die graue Arbeitsuniform ein. Jazmin rollte sich geschickt vor ihm ab.

Der First Lieutenant hatte weniger Glück, sie knallte auf

»Das Leben ist schön ... lass uns den Moment genießen. Ich bereue keine Sekunde!«

Denis hätte gern mehr Zeit mit ihr verbracht. Dann küsste er sie erneut. Innig. Warum sollten sie auch die letzten Momente ihres Daseins mit Belanglosigkeiten verschwenden. Am Ende würde nur heißer Staub von ihnen bleiben.

XVI.

SPURENSUCHE

Was Jazmin in dem Moment fühlte, wusste sie selbst nicht genau. Sie küsste Denis und flüchtete vor der Realität, um nicht an der Angst vor dem Tod zu ersticken. Er erwiderte ihre Zuneigung. Ein Paradoxon, sie hatte seinen Sohn getötet. Mit ihren eigenen Händen. Und er küsste sie, als ob es kein Morgen gäbe. Was in diesem Fall sogar zutraf.

»Das ist …« Sie schnappte nach Luft und hielt sich fest. Mit einer Hand am Haltegriff, mit der anderen an Denis. Sie wollte ihn nie wieder loslassen. Ihre Lippen bebten. Wenn sie gekonnt hätte, hätte sie ihm seine Kleider vom Leib gerissen. Der Gedanke an Sex war wie eine Droge, er betäubte alles andere. Weitere Erschütterungen erfassten sie, die sich aber überraschenderweise von ihnen wegbewegten.

»Wir müssten eigentlich bereits tot sein …«, sagte Denis, der selbst nach Luft rang. Er hielt sich mit der Hand am selben Haltegriff fest wie sie und mit der anderen an ihrem Hintern. Das war in Ordnung, sie wollte ihn spüren.

»Sind wir aber nicht …« Warum lebten sie noch? Warum nahmen die Erschütterungen ab? Es gab sie immer noch, nur fühlte es sich so an, als seien sie inzwischen weiter weg.

»Harper für Brücke. Major, was ist passiert?« Jazmin wusste ihre Eindrücke nicht recht zu deuten. Bei der enormen Größe der Meteoriten, die auf sie zukamen, war es völlig widersprüchlich, dass sie noch lebten und sogar spürten, wie sich die Erschütterungen durch explodierendes Gestein von ihnen entfernten.

»*Oh ... Colonel Harper, schön, Sie zu hören.*«

»Espinoza, was machst du da?«, rief Denis.

»*Und Jagberg lebt auch noch. Ihr seid zäh ... ich habe deinen Ratschlag befolgt. War eine gute Idee. Danke dafür.*« Der Major klang, als ob ihn seine eigenen Worte berauschen würden.

»Sir, was haben Sie getan?«

»*Wir sind ausgebrochen ...*«

»Wie?«, fragte Denis. Mit dem Abnehmen der Erschütterungen entstanden entfernte Quetschgeräusche, die noch weniger zu deuten waren.

»*Wir können nicht nach links ... und wir können nicht nach rechts. Nach oben, unten oder zurück können wir auch nicht. Zudem fliegen uns mehr Meteoriten ins Gesicht, als wir mit der Hand wegschlagen können. Im Prinzip ist die Lösung einfach, oder?*«

Der Major kicherte, während ihnen eines der Quetschgeräusche mit einem schrillen Quietschen nahe kam. So laut, dass sie sich mit beiden Händen die Ohren zuhielt. Jazmin schwebte in der Schwerelosigkeit, Denis ebenso – von den schweren Erschütterungen, die sie zuvor erlebt hatten, blieb nur noch ein weit entferntes Brummen. Die Luft fühlte sich kühler an und schmeckte abgestanden. Sie mussten diese Zone so schnell wie möglich verlassen. Die lebenserhaltenden Systeme arbeiteten hier nicht mehr.

»Espinoza, was hast du getan?« Denis blieb hartnäckig.

»*Ich bin ausgebrochen ...*«

»Du hast gesagt, dass das nicht möglich sei.«

»*Jagberg, du musst besser zuhören. Ich habe gesagt, dass*

wir unseren Kurs nicht verlassen können. Ich habe nicht gesagt, dass wir uns nicht drehen können.«

»Bitte was ... wir drehen uns?« Denis schüttelte ungläubig den Kopf. Auch Jazmin verstand es nicht.

»Captain Aayana, geben Sie unserem misstrauischen Cheftechniker bitte ein Update.« Es war nicht zu erkennen, ob Espinoza den Verstand verloren hatte oder vor Erschöpfung kaum noch Luft bekam. Er atmete schnell und flach.

»Ja, Sir. T minus 92 Sekunden.« Das war Aayana, seine Stimme klang angespannt. *»Denis, wir stellen die USS London quer ...«*

»Das ist Wahnsinn!«, brüllte Denis.

»Natürlich ist es das!«, antwortete der Major und lachte. *»Es ist sogar so wahnsinnig, dass unser Feuerleitsystem uns deswegen abschreibt. In weniger als neunzig Sekunden wird uns ein über viertausend Tonnen schwerer Ferritklumpen küssen. Und nichts, absolut nichts, wird diesen Meteoriten davon abhalten!«*

»T minus 74 Sekunden. Denis, wir stellen das Schiff quer und können damit neben den Waffensystemen am Bug auch die Batterien mittschiffs einsetzen. Wir verdoppeln unsere Feuerkraft. Zudem werden nun die Steuerborddeflektoren aktiviert und entlasten die überhitzten Systeme am Bug.«

»Steuerbord sind unsere Supraleiter noch intakt!«, rief Denis, der offenbar realisierte, was der Major tat. Jazmin konnte dem Gespräch nur bedingt folgen. Raul nahm also die waidwunde Nase der *USS London* aus dem Wind und brachte seine intakte Flanke nach vorne. »Der Einsatz der Steuerborddeflektoren lässt die am Bug abkühlen!«

»Das ist richtig«, antwortete Aayana.

»Jagberg, noch 59 Sekunden«, sagte der Major, als ob er sich auf das Ende freute.

noch 26 Sekunden und weitere zweihundert Meter vor der Brust. Sie liegen hinter der Zeit.«

»Schneller!« Denis trieb sie an. Sie mussten aufpassen, nicht an irgendetwas hängen zu bleiben. Da vorne, sie konnte bereits das Druckschott sehen. Die Tür war offen.

»T minus 18 Sekunden. Drehung abgeschlossen. Sir, das Heck ist ausgerichtet. Antrieb nicht aktiv. Deflektoren bei 1100 Prozent. Wir sind bereit.«

»Wissen Sie, ich habe bei der Ausbildung anderen Offizieren zugehört, als sie darüber diskutierten, warum man eine Arche so schwer bewaffnen müsse. Verrückt, oder?« Der Major atmete schnell. *»Die haben tatsächlich unsere Hochenergiegeschütze und Railguns für überzogen gehalten und sich nicht vorstellen können, warum sie benötigt würden.«* Er lachte heiser. *»Dabei hat keiner von denen verstanden, an welcher Seite die* USS London *wirklich Zähne hat!«*

»Los!« Denis drückte sich erneut von der Wand ab. Sie wurden schneller. Hinter dem Schott würde es Gravitation geben. Jazmin spürte sie bereits. Sie stürzten horizontal durch den Raum.

»T minus 9 Sekunden. Feuerleitsystem manuell unterdrückt. Wir nehmen die Heckdeflektoren in neun Sekunden offline. Haltet euch alle fest!«, rief Aayana.

Jazmin sah die Öffnung auf sie zurasen. Sie nahm eine letzte Korrektur ihrer Flugbahn vor. Das passte. Sie fielen durch das Schott, stürzten zu Boden und schlidderten noch etliche Meter weiter. Die Drucktür schloss sich automatisch.

»Drei, zwei, eins, alle Deflektoren offline, jetzt! VOLLER SCHUB AUF DIE TRIEBWERKE! JETZT! Dieser Scheißmeteorit hat keine Ahnung, mit wem er sich anlegt«, rief Major Espinoza euphorisch. *»Kiss my ass!«*

Jazmin befand sich in ihrem Labor. Der Extraktor und das bereits mit zwanzig Blutproben gefüllte Magazin hatten auf dem Höllentrip wie durch ein Wunder nichts abbekommen. Sie selbst hatte weniger Glück gehabt. Ihr gesamter Rücken und die Hüfte waren voller blauer Flecke. Auch eine halbe Stunde später kamen ihr die Erlebnisse reichlich unwirklich vor.

Major Raul Felix Espinoza, an dessen Zurechnungsfähigkeit sie zwischenzeitlich gezweifelt hatte, hatte sie alle gerettet. Mit einem Manöver, das so verrückt war, dass es in keinem Lehrbuch der Akademie stand. Das würde sich in Zukunft ändern – vorausgesetzt, sie überlebten. Die Situation war absolut aussichtslos gewesen, da die *USS London* in ein Meteoritenfeld geraten war und auch der bestmögliche Ausweichkurs das Schiff in die völlige Zerstörung geführt hätte. Die Anzahl und die Masse der Meteoriten waren schlicht zu groß gewesen, um sie mit den Bordwaffen klein zu kriegen und den ultraheißen und auch ultraschnellen Staub mit der Schiffsnase auf die Seite zu schieben. Das Zeug hätte die Frontaldeflektoren früher oder später durchschlagen. Mit katastrophalen Folgen, die niemand von ihnen überlebt hätte.

Der Major hatte dafür einen ungewöhnlichen, aber effektiven Lösungsweg gefunden. Er hatte das Schiff gedreht. Damit entlastete er den überhitzten Bug, brachte weitere schwere Waffen zum Einsatz und nutzte zum Schutz die noch nahezu jungfräulichen Supraleiter, Zwischenspeicher und Deflektoren auf der Steuerbordseite. Die Drehung hatte weniger als zwei Minuten gedauert, dann flogen sie mit dem Heck voran. Was folgte, war ein simples Bremsmanöver. Voller Schub gegen die Flugrichtung bedeutete, mit maximal negativer Beschleunigung abzubremsen. Ein vollständiges

Bremsmanöver hätte, ähnlich wie beim Start, mehrere Tage benötigt. Das war natürlich nicht im Sinn des Kunstgriffs. Die Feuerkraft der Hochenergiegeschütze und Railguns war lächerlich klein, verglichen mit den Antimaterie-Triebwerken. Das Bremsmanöver dematerialisierte alles, was sich in einem Abstand von einem Lichttag vor ihnen befand. Man hätte damit auch einen Planeten aus der Umlaufbahn schieben können. Der Weg war also fürs Erste frei.

Bei dem Manöver hatten 15 g Beschleunigung auf das Schiff eingewirkt. Wer sich zu diesem Zeitpunkt nicht in einer geschützten Ausgleichszone befunden hätte, wäre nun nicht mehr am Leben.

»Colonel Harper, darf ich kurz stören?« Major Espinoza kam zu ihr in das Labor. Jazmin war dabei, die Blutproben für eine weitere Untersuchung zu präparieren.

»Bitte.«

»Wir haben gerade ein schwieriges Manöver überstanden.«

»Das ist richtig.« Neben First Lieutenant Adele Lefevre waren noch zwei von Denis' Technikern verstorben, die wie Mellenbeck inmitten dieses Chaos einen Schlaganfall erlitten hatten. Damit stieg die Anzahl ihrer Opfer auf neun.

»Ich habe vielleicht ein paar Dinge gesagt …« Ihm schien selbst bewusst zu sein, dass er sich während des Bremsmanövers seltsam benommen hatte. Aber er hatte die richtige Entscheidung getroffen. Nur darauf kam es an. Es war immer nur eine Frage der richtigen Entscheidung.

»Raul, das tun wir alle.« Jazmin dachte an ihr eigenes Geplapper, als sie mit Endorphinen abgefüllt und halbnackt vor den anklagenden Blicken der halben Crew gestanden hatte.

»Wie kommen Sie weiter?«

»Es dauert noch ein wenig ... geben Sie mir zwei Stunden, dann kann ich Ihnen mehr sagen.« Das hoffte Jazmin zumindest, sie hatte keine Ahnung, wonach sie eigentlich suchte. Die Symptome der Opfer ließen bislang keine seriöse Diagnose zu.

»Okay ... bitte informieren Sie mich, sobald Sie etwas haben.«

»Natürlich.« Sie lächelte.

»Wo ist eigentlich Jagberg?«

»Ich weiß es nicht.« Sie wusste genau, wo Denis war. Er hatte nur keine Lust, den Wachhund zu spielen. Auf dem Schiff gab es nach dem waghalsigen Wendemanöver inmitten eines Meteoritenschwarms genug zu tun. Dabei war einiges zu Bruch gegangen.

»Ach ... ist eigentlich auch egal.« Er schüttelte den Kopf und verließ das Labor. Jazmin wertete diese Geste als zarte Pflanze seines neuerwachten Vertrauens.

Eine Stunde später hatte sich Denis bereits dreimal bei ihr gemeldet. Einen dienstlichen Grund gab es nicht. Er tat es einfach. Um ihre Stimme zu hören, sagte er. Ihr war es beinahe schon peinlich, aber angenehm zugleich. Sie genoss die Aufmerksamkeit, die er ihr schenkte.

Nicht, dass es ihr in der Vergangenheit an männlichem Zuspruch gemangelt hätte, aber ihm kaufte sie die Zuneigung ab. Das war ehrlich. Glaubte sie. Außerdem wollte sie nicht wieder an ihm zweifeln. Vertrauen brachte einen in Gefahr, fallengelassen zu werden, aber es wärmte auch. An jemanden zu glauben war der einzige Weg, auf dieser Reise nicht den Verstand zu verlieren.

Bei ihren Blutuntersuchungen kam sie ein Stück weiter. Bei drei Proben hatte sie eine erhöhte Amyloidbelastung

»Was ist dann?«, fragte Jazmin.

»*Dann kreuzt ein 4312 Tonnen schwerer Felsen aus Eisen, Nickel, Kamacit und Taenit unseren Kurs. Okay, das Ding könnte auch Spuren von Germanium, Gallium, Iridium, Arsen, Wolfram und sogar Gold enthalten.*« Der Major zelebrierte seinen Ritt. »*Nilsson, bestätigen, dass das automatische Erfassungssystem diesen Meteoriten nicht erfassen wird.*«

»*Bestätigt, Sir*«, rief Nilsson.

»*Übrigens, Colonel, Sie sollten sich Jagberg schnappen und den Korridor verlassen. In genau 48 Sekunden wird es dort sehr ungemütlich!*«, erklärte der Major.

»Los!« Denis nahm sie an die Hand und stieß sich von der Wand ab. »Wir müssen sofort raus hier!«

Da vorne war die Kreuzung. Er drehte sich mit Jazmin in der Luft, setzte mit den Beinen an einer Ecke auf und bugsierte sie in den richtigen Korridor. Sie schwebten auf den Ausgang zu. Denis nutzte jede Erhebung, die er finden konnte, um sie zu beschleunigen. Sie tat es ihm gleich. Das waren fast dreihundert Meter.

»*Wie ich sehe, bewegen Sie sich ... das ist gut. Ich würde Sie wirklich ungerne missen. Sie haben noch 34 Sekunden. Aayana, ist das Schott offen?*«

»*Ja, Sir!*«, brüllte der Captain zurück. Die Vibrationen wurden wieder stärker. »*Unsere Drehung ist beinahe abgeschlossen. Die Geschütze am Bug haben keine Ziele mehr. Die Heckbatterien übernehmen. Triebwerke sind aus. Heckdeflektoren online: durchschnittliche initiale Last bei 450 Prozent.*«

»Warum tun Sie das?«, fragte Jazmin, die den Sinn dieses Manövers nicht verstand.

»*Colonel, wollen Sie das wirklich wissen? Sie haben nur*

feststellen können. Amyloid war ein zentraler Auslöser für Alzheimer, ein dementielles Syndrom. Andere hatten Osteoporose, Knochenschwund, zwei hatten Diabetes, und bei sechs Personen zeigte sich eine Arteriosklerose, eine Arterienverkalkung, die zum Schlaganfall führen konnte. Eine Sache hatten alle diese Ergebnisse gemeinsam, es waren typische Alterskrankheiten. Ihr eigenes Blut gehörte zu den wenigen Proben, bei denen sie keine Besonderheiten feststellen konnte. Das passte nicht zu dem durchschnittlichen Alter der Besatzung und noch weniger dazu, dass sie nur sieben Jahre im Kälteschlaf verbracht hatten. Was stimmte nicht mit ihnen?

Sie legte zwei Finger an den Hals. »Harper für Espinoza, vertrauliche Verbindung aufbauen.«

»*Ja.*«

»Können Sie reden?«

»*Warten Sie einen Moment ... jetzt.*«

»Ich habe was ...«

»*Und?*«

»Es ergibt keinen Sinn ... viele Mitglieder der Besatzung zeigen Symptome von Alterskrankheiten. An der Leiche von Mason Harper habe ich sogar eine Veränderung des Gehirns feststellen können. Raul, dafür sind wir alle viel zu jung.« Jazmin hatte Mason obduziert.

»*Gibt es einen Zusammenhang mit dem Kälteschlaf?*«

»Der sollte genau das Gegenteil bewirken.«

»*Können Sie die Krankheiten behandeln?*«

»Das sollte gehen ... ich werde eine individuelle Vergabe von Medikamenten erarbeiten. Warten Sie einen Moment.« Jazmin bekam eine Notfallmeldung auf ihrem Bildschirm angezeigt. »Es gibt einen Zwischenfall im Wohnbereich. Ich melde mich später.«

»*Colonel, bitte melden Sie mir umgehend, wenn es eine neue Entwicklung gibt.*«

»Das werde ich tun.« Jazmin fürchtete sich vor dem, was sie herausfinden könnte.

Eine Stunde und eine Leiche später. Wieder ein Schlaganfall. Nummer zehn. Wieder kam jede Hilfe zu spät. Jazmin hatte nur noch den Tod der jungen Frau feststellen können. Mit sechsundzwanzig waren solche Krankheiten zwar möglich, aber sehr ungewöhnlich. Vor allem bei den ganzen medizinischen Tests, die die Besatzung für diese Mission hatte über sich ergehen lassen müssen.

Sie waren nur noch neunundzwanzig. Mit achtunddreißig hatten sie begonnen. Später kam noch Helen Minous dazu. Jazmin ging zur Brücke, sie musste mit dem Major persönlich sprechen und dachte an Denis. Auch sein Blut war auffällig. Als ob er bereits viel, viel älter wäre. Sie würde ihm nachher persönlich Medikamente geben. Das war alles so irrsinnig. Sie wollte es nicht wahrhaben.

Die automatische Tür zur Brücke öffnete sich, und eine Klangwolke beschäftigter Stimmen schallte ihr entgegen. Hier war es genauso laut wie vor dem Bremsmanöver. Sie blieb einen Moment stehen und sah sich um. In der Mitte der Brücke veranschaulichte erneut eine holographische Projektion die Lage der *USS London*. An der verkleinerten Darstellung gab es zahlreiche Bereiche, die sich rotleuchtend von den anderen absetzten. Das war kein gutes Zeichen.

»Colonel …« Raul reagierte als Erster. »Sie konnten nichts für die Frau von Nilsson tun?«

»Nein.«

Der Waffensystemoffizier hatte seinen Posten verlassen und war bei seiner toten Frau.

»Was meinen Sie, sind wir bereits alle tot, wenn uns das Schiff um die Ohren fliegt?«

»Es gibt neue technische Probleme?« Entspannt sah auf der Brücke jedenfalls niemand aus. Hier kämpften immer noch alle um das Überleben des Schiffs.

»Ja.« Er zeigte auf ein Kurs-Chart. »Wir driften aus der Spur. Inzwischen machen wir nur noch 0,42 c und schlingern wie ein Lämmerschwanz. Wir haben mehrere beschädigte Navigationstriebwerke. Dass wir steuerbords durch einen Bombenhagel geflogen sind, hat nicht geholfen. Es gab keine direkten Treffer, aber die Druckwellen haben trotzdem Schäden angerichtet. Die Deflektoren lenken den heißen Staub zwar ab, drücken dabei aber auf die Integrität des Schiffs.«

»Habe ich gemerkt.« Die Orgie an schweren Erschütterungen war alles andere als angenehm gewesen. »Wie gehen die Reparaturen voran?«

»Die Techniker tun, was sie können ... aber es sind zu wenige. Wir müssen mehr Personal aktivieren. Ich habe das Kältebettenproblem priorisiert. Denis Jagberg kümmert sich persönlich darum. Ich hoffe, er kriegt das hin.«

»Ich muss mit Mutter reden. Ich befürchte, dass wir ansonsten die nächste Woche nicht überleben werden.« Das war übertrieben, aber Jazmin wollte nicht billig abgespeist werden.

»Das würde ich auch gerne ...«

»Und weil es nicht geht, muss ich in ihren Datenbanken herumstöbern. Raul, ich brauche Rufus. Er muss mir einen virtuellen Zugang verschaffen.«

»Simmerkirk, hast du zugehört?«

»Ja.« Rufus nickte, er saß direkt neben Raul.

»Bekommst du das hin?«

»Einfach ist es nicht. Ich war schon drin ... um es vorsichtig zu formulieren, dort sieht es ziemlich wüst aus. Die Ordnungsstrukturen sind offline ... man sieht nur einen Berg ungeordneter Daten. Ich würde eher empfehlen ...«

»Als ob mich das interessieren würde! Also, ja ... du wirst dem Colonel helfen!« Der Major kürzte das Gespräch ab und nickte Jazmin zu.

Virtuelle Exkursionen in die technischen Layer einer Datenbank waren der beste Weg, um einen ohnehin schon gestressten Menschen beim letzten Schritt über die Klippe zu helfen. Jazmin hatte dazu an der Akademie an zwei Übungen teilgenommen. Nach der ersten hatte sie sich kurz die Seele aus dem Leib gekotzt, nach der zweiten eine ganze Nacht lang übergeben. Sie war also vorbereitet.

»Okay, Jazmin, sind Sie bereit?«, fragte Rufus, dessen virtuelles Alter Ego lebensecht vor ihr stand. Sie befanden sich in einem weißen und leeren Eingangsraum. Auf dieser Technologie basierte auch ihr Trainings- und Freizeitcenter.

»Ja.« Zögern brachte nichts, sie musste Hinweise finden, warum so viele von ihnen an Alterskrankheiten litten. Rufus und sie trugen jeweils weiße Kleidung. Das gab ihrer Mission etwas Unschuldiges. Irgendwie unpassend, fand sie. Physisch lagen sie beide in einem Biofeedback-Anzug auf einem Sessel in der Krankenstation und wurden medizinisch überwacht.

»Sie haben die C1- und C7-Übung mitgemacht, richtig?«, fragte er.

»Ja.«

»Vergessen Sie alles, was Sie damals gelernt haben.«

»Das ist ja beruhigend ...«

»Folgen Sie mir.« Rufus ging los. Jazmin blieb an seiner Seite. »Bei den Übungen gab es keine KI, die versuchte, ihre eigenen Erinnerungen zu vergessen. Mutter tut das ... ganz ehrlich, ich habe keine Ahnung, warum. Ich war auf der Akademie bei der Qualitätssicherung ihres Quellcodes dabei. Ich habe auch unter Aufsicht des Nachrichtendienstes Codezeilen des Kernels zertifiziert, die Ihr Vater persönlich geschrieben hat. Wenn man auf Bits und Bytes steht, ist das purer Sex: einfach, effektiv und genial.«

»Dann kennen Sie vermutlich die Arbeit meines Vaters besser als ich.« Jazmin lächelte. Sie war aus Gründen der Geheimhaltung nicht in solche Dinge involviert gewesen. Was natürlich auch ihrem Job als Ärztin geschuldet war.

»Ich kenne Mutters zentrale Parameter ... die kann sie nicht ändern. Das ist wie ihre DNA, und glauben Sie mir, da steht nichts davon, dass sie nach sieben Jahren anfängt, ihren Speicher auszumisten.«

»Sie indexiert immer noch?«

»Das tut sie.« Neben Rufus führte eine Treppe hinunter, die auf eine Wiese mündete. Über ihnen schien die Sonne. »Übrigens ... das mit der Physik nimmt Mutter nicht so genau. Die Sonne scheint hier auch im Keller. Diese Wiese muss ein neues Eingangsplateau sein. Ich habe keine Ahnung, wo sie das herhat. Hat auf jeden Fall nichts mit dem Schiff zu tun.«

»Das ist Schottland.«

»Ähm ... echt jetzt?«

»Da vorne ist Glamis Castle.«

»Wo?«

»Na da!« Jazmin zeigte auf das Schloss. Dort war sie als Kind immer gewesen.

»Ähm ... das war doch eben noch nicht da, oder? Hier war sonst immer eine leere Halle, und ich konnte weitere Treppen hinablaufen.«

»Treppen sehe ich keine, aber das alte Herrenhaus. Kommen Sie mit, ich kenne mich hier aus.«

»Ich nicht …«

»Warum reflektiert Mutter Teile aus meinem Gedächtnis?« Das konnte Jazmin sich nicht erklären.

»Na ja … ich denke, dass … ich Ihnen dazu absolut keine sinnvolle Antwort geben kann. Kennen Sie dieses alte Gemäuer? Sieht nicht gerade bewohnt aus.«

»Ja …« Je näher Jazmin ihrem Elternhaus kam, desto offensichtlicher erkannte sie, dass es unbewohnt und leer war. Das Schloss alterte in extremer Geschwindigkeit. Das Dach stürzte ein, und Fensterscheiben zerbrachen. Moose bildeten sich, vergingen wieder, und massive Mauersteine zerfielen zu Bruchstücken. Als würden Jahre in Sekunden vergehen. »Das ist nicht real.«

»Ähm … natürlich nicht.«

»Nein, ich meine, so sieht es auf Glamis Castle nicht aus. Das Gebäude ist nicht zerfallen.«

»Für Mutter schon … sie löscht die Erinnerung aus ihrem Speicher. Hier wird nichts übrig bleiben.«

»Lassen Sie uns reingehen.« Als Jazmin die Tür berührte, tat sich der Boden unter ihnen auf. Alles stürzte in die Tiefe. Sie schrie, konnte aber die eigene Stimme nicht hören.

Dann war es vorbei. Sie standen in einem Kellergewölbe. Dunkel und leer. Ihre Schritte wirbelten Staub auf. Sie konnte nur eine Wand sehen, der Rest des Raums verlor sich in der Schwärze.

»Was für ein Sturz. Wir müssen den Table gewechselt haben. Der alte existiert nicht mehr«, erklärte Rufus, der sich den Dreck von der Kleidung schlug. »Ein nettes Plätzchen …« Er drehte sich herum. »Kennen Sie auch dieses Kellerloch?«

»Nein.« Was sie wunderte. »Warum sind wir jetzt hier gelandet?«

»Wenn Mutter keine KI wäre, würde ich sagen, sie hat einen Knall ... aber so kann ich nur meine Antwort von eben wiederholen: Ich weiß es nicht. Relationale Datenbanken sind logisch aufgebaut. Alle Informationen sind durch einen Index identifizierbar. Es gibt Ordnungsstrukturen, die wir allerdings komplett umgangen haben. Ich habe mir eine Hilfsstruktur erschaffen. Hat es aber auch nicht gebracht.«

»Diese Daten haben etwas mit mir zu tun.«

»Oder mit Ihrem Vater. Hatte Duncan Harper die KI nicht auf seinem Landsitz in Schottland entwickelt?«

»Stimmt.«

»Dann würden wir uns in einer sehr alten Erinnerung befinden. Ehrlich gesagt, kann das eigentlich gar nicht sein. Ein solches Datenbankelement hätte niemals den Weg durch die Sicherheitskontrolle geschafft.«

»Rufus, sehen Sie das alte Sofa?« Es stand ein Stück weiter. Das braune Leder wirkte alt. Die Füße waren rissig und teilweise ohne Farbe. Jazmin ging darauf zu.

»Ja ... kennen Sie es?«

»Nein.« Jazmin konnte eine kleine Gestalt erkennen, die unter einer dicken Staubschicht auf dem Sofa saß. Ein Kind, es trug schmutzige rote Schuhe.

»Sagt Ihnen die Puppe etwas?«

»Das ist keine Puppe ...« Jazmin erschrak, das farbige Mädchen hatte lange dunkle Locken. Sie wischte etwas von dem Staub weg. Das Kleid, das sie trug, war früher einmal weiß gewesen. Die Augen des Kindes starrten sie an. »Das hört sich jetzt vielleicht bescheuert an, aber ... das bin ich.«

»Ähm ... bitte?«

»Ja ...« Jazmin berührte vorsichtig die Hand des Kindes und wurde umgehend durch die nächste Mauer geschleudert. Sie versuchte zu atmen und öffnete die Augen. Die Krankenstation der *USS London*. Sie war zurück.

»Ma'am, Sie sind aus der Sitzung geflogen«, erklärte ein Sanitäter, der auf sie aufgepasst hatte, und hielt sie fest. »Bitte beruhigen Sie sich wieder!«

Neben ihr lag Rufus Simmerkirk auf der Liege und schrie sich die Seele aus dem Leib.

XVII.

RUHE IN FRIEDEN

Denis saß auf seinem Scooter und fuhr zur Lagerzone der Kältebetten. Seine beiden Drohnen R2 und D2 begleiteten ihn. Dieser Bereich befand sich zentral im Schiff und war besonders gut geschützt. Dort schliefen genau 451 Menschen und drei Millionen Embryonen. Es wäre nicht möglich gewesen, so viele erwachsene Menschen mitzunehmen. Jedes dieser Kinder würde später in einer künstlichen Gebärmutter heranwachsen und auf einer neuen Welt leben.

Kritiker auf der Erde wurden nicht müde, vor den langfristigen Folgen dieser angeblich unmenschlichen Zucht zu warnen. Besonders weil es möglich war, die Kinder erst im Alter von fünf oder sechs Jahren auf die Welt zu bringen. Davor konnten sie komplett virtuell betreut werden. Ein bizarrer Gedanke, aber es funktionierte. Diese unglaubliche Technik ermöglichte es, junge Menschen auch unter widrigsten Bedingungen wohlbehalten in einem fortwährenden Traum aufwachsen zu lassen.

Denis hatte eine richtige Mutter gehabt, und darüber war er froh, er kannte aber auch die Argumente der Befürworter, die behaupteten, dass dies eben der Preis für das langfristige Überleben der Menschheit sei, weil man nur so neue Welten erobern könne. Die Mehrheit und der stetig wachsende Bevölkerungsdruck auf der Erde gaben ihnen recht.

Die Kritiker hatten die *USS London* nicht aufhalten können.

»*Jagberg, kannst du mich hören?*« Espinoza hatte Sehnsucht nach ihm. Über einen Anruf von Jazmin hätte er sich mehr gefreut.

»Klar und deutlich.« Die Trasse zu den Kältebetten war nur spärlich beleuchtet, und die Fahrt verlief ruhig. Hier glaubte man von allem, was auf dem Schiff passierte, weit weg zu sein. Eine wohltuende Illusion.

»*Fährst du zu den Kältebetten?*«

»Das war die Order.«

»*Sehr gut ... Jagberg, hör mir zu. Es ist wichtig. Wir sind zu wenige. Es ist mir völlig egal, wie du es anstellst, aber du musst einen Weg finden, mehr Techniker aufzuwecken.*«

»... und das ist der Plan.« Auch wenn Denis weder wusste, was das Problem mit den Kältebetten war, noch eine Lösung parat hatte. Die Fehlermeldung stammte noch von Mutter, die erklärt hatte, dass die komplette Steuerung nicht reagieren würde.

»*Und wenn du nackt um ein Lagerfeuer tanzen und Blutopfer abliefern musst ... bring unsere Crew zurück!*«

Denis bremste ab, er war da. Er sah auf das Display, das Espinoza anzeigte. Sein Major sah nicht gut aus. Der Tod seiner Frau hatte ihn offenbar arg mitgenommen. Denis bemerkte seine tiefen Augenringe und ein nervöses Zucken des Lids. Als würde Espinoza gleich mit Schaum vor dem Mund umkippen. »Ich hab's verstanden!« Dann trennte er die Verbindung. Auf diesem Schiff schien inzwischen jeder den Verstand zu verlieren.

»Verbindung aufbauen: Tarek Abbas.« Denis wollte wissen, wie weit er war. Das mit den Navigationstriebwerken war wichtig. Er setzte das mobile Head-up-Display auf seine

Nase und verließ den Scooter. Die beiden Drohnen lösten sich aus ihren Halterungen und folgten ihm wie zwei junge Hunde.

»*Hi, Boss.*« Tarek sah wieder aus wie ein Schwein. Der Dreck in seinem Gesicht und er bildeten bereits eine natürliche Symbiose. »*Wie läuft es bei dir?*«

»Sag du es mir ...« Denis wollte Tarek nicht sprechen, um Smalltalk zu machen. Er hatte ihn und fünf weitere Techniker zur Reparatur besagter Navigationstriebwerke eingeteilt. Die *USS London* verfügte steuerbords über sechzehn davon. Keines arbeitete mehr fehlerfrei. Um unter Einfluss der ganzen Erschütterungen eine Überhitzung zu verhindern, hatte sich eines nach dem anderem abgeschaltet.

»*Die Triebwerke sind in Ordnung. Na ja, mehr oder weniger ... Die Druckwellen haben ein paar Beulen hinterlassen. Wir ärgern uns gerade mit der Steuerung herum.*« Tarek sah scheiße aus, auch wenn der Dreck in seinem Gesicht einiges kaschierte. Er wirkte übermüdet. »*Die Abschaltung war ein Fake ... Die Triebwerke liefen nicht heiß. Es gab Sensorfehler, die wir gerade reparieren. Einige dieser kleinen Scheißer sind extrem schwer zugänglich.*«

»Melde dich, wenn du Hilfe brauchst.«

»*Geht klar, Boss.*«

Denis beendete das Gespräch. Er stand vor der Sicherheitsschleuse und legte seine Hand auf einen Scanner. Normalerweise hätte Mutter sich jetzt gemeldet, es blieb aber ruhig, und die Schleuse öffnete sich auch so. Unter der Glasfläche des Scanners konnte er sein grünumrandetes und ziemlich dumm dreinschauendes Gesicht erkennen. Es war während der Ausbildung gemacht worden. Damals hatte Sue noch gelebt. *Zugang gewährt*, stand darunter.

Im Prinzip war diese Zone ein extrem stabiler Bunker. Ein fünfzig Meter langer und zwanzig Meter hoher scheißkalter Korridor. Die Lufttemperatur betrug nur zehn Grad. Er fror. Das System hatte eine autarke und mehrfach redundante Energieversorgung. Die Luft roch muffig.

Er sah sich um, auf jeder Seite gab es Kältebetten. Zehn in der Höhe und fünfundzwanzig in der Tiefe. Die drei Millionen Embryonen befanden sich an der Stirnseite und benötigten nur einen zwei Meter hohen und drei Meter breiten Froster.

Wo drückt der Schuh?, fragte er in Gedanken. Seine beiden Drohnen warteten brav hinter ihm. Vielleicht würde er sie überhaupt nicht brauchen. Er ließ sich in seinem Head-up-Display bekannte Fehler als Overlay über sein Sichtfeld legen. Zehn Meter vor ihm war ein Leuchtelement ausgefallen, an der Stelle befand sich eine dunkle Bodenfliese, die jetzt in seinem Display schwach rot leuchtete. Nicht gerade ein dramatischer Fehler. Um solche Kleinigkeiten kümmerte sich bei der aktuellen Krise niemand. Ansonsten wirkte hier alles so wie immer: gemütlich wie ein Tiefkühlfach. Die Technik funktionierte, und die Besatzung schlief.

»Administrationskonsole öffnen ...« Es gab keinerlei Arbeitsplätze oder weitere Displays im Raum. Vor Denis' Augen entstand eine animierte Arbeitsumgebung, die ihn vollständig umgab. Die Sprachsteuerung funktionierte noch. »Status der Besatzung anzeigen.«

Vor ihm visualisierten sich persönliche Kacheln. Es sollten 451 sein, er zählte sie nicht. Bei jeder Kachel konnte er ein Bild, den Namen und den Vitalzustand erkennen. Niemand hatte Probleme, denen ging es bestens. Überhaupt machte das System einen tadellosen Eindruck. Von einem Ausfall der Steuerung war nichts zu erkennen. Wenn hier ein wichtiges Teilsystem offline wäre, hätte ihn eine Flut von Fehlermeldungen überhäuft.

»Systemdiagnose starten.« Er musste tiefer graben. Die Analyse dauerte nur wenige Sekunden. Dann meldete das Diagnosesystem, keine Fehler gefunden zu haben: System zu 100 Prozent einsatzbereit, wurde als schwebende Schrift in seinem Sichtfeld eingeblendet.

»Jagberg für Espinoza. Verschlüsselte Verbindung.« Das sollte auf der Brücke nicht jeder hören. Espinoza bekam in diesem Fall mitgeteilt, dass es vertraulich war.

»*Ich kann reden.*«

»Ich bin bei den Kältebetten.«

»*Und?*«

»Nichts ... es gibt hier keine Fehler!« Denis hatte keine Ahnung, was das sollte.

»*Aber Mutter hat doch ...*«

Denis fiel ihm ins Wort. »Mir ist gleich, was Mutter gesagt hat, ich finde keinen Fehler, den ich reparieren könnte. Die Hardware läuft sauber, und eine Systemdiagnose meldet volle Funktionalität.«

»*Dann wecke jemanden auf!*«

»Wen?«

»*Ist mir egal ... am besten jemanden mit dicken Titten, aber melde mir, wenn es geklappt hat. Dann schicke ich Leute, um alle Techniker manuell aufzuwecken.*«

»Befehl bestätigt.« Denis knipste ihn ab. Er tippte auf eine beliebige Kachel. Seine Wahl fiel auf keine vollbusige Schönheit, sondern auf Sven Benush. Ein Captain und Navigationsoffizier. Sven war 27, ein Meter zweiundneunzig groß und hatte ihn auf der Akademie immer beim Basketballspielen abgezogen. Der Sack! Denis kannte ihn, die beiden hatten öfter ein Bier zusammen getrunken. Seine Frau schlief im Kältebett neben ihm. Die beiden hatten sogar ihren Hund mitnehmen dürfen.

»Aufwachroutine Sven Benush aktivieren.« Normalerweise wurde niemand in der Lagerhalle aus dem Schlaf geholt. Da man nackt in dieser milchigen Suppe lag, hätte das bei einem Schichtwechsel für den einen oder anderen peinlich werden können. Es gab gesonderte Auswachräume in der Nähe des Wohnbereichs. Die waren gemütlicher und auch besser geheizt.

Keine Reaktion.

»Aufwachroutine Sven Benush aktivieren.« Denis wiederholte den Sprachbefehl. Es passierte trotzdem nichts.

»Systemdiagnose starten: Sprachmodul.« Konnte ihn das System plötzlich nicht mehr verstehen? System zu 100 Prozent einsatzbereit, flatterte umgehend in beigen Lettern in sein Sichtfeld. Die Kiste verstand sehr wohl, was er sagte.

»Hey, so nicht! Ich kann auch anders.« Denis begann, die passenden Menüs mit Fingergesten zu aktivieren. Er bekam einen Anruf. Tarek wollte ihn sprechen.

»Ich höre.«

»*Boss, das ist schräg ...*«

»Drück dich deutlicher aus.« Die Technik der *USS London* erlaubte es ihm immer noch nicht, Gedanken zu lesen.

»*Wir tauschen Sensoren aus. Es ist mühsam, aber wir kommen voran. Das erste Navigationstriebwerk wird gleich wieder funktionieren.*«

»Das ist gut.«

»*Ist es nicht ...*«

»Weil?«

»*Weil ich einen kaputten Hitzesensor in der Hand habe, der bereits ausgetauscht wurde. Man kann das an der Fertigungstechnik sehen. Ab Werk werden die kleinen Chassis aus einem*

Titan-Verbundstoff gegossen, wenn wir die Teile nachbauen, drucken wir sie aus ... du kennst den Unterschied.«

»Okay, dann gab es vielleicht bereits einen Fehler an der Stelle.« Während Denis mit Tarek sprach, navigierte er weiter durch die Menüs. Ohne die automatisierte Routine musste er unzählige Knöpfe drücken und Regler neu justieren.

»Dachte ich auch. Ich habe unsere Reparaturprotokolle kontrolliert. Fehlanzeige. Dann habe ich die Fingerabdrücke auf dem Teil gecheckt, man muss das kleine Ding anfassen, um es in die Halterung zu drücken. Keine Drohne kriegt das hin.«

»Und, wer war es?« Natürlich waren Fingerabdrücke und DNA sämtlicher Besatzungsmitglieder gespeichert. Vermutlich hatte jemand vergessen, den Austausch zu protokollieren.

»Du ...«

»Tarek, verarsch mich nicht! Das ist nicht lustig!« Denis' Herz schlug schneller. Das war er nicht gewesen. Er hatte niemals einen Hitzesensor an einem Navigationstriebwerk ausgetauscht.

»Ich lache nicht.«

»Tarek, das habe ich nicht getan!«

»Dachte ich mir.«

»Okay ... ich komme gleich zu dir. Sichere weitere Beweise, wenn du welche findest!«

Espinoza meldete sich. Er wollte Tarek und Denis gleichzeitig sprechen und schaltete sich in die offene Verbindung.

»Meine Herren ... ich hoffe, ich störe nicht.«

Doch, das tat er, Denis war noch nicht damit fertig, seinen Mann für den Einsatz zu briefen.

»Abbas, Jagberg, ich brauche in den nächsten dreißig Minuten steuerbords mindestens vier Navigationstriebwerke!«

»*Sir, wir arbeiten daran. Eines ist gleich fertig. Für vier Triebwerke brauchen wir noch eine Stunde*«, antwortete Tarek.

»*Dreißig Minuten. Nicht in vierzig, nicht in fünfzig und nicht in sechzig Minuten. Ich brauche sie in verfickten dreißig Minuten! Wir drehen uns immer schneller aus unserer Flugrichtung heraus und werden von einem verflucht großen Schwarzen Loch angezogen!*«

»*Sir, wenn wir die Sensoren nicht reparieren, kann es beim Start zu einem Triebwerksbrand kommen. Deshalb gab es die Notabschaltung ...*«

»Tarek, nutze zur Not einen manuellen Anlauf der Triebwerke. Dein Team kann dich mit manuell gemessenen Temperaturen unterstützen.« Das hatte Denis bereits bei einer virtuellen Übung gemacht. Der Weg war umständlich, aber er funktionierte.

»*Geht klar, Boss!*«

»*Danke, meine Herren!*« Espinoza machte die Leitung dicht. Tarek tat es ihm gleich.

Denis schüttelte den Kopf. Das war verrückt, er hatte ganz sicher nie einen Sensor an einem Navigationstriebwerk ausgetauscht. Er wandte sich wieder der Aufwachroutine von Sven Benush zu. Noch etwas mehr als sechzig Sekunden. Es funktionierte. Das System verarbeitete alle Befehle, die er manuell eingegeben hatte. Wo befand sich Sven? Linke Seite, vierte Reihe, siebtes Schubfach. Er hätte sich jemanden aussuchen sollen, der nicht so weit oben eingelagert war.

»Platz 147. Los, holt mir die Kiste mit Sven Benush herunter.« Immerhin war er so vorausschauend gewesen, die Drohnen mitzunehmen. R2 und D2 piepten zufrieden und gewannen an Höhe. Auch Drohnen wollten beschäftigt werden. Jede dieser milchig glasigen Kryo-Kapseln war einen

Meter breit und drei Meter lang, und jede einzelne Einheit verfügte über ein komplett autarkes Lebenserhaltungssystem. Die Drohnen zogen den Quader aus der Halterung und senkten sich mit ihm ab. Auf dem Head-up-Display bekam er laufend Svens aktuelle Vitaldaten angezeigt. Ihm ging es gut. Allerdings stieg seine Körpertemperatur nicht an, wie es bei dem Aufwachprozess üblich war. Der Computer sollte eigentlich schrittweise den Stoffwechsel, den Herzschlag und die Atmung zurück auf Normalwerte bringen.

»Sven, du bist zu kalt, mein Freund.« Denis legte die Hand auf den verglasten Kasten. Es war nicht möglich, ins Innere zu sehen. Dafür sollte auf der Oberfläche ein Display zu erkennen sein, das die Abläufe beim Aufwachen anzeigte. Dem war nicht so. Ihn beschlich ein ganz mieses Gefühl. Über das holographische Overlay seines Head-up-Displays versuchte er, den Verschluss manuell zu entriegeln. Nichts passierte, das System ignorierte ihn einfach.

»Dreckskiste!« Denis rief einen Kommando-Interpreter auf und gab den Befehl als Textzeile ein. Damit steckte er mit seinen Fingern tief im Betriebssystem. Er umging die graphische Benutzerführung. Nach einem lauten Klack-Geräusch zischte es. Er drehte sich weg, es stank bestialisch. Es gab nur eine Sache, die so roch.

»Scheiße!« Denis öffnete den Deckel und sah, was er bereits wusste. In dem Kältebett schwamm eine Leiche in der Transportflüssigkeit. Diese braune Pampe stank widerlich. Das Gesicht war teilweise skelettiert. Man musste kein Arzt sein, um den Tod dieser Person festzustellen. Ob es Sven Benush war, konnte er beim besten Willen nicht erkennen.

»Was soll das?« Denis konnte im Overlay immer noch seine aktiven Vitaldaten erkennen. Angeblich ging es ihm bestens. Ein offensichtlicher Fehler. »Nein ...« Seine Gedanken rotierten. Was war mit den anderen, die sich hier noch in Kältebetten befanden? Lebten sie auch nicht mehr?

»Jagberg für Espinoza. Vertrauliche Verbindung aufbauen. Sofort!« So ein Mist! Denis begann, mit dem Fuß zu tippeln. R2, der neben ihm schwebte, gab einen tiefen Brummton ab. Sogar die Drohne verstand, was hier passiert war.

»*Das ist jetzt schlecht!*« Bei Espinoza waren mehrere Offiziere im Hintergrund zu hören, die hektische Kommandos riefen. Die hatten auf der Brücke eine echte Krise.

»Ich habe hier ein Problem!« Es war nicht einfach, diesen Fund in einem Satz zu verpacken. So wie: Hab 'ne Leiche gefunden. Hey, kein Thema, auch wenn sie gemäß Computer noch putzmunter sein sollte.

»*Das haben wir hier auch! Jagberg, ich bin kein Arzt, geh Harper damit auf den Sack!*«

»Ähm ...«

»*Jenkins! Wir müssen sofort unsere Rotation beenden! Jetzt!*« Das galt nicht Denis. Dann beendete Espinoza die Verbindung. Okay, der wollte nicht mit ihm sprechen. Auf der Brücke brannte der Busch. Jazmin war für dieses Problem ohnehin die bessere Ansprechpartnerin.

»Verbindung mit Jazmin aufbauen.« Er ging einige Schritte zurück. Der Gestank war nicht auszuhalten.

»*Ich vermiss dich ...*«

»Ähm ... hi ... ich dich auch. Hör zu.« Die Kurve musste er erst mal kriegen. Nachdem er bei den letzten drei Gesprächen Süßholz mit ihr geraspelt hatte, ging es nun um Leben und Tod.

»*Was ist passiert?*« Zum Glück war sie klug genug, um direkt umzuschalten.

»Ich bin bei den Kältebetten.«

»*Ich weiß.*«

»Ich konnte das System mit einer Befehlszeile im Kommandointerpreter austricksen ... und habe eine Leiche gefunden.« Denis hätte besser den einfachen Job übernommen und Tarek hergeschickt. Dann würden die Triebwerke mittlerweile laufen, und Tarek hätte gekotzt. Eine Sekunde später übergab er sich.

»*Hey! Hey! Atmen nicht vergessen!*«

»Mir geht es gut.« Jedenfalls besser als Benush, der schon ein paar Tage länger in der Suppe vor sich hin moderte. Das war nicht zu erklären. »Es ist nur der Geruch.«

»*Ich komme sofort zu dir.*«

Fünfzehn Minuten später bremste Jazmin den Scooter ab. Am Heck hatte sie zwei große Taschen medizinisches Equipment dabei. Denis hatte vor dem Bunker auf sie gewartet. Der Gestank der Leiche war unerträglich. Er stand auf.

»Hi ... wie geht es dir?« Sie legte die Hand an seine Wange. Es war schön, sie zu spüren.

»Damit habe ich nicht gerechnet ...«

»Der Tod fragt uns nicht um Erlaubnis.« Jazmin steckte sich selbst und ihm eine Filtereinheit in die Nase, die den bestialischen Geruch wegfilterte. »Damit geht es besser.«

»Danke.« Er half ihr, die beiden schweren Taschen abzuladen. Eine bekam R2, die andere D2 aufgeladen, die Drohnen quittierten die Last mit einem vielsagenden Doppelton.

Jazmin ging zielstrebig auf die Leiche zu. Auch sie trug ein Head-up-Display auf der Nase. »Kannst du mir deine Umgebung spiegeln?«

Er nickte und gab seine Arbeitsumgebung mit dem gehackten Zugriff auf die Kältebettensteuerung für sie frei. Damit sah sie auch alle anderen Personalkacheln der Besatzung. Hoffentlich waren sie nicht alle tot.

»Sven Benush, kanntest du ihn?« Jazmin steckte der Leiche eine lange Nadel in den Kopf.

Er nickte.

»Er ist bereits seit vielen Jahren tot. Den genauen Todeszeitpunkt kann ich hier nicht feststellen.« Jazmin zeigte in Gegenwart der Leiche keinerlei Gefühlsregung.

»Wie soll das gehen?« Sie waren doch erst sieben Jahre unterwegs. Sieben Jahre. Mittlerweile hatte er den dringenden Verdacht, dass mit dieser Vorannahme etwas nicht stimmte. Er verdrängte das ganz miese Gefühl, das ihn beschlich.

»Gute Frage, oder?« Jazmin navigierte geschickt durch die Menüs der Steuerung. »Sämtliche Routinen klemmen, oder?«

»Ja.«

»Sie wurden gesperrt.« Sie sah ihn an. »Wir sollten die Toten nicht so schnell finden.«

»Die Toten?« Denis wünschte sich inständig, dass Sven Benush nur ein unglücklicher Zufall war.

»Ich denke, es gibt noch mehr.« Sie ließ die beiden Drohnen ein weiteres Kältebett aus dem Regal ziehen. Diesmal öffnete sich der Deckel sofort. Das Bild, das sich ihnen bot, war dasselbe. In dem Kältebett lag eine Frau, die ähnlich verwest aussah wie Benush. Nein, das war kein Zufall. »Wir müssen alle Betten öffnen, aber das schaffen wir nicht allein.«

»Doc, ich habe da einen wirklich ganz miesen Verdacht. Ich glaube, wir sind länger als sieben Jahre unterwegs. Ich kenne die genaue Flugdauer nicht, aber ich habe Hinweise gefunden, dass es einige Jahre mehr sein müssen.«

»Was für Hinweise?«

»Spuren an Carls Scooter zeigten, dass einzelne Bauteile bereits älter als hundert Jahre sind.« Dabei hätte der Dichtungsring des Stoßdämpfers noch erheblich älter sein können. »Es gibt auch Reparaturen, die nicht im Logbuch stehen, aber definitiv durchgeführt wurden.«

»Das sind keine guten Neuigkeiten.«

»Nein, leider nicht. Einer meiner Leute, Tarek Abbas, hat einen alten Colt M1911 gefunden, der vergammelt in einer Ecke nahe Carls Unfallstelle lag.«

»Bitte?«

»Er liegt jetzt auf deinem Schreibtisch.«

»Das Ding habe ich ganz vergessen ...«, erklärte Jazmin betroffen.

»Der läuft uns nicht weg. Komisch ist nur, dass dieselbe Waffe bei Mellenbeck im Büro an der Wand hängt.«

»Das ist ein Einzelstück.«

»Dachte ich bisher auch.«

»Denis, ich habe in den Blutproben Hinweise auf Krankheiten gefunden, die Menschen normalerweise erst im Alter bekommen. Dein Sohn hatte krankhafte Veränderungen im Gehirn ... deswegen veränderte er sich.«

»Wie kann das sein?«

»Nicht nur das Schiff ist älter, als wir denken ... wir sind es auch.« Sie legte die Hand auf Svens Kältebett. »Diese Leichen zeigen uns, dass unsere Zeit begrenzt ist.«

»Aber wir leben noch!«

»Die Frage ist, wie lange ... bei einigen ist die Gefahr eines Schlaganfalls akut. Leider auch bei dir. Ich habe dir ein Medikament mitgebracht, das helfen sollte.« Sie küsste ihn und setzte ihm dabei einen Injektor an den Hals. Von dem Stich spürte er kaum etwas.

»Noch bin ich da.« Denis spürte, dass seine Zeit begrenzt war, dass er sein Limit schneller erreichen könnte, als ihm lieb war.

»Wir müssen dem Major erzählen, was wir wissen.« Sie

schloss die Tasche mit ihrer Ausrüstung. »Für die zwei kann ich ohnehin nichts mehr tun.«

»Ich habe es gerade probiert ... Espinoza hat Ärger auf der Brücke. Die versuchen, mehrere Steuerbordtriebwerke wieder in Betrieb zu nehmen. Dabei gibt es Schwierigkeiten.«

Jazmin legte sich zwei Finger an den Hals. »Harper für Espinoza. Verbindung aufbauen und mit Denis Jagberg spiegeln.« Sie ließ ihn mithören.

»*Hey ... geht es auch später?*«

»Nein. Das ist ein Prio-eins-Problem!«

»*Colonel Harper, wenn wir diese verfickten Navigationstriebwerke nicht zum Laufen bekommen, haben wir ein echtes Prio-eins-Problem! Abbas, das ist ein Befehl! Sie werden jetzt umgehend die Triebwerke manuell anfahren.*« Espinoza klang außer sich vor Wut. Seine Stimme überschlug sich. Souveräne Menschenführung ging anders.

»*Abbas! Wenn mich Ihre Meinung interessiert, lasse ich es Sie es wissen! Ich will keine Ausreden hören! Sie bekommen nicht mehr Zeit! Starten Sie die Triebwerke! Jetzt! Das ist ein Befehl! Ich stecke Sie sonst in die Arrestzelle!*«

Denis wollte gerade etwas sagen, als eine Erschütterung Jazmin und ihn von den Beinen riss. Diese Explosion war nah, sehr nah, viel zu nah. Das war keine Druckwelle, die von außen gegen die Deflektoren drückte, die kam aus dem Inneren.

»*Abbas! Machen Sie sofort eine Meldung!*«

Denis schloss die Augen, er konnte sich denken, was geschehen war. Verdammt, das hätte nicht passieren dürfen. Er hätte sich selbst um die Triebwerke kümmern müssen.

»*ABBAS! ICH WILL EINE MELDUNG HÖREN!*« Espinoza würde auf diesen Befehl keine Antwort bekommen. Tarek hatte vermutlich die Triebwerke wider besseres Wissen gestartet. Und sie waren explodiert. Raul Espinoza hatte beim Wendemanöver inmitten der Meteoriten alles richtig gemacht, aber jetzt entglitt ihm das Schiff.

XVIII.

SIE WEISS ES NICHT

Finch fühlte sich wie ein Popstar. Der er nicht war und auch nicht sein wollte. Er erachtete sich eher als Connaisseur menschlicher Schwächen, die er am liebsten aus der Stille heraus mit einem Glas Rotwein genoss. Mit etwas weniger Talent oder Selbstsicherheit wäre aus ihm nur ein Spanner geworden. Bei der Polizei konnte er damit seinen Lebensunterhalt verdienen.

Die Reise zu seinem Vater führte ihn zurück ins Rampenlicht. Ein unangenehmes Gefühl, das er noch nie gemocht hatte. Vom grellen Licht geblendet, konnte man nur schwer erkennen, wer vor einem stand. Er schritt die wenigen Stufen auf den Rasen vor Glamis Castle herunter und winkte. Was für eine alberne Show. Die auslaufenden Triebwerke des Tempelton-Gleiters brummten noch. Martin hatte es sich so gewünscht, sein Producer, der neben dem Kameramann stand.

»Willkommen zurück, Sir«, tönte es wie auf Ansage aus vielen Mündern vom Eingang des Schlosses zu ihm herüber. Das gesamte Personal stand vor dem Hauseingang, deren Kleidung wie aus einem anderen Jahrhundert wirkte. Was auch daran lag, dass die Butler wirklich historisch anmutende Anzüge mit Westen, Bindern und klassischen weißen Hemden trugen. Die Dienstmädchen zeigten sich in hellen

Kleidern, Schürzen und am Kragen mit blauen Einstecktüchern. Aus dem Bild hätte man einen Bildschirmschoner machen können.

Finch lächelte und ging auf den Eingang zu. Martin tanzte wie ein Kind um ihn herum und gab dem Kameramann seine Befehle. Dieser steuerte über ein holographisches Head-up-Display auf seiner Nase zahlreiche tennisballgroße Videodrohnen, die wie kleine Vögel an Finchs Kopf vorbeirauschten. Den Producer, den Kameraoperator und die anderen aus ihrem Team würde man später digital aus dem Stream herausfischen. Nichts von dem, was Menschen später im halben Sonnensystem verteilt von diesem Affenzirkus sehen würden, war echt.

»Atticus, es ist mir eine unbeschreibliche Freude, dich auf Glamis Castle begrüßen zu dürfen. Im Namen deines Vaters, des Personals und natürlich von meiner Seite heiße ich dich herzlich willkommen. Fühl dich wie zu Hause. Ach, was sage ich ... dies ist dein Zuhause.« Lady Henriette Leicester persönlich richtete die ersten Worte an ihn. Sie war die Freundlichkeit in Person. Sie trug ein schlichtes blaues Kleid, kaum Schmuck und wirkte wie eine Adlige aus einem alten Kinostreifen.

»Dafür danke ich dir von Herzen. Ich bin nicht alleine gekommen.« Finch hatte die ganze Welt mitgebracht. Die heutigen Aufnahmen würden zu Beginn des Live-Interviews eingespielt werden. Seine Worte standen im Skript, er hätte nie so einen Blödsinn von sich gegeben.

»Das ist doch wunderbar.« Eine Drohne schwebte nur einen Meter vor ihrem Kopf. »Ich heiße jeden willkommen, der diesen besonderen Moment mit uns teilen möchte. Der Start der *USS London* ist für uns alle der Start in eine neue Ära.«

Finch sah zu Alex, die sich einen dicken Schal um den

Hals gelegt hatte. Sie strahlte und zeigte mit beiden Daumen nach oben. Sonderlich sommerlich war das Wetter nicht mehr, zum Glück regnete es heute nicht.

»Bitte ... komm herein.« Ihre Familienanwältin wies auf die Tür, die in diesem Moment von einem Butler geöffnet wurde. Eine der Drohnen flog als Erstes in das inzwischen 1348 Jahre alte Gebäude. Sein Vater hatte vor Jahren jeden Stein, jeden Balken und jede Fuge mit Epoxidharz versiegeln lassen. Glamis Castle würde auch in den nächsten tausend Jahren sein mittelalterliches Antlitz nicht verändern. Dieses Haus war ein Symbol für die Ewigkeit.

»Cut! Sehr gut! Die Szene ist im Kasten!«, rief Martin. Das war erfreulich, Finch hätte wenig Lust gehabt, die Begrüßungsszene zu wiederholen. Das hier war kein Filmset, das war ein Teil seines Lebens. »Wir machen in einer Stunde weiter!«

»Hast du dir es so vorgestellt?«, fragte Henriette, die sich bei ihm einhakte und mit ihm ins Haus ging.

»Nein ...« Finch hatte ehrlicherweise nicht erwartet, diesen Tag überhaupt zu erleben. Weder allein noch mit den Vandalen im Schlepptau, die er mitgebracht hatte. »Wo ist mein Vater?«

»Er liebt es nicht, im Rampenlicht zu stehen ... das weißt du doch.« Sie stupste ihn an.

»Das tue ich auch nicht, aber genau das wird passieren. Das ist der Deal.«

»Ist das so?«

»Bitte ... » Er verstand die Frage nicht.

»Atticus, du bist doch nicht hier ... wegen des Starts eines Raumschiffs.«

Finch zögerte. »Nein.«

»Geld hat dich auch nie interessiert.«

Finch zuckte mit den Schultern. Worauf lief das Gespräch hinaus? Ihm schwante nichts Gutes.

»Oh, bist du etwa hier, weil dir Chief Inspector Campbell damit gedroht hat, dich wegen deines nicht abgestimmten Ausflugs nach Marrakesch an die Anwälte des Kensington-Mörders zu verfüttern?«, fragte sie mit dem beiläufigen Charme einer englischen Lady. So hätte sie ihn auch fragen können, ob der Tee nach seinem Geschmack war.

»Nun, wenn du es weißt, warum fragst du dann?« Er lächelte und bat sie mit einer Geste voranzugehen. Sie betraten gemeinsam einen mit wunderschönen antiken Möbeln eingerichteten Besprechungsraum. Das war das besondere Flair von Glamis Castle, ein Ort wie eine Insel in einer anderen Zeit.

Sie zeigte auf einen der dunklen Stühle. »Bitte nimm Platz.«

Finch folgte ihrer Einladung.

»Tee?«

Er nickte.

Ohne dass sie etwas sagte oder ein Zeichen gab, öffnete sich die Tür, und ein Dienstmädchen brachte ein Tablett mit zwei dampfenden Tassen Tee in den Raum. Sie servierte ihn, verbeugte sich und verschwand wieder.

»Ist das Wetter nicht wunderbar heute?«, fragte sie und hob die Tasse.

»Henriette ...« Finch holte tief Luft. »Ich würde gerne mit meinem Vater sprechen.«

»Natürlich.«

»Wann ist es möglich?«

»Ich habe bereits alles vorbereiten lassen.«

»Was bitte hast du vorbereiten lassen?«

»Atticus, dein Vater ist nicht mehr der Jüngste ...«

»Er ist 117.« Eigentlich kein Alter im Jahr 2720. Zumindest wenn man über die passenden liquiden Mittel verfügte, und die hatte er. Warum er einen Rollstuhl benutzte, wusste Finch nicht.

»Ja.«

»Ihr habt dem Interview zugestimmt. Deshalb sind wir alle hier. Ich würde gerne vorher mit ihm darüber sprechen.« Er beschloss, seine nicht angebrachte Höflichkeit abzustreifen und zum Angriff überzugehen.

»Das ist richtig.«

»Und?«

»Natürlich wird das Interview stattfinden.« Sie setzte die Tasse Tee in aller Ruhe wieder ab. »Aber bitte verstehe, deinem Vater ist es sehr wichtig, so gesehen zu werden, wie er wirklich ist.«

»Keine Sorge ... das liegt mir ebenfalls am Herzen.« Jeder sollte hinter seine Maske sehen dürfen.

»Dein Vater denkt, und ich bin ebenfalls dieser Meinung, dass ein Auftritt im Rollstuhl und die Kommunikation über einen Sprachcomputer nicht die richtigen Akzente setzen könnten.«

»Ach ja?« Als ob es seinen Vater je gekümmert hätte, wie andere ihn sahen. Ihn hatte noch nicht einmal die Meinung seines Sohnes interessiert. Finch erachtete die Aussicht, ihn der Welt als halbtotes Wrack vorzuführen, das nur noch von einem Klumpen Technik am Leben gehalten wurde, als durchaus reizvoll.

»Ja.« Henriette ignorierte den Spott in seiner Frage. »Deshalb habe ich deinem Vater vorgeschlagen, dir als der Mann gegenüberzutreten, der er immer war. Und alles zu zeigen, wofür er einstand. Ein großer Geist, der nicht an die Fesseln seines Körpers gebunden ist.«

»Bitte?« Finch schüttelte den Kopf. Was meinte sie damit?

Die Tür öffnete sich. Ein Butler hatte die Klinke benutzt, aber ein Hologramm betrat den Raum. Das war Duncan Harper. Älter, als Finch ihn in Erinnerung hatte, aber es war unzweideutig sein Vater. Etwas kleiner als früher. Grauhaarig, ohne Bart und mit einer Brille. Ein modisches Statement, niemand musste in ihrer Zeit eine Brille tragen. Ein älterer Herr, wie es in London viele gab. Gutgekleidet, ohne aufzufallen.

»Hallo, Atticus.« Duncan verzichtete darauf, ihm die Hand zu geben. Das wäre auch sinnlos gewesen. Er setzte sich und der Projektor verdichtete seine bislang teiltransparente Darstellung. Jetzt war er kaum mehr von einem lebenden Menschen zu unterscheiden. »Willkommen zurück auf Glamis Castle.«

»Ich denke, dass ihr beide mich nicht mehr benötigt.« Henriette stand auf und verließ den Raum. Finch wusste nicht, was er sagen sollte. Das musste ein Scherz sein, er redete mit einem Stück Software.

»Ich bin da.«

»Das freut mich.« Dieses Ding sah aus wie sein Vater, hörte sich so an, aber war er es auch? »Ich sehe Bedenken in deinen Augen.«

»Ich hätte es begrüßt, dich persönlich zu sehen.« Von Angesicht zu Angesicht, analog und ohne solche technischen Spielereien.

»Ich auch.«

»Ähm ...« Finch schluckte.

»Mein Körper ist leider nicht mehr in der Lage, meinem Willen zu folgen. Mir ist es wichtig, möglichst natürlich mit dir zu reden. Aber keine Angst ... ich werde mich zeigen. Du und von mir aus auch die ganze Welt sollt mich sehen.«

»Gut.« Finch hatte keine Ahnung, was daran gut sein sollte, aber ihm fiel keine bessere Antwort ein. Das Hologramm war im Prinzip nur eine digitale Prothese. Trotzdem fand Finch den Gedanken gewöhnungsbedürftig, dass sein Vater zu einem Geist wurde, der mittels Technologie mit anderen interagierte. Aber bei Duncan Harper galten eben andere Maßstäbe.

»Es hat mich gefreut, dich bei der Verabschiedung von Jazmin zu sehen. Ich war positiv überrascht.«

»Ich war nicht freiwillig dort.«

»Ich weiß.« Duncan lächelte. »Was meine Freude darüber, dich mit eigenen Augen wiederzusehen, nicht getrübt hat.«

»Warum hast du diesem Interview zugestimmt?« Finch wollte endlich verstehen, was sein Vater hier tat. Dass alles aus Reue geschah, kaufte er ihm nicht ab.

»Es ist die richtige Zeit ...«

»Das ist keine Antwort.«

»Die Welt ist sehr einfach, wenn man allen Ballast über Bord wirft.«

»Ballast hinter dir lassen, das konntest du schon immer gut.« Kinder, Freunde und sogar das Leben. Duncan Harper hatte es geschafft, über Jahre alles hinter sich zu lassen, was er nicht brauchte.

»Du hast dich nicht geändert.«

»Nein.«

»Deine Augen funkeln vor Zorn wie früher.«

»Ich bin älter geworden und habe ebenfalls gelernt, Unwichtiges hinter mir zu lassen.« Wie den Ballast, der Sohn eines sehr erfolgreichen und milliardenschweren Monsters zu sein. Alles, was damit zusammenhing, hatte er bereits im Sumpf seiner Erinnerungen versenkt. Dort war es gut aufgehoben.

»Doch ... ich muss mich korrigieren, du bist reifer geworden. Das ist gut.«

»Warum hast du diesem Interview zugestimmt?« Finch würde diese Frage zur Not den ganzen Tag lang wiederholen. Er störte sich auch nicht daran, dass sein Vater seine Hände in aller Seelenruhe auf den Tisch legte. Ein alter Siegelring war das einzige Schmuckstück, das er trug.

»Du achtest auf Details ...« Ihm entging nichts.

»Ja.«

»Es ist wichtig, auf die Kleinigkeiten zu achten. Glaub mir, es kommt immer nur auf die kleinen Dinge im Leben an.« Er weigerte sich erneut, die Frage zu beantworten. Eine Reaktion, die Finch verdeutlichte, dass seine Motivation nichts mit ihrer kaputten Beziehung zu tun hatte. Sein Vater wollte ihn vermutlich nur als Sprachrohr benutzen, um etwas für ihn Relevantes in die Welt herauszuposaunen.

»Warum weichst du mir aus?«

»Das tue ich nicht ...«

Finch verzog den Mund. »Auf meiner Seite des Tisches hört es sich aber genau so an.«

»Ich weiß.«

»Was weißt du?«

»Henriette hat es mir erzählt. Ich war zuerst unsicher, aber sie ist eine kluge Frau. Ich höre auf ihren Rat. Sie hat recht gehabt ... mit jedem Wort, das sie mir über dich berichtet hat.«

»Ach ja?« Das ließ seine Frage nicht weniger dringlich erscheinen. Warum zur Hölle hatte ihn sein Vater nach Glamis Castle geholt?

»Das ist eine Frage der Perspektive. Ich würde dir gerne meine zeigen. Wenn ich darf? Nein ... entschuldige ... ich möchte sie dir und der ganzen Welt präsentieren. Wenn du mich lässt ... du bist mein Sohn. Glaub mir, es geht nicht ohne dich.«

Finch schluckte seine Wut herunter. Sie schmeckte bitter. Sein Vater widerte ihn an und faszinierte ihn zugleich. Er war ein charismatischer Mann, dem man sich, sogar wenn man ihn hasste, nur schwerlich entziehen konnte.

»Ich werte dein Schweigen als Zustimmung. Auch wenn am Ende des Tages die Dinge einfach sind, möchte ich dir einen Einblick in mein Schaffen gewähren, den die Öffentlichkeit nicht kennt.«

»Um mich zu beindrucken?«, fragte Finch.

»Nein ... um dich vorzubereiten.«

»Vorzubereiten? Worauf?«

»Auf den Tag nach dem Interview. Komm mit.« Ein Butler öffnete die Tür. »Ich möchte dir etwas zeigen.«

Sein Vater ging vor, Finch folgte ihm. Eine Szene, die sich vor Jahren oft so zugetragen hatte. Wie nah es ihm ging, auch noch nach so langer Zeit. Glamis Castle war ein imposantes Gebäude mit großen Hallen und langen Korridoren. Es gab alte Rüstungen, alte Bilder und weitere Antiquitäten, die einer ganzen Division von Zimmermädchen einen sicheren Job boten. Keine schlechte Arbeit, sein Vater hatte das Personal immer besser behandelt als ihn.

»Bitte hier entlang ...« Duncan ging eine Treppe hinab. Vor einer alten Tür stand ein Butler.

»Sir.«

»Atticus, er redet mit dir ...«, sagte sein Vater und wartete. Der Butler schien das Hologramm wie auch seine Stimme nicht wahrzunehmen.

»Ja?«

»Sir, bitte identifizieren Sie sich.« Der Butler bat ihn, seine Hand auf einen Scanner zu legen, der sich unter einer Holzklappe verbarg. Das System tastete seine Hand, ein weiteres sein Gesicht ab. »Sir, bitte sagen Sie Ihren vollen Namen.«

»Atticus Finch Harper.«

»Danke, Sir.« Der Butler öffnete eine schwere Holztür, hinter der sich eine weitere automatische Tür befand. Auch diese öffnete sich und glitt lautlos zur Seite.

»Bitte erlaube mir voranzugehen.«

Finch folgte dem Hausgeist auf der privaten Führung. Hinter ihm schlossen sich beide Türen wieder. In diesem Tiefgeschoss verbarg sich ein modernes Labor. Er konnte verwaiste Bildschirmarbeitsplätze und 3-D-Drucker sehen, die das Volumen eines Gleiters hatten. Mit diesen Dingern konnte man so gut wie alles herstellen. Es gab weitere Geräte, die er nicht erkannte.

»Wie hast du es hinbekommen, dass ich dich überall sehe?«, fragte Finch.

»Oh, entschuldige ... damit ein Hologramm laufen lernt, müsste man das gesamte Herrenhaus mit Projektoren versorgen. Aber das wäre keine elegante Lösung. Du siehst mich, weil eine fingernagelgroße Drohne direkt deine Augen anstrahlt. Deswegen können mich andere nicht sehen.«

»Ich verstehe ...«

»Hier habe ich oft gearbeitet.« Das Labor war sauber, es waren aber keinerlei Geräte aktiv. »Früher zumindest. Jetzt brauche ich das Labor nicht mehr.«

»Das würde sich im Stream gut machen ...« Finch wollte seinen Vater aus der Reserve locken. In der Öffentlichkeit war nicht bekannt, dass sich hier eine Forschungseinrichtung verbarg.

»Deine Entscheidung. Atticus, du darfst der Welt alles zeigen. Alles, was du auf Glamis Castle findest. Ich halte nichts zurück. Für dich stehen alle Türen offen. Das Personal ist angewiesen, deinen Wünschen bedingungslos Folge zu leisten. Das gilt auch für sämtliche Computersysteme, du hast Zugriff auf alle Informationen.«

»Was möchtest du mir hier zeigen?«

Duncan lächelte. Das Hologramm schritt durch das Labor. Eine weitere Tür öffnete sich und gab den Weg frei in ein tiefer liegendes Kellergeschoss. Die Wände bestanden hier wieder aus der alten Bausubstanz des Herrenhauses. Gemauerte Natursteine, die hielten ewig. »Das war früher ein Weinkeller. Vielleicht auch ein Verlies. Wir haben bei der Renovierung Reste im Boden eingesickerter menschlicher DNA gefunden.«

»Wie beruhigend.«

»Angst?«

»Respekt ...« Das war das bessere Wort.

»Der ist angebracht.« Duncan ging weiter. Das Licht erhellte nicht den ganzen Raum. Ein alter Gewölbekeller. In der Ecke stand ein altes braunes Ledersofa. Das gute Stück war nicht mehr im besten Zustand. Darauf saß eine Puppe. Daneben befanden sich ein einfacher Schreibtisch und ein inaktives Bildschirmsystem. »Hier habe ich gearbeitet. Die Ruhe habe ich genossen.«

»Was ist mit der Puppe?« Finch wunderte sich darüber. So etwas passte nicht zu seinem Vater. Ein dunkelhäutiges Mädchen mit einer wilden Lockenpracht. Sie trug ein weißes Kleid und rote Schuhe.

»Das ist keine Puppe.« Sein Vater lächelte. »Jazmin, möchtest du deinen Bruder begrüßen?«

Die Puppe erwachte zum Leben und rannte freudestrahlend auf Finch zu. Er war dreizehn Jahre älter als seine Halbschwester. Als er Glamis Castle vor fünfundzwanzig Jahren verließ, war sie erst sieben gewesen.

»Hallo, Atticus! Toll, dass du wieder da bist!« Sie sprang ihm an den Hals. Finch wusste nicht, was er sagen sollte. Er erinnerte sich, genau so hatte Jazmin damals ausgesehen.

»Bitte ... hör auf damit.« Finch setzte den Androiden ab und sah seinen Vater an. Sie fühlte sich absolut lebensecht an.

»Motorik einstellen«, sagte Duncan und setzte sich auf das alte Sofa. Jazmin blieb mit freudestrahlendem Gesicht mitten in der Bewegung stehen.

»Vater, was hast du getan?«

»Ich habe Mutter entwickelt. Die KI, die auf den Raumschiffen alle Systeme steuert.«

»Und Jazmin?« Er hielt sich die Hand vor den Mund. »Verdammt, sie ist deine Tochter!«

»Ja, Jazmin ist meine Tochter. Aber sie ist kein Mensch. Um sie Empathie erleben zu lassen, habe ich sie wie mein eigenes Kind aufgezogen.«

»Und wer ist mit der *USS London* aufgebrochen, um eine neue Welt zu entdecken?«

»Jazmin ist ein organischer Androide. Die Erste ihrer Art. Sie altert wie ein Mensch. Ich habe ihre DNA optimiert. Sie wird niemals krank werden und ist sehr widerstandsfähig.«

»Und wer ist Mutter, die Bord-KI des Raumschiffs, die du offiziell für die Mission gebaut hast?« Finch verstand nicht, wo der Zusammenhang zwischen beiden war.

»Die KI habe ich im Auftrag der Projektleitung gebaut. Bei dem Code wurde jedes Bit gescannt. Ihr konnte ich meine Agenda nicht mitgeben. Jazmin hingegen wurde als Mensch geprüft und hat alle Sicherheitstests erfolgreich passiert.«

»Willst du damit sagen, dass du die *USS London* infiltriert hast?«, fragte Finch atemlos. »Mit deiner eigenen Tochter?«

»Ja.«

Finch musste sofort an die Worte von Colonel Keller denken, der einen Angriff befürchtete, aber keine Hinweise gefunden hatte. Klar, wer rechnete auch damit, dass ein Mensch in Wirklichkeit ein digitales Waffensystem war.

»Und was ist mit Jazmin?«

»Sie weiß es nicht.«

Finch hustete. Dabei hatte er immer gedacht, *er* hätte eine schlimme Kindheit erlebt. Jazmin hingegen lebte eine dauerhafte Lüge. Sie glaubte, ein Mensch zu sein.

»Warum?«

»Diese Frage darfst du mir live stellen. Es wäre doch öde, die ganze Welt mit deiner Jugend zu langweilen. Hier geht es nicht um mein Talent als Vater. Das ist größer. Größer als unser beider Leben. Ich habe Jazmin geschaffen, weil ein Mensch nicht in der Lage ist, die Aufgabe zu schultern, die ihr bevorsteht.«

»Ich ...« Finch rang nach Luft.

»Es ist deine Entscheidung. Du kannst sofort zu Colonel Keller rennen und ihm alles erzählen. Er befindet sich gerade in einem der Gästezimmer und spricht mit seinem Vorgesetzten. Du darfst es auch live tun ... Du darfst mir jede Frage stellen, und ich werde sie alle beantworten. Jede einzelne von ihnen. Wie gesagt, du bist mein Sohn, es ist ganz allein deine Entscheidung.«

XIX.

BLICK IN DEN ABGRUND

Jazmin glaubte für einen Moment, das Bewusstsein zu verlieren. Die Erschütterung kam aus dem Nichts. Der Sturz gegen die Wand presste ihr die Luft aus der Brust. Atme, rief sie sich zu. Atme, jetzt schrie sie in Gedanken. Sie schnappte nach Luft.

Das Kribbeln in den Fingern ließ nach. Denis Jagberg war es nicht besser ergangen, auch er wurde von den Beinen gerissen und lag mit den Füßen nach oben neben ihr. Wie er es geschafft hatte, sich während weniger Meter in der Luft zu drehen, wusste sie auch nicht. Sein nicht zu überhörender Einschlag auf die Stirnplatte eines Kältebetts hatte eine tiefe Beule im Metall hinterlassen.

»Hey! Ist alles in Ordnung mit dir?« Das war die erste Frage, die er stellte. In der kühlen und feuchten Luft konnte sie seinen Atem kondensieren sehen.

»Ja …« Sie setzte sich auf, um sich abzutasten. Ihr Rücken schmerzte, es war aber nichts gebrochen. Da war auch zum Glück kein Blut. »Was ist passiert?

»Espinoza hat Tarek Abbas eines der Navigationstriebwerke starten lassen. Das hat zu einer Explosion geführt. Dieser verdammte Idiot! Er hätte auf Tarek hören sollen!« Denis schlug mit der flachen Hand gegen eines der Kältebetten.

»Bist du verletzt?« Jazmin ging zu ihm.

»Zählen blaue Flecken?« Er kippte zur Seite und stand ebenfalls auf. Was für eine Riesensauerei! Aus den beiden Kältebetten war jeweils reichlich Transferflüssigkeit ausgetreten und ließ sie in einer riesigen Pfütze aus Blut, verwestem Gewebe und besagter milchiger Flüssigkeit stehen. Ohne Filter in der Nase wäre der Geruch nicht auszuhalten gewesen.

»Nein.« Jazmin wusste, dass der Major einen Fehler gemacht hatte. Er hätte Tarek Abbas niemals zwingen dürfen, das Navigationstriebwerk zu zünden. Der Techniker hatte ihn ausdrücklich gewarnt. »Harper für Espinoza. Verschlüsselte Verbindung aufbauen.«

Keine Reaktion.

Sie verzog den Mund. »Harper für Brücke. Verbindung aufbauen!« Sie musste unbedingt mit dem Major sprechen. Die beiden Toten in den Kältebetten stellten ihre ganze Mission in Frage. Sie musste unverzüglich klären, wie lange das Schiff wirklich bereits unterwegs war. Das mit den sieben Jahren war eine Lüge. Ihr wurde flau im Magen, wenn sie an die Konsequenzen dachte. Wenn sie nicht wussten, wie lange sie unterwegs waren, dann wussten sie auch nicht, *wo* sie waren.

»*Ähm ... hallo ... wer ist da?*« Ein Mann meldete sich. Im Hintergrund war ein lautstarker Streit zu hören, bei dem Jazmin nicht sofort alle Stimmen zuordnen konnte.

»Hier ist Colonel Harper.«

»*Oh ... Colonel.*« Es war Captain Aayana. Verständlich, er war für die Kommunikation zuständig. In seiner Nähe schrie der Major jemanden an, dass dieser doch gefälligst seine Klappe halten und einfach tun solle, was er ihm befahl.

»Ich möchte mit Major Espinoza sprechen!«

»*Das ist gerade schlecht ...*«

»*Aayana! Mit wem zur Hölle reden Sie da?*«, rief der Major, der völlig außer sich war.

»*Sir, es ist Colonel Harper … sie bittet darum …*« Aayana war nicht der Typ, um seinen neuen Kommandanten einzufangen. Dafür fehlten ihm noch einige Jahre auf der Uhr.

Der Major fiel ihm ins Wort. »Das interessiert mich gerade einen Scheiß! Die soll einen Eintrag ins Logbuch machen und mich in Ruhe lassen!«

»Captain Aayana! Sie werden mich jetzt umgehend auf die Brücke schalten!«, befahl Jazmin.

»*Ma'am, Sie haben ihn gehört …*«

»Aayana, es ist wirklich wichtig. Sie wissen, was richtig und was falsch ist, oder?« Das war keine Frage des Rangs.

»*Ja, aber …*«

»Tun Sie es!« Während Jazmin sprach, sammelte Denis einige in der Gegend herumliegende Körperteile ein und warf sie zurück in die beiden offenen Kältebetten.

»*Er kann Sie hören …*«, flüsterte Aayana.

»Major Espinoza, ich muss Sie umgehend sprechen! Es geht um unser aller Überleben!«, sagte Jazmin und legte ihre gesamte Autorität in die Worte.

»*AAYANA, WARUM SPRICHT DER COLONEL ÜBER LAUTSPRECHER?*« Er tobte regelrecht.

»*Sir, Sie sollten vielleicht …*«

»*SIE VERSTEHEN ES NICHT, ODER!*«, brüllte der Major zurück. Das Gespräch drohte schwierig zu werden.

»Sir, ich befinde mich bei den Kältebetten und muss mit Ihnen über eine sehr wichtige Entdeckung reden!« Das sollte er doch nun verstanden haben, er hatte sie selbst auf diese Mission geschickt.

»*ALS OB DAS NOCH JEMANDEN INTERESSIEREN WÜRDE! WIR WERDEN ALLE STERBEN!*«

»Sir, bitte öffnen Sie umgehend eine verschlüsselte Verbindung! Es ist wichtig!« Jazmin blieb beharrlich. »Wir müssen über eine problematische Entwicklung sprechen.« Jazmin wollte nicht allen auf der Brücke mitteilen, dass mit hoher Wahrscheinlichkeit zahlreiche Mitglieder ihrer Mission den Kälteschlaf nicht überlebt hatten.

»*HARPER, HÖREN SIE NICHT ZU?*«

»Doch ... das tue ich sehr wohl!«

»*SIE SIND BEREITS TOT!*«

»Nein!«

»*DOCH! SIE WISSEN ES NUR NOCH NICHT!*«, schrie der Major wie ein Verrückter. Nichts von seinen Worten ergab Sinn. »*WAFFEN AUFNEHMEN! WIR WERDEN DIE BRÜCKE BIS ZUR LETZTEN SEKUNDE HALTEN! WIR KÄMPFEN! NIEMAND WIRD SEINEN FUSS DURCH DIESE TÜR SETZEN!*«

Neben seiner Stimme waren Jenkins und Simmerkirk zu hören. Jenkins, die dagegenhielt, und Simmerkirk, der gemeinsam mit dem Major die anderen aufwiegelte.

»RAUL, HÖREN SIE MIR ZU ...« Dann wurde es still. Die Verbindung brach ab. Was war nur mit Major Espinoza los? Er hatte sich während der Ausbildung niemals so verhalten. Mit dieser hysterischen Tour wäre er bei keiner Notfallübung durchgekommen. Der Tod seiner Frau, die Angst und der allgemeine Stress hatten offenbar dazu geführt, dass er komplett übergeschnappt war.

Denis sah sie fragend an.

»Der Major will nicht mit mir sprechen ...«

»Espinoza ist verrückt geworden!«

»Er ist krank.« Jazmin wusste es besser, sie hatte sein Blutbild gesehen. Das hätte genügt, um ihn dienstuntauglich zu schreiben. Was passierte auf dem Schiff? Sie musste an ihren

Vater denken. Als Kind hatte sie immer geglaubt, dass er alles wüsste. Es hatte keine Frage gegeben, die er nicht beantworten konnte. Auch wenn sie einiges erst viele Jahre später verstanden hatte: Das besondere Talent des Menschen sei es, aus Fehlern zu lernen, dumm nur, dass viele diese Erkenntnis mit dem Leben bezahlen, hatte er ihr einmal gesagt. Worte, die sie nie vergessen hatte.

»Es geht los …« Während Denis sprach, musste er, um nicht zu fallen, zwei Schritte nach hinten ausweichen. Ihr erging es nicht besser. Als ob sich vor ihren Augen der Boden neigen würde. Die Flüssigkeit bewegte sich auf sie zu. Die künstliche Gravitation an Bord der *USS London* verschob sich.

»Was geht los?«

»Wir rotieren. Die Explosion hat dem Schiff einen Drehimpuls verpasst. Alle anderen Triebwerke sind offline. Die Rotation drückt uns nach außen. Was wir nun erleben, ist das erfolglose Bestreben unserer künstlichen Gravitation, dem entgegenzuwirken.«

»Ähm …« Sie hatte keine Ahnung, mit welchen Folgen sie nun zu rechnen hatten.

»Ich kürze es ab … wenn wir das nicht in den Griff bekommen, haben wir bald ein Problem.«

»Welche Sorte Problem?« Jazmin lehnte sich gegen die Wand, das war inzwischen einfacher.

»Die Sorte, bei der wir uns keine Sorgen mehr um den nächsten Tag machen müssen. Die zunehmenden G-Kräfte dieser Rotation werden uns töten.«

»Und was tun wir dagegen?« Sie hatte gerade keine Lösung parat, um ein manövrierunfähiges Raumschiff mit einem durchgeknallten Kommandanten wieder in die richtige Spur zu bringen. Zudem war ihre aktuelle Situation denkbar schlecht. Die Rotationskräfte wurden immer stärker. Sie klebte förmlich an der Wand. Es war unmöglich, den Raum zu verlassen.

»Wir?« Er rollte sich zu ihr. »Also wenn ich auf der Brücke wäre ... oder dort noch jemand wäre, mit dem man reden könnte, wüsste ich eine Antwort. Ansonsten werden wir daran wenig ändern können. Mir fehlt die Berechtigung, um ...«

»Warte einen Moment ...« Jazmin öffnete ihre digitale Arbeitsumgebung und spiegelte diese mit Denis' Display. Keines der Systeme war sehr groß. Sie dachte an General Mellenbeck, der ihr den maximalen Zugriff gestattet hatte. »Du kannst mit meinen Rechten auf Root-Level agieren.«

»Ja, Ma'am ...« Denis lächelte. »Volle Rechte ... damit könnte etwas gehen. Du steckst voller Überraschungen. Ich probiere es. Drück mir die Daumen!«

»Was hast du vor?« Die Gravitation presste sie immer stärker gegen die Wand.

»Zuerst müssen wir die Auswirkung der Rotation abmindern. Ansonsten sehe ich schwarz.«

»Wie soll das ohne Steuerbordtriebwerke funktionieren?« Um die Rotation zu stoppen, hätte man genau die Navigationstriebwerke benötigt, die bei der Explosion zerstört wurden.

»Wird nicht leicht. Für eine weitere Reparatur fehlt uns die Zeit. Ich versuche deshalb, die Steuerung für unsere künstliche Gravitation an Bord zu öffnen, deren KI die ganze Zeit versucht, uns zu stabilisieren ... das ist falsch. Völlig falsch sogar. Mutter hätte es besser gewusst, und auch Espinoza sollte es eigentlich verstehen. Dummerweise spürt er kaum etwas davon. Die Brücke, der Wohnbereich und die Zone unserer Lebendtiere haben einen besonders hohen Schutz gegen hohe G-Kräfte. Den gibt es hier nicht. In dieser Zone sind nur die Kältebetten gesichert.«

»Der Major hat Waffen ausgegeben lassen …« Jazmin wollte sich nicht ausmalen, was er damit vorhatte.

»Wir müssen ihn aufhalten!«

»Du kümmerst dich um die künstliche Gravitation, ich um unseren Major!«

»Deal!«

»Harper für Espinoza. Verbindung aufbauen. Priorität eins. Andere Einstellungen ignorieren.« Das war keine höfliche Art, ein Gespräch zu beginnen, aber es funktionierte.

»*Was wollen Sie?*«, schrie der Major. In seiner Umgebung war es sehr laut. Mehrere Personen riefen durcheinander. »*Simmerkirk, du sicherst die automatische Tür von rechts!*«

»Raul! Das Schiff rotiert! Sie müssen uns helfen, diese Drehbewegung zu stoppen!«

»*Das ist nicht mein Problem. Wir sind in der Sicherheitszone. Die Techniker meutern! Abbas will die Brücke stürmen! Das werde ich nicht zulassen!*«

»Raul, das ist sicherlich ein Missverständnis, hören Sie …« Weiter kam sie nicht. Er kappte die Verbindung erneut.

»Sprich mit Tarek«, erklärte Denis, ohne sie anzusehen.

»Harper für Abbas. Verbindung aufbauen. Denis Jagberg einbinden.« Das sollten sie zu dritt klären. Jazmin hatte während der Ausbildung mit Tarek Abbas kaum mehr als drei Worte gewechselt. Denis hingegen war sein Teamleiter.

»*Wer ist dort bitte?*« Auch bei dem Techniker waren zahlreiche Hintergrundgeräusche zu hören.

»Colonel Jazmin Harper. Denis Jagberg ist bei mir. Wir möchten mit Ihnen sprechen.«

»Tarek … ich freue mich, dass du noch lebst«, sagte Denis, der, während er sprach, in der Luft diverse Handbewegungen machte.

»*Vier von uns sind dabei gestorben. Der Major hätte das Triebwerk nicht starten dürfen!*«

»Tarek! Niemand gibt dir dafür die Schuld!« Denis sprach weiter. Das war gut. Er konnte mehr erreichen als sie.

»*Der Major schon …*«

»Das ist Blödsinn!«

»*Das sieht er anders.*«

»Tarek, was hast du jetzt vor?«, fragte Denis.

»*Wir gehen zur Brücke …*«

»Und dann?«

»*Werden wir das klären.*«

»Nein! Hast du mich verstanden? Du wirst nicht mit Espinoza reden! Die haben sich Waffen besorgt! Du wirst warten!«

»*Auf was?*«

»Auf Colonel Harper und mich … Wir reden mit ihm. Du wirst es nicht alleine tun. Tarek … er würde dich erschießen!«

»*Ähm … einen Moment.*« Tarek zögerte und tuschelte im Hintergrund mit jemandem. »*In Ordnung … ich vertraue dir. Denis, der Major hat den Verstand verloren. Er sagte mir, dass du und der Colonel nicht mehr leben würden.*«

»Uns geht es gut.« Jazmin atmete erleichtert auf. Sie hatten ihn auf ihrer Seite. »Danke, Tarek.«

»Espinoza täuscht sich gewaltig.« Denis zeigte mit dem Daumen nach oben. »Haltet euch bereit, okay?«

»*Ja.*«

»Wie sieht bei euch die Gravitation aus?«

»*Wir sind alle in der Sicherheitszone. Die fette britische Lady eiert durch den Raum, als ob sie eine Flasche Scotch ge-ext hätte. Niemand sollte sich jetzt in nichtgesicherten Zonen befinden.*«

»Da stimme ich dir zu«, sagte Denis.

»*Wo bist du?*«

»Bei den Kältebetten.«

»*Brauchst du Hilfe?*«

»Danke ... aber das bekommen wir alleine hin.«

»In Ordnung, Tarek, wir melden uns später.« Jazmin stellte den Kanal auf Stand-by. Da Denis in ihrer gespiegelten Umgebung agierte, sah sie, was er tat. Er griff in die Steuerung der künstlichen Gravitation ein und deaktivierte sämtliche Routinen. Für solche Aufgaben hatte sich Mutter perfekt geeignet, die beliebig viele Bedienfelder gleichzeitig drücken konnte. Ein Mensch brauchte dafür erheblich länger.

»Jazmin!«

»Ja.«

»Ich brauche Aayana ... er muss mir helfen, ein mathematisches Modell für unsere dämliche Rotation zu erstellen. Scheiße, das kriege ich nicht hin.«

»Christoph, können Sie mich hören ... falls Sie wegen des Majors nicht frei sprechen können, schreiben Sie mir. Wir brauchen Ihre Hilfe.« Sich Textnachrichten zu schicken war zwar nicht sehr modern, funktionierte aber immer noch.

Ich höre, schrieb er.

»Das Schiff rotiert. Denis Jagberg versucht, diese Entwicklung zu stoppen. Dafür benötigten wir Ihre Hilfe. Können Sie ein mathematisches Modell unserer Rotationsbewegung erstellen und auf meine Arbeitsumgebung spiegeln?«

Ja.

Jazmin bekam eine Sekunde später Aayanas Arbeitsumgebung als Fenster in ihrem Sichtfeld angezeigt. Damit sah auch Denis, was er tat. Dem Captain standen Navigationswerkzeuge zur Verfügung, um direkt aus den Werten der Sensoren ein graphisches Modell zu berechnen und die Formel dafür weiterzureichen. Ohne Mutters Hilfe bedurfte es dennoch eines gewissen mathematischen Sachverstandes, um die Formel richtig abzubilden. Sie hätte das nicht hinbekommen.

Die *USS London* rollte unkontrolliert über alle drei Achsen durch den Raum auf das Schwarze Loch zu. Dabei wurden sie schneller. Inzwischen lagen sie bereits bei 56 Prozent der Lichtgeschwindigkeit. Sie hatte keine Ahnung, wie lange das Schiff das noch mitmachen würde. Laufend wurden Deflektoren auf allen Seiten aktiviert, da ihr Schiff schneller war als der Staub, der hier ansonsten seine Runden drehte.

Minuten später. Jazmin ging es nicht gut. Die G-Kräfte wurden kritisch. Ihr fiel es schwer zu atmen. Sie sah, wie Christoph und Denis gemeinsam die Bewegungen des Raumschiffs abbildeten. Mehr noch, sie schufen eine Routine, die diese Werte laufend mit Sensorwerten abglich und an die Steuerung für die künstliche Gravitation weiterreichte. Normalerweise arbeiteten diese Systeme völlig autark.

Sie kopierte diesen komplexen Datenfluss und lenkte ihn in ein medizinisches Modell, um die Auswirkung für den Menschen einschätzen zu können. Die Ergebnisse waren ernüchternd. Außerhalb der Sicherheitszone würden sie in weniger als zehn Minuten an schweren Hirnblutungen oder ähnlichen Dingen sterben. Auch der Sicherheitsbereich würde auf Dauer nicht verschont bleiben. Dort wäre das Leben in sechzig Minuten beendet. Oder vorher, falls es das gesamte Schiff in zwei Teile zerriss. »Denis!«

»Ja.«

»Wir haben nicht mehr lange!« Jazmin gab ihnen noch ein sicheres Zeitfenster von fünf Minuten.

»Das ist mir bewusst.«

»Ich wollte es nur gesagt haben.«

»Wenn die Steuerung der künstlichen Gravitation nach meiner Kriegserklärung noch mit mir redet, können wir deine Bedenken diskutieren.«

Jazmins Hinterkopf wurde an die Wand gedrückt. Genau an der Wand, an der nun von unten nach oben die schleimige Totensuppe an ihr vorbeilief. Es war widerlich.

»Das Schiff spielt mit uns ...« Dann rollte Denis sich nach hinten ab und stand aufrecht auf der Stirnplatte eines Kältebetts. Die Gravitation hatte ihren Vektor um mehr als 90 Grad verschoben. »Lass es geschehen.«

»Was hast du gemacht?« Jazmin spürte, wie der Druck abnahm. Sie machte ebenso eine Rolle rückwärts und stand wieder auf den Beinen. Der Boden unter ihren Füßen war zuvor Wand gewesen und umgekehrt. Die Drehbewegung ging weiter.

»Ich habe uns etwas Zeit geschenkt« Er lächelte. »Sieh auf die Flüssigkeit. Folge ihr.«

»Wie?«

»Das Problem war, dass die Steuerung der künstlichen Gravitation unsere Lage nicht verstanden hat. Mit dem Versuch, die horizontale Achse zu halten, wurden wir durch die Rotationsbewegung gnadenlos an die Wand genagelt. Ich habe die Vorgabe aufgehoben und die künstliche Gravitation dynamisch zum Ausgleich gegen die Rotationkräfte eingesetzt. Das System filtert nun alles über 1G weg und antizipiert dabei die Bewegung des Schiffs.«

Jazmin staunte nicht schlecht.

»Den Effekt siehst du. Wir können uns mit der verbliebenen 1-g-Rotationsbeschleunigung wie gewohnt bewegen, müssen uns aber in einem sich ständig drehenden Umfeld zurechtfinden.« Denis ging einen Schritt auf die Seite. Leichenteile stürzten an ihm vorbei. Das Kältebett folgte dieser

Bewegung. Gleich würde die Decke der neue Boden unter ihren Füßen sein.

»Passiert das auf dem ganzen Schiff?«

»Ich habe die Sicherheitszone involviert ... damit Espinoza, dieser Idiot, es auch versteht.«

»Danke, Christoph!«

Gern geschehen, antwortete Aayana. *Der Major ist stinksauer, er und Simmerkirk tragen Waffen. Jenkins, die das nicht mitmachen wollte, hat ein Loch im Kopf. Die beiden sind wie von Sinnen. Die haben sie vor aller Augen erschossen. Der Major hält die Manipulation der Gravitation für einen Trick und hat mich beauftragt, sie rückgängig zu machen. Keine Sorge, ich werde mir damit Zeit lassen.*

»Wir sind auf dem Weg.« Denis reichte Jazmin die Hand. Sie folgten der Flüssigkeit. Gleich würden sie an der zweiten Wand herunterlaufen können. Die beiden geöffneten Kältebetten polterten ihnen hinterher. Zahlreiche Trümmerteile zerbarsten. Die beiden Drohnen schwebten die ganze Zeit leise piepend in der Raummitte und störten sich nicht an der Verschiebung der Gravitation.

Einen Moment später waren sie nach einer kompletten 360-Grad-Drehung wieder auf dem ursprünglichen Boden angekommen. Die beiden Kältebetten hatte es völlig zerlegt. Ähnlich wie die Leichen, die nun stückweise an den Wänden klebten und auf dem besten Wege waren, eine zweite Runde zu drehen. Auch dem medizinischen Equipment, das sie mitgebracht hatte, war es nicht besser ergangen. Alles flog wild in der Gegend herum.

Noch ein Update zum Schiff. Wir werden schneller. Wir machen bereits 0,58 c. Das Kursdelta wächst, und wir nähern uns dem Schwarzen Loch. Das ist zwar noch weit entfernt, aber ich habe keine Ahnung, ob die Sensordaten überhaupt stim-

men. Ich bin der Letzte, der sich um das Schiff kümmert. Das ist Wahnsinn! Anstatt mit den Technikern zu kämpfen, sollten wir lieber gemeinsam die verbliebenen Steuerbordtriebwerke reparieren.

»Warte …« Denis hielt sie inmitten der automatischen Tür auf. Draußen lag nur ein zerschmetterter Scooter auf dem Gitterboden. Die Drehung ging weiter. Etwas über ihren Köpfen knirschte. Jazmin lehnte sich nach hinten. Er umschloss sie mit beiden Händen. Eine Sekunde später krachte der vermisste Scooter auf die Gitter. Ein Rad löste sich und prallte nur einen halben Meter neben ihnen gegen den Türrahmen. Verdammt, das hätte schiefgehen können.

»Christoph, was würde passieren, wenn wir die Antizipation der künstlichen Schwerkraft nicht an der Rotation ausrichten, sondern in passenden Momenten korrigierend eingreifen? Wie bei einem Kreisel inmitten eines rollenden Balls?«, fragte Denis. Die Drehung setzte sich fort. Die beiden zerstörten Scooter rutschten auf die Seite. Der Weg war frei. Grundsätzlich bewegte sich keiner der Container im Lagerbereich, aber es gab Zonen, in denen es abseits der Trasse hoch hinaus- oder steil abwärtsging.

Das würde die Rotation verlangsamen, aber auch euren Rückweg erschweren. Eine gegenläufige Rotation der künstlichen Gravitation würde nicht gleichmäßig verlaufen.

»Mach es … wir müssen uns mehr Zeit verschaffen, um das Schiff zu reparieren!«

Jazmin nickte. Sie vertraute Denis. »Captain, ich übernehme dafür die Verantwortung.«

Über die Verbindung mit der Brücke waren Schüsse zu hören, die erst mit einigen Sekunden Verspätung und deutlich leiser am Eingang zu den Kältebetten zu hören waren.

»Der Major feuert auf jemanden, der sich der Brücke nähern

will. Ich weiß nicht, wer das war, aber er dürfte nicht mehr leben.« Christoph kämpfte mit den Tränen. Weitere Schüsse fielen. *»Ich habe alle notwendigen Modifikationen der Gravitation berechnet. Colonel, Sie können die Änderung freigeben. Ich sende euch ein Profil, damit wisst ihr immer vorher, wann es zu einer Gravitationspitze kommt.«*

»Fertig?«, fragte Denis.

Jazmin konnte sehen, aus welcher Richtung und mit welcher Stärke die Gravitation ihnen gleich die Route vorgeben würde. »Überleben wir das?«

»Ich gebe uns gute vierzig Prozent!« Denis grinste und sprintete los. Vor ihnen gab es ein Fenster von sieben Sekunden mit nahezu normaler Gravitation. Sie startete ebenfalls.

»Du bist verrückt!«

»Ja.« Denis, der vor ihr war, begann, seine Ausrichtung zu ändern. Er kippte immer mehr nach links. Ihr erging es nicht anders. »Aber du bist verrückter!« Denis zeigte drei Finger nach oben, zwei Finger und abschließend einen. Dann sprang er mit einem riesigen Satz ins Nichts. Sie tat es ihm gleich. Unter ihnen ging es dreißig Meter in die Tiefe. Beide flogen durch die Luft, während sich die Gravitation weiter um sie herum drehte und damit den Sprung wie durch Geisterhand verlängerte. »Du bist steinreich und trotzdem mitgekommen! Ich wäre an deiner Stelle daheimgeblieben und hätte in meiner schicken Londoner Stadtvilla Cocktails getrunken und Wohltätigkeitspartys geschmissen!«

»Idiot!«

Denis landete auf der Flanke eines Containers und lief lachend weiter. Der Sprung hatte eine Kluft von gut zwölf Metern überbrückt. In dieser Zone bildeten die Container eine nahezu gerade Lauffläche. Trotzdem rannte Denis schräg nach rechts oder, aus einer normalen Perspektive heraus betrachtet, schräg nach oben. Das war der richtige Weg, weil sie ansonsten der nächste Sprung metertief auf die Decke über ihnen krachen lassen würde.

»Noch neun Sekunden!« Er lief weiter und sprang einen Versatz hoch. Diese Passage war aufgrund des Höhenunterschieds von bis zu achtzig Metern lebensgefährlich.

»JAGBERG! WARST DU DAS MIT DER GRAVITATION?«, brüllte Espinoza in den offenen Gesprächskanal. *»DAFÜR WERDE ICH AAYANA EINE KUGEL IN DEN MUND SCHIESSEN!«*

XX.

KALIBER .45 ACP

Die Zeit lief gegen ihn. Denis konnte in seinem Head-up-Display sehen, was auf ihn zukam. Das war nicht gut. Nur noch wenige Sekunden. Die Gravitation würde sich eine Auszeit nehmen. Verdammt, er hatte noch keine Idee, wie er damit umgehen sollte. Um die Rotation ihrer fetten britischen Lady abzubremsen, sah Aayanas Höllenskript einige extreme Verlagerungen der künstlichen Gravitation vor. Es lief ähnlich wie bei einer Schaukel, bei der man sein Gewicht einsetzte, um zu beschleunigen oder abzubremsen.

»Scheiße!« Noch zwei Sekunden. Zu wenig, um dreißig Meter zu überbrücken. Er würde springen. Jazmin war mindestens zehn Meter hinter ihm. Für sie war es noch gefährlicher. Es gab keine Alternative. Sie mussten das durchziehen. »WIR SPRINGEN!«

Ein weiterer Schritt, ein Atemzug, und er sprang. Durch das Schiff ging ein Ruck. Da war nichts. Keine Decke über ihm, kein Boden unter ihm und keine Wand neben ihm. Nur das Overlay seines Displays zeigte ihm verbliebene Konturen und Abstände an. Ein Blindflug. Das wenige Licht erlaubte ihm kaum, drei Meter weit zu sehen. Er drehte sich in der Luft. Da war Jazmin. In ihrem Gesicht war die Anspannung zu erkennen. Sie war gerannt wie der Teufel und bewegte sich jetzt auf ihn zu. Die Gravitation löste sich in

Wohlgefallen auf. Sie befanden sich in einer kurzen Phase der Schwerelosigkeit und hatten sich für den erneuten Start des Karussells nicht gerade die beste Stelle ausgesucht. Ihnen drohte ein Sturz in die Tiefe, den sie nicht überleben würden.

»JAGBERG, ICH WEISS, DASS DU MICH HÖRST! REDE, ODER ICH TÖTE DIESEN NIGGER!«

Denis konnte Espinozas Drohungen gerade so gut gebrauchen wie Bauchschmerzen. Eigentlich dachte er, dass diese rüde Bezeichnung irgendwo in der Zeit abgesoffen wäre. Aber dem war nicht so. Dummheit überlebte alles. Er konnte Christoph Aayana nicht helfen. Das hatte dieser Mann nicht verdient. Sein mathematisches Talent war der einzige Grund dafür, dass sie noch lebten.

»Major Espinoza! Hier spricht Colonel Harper! Ich übernehme das Kommando!«, rief Jazmin. Wenn es doch nur so einfach wäre. »Major Simmerkirk, ich befehle Ihnen, Major Espinoza zu entwaffnen! Sie werden ihn festhalten, bis ich bei Ihnen bin!«

»Hey, ist das jetzt so 'n Niggerding, oder was geht hier?« Espinoza lachte höhnisch. *»Mein süßer Colonel, ohne deinen Vater hättest du weder deinen Rang noch deine Position bekommen. Du hast es einfach nicht drauf!«*

»Major Simmerkirk! Führen Sie meinen Befehl aus! Ich autorisiere Sie ausdrücklich, Major Espinoza, falls er sich widersetzt, zu erschießen!« Jazmin drehte sich, während sie redete, um ihre eigene Achse. Denis bekam sie zu fassen. Sie bebte am gesamten Körper. Ihr langer weißer Zopf streifte sein Gesicht. Die Gravitationsvektoren würden gleich die Richtung ändern. Nur noch wenige Sekunden. Er sah den weiteren Verlauf. O nein, das war alles andere als gut. Die beiden Drohnen konnten ihnen nicht helfen. Sie folgten

Denis und hatten selbst mit der instabilen Gravitation zu kämpfen. Sie hatten sich die ganze Zeit wild gedreht, waren immer wieder einige Meter abgesackt und mussten sich erneut fangen.

»Sorry, Ma'am, aber das kann ich nicht tun. Finde dich damit ab ... du hast verloren! Stirb einfach und geh mir nicht auf den Sack!« Das war Rufus Simmerkirk. Dieser Verräter. Von ihm brauchten sie auf keine weitere Unterstützung zu hoffen.

Gleich ging es abwärts. Denis sah den Counter ablaufen. Er zeigte Jazmin mit einem Fingerstrich am Hals, das Mikro zu kappen, und brachte sie für den Sturz in eine bessere Ausgangsposition. Er selbst hing mit dem Kopf nach unten. Das sollte er, wenn er sich nicht den Hals brechen wollte, schleunigst ändern.

Die Schwerkraft setzte wieder ein. Sie fielen. Sie stürzten in die Richtung, aus der sie gekommen waren. Leider fielen sie erheblich schneller an den Containern vorbei, als sie über sie hergelaufen waren. Die Gravitation verschob sich weiter und drückte sie gegen das geriffelte Verbundmaterial der Container. Eine schmerzhafte Angelegenheit. Sie waren zu schnell.

»Halt dich fest!« Denis versuchte verzweifelt, Halt zu finden. Keine Chance, da war nichts, was er greifen konnte. Die weitere Drehbewegung bremste sie ab, sie waren aber immer noch viel zu schnell, und der Boden kam näher. Jazmin befand sich unter ihm. Plötzlich war sie weg, nein, sie war über ihm und griff nach seiner Hand. Sie hielt sich fest. Das konnte sie unmöglich schaffen. Sie schrie. Er packte zu. Der Ruck drohte ihm die Schulter auszurenken. Sie ließ ihn nicht los.

»Du wirst heute nicht sterben! Nicht, wenn ich bei dir bin!

Ich konnte Mason nicht retten, aber dich!« Sie zog ihn zu sich. Wo nahm sie bloß diese Kraft her?

»Danke.« Denis schaffte es nun selbst, sich festzuhalten. Er befand sich direkt neben ihr. Der Sturz war vorbei. Die Flanken der Container bildeten wieder den Boden unter ihren Füßen.

»Los! Das müssen wir ausnutzen!« Jazmin sprang auf und zog ihn ebenfalls hoch. Denis hatte diese Mission topfit begonnen und brauchte für vierhundert Meter weniger als fünfundvierzig Sekunden, dennoch hatte er Mühe, Schritt zu halten.

»JAGBERG! ICH WARTE IMMER NOCH AUF EINE ANTWORT! ODER LÄSST DU JETZT DIESE KLEINE SCHWARZE SCHLAMPE FÜR DICH SPRECHEN? ALTER, LASS DIR EIER WACHSEN!«

»Espinoza, sobald ich dir gegenüberstehe, werde ich dir eine Antwort geben. Und glaub mir, Captain Aayana sollte dann noch leben! Sonst werden wir ein sehr kurzes Gespräch haben!« Denis folgte Jazmin bei einem Sprung an eine Leiter. Das passte. Noch drei Sekunden. Die Gravitation kippte. Die ursprüngliche Trasse war jetzt wieder für ein Zeitfenster von dreißig Sekunden zu belaufen.

»DU DROHST MIR?«

Denis rannte weiter. Um Jazmin nicht zu verlieren, musste er sich zwischen dumm daherreden und schnell laufen entscheiden. In seinem Display sah er bereits die nächste Vektorenänderung auf sie zukommen. Gleich würde es auf der gegenüberliegenden Containerwand weitergehen. Die Strecke war schwieriger, weil die Fracht dort nicht ordentlich in einer Reihe stand.

Unter ihnen gab es eine Explosion. Denis hatte keine Ahnung, was das war. Die Trasse schwankte. Flammen schlugen hinter ihnen durch die Laufgitter. Das war eine gute Motivation, nicht langsamer zu werden. Seitlich knarrte etwas. Kein schönes Geräusch. Dann war das Knarren weg. Es pfiff.

»Festhalten!« Denis warf sich auf den Boden und hielt sich an den Gittersprossen fest. Jazmin tat es ihm gleich. Von oben hatte sich ein Container gelöst, der nun als tonnenschweres Wurfgeschoss nur wenige Meter vor ihnen durch die Trasse krachte. Wären sie weitergelaufen, hätte der Klotz sie erwischt. Okay, ohne etwas Glück ging es nicht. Noch lebten sie.

»Wir warten auf die nächste Verschiebung. Noch sieben Sekunden ... dann können wir weiter.« Das Schiff kippte bereits. Jazmin zeigt mit dem Daumen nach oben.

»JAGBERG, DU SOLLTEST KEINEN KAMPF BEGINNEN, DEN DU NICHT GEWINNEN KANNST! ICH KANN DICH SEHEN! HEY, DU SIEHST ECHT SCHEISSE AUS!

Noch drei Sekunden.

»Keine Sorge, unsere Fracht ist sicher. Du bist es nicht. Ich dachte eigentlich, dich mit dem Container zu erwischen ... hey, ehrlich, es ist nicht einfach, damit zu zielen!« Espinoza, dieses miese Schwein, hatte versucht, sie zu töten.

Jetzt. Die Gravitation machte nun aus der linken Flanke eine Laufffläche. Für die nächsten Sekunden noch mit Schräglage, aber dann sollte es bessergehen. Denis ließ das Gitter los und fiel auf einen Container. Jazmin war ihm auch diesmal voraus. Sie sah zu ihm, nickte und sprintete los.

»Du magst nicht mehr mit mir reden, oder?« Espinoza behielt ihn offensichtlich im Auge. Solange er dafür Christoph Aayana in Ruhe ließ, war das in Ordnung.

Noch siebzehn Sekunden, dann würde hier alles kopfstehen. Das war zu wenig Zeit, um bis zur Decke zu laufen. Jazmin zeigte auf eine Leiter, die würden sie erreichen können. Um Luft zu holen und die nächste Phase auszusitzen. Oder in ihrem Fall auszuhängen.

»Jagberg, weißt du, ich denke, dir fehlt die richtige Einstellung. Wenn du schon das Maul aufmachst, solltest du auch was zu sagen haben.«

Noch wenige Meter. Jazmin hatte sich mit Unterschenkel und Unterarm an der Leiter festgekrallt. Denis machte dasselbe. Dicht bei ihr. Ihre Nase befand sich an seiner. Beide atmeten schnell. Die Gravitation kippte und ließ sie mit dem Kopf nach unten hängen. Das würde sich erst wieder in achtundzwanzig Sekunden ändern. Die Manipulation an der Steuerung der künstlichen Gravitation ließ den Raum keine volle Drehung machen. Die Bewegung ähnelte einer gigantischen Schaukel. Der nächste Vektor würde die Schwerkraft in Laufrichtung wirken lassen. Sie würden dann nicht laufen, sondern die Container waagerecht zur ursprünglichen Ausrichtung hinabklettern müssen.

»Wir schaffen das …«, flüsterte sie und gab ihm einen Kuss. »Hör nicht auf Espinoza. Wir tun das Richtige!«

»Oh, ihr macht eine Pause. Das ist ein geschickt gewählter Ort. Inzwischen habe ich auch verstanden, was diese Scharade mit der Gravitation an Bord soll. Tolle Idee, was aber nichts daran ändern wird, dass wir alle sterben werden. Das Schwarze Loch wird uns früher oder später zerreißen!«

»Raul! Wir haben drei Millionen Leben an Bord! Wir wollen Leben auf eine neue Welt bringen! Wir kämpfen für unsere Kinder!«, rief Jazmin.

»Na und? Keines davon ist von mir.« Er zog die Nase hoch. *»Ich verliere die Geduld mit euch. Ihr seid bereits tot. Das bringt alles nichts. Es ist vorbei. Aus, Schluss und vorbei! Ich werde den Toten nicht das Schiff überlassen!«*

»Er widerspricht sich ...«, sagte Denis und schüttelte den Kopf. Nur Jazmin konnte ihn hören.

»Und merkt es nicht einmal ... ich komme nicht zu ihm durch. Er ist völlig psychotisch. Keine Ahnung, wie es so schnell mit ihm bergab gehen konnte.«

»*WOLLT IHR SEHEN, WIE ES EUCH ERGEHEN WIRD?*«, brüllte Espinoza und sendete ein Videosignal.

Denis sah es in seinem Display. Christoph Aayana kniete auf der Decke der Brücke. Auch dort stand alles kopf. Die Hände befanden sich an seinem Rücken. Vermutlich gefesselt. Jemand neben der Kamera steckte ihm eine Handfeuerwaffe in den Mund. Dann schoss er. Blut spritzte von seinem Hinterkopf weg und verteilte sich auf der gesamten Brücke.

»Du mieses Schwein!«, sagte Denis. Espinoza hatte den Captain eiskalt abgeknallt. »Dafür wirst du bezahlen!«

Jazmin legte ihre Hand an seine Wange. Sie hatte es auch gesehen. »Wir müssen weiter ...« Der nächste Counter lief ab. In drei Sekunden würden sie die Container horizontal zur Trasse herabklettern können.

Er nickte.

Sie kletterten los. Zwischendurch konnten sie einige Meter rennen, dann mussten sie wieder klettern. Die Drohnen blieben die ganze Zeit an ihrer Seite. Ihr Bewegungsfenster betrug zweiunddreißig Sekunden. Dann stand ihnen erneut eine Schwerelosigkeit bevor, die diesmal über zwei Minuten andauern sollte.

»*Wollt ihr immer noch kämpfen?*«, fragte Espinoza. »*Sicher wollt ihr das. Ich warte auf euch!*«

Container für Container kamen sie weiter. Die Zeit lief ab. Denis blieb stehen. Er atmete hastig. Die Schräglage war bereits bedenklich. Gleich würden sie fallen. Wo waren sie? Er setzte über sein Display eine Order ab, die Drohnen kamen zu ihnen. D2 für Jazmin und R2 für ihn. Sie piepten bestätigend.

Er fiel, blieb aber einen Moment später in der Luft hängen. Jetzt war es einfach für die Drohnen, sie zu transportieren. Die Systeme waren darauf ausgelegt, kurzzeitig schwere Lasten zu heben oder sich ohne Last schnell zu bewegen. Beides gleichzeitig ging nicht. Es sei denn, man befand sich in völliger Schwerelosigkeit.

»Gute Idee!«, rief Jazmin. Durch den Turbo kamen sie schnell voran. Das war wichtig. Da nach der nächsten Änderung der Massepunkt der Gravitation mit dem Faktor drei hinter ihnen liegen würde. Die Drohnen wären dann kaum noch in der Lage, sie zu halten, und der Fall, die bereits zurückgelegte Strecke entlang, würde sie mit 3 g Beschleunigung über zweitausend Meter tief in den Tod stürzen lassen. Ein flotter Abgang.

»Das sollte reichen ...« Denis legte ihre Geschwindigkeit von knapp neunzig Kilometern in der Stunde auf die verbliebene Strecke, um den zentralen Frachtbereich zu verlassen. Hinter dem Schott wären sie erst mal in Sicherheit. Alle Korridore, die dann folgten, hatten nicht mehr diese enormen Dimensionen wie ihr zentraler Frachtbereich.

»Das hoffe ich ... wir können nicht zurück!« Jazmin flog vor. Sie und D2 passierten die Schleuse.

»Drin ...« Denis hatte es geschafft. Noch fünf Sekunden. Sie hätten noch eine Ehrenrunde drehen können. Die Schleuse schloss sich, die Gravitation setzte wieder ein und zog sie zurück. Die beiden Drohnen kämpften nicht dagegen an und setzten sie sanft auf der geschlossenen automatischen Tür ab. Die Schwerkraft nahm zu. Denis' Muskeln mussten sein dreifaches Körpergewicht tragen, eine Tortur, zu der er nach der Rennerei kaum noch in der Lage war. Er legte sich auf den Rücken, was zwar ebenfalls nicht angenehm, aber besser auszuhalten war, als stehen zu bleiben. Auch die beiden Drohnen setzten auf, um diese Gravitationsphase auszusitzen.

»Wie geht es dir?«, fragte Jazmin.

»Ich bin platt ...«

»Da liegt noch ein Stück Weg vor uns.«

Denis nickte. Das Raumschiff war leider kein kompakter schicker Gleiter. Wenn er jemals in seinem Leben zu Geld gekommen wäre, hätte er sich einen geilen Tempelton gekauft. Die Kisten machten echt was her. Jazmin nahm seine Hand. Ihre Finger waren warm. Sie lebte. Es war schön, nicht allein zu sein.

»Noch zwanzig Sekunden ...«, sagte sie.

»Ja.« Die Gravitation würde dann einen Schlenker machen. Sie hatten lange noch nicht alle Kapriolen erlebt, die Christoph Aayanas Routine ihnen zu bieten hatte. »Wir werden zuerst fallen, dann wird der Vektor kippen, und wir können die rechte Wand hinablaufen. Diese Bewegung wird uns nach einer kurzen Zeit wieder bergauf schicken, um sich danach um 180 Grad zu drehen und uns die andere Wand entlangrennen zu lassen.«

»Ich bin bereit!«

»Ich öffne zwei Schotts.« Der Sog nach hinten ließ nach. Sie waren frei. Für einen Moment. Drei, zwei, eins, dann fielen sie, begleitet von den Drohnen, nach vorne. Direkt durch das zweite geöffnete Schott hindurch. Die Drehung begann. Denis bekam im Fall die Wand unter seinen Füßen zu spüren. Er rannte. Zuerst bergab, weiter auf einer Ebene, dann bergauf. Er sprang über einen seitlich weglaufenden Korridor. In das Loch zu fallen wäre in dieser Situation tödlich gewesen.

Denis bekam einen Anruf. Es war Tarek Abbas. Er nahm das Gespräch an.

»Wir sind auf dem Weg ...«

»*Warst du das mit der Gravitation?*«

»Aayana und ich.« Denis zeigte Jazmin drei Finger. Sie ihm zwei. Er ihr einen. Sie sprangen gemeinsam, drehten sich in der Luft und liefen auf der gegenüberliegenden Seite weiter. Falls es jemals einen Wettbewerb im Synchrongravitationshindernislauf geben würde, würden sie ihn locker gewinnen.

»*Boss! Das war genial ... das Schiff stabilisiert sich. Die Rotation wird in drei Minuten zum Erliegen kommen. Dann rasen wir zwar immer noch mit 0,61 c auf ein Schwarzes Loch zu, aber immerhin drehen wir uns nicht mehr wie besoffen im Kreis.*«

»Tarek, Christoph Aayana ist tot.« Der nächste Wechsel würde sie unter der Decke bergauf laufen lassen.

»*Ich weiß.*«

»Wo seid ihr?«

»*In der Nähe der Brücke. Irene hat einen Moment nicht aufgepasst. Der Major hat sie sofort erschossen. Wir haben noch versucht, sie wiederzubeleben ... keine Chance.*«

»Habt ihr Waffen?«

»*Der Major hat die Depots versiegeln lassen ... da kommen wir nicht ran. Wir haben uns zwei Molotow-Cocktails gemixt. Ansonsten nur Knüppel.*«

»Willst du damit unsere Brücke abfackeln?«, fragte Denis. Drei, zwei, eins, sie liefen unter der Decke weiter. Sie mussten zwei Decks weiter nach oben. Er keuchte. Der Sprint bergauf kostete Kraft.

»*Sollen wir uns von diesem Verrückten erschießen lassen? Er will uns doch alle tot sehen!*«

»Das werde ich nicht zulassen!«, rief Jazmin, die an einer

auf den Kopf gestellten Treppe hinabkletterte. Die beiden Drohnen bildeten die Vorhut und übertrugen ein Videobild. Damit konnten sie vermeiden, in einen Hinterhalt zu laufen.

»*Colonel, wie wollen Sie das tun?*«

»Tarek, vertrauen Sie mir.« Sie kletterte weiter. Denis hinterher. Jetzt war es nicht mehr weit. Die nächste Änderung der Gravitation würde das Schiff wieder in Flugrichtung bringen.

»*In Ordnung ... wir warten.*«

»Jazmin, ich laufe zu Tarek.« Denis zeigte auf einen anderen Korridor. »Hol du dir den alten Colt aus Mellenbecks Büro. Wir brauchen eine Waffe.«

»Funktioniert das Ding überhaupt noch?«

»Das werden wir sehen.«

»In Ordnung.« Sie wechselten die Richtung. Drei, zwei, eins, Denis lief an der Wand weiter und einen Moment später wieder am Boden. Das war Timing. Vorerst drohten ihnen keine weiteren Änderungen der Gravitationsvektoren.

»Boss, es ist gut, dich zu sehen!« Tarek klopfte ihm auf die Schulter. »Du siehst aber scheiße aus.«

»Danke.«

Tarek lachte. Insgesamt waren fünf weitere Techniker bei Tarek. Drei Männer und zwei Frauen. Denis kannte jeden und wollte niemanden mehr verlieren. Irenes Leiche lag mit abgedecktem Gesicht neben ihnen.

»Wie sieht es mit weiteren Beschädigungen auf dem Schiff aus?«, fragte Denis.

»Ich habe keinen Schimmer ... Der Major hat das Steuerungssystem für die Reparatureinsätze gesperrt. Wir wissen weder wo Schäden auftreten noch welcher Natur sie sind.« Er presste die Lippen zusammen. »Wir haben drei Steuerbordtriebwerke verloren. Eines könnte theoretisch funktionieren, ist aber offline. Wenn er uns machen ließe, hätten wir in zwei Stunden vier Systeme am Start. Dann wären wir in der Lage, das Schiff zu drehen und die Haupttriebwerke zu starten.«

»Wir reden also gerade mal über lausige zwei Stunden?« Was für ein Witz, dass deswegen Menschen sterben mussten.

»Ja, Boss.«

»Tarek.« Denis legte ihm die Hand auf die Schulter. »Ich werde uns zwei Stunden verschaffen.«

Tarek nickte.

»ESPINOZA!«, rief Denis.

»Angekommen?« Die automatische Tür zur Brücke öffnete sich.

»Ja.«

»Du wolltest mit mir reden?«

»Wirst du mich erschießen?« Es war Wahnsinn, ihm offen gegenüberzutreten. Aber der Wahnsinn hatte Methode. Mellenbecks Büro lag direkt neben der Brücke. Auf der anderen Seite allerdings. Wenn Jazmin dort eindrang, sich die Waffe schnappte, könnte sie hinter ihm auftauchen und den ganzen Spuk beenden.

»Das liegt ganz an dir ...«

Denis stand auf. Dieses Gespräch konnte er nicht hinter einer Ecke versteckt führen. »Hier bin ich.« Er zeigte seine Handflächen, drehte sich in seiner verdreckten Uniform und stellte sich mitten in den Korridor. Espinoza stand gut vierzehn Meter vor ihm im Zugang zur Brücke. In der rechten Hand hielt er eine blutverschmierte Waffe. Seine Augen wirkten ausdruckslos.

»Mutig.«

»Wie wäre es mit vernünftig?« Denis hatte keine Ahnung, wie er ihn zu packen bekommen sollte. Auf dem Boden der

Brücke lag Rufus Simmerkirk mit einem Gewehr im Anschlag.

»Ich habe den Nigger abgeknallt ... Na und, was machst du jetzt?«

»Brauchst du wirklich einen Grund, um mich zu töten? Warum tust du es nicht?« Denis erhöhte den Einsatz. Wenn es ihm gelingen würde, Jazmin mehr Zeit zu verschaffen, wäre das bereits ein Erfolg. Ein Leben war hier im Moment nicht viel wert.

»Eigentlich nicht.«

»Siehst du ...«

»Bist du wirklich nur gekommen, um dir eine Kugel einzufangen?« Espinoza richtete die Waffe auf seinen Kopf. Auf vierzehn Meter schoss kein Kommandooffizier vorbei.

»Nein.«

»Warum dann?«

»Um dich aufzuhalten.«

»Oh ... und wie willst du das tun?«

»Ich rede mit dir.« Das war der leichtere Part dieses Plans. Der Rest bestand aus Improvisation.

»Rede ...«

»Du hast Fehler gemacht.«

»Drauf geschissen. Das ändert jetzt auch nichts mehr. Das Schiff ist verloren!«

»Warum ist es dir dann so wichtig, die Brücke zu verteidigen? Wenn wir alle verloren sind, könntest du dich doch einfach zurücklehnen und die Show aus der ersten Reihe ansehen? Du bekommst die besten Plätze, kühle Drinks und Popcorn.«

Espinoza lachte. »Aus dir hätte ein guter Offizier werden können ... echt, du zeigst Talent.«

»Denis ... ich bin in Mellenbecks Büro. Es hat mich niemand

bemerkt. Ich gehe jetzt zum Glaskasten.« Das war Jazmin, die Denis ins Ohr flüsterte. *»Ich kann die Waffe sehen. Ich öffne den Kasten.«* Der Plan funktionierte.

»Das ist keine Antwort!«

»Willst du die Antwort wirklich?« Espinozas Mundwinkel bewegten sich genüsslich nach oben. So als ob er sich auf etwas freuen würde.

»Denis, der Typ wird dich töten«, flüsterte Tarek von der Seite. »Spring zu uns. Wir lassen ihn brennen!« Er hatte eine Glasflasche in der Hand, aus deren Öffnung ein Stück Stoff hing. In der anderen ein brennendes Feuerzeug.

»Ich habe den Colt. Das Magazin ist drin. Ich habe ihn durchgeladen. Hoffentlich fliegt mir das Ding nicht beim ersten Schuss um die Ohren. Ich gehe jetzt zu Mellenbecks privatem Zugang zur Brücke. Sag meinen Namen, wenn ich warten soll.«

Auf den Moment kam es an. Espinoza durfte sie nicht bemerken. Nur dann würde es funktionieren.

»Espinoza, du weißt es doch selbst nicht ... du stehst da, weil du die Hosen gestrichen voll hast. Du tötest andere, um mit deiner eigenen Angst klarzukommen. Wenn du mich reinkommen lässt, darfst du dich an meiner Schulter ausweinen!« Denis spuckte auf den Boden. Das sollte ihn in Rage bringen. Und wer sich ärgerte, passte nicht auf.

»Hey, so redet niemand mit mir!«

»Warum nicht?« Denis sah ihm in die Augen. Tarek, der hinter der Ecke saß, zitterte.

»Ich bin auf der Brücke. Jenkins und Aayana sind tot. Der Major steht in der Tür. Simmerkirk liegt mit einer Waffe im Anschlag auf dem Boden. Drei weitere Offiziere sind bewaffnet und stehen hinter der Tür. Ich habe freies Schussfeld, bin mir aber nicht sicher, wie oft die mich schießen lassen. Denis,

die zielen auf dich. Soll ich Simmerkirk oder Espinoza aus-
schalten?«

»Hey, Rufus, hast du eigentlich immer noch Probleme mit
deinem Oberschenkel?« Jazmin konnte nicht beide gleichzeitig erschießen. Er brauchte einen Schuss mit doppelter
Wirkung. Das war ein Spiel über die Bande.

»Was redest du für einen Scheiß!«, rief er zurück. Die Bot-
schaft war auch nicht für ihn bestimmt gewesen.

Jazmin schoss. Rufus schrie und fuhr zusammen. Das
würde jeder tun, wenn man ihm ins Bein schoss. Bei der
Bewegung holte er mit dem Lauf seines Gewehrs Espinoza
von den Beinen. Der schoss zwar ebenfalls, traf aber nur die
Decke.

»Tarek!« Denis duckte sich. Tarek lief zwei Schritte auf
die Tür zu und warf den Brandsatz durch die Öffnung. Rufus hielt sich sein Bein, Espinoza lag auf dem Rücken, aber
ein dritter Schütze kam aus der Deckung und schoss Tarek
dreimal in die Brust. Die Wucht der Treffer schleuderte den
Körper gegen die Wand hinter ihnen.

Tareks Molotow-Cocktail traf den Schützen am Kopf. Das
Glas zersplitterte, zerschnitt sein Gesicht und setzte ihn in
Brand. Er fing an zu schreien. Weitere Schüsse fielen. Kaliber .45 ACP klang dumpfer als moderne Waffen. Mindestens
zwei weitere Schüsse konnte Jazmin abgeben. Dann wurde
es ruhiger. Denis schnappte sich Tarek und zog ihn hinter
die Ecke. Der zweite Werfer beförderte den Cocktail auf die
Brücke.

XXI.

STIRB

Jazmin hielt die alte Waffe in der Hand. Sie war schwer, unhandlich und würde vermutlich beim ersten Schuss explodieren und ihr die Finger abreißen. Dieser Plan hatte etwas Verzweifeltes. Die Wahrscheinlichkeit, ihn zu überleben, schätzte sie als bescheiden ein. In Ordnung, eigentlich hätte sie bereits den Weg zurück von den Kältebetten nicht schaffen dürfen. Das war blanker Irrsinn gewesen, aber überlebt hatten sie es dennoch. Ihr Weg war noch nicht zu Ende. Sie betrat die Brücke. Auf der Hälfte aller Bildschirme blinkten Warnmeldungen. Die *USS London* befand sich in ernsten Schwierigkeiten. Für diese Geschwindigkeit war das Schiff nicht gebaut worden. Sie konnte jedes verdammte Wort zwischen Denis und Raul Espinoza hören. Dieser Verrückte könnte ihn jederzeit erschießen.

O nein, als Erstes fand sie Christoph Aayana und Elvira Jenkins. Ihr Tod war so unnötig. Beide waren mit jeweils einem Kopfschuss hingerichtet worden. Für sie konnte niemand mehr etwas tun. Jazmin kroch über den Boden und verdrängte, was sie sah. Sie packte Aayana an der Hüfte und zog seine Leiche auf sich zu. Im Kampf auf Leben und Tod gab es keine Pietät. Sie legte sich seinen Oberschenkel auf den Kopf und streckte den Arm durch seine Beine hindurch. Sein Schritt gab ihr Halt beim Zielen, und sein

Körper würde hoffentlich die ersten Schüsse auf sie abfangen.

»Ich bin auf der Brücke. Jenkins und Aayana sind tot. Der Major steht in der Tür. Simmerkirk liegt mit einer Waffe im Anschlag auf dem Boden. Drei weitere Offiziere sind bewaffnet und stehen hinter der Tür. Ich habe freies Schussfeld, bin mir aber nicht sicher, wie oft die mich schießen lassen. Denis, die zielen auf dich. Soll ich Simmerkirk oder Espinoza ausschalten?«, flüsterte sie.

»Hey, Rufus, hast du eigentlich immer noch Probleme mit deinem Oberschenkel?«, fragte Denis.

Sie verstand die Anspielung und hatte ein Ziel.

»Was redest du für einen Scheiß!«, protestierte Rufus, der natürlich nicht verstand, um was es ging.

Es waren nur sechs Meter. Sie schoss. Rufus' rechtes Bein platzte auf. Der Colt machte auf kurze Distanz große Löcher. Die Wahl, auf sein Bein zu schießen, war klug. Tot wäre er nur liegen geblieben. Angeschossen fuhr er zusammen und schlug dem Major mit dem Lauf des Gewehrs die Beine unter dem Hintern weg. Ein Schuss, zwei Treffer. Espinoza dürfte bei dem ungelenken Schuss im Rückwärtsfallen nichts getroffen haben. Denis konnte sich zurückziehen.

Einer der technischen Offiziere nutzte die Gelegenheit und schoss mit seinem Gewehr durch die geöffnete Tür, bekam aber umgehend die Quittung dafür. Sein Kopf ging in Flammen auf. Das war ein Molotow-Cocktail. Eine archaische Waffe, aber wirksam.

Geschrei. Die Situation war verworren. Die zwei verbliebenen Schützen achteten nicht auf Jazmin. Sie legte erneut an. Nur sechs Patronen standen ihr zur Verfügung. Jeder Schuss musste sitzen. Jetzt wurde sie entdeckt. Sie schoss der Frau zweimal in die Brust. Genau ins Herz. Im Fallen feuerte sie zurück, traf aber nicht sie, sondern den Offizier neben ihr, der ebenfalls gerade auf Jazmin zielte. Drei Schuss, vier Treffer. Sie war effektiv. Um den brennenden Offizier brauchte sie sich nicht zu kümmern, der lief schreiend gegen die Wand und ging zu Boden. Jetzt würde sie es beenden.

»Espinoza!« Jazmin verließ mit der Waffe im beidhändigen Anschlag ihre Deckung. Wo war er? Mit ihm konnte man nicht reden. Der Blick zur Tür zeigte, dass er die Brücke verlassen hatte. Im Korridor fielen Schüsse aus einer automatischen Waffe. Nein, genau das hätte nicht passieren dürfen. Das waren drei Salven zu je drei Schuss. Bitte, hoffentlich nicht Denis! Er musste überleben!

»ESPINOZA!« Sie ging ihm nach. Rufus lag am Boden und hielt sich sein Bein. Der Treffer hatte den Oberschenkel durchschlagen. Hellrotes Blut quoll pulsierend aus der Wunde hervor. Er würde in weniger als einer Minute verbluten.

»Jazmin, bitte hilf mir ...«

»Fick dich, Rufus.«

»Er hat mich gezwungen!«

»Wir haben immer eine Wahl ...« Ohnehin käme jede Hilfe zu spät. Die Wunde befand sich zu hoch an seiner Hüfte. Aber wenn sie ehrlich war, wollte sie ihm auch nicht helfen.

»Bitte ...« Er wurde bereits leiser.

Sie schüttelte den Kopf und folgte Espinoza. An der nächsten Ecke bot sich ihr ein schreckliches Bild. Da lagen mehrere leblose Körper. Tarek Abbas' tote Augen blickten leer an die Decke. Alle hatten Schusswunden. Auch Denis lag dabei. Er hatte einen Einschuss am Rücken unterhalb seiner rechten Schulter.

»Nein!« Sie drehte ihn herum und fühlte seinen Puls. Er hatte noch einen, blutete aber stark. Sie hielt den Colt mit den Zähnen, packte ihn unter den Armen und zog ihn weiter. Denis hatte das Bewusstsein verloren. Von Espinoza war weit und breit nichts zu sehen. Sie bot im Moment ein einfaches Ziel. Das spielte keine Rolle. Sie musste verhindern, dass Denis in ihren Armen starb.

Jazmin stöhnte und hob Denis' Körper in dem Notfallzentrum auf den Behandlungstisch. Das war ein autarkes Operationssystem, das Verletzungen dieser Art schneller und besser behandeln konnte als jeder Arzt. Sie drehte ihn auf den Bauch. Leicht war er nicht.

»Notoperation einleiten!« Sie startete die Prozedur. »Steckschuss in der rechten Lunge!« Mit einer Schere schnitt sie seine Kleidung auf. Zwei Roboterarme begannen, die Wunde zu säubern. Andere Teilsysteme stellten die Beatmung sicher, weitere legten einen Zugang für die Bluttransfusionen.

»*Verletzung analysiert. OP-Verfahren selektiert, Fremdkörper identifiziert, Eingriff initiiert, Dr. Harper, bitte treten Sie einen Schritt zurück*«, erklärte eine synthetische Stimme, eine medizinisch spezialisierte KI, die diese Operation vornahm.

Jazmin beobachtete, wie ein Laser die Wunde öffnete und das Projektil entfernte. »Overlay anzeigen.« Hoffentlich würde Denis es schaffen. Das war ein Wettlauf gegen die Zeit.

»*Overlay abgebildet.*« Auf Denis' Rücken war eine Projektion seiner verletzten Organe abgebildet. Es war, als ob seine Haut durchsichtig wurde und einen Blick in sein Inneres erlaubte. Sie sah den Schusskanal und die Stelle, an der das Projektil zuvor gesteckt hatte. Das OP-System versiegelte zahlreiche Adern und ersetzte größere Gefäße, um die Heilung zu beschleunigen. Sein Herz schlug weiter. Sie atmete auf, er sollte es geschafft haben. Er würde nicht sterben!

Jazmin ging zurück auf den Flur. Sie überprüfte, ob noch

jemand lebte. Dem war leider nicht so. Der Major hatte mit einem M-97-Sturmgewehr auf sie gefeuert. Die Hochgeschwindigkeitsprojektile blieben normalerweise nicht im Körper stecken, sie schlugen durch. Aber das war eine besondere Situation, die Lage der Leichen vermittelte Jazmin eine Vorstellung, was passiert sein könnte. Espinoza hatte Denis nicht direkt getroffen. Die Kugel hatte zuerst die Körper von zwei Technikern durchschlagen, bevor sie Denis erreicht hatte.

»*Dies ist keine Übung. Bitte evakuieren Sie das Schiff. Dies ist keine Übung. Bitte evakuieren Sie das Schiff*«, meldete eine automatische Ansage.

Wer lebt überhaupt noch? Sie hatte den Überblick verloren. Es musste weitere Besatzungsmitglieder in den Wohnbereichen geben. Ob Espinoza sie ebenfalls töten wollte? Wenn ja, musste sie ihn aufhalten. Sie ging zurück in das Notfallzentrum. Das OP-System hatte Denis auf die Seite gelegt und die Wunde verschlossen. Er schlief. Seine Vitalwerte waren stabil. Er brauchte Ruhe.

Jazmin nahm ihm das Filtersystem aus der Nase. Mit einem Lächeln beugte sie sich zu ihm und küsste ihn auf die Wange. Sie hätte sich kaum einen schlechteren Zeitpunkt aussuchen können, um einen Mann zu finden, mit dem sie alt werden wollte. Wenn es schlecht lief, war das der erste und der letzte Tag ihrer neuen Beziehung.

»Das ist eine Primärorder. Niemand außer mir darf diese Tür von außen öffnen.« Sie strich Denis durch die Haare. Über das Head-up-Display, das mit einer Klammer auf seiner Nasenwurzel steckte, würden sie, wenn er wach wurde, kommunizieren können. Sie musste noch etwas erledigen. Espinoza würde damit nicht durchkommen.

»*Order bestätigt.*«

Jazmin nahm die alte Pistole und verließ den Raum. Die automatische Tür verschloss sich umgehend. Als Erstes wollte sie zurück auf die Brücke, um eine der auf dem Boden liegenden Waffen mitzunehmen. Vier Patronen in dem Colt waren verdammt wenig. Vor der Tür der Brücke stehend, drückte sie den Öffner.

Nichts passierte.

»Tür zur Brücke öffnen!«

Keine Antwort.

»Mist!« Sie hätte die Chance vorhin nutzen sollen, um sich besser zu bewaffnen. Der Major hatte mit dem Zugang zur Brücke dasselbe getan wie sie mit der Tür zum medizinischen Notfallraum. Keiner von ihnen konnte die Blockade des anderen aufheben. Die KI Mutter wäre in diesem Fall eine Hilfe gewesen, sie war das einzige technische System, das sich eine eigene Meinung bilden und in solchen Fällen eine Entscheidung treffen konnte. Untergeordnete KI-Systeme wie diese Türsteuerung waren dazu nicht in der Lage.

»Ortung aktivieren. Alle lebenden Personen anzeigen. Position von Raul Espinoza ermitteln«, befahl sie.

Wieder keine Reaktion. Ihr Head-up-Display behauptete, die Verbindung zum Server verloren zu haben. Jazmin verdrehte die Augen. Da funktionierte einiges nicht mehr. Sie lief in Richtung der Wohnzone, die sich zwei Decks über ihr befand. Eine Treppe höher erwarteten sie Denis' Drohnen. Die Dinger piepten. Freuten die sich etwa, sie zu sehen? Dieses Verhalten war für Assistenzsysteme völlig untypisch.

»Wir gehen zur Wohnzone. Ihr bildet die Vorhut.« Eine der beiden Drohnen schubste die andere vor, die zwar kurz brummte, aber dann losschwebte. In der Ferne konnte sie Schüsse hören. Espinoza war mit seinem Amoklauf noch nicht fertig.

»*Jazmin, ich weiß, dass du mich hörst!*« Dieser Psychopath. Er nutzte eine direkte Verbindung. Sie wurde langsamer. »*Los, rede mit mir!*«

»Lass uns damit aufhören!« Mit der Waffe im Anschlag folgte sie der Treppe nach oben. Von der Drohne, die bereits oben war, ließ sie Bilder übertragen. Auch wenn nichts von dem Schwein zu sehen war, blieb sie vorsichtig.

»*Wir haben doch gerade erst angefangen.*«

»Du bist krank!«

»*Und du humorlos!*

»Du hast alle Techniker getötet!«

»*Wirklich?*«

»Niemand, der vor der Brücke mit dir sprechen wollte, hat überlebt.« Sie verschwieg, dass Denis noch lebte. »Das waren deine Leute! Du warst für sie verantwortlich!«

»*Sie haben Brandsätze auf die Brücke geworfen!*«

»Du hast auf sie geschossen.« Jazmin ging weiter. Die Drohne erkundete den Weg, und sie folgte einen Moment später. Es gab immer noch keine Spur von ihm.

»*Ach … egal.*«

»Du …«

»*Hat es Jagberg auch erwischt?*«

»Ja.«

»*Und wen hast du dann auf dem OP-Tisch zusammenflicken lassen?*«, fragte er spöttisch.

Sie verzog den Mund.

»Keine Sorge. Ich mache keine halben Sachen. Ich werde mir Jagberg später holen!«

»*Du widerst mich an!*«

»*Ach was … ich sehe dich, Schätzchen! Dich, Mellenbecks alte Pistole und deine kleine Vorhut. Glaub mir, du legst dich mit dem Falschen an!*«

Espinoza hatte also noch Zugriff auf die Überwachungssysteme an Bord. Ein empfindlicher Nachteil. Er konnte sie sehen, sie ihn aber nicht.

»Das glaube ich nicht.« Sie hielt Mellenbecks Pistole hoch. Mit dem General als Anführer wäre das alles nicht passiert.

»Kannst du den alten Colt sehen?«

»*Klar ... was ist damit?*«

»Damit werde ich dich erschießen!«

»*Das wird dir nicht gelingen.*«

»Bei vier deiner Leute ist es mir gelungen.« Es kam nie auf die Waffe, sondern immer auf den Schützen an.

»*Das stimmt ... du hast Glück gehabt. Aber das spielt keine Rolle mehr!*«

»Glaubst du immer noch, dass wir alle sterben werden?« Jazmin ging weiter. Im nächsten Korridor befand sich ein zentraler Treffpunkt. Eine Art Bar, an der man sich nach Dienstschluss hätte nett unterhalten können. Oder auch etwas essen. Jedenfalls, wenn man nicht gerade versuchte, sich gegenseitig zu töten.

»*Nein, das glaube ich nicht ... ich weiß es. Ich komme dem nur zuvor. Das ist ein Akt der Gnade! Ich habe allen die Angst vor dem Tod erspart.*«

Jazmin antwortete nicht. Raul Espinoza hatte den Verstand verloren. Sie lauschte an der Tür zum Aufenthaltsbereich. Dahinter waren Stimmen zu hören. Da lebte noch jemand. Sie wollte die Tür öffnen. Espinoza hatte auch dieses System blockiert.

»*Übrigens ... nur am Rande erwähnt. Ich würde die Tür zu unserer Meeting-Zone nicht öffnen.*«

»Warum?« Jazmin klopfte an die automatische Tür. Auf der anderen Seite wurde es lauter.

»*Du solltest einfach auf mich hören.*«

»Was hast du getan?« Sie untersuchte den Türrahmen, da waren keine Besonderheiten zu erkennen. Ihre Klopfzeichen wurden erwidert. Da waren Menschen eingesperrt.

»Alles, was notwendig ist!« Er lachte. *»Ich habe ihnen nur gesagt, dass sie ruhig sitzen bleiben sollen. Und damit sie mich ernst nehmen, habe ich ihnen eine bewegungssensitive Granate auf den Tisch gestellt. Wenn sie auf mich hören, passiert ihnen nichts.«* Espinoza suhlte sich in seiner Macht über das Leben anderer.

»Du bist ein mieses Schwein!« Extreme Situationen veränderten niemanden, sie zeigten nur, wer man wirklich war.

»Es könnte aber auch sein, dass ich mich im Waffendepot vergriffen habe. Also die Granaten mit Zeitzünder sehen wirklich genauso aus …«

»Was hast du …«

Er fiel ihr ins Wort. *»Du hast drei Sekunden.«*

Jazmin hielt den Atem an, sprang auf und sprintete los. Die beiden Drohnen blieben hinter ihr. Die Explosion zerschmetterte die Zugangstür zum Aufenthaltsbereich, die Druckwelle erfasste sie und schleuderte sie nach vorne. Sie konnte die Hitze spüren. Es stank nach verbrannten Haaren.

»Lebst du noch?«

Jazmin biss die Zähne zusammen. Ihr Rücken schmerzte, als ob ein Pferd sie getreten hätte. Eine der Drohnen hatte sie mit Löschschaum besprüht. Teile ihrer Uniform waren verbrannt.

»Du bist zäh.«

Sie antwortete nicht, sondern begann, zwischen den Trümmern nach der Pistole zu suchen. Sie hatte sie beim Sturz fallen lassen. Da war sie. Sie nahm sie wieder auf. Eine der Drohnen piepte zufrieden, der Einsatz des Löschschaumes hatte Schlimmeres verhindert. Sie hatte nur an der

Schulter oberflächliche Verbrennungen erlitten. Die völlig verdreckte Uniform war bereits vorher reif für den Mülleimer gewesen.

»*Redest du nicht mehr mit mir?*«

Jazmin ging zurück, sie betrat den Raum, in dem die Granate gezündet worden war. Überall lagen Leichenteile herum. Sie konnte nicht sagen, wie viele Opfer die Explosion gefordert hatte. Es waren auf jeden Fall mehrere gewesen. Alle Leichen waren versengt und durch die Detonation bis zur Unkenntlichkeit verstümmelt. Das automatische Brandschutzsystem hatte die Flammen umgehend gelöscht.

»*Sie waren schon vorher tot.*«

Jazmin begann zu schreien. Das war unerträglich. Unerträglich, alle diese Toten zu sehen, und unerträglich, Espinozas Geschwätz zu hören. Sie schrie sich all ihre Wut aus dem Leib heraus. Lauter. Jeder auf dem Schiff sollte es hören. Bei dieser Mission ging es darum, für das Leben zu kämpfen. Für das Leben von drei Millionen Embryos. Drei Millionen Kinder, die auf einer neuen Welt aufwachsen sollten. Und jetzt brachten sie sich wie zwei Psychopathen um.

»Sieben Jahre …«, flüsterte sie. Diese Lüge hatte sie wie eine Blutspur zu diesem Punkt geführt. Und obwohl sie es bereits wusste, war sie unfähig, diese verfluchte Lüge aufzudecken.

»*Was ist in sieben Jahren?*«, fragte er.

»Wir sind keine sieben Jahre unterwegs!«

»*Was soll das denn jetzt?*«

»Das wollte ich dir vorhin sagen … wenn du Idiot zugehört hättest. Jetzt werde ich dir einfach eine Kugel in die Stirn schießen!« Jazmin machte sich auf den Weg. Sie vermutete, dass sich dieser Spinner in einem der Waffendepots aufhielt. Davon gab es mehrere auf dem Schiff. Allerdings nur eines, in dem nukleare Sprengkörper gelagert wurden. Sie würde darauf wetten, dass er seine zerstörerische Psychose krönen und das Schiff in Stücke sprengen wollte.

»Ist das jetzt ein Trick?«

Jazmin gab den beiden Drohnen über das Head-up-Display die Order, zur Notfallstation zurückzukehren und auf Denis aufzupassen. Den Befehl quittierten sie, den Zusatz, Raul Espinoza bei Sichtkontakt zu töten, verstanden sie nicht. Die Dinger würden auch nach diesen Ereignissen keinen Menschen angreifen.

»Ich bin Navigator, ich wüsste als Erster ... wenn wir uns nicht mehr auf Kurs befinden würden.«

Sie verdrehte die Augen. »Und das Schwarze Loch?« Davon war bei der Planung auf der Erde keine Rede gewesen. Das Ungetüm war so groß und so nah, dass man es von der Erde aus bequem hätte erkennen müssen. Was nicht der Fall gewesen war, weil sich in unmittelbarer Nähe der Erde kein Massekoloss dieser Größe befand.

»Ach ... egal.«

»Du bist nicht nur ein Psychopath, du bist auch ein Narr!« Jazmin lief zu einem der Aufzüge. Das Waffendepot mit den schweren Waffen befand sich sieben Level unter ihr.

»Wie lange sollen wir denn deiner Meinung nach unterwegs sein?« Er ging darauf ein.

»Hundert Jahre, zweihundert Jahre ... ich weiß es nicht. Auf jeden Fall mehr als sieben.«

»Niemals!«

»Alle Menschen in den Kältebetten sind tot!« Eine Übertreibung, sie wusste nur von zweien. Die beiden lagen aber erheblich länger als sieben Jahre in den Lagereinrichtungen.

»Du willst mich in die Irre führen!«

Das war das Problem mit paranoiden Psychopathen, sie

konnten äußerst misstrauisch sein. Jazmin würde ihn nicht überzeugen können, wohl aber ablenken.

»Nein ... ich will dich töten!« Auch die Wahrheit konnte wie eine Ablenkung wirken.

»Nein, nein ... ich lass dich nicht in meinen Kopf rein! Du lügst! Das weiß ich genau! Du bist tot! Wir sind alle tot! Ich werde euch das Schiff niemals überlassen!«

Jazmin fuhr mit dem Aufzug herunter. Die Fahrt dauerte nur wenige Sekunden. Er würde sie vermutlich bemerken, aber es gab keinen anderen Weg.

»Jazmin, kannst du mich hören? Ich bin wach ... scheiße, ich leb noch. Ich dachte schon, das wäre es gewesen. Hast du mich in das OP-Center gebracht? Verdammt, ich kann meinen rechten Arm nicht bewegen. Wo bist du?«

Denis meldete sich. Seine Stimme zu hören beflügelte sie. Sie spiegelte ihr Sichtfeld auf seine Umgebung. Denis sah nun, was sie sah, und hörte auch, was sie hörte.

»Espinoza, du bist der Einzige, der heute noch sterben wird. Ich komme jetzt zu dir!« Jazmin war sich in ihrem Leben noch nie so sicher, was sie zu tun hatte.

»Hey, du hast mich gefunden! Willst du wirklich in einem Raum voller Bomben auf mich schießen?« Mit seinen Worten öffnete sich eine automatische Panzertür. Das Duell begann. Einer von ihnen würde es nicht überleben.

»Wenn es sein muss.« Sie hörte seine Stimme über das Netzwerk und durch die Tür. Er stand fünfzig Meter von ihr entfernt. Das Depot war nicht gerade klein. Auf der *USS London* war alles eine Nummer größer. Hier lagerte das gesamte Bombenarsenal, das sie dabeihatten. Besonders die mit Antimaterie angereicherten Nuklearsprengsätze hatten es in sich. Damit konnte man instabile Planeten oder auch störrische Sonnen sprengen.

»Bleib stehen!« Mit dem Gewehr in der Hüfte erwartete er sie. Er schien sich seiner Sache sicher zu sein. Neben ihm befand sich eine mobile Gefechtskonsole. Er hatte vermutlich bereits damit angefangen, Bomben scharf zu machen.

Jazmin schüttelte den Kopf und ging langsam weiter. Sie hatte nicht vor anzuhalten, sie hob den Colt und zielte auf ihn. Die Waffe hatte zuvor bei jedem Schuss leicht nach links gezogen. Als ob sie das bereits hundertfach in ihrem Leben getan hätte, berücksichtigte sie die Abweichung und korrigierte die Waffe.

»Jazmin, ich sehe ihn. Ich bin bei dir. Du wirst ihn treffen. Ich weiß es, ich glaube an dich! Scheiße ... ich glaube, ich liebe dich. Also ich möchte dich wiedersehen ... bis gleich.« Denis' Worte zauberten ihr ein Lächeln auf die Lippen.

»DU SOLLST STEHEN BLEIBEN!«

Sie ging weiter.

Er schoss aus der Hüfte auf sie. Die Salve schlug in den Boden. Das war zu lässig. Noch vierzig Meter.

Jaz, es geht im Leben immer nur um das Feuer in deinem Herzen, hatte ihr Vater einmal gesagt. Immer, wenn sie sich besonders nah gewesen waren, hatte er sie Jaz genannt. Niemand sonst durfte sie so nennen. Das war eine Sache zwischen ihrem alten Herrn und ihr. Jaz, egal, ob du liebst, hasst oder kämpfst, tue es in dem Wissen, in der nächsten Sekunde sterben zu können.

»Ich werde dich töten!« Erst jetzt nahm dieser Idiot die Waffe in den Anschlag. Zu spät. Sie schoss zuerst. Der erste Treffer touchierte seine linke Schulter. Das war nicht tödlich, kostete ihn aber seine Balance. Noch drei Patronen.

»Nein!« Sie feuerte erneut. Diesmal traf sie seine Wange und sein Ohr. Noch zwei Patronen und dreißig Meter.

»Du ...«

»Espinoza, sei einfach ruhig und stirb!« Jetzt hatte sie es raus. Noch zwei Patronen. Sie senkte den Arm und schoss. In seinen Bauch. Volltreffer. Das Gewehr fiel auf den Boden. Er sah sie mit offenem Mund an und musste wegen der Wucht des Treffers drei Schritte nach hinten ausweichen. Noch fünfundzwanzig Meter und ihre letzte Patrone.

Feuer. Das Kaliber .45 Projektil zerschmetterte seine Stirn und riss ihn von den Beinen. Major Raul Espinozas Dienstzeit auf der *USS London* war damit offiziell beendet.

»Dies ist keine Übung. Bitte evakuieren Sie das Schiff. Dies ist keine Übung. Bitte evakuieren Sie das Schiff«, meldete eine automatische Ansage.

XXII.

WAS HAST DU GETAN?

Finch hatte in der letzten Nacht kein Auge zugemacht. Ständig dachte er an die Worte, die sein Vater ihm im Keller von Glamis Castle offenbart hatte. Das war doch krank! Sein Vater, Professor Dr. Dr. Duncan Harper, einer der renommiertesten Wissenschaftler seiner Zeit, hatte ihm gegenüber gestanden, das größte Projekt der Menschheitsgeschichte sabotiert zu haben. Nach seinen Worten hatte er mit Jazmin ein als Frau getarntes KI-System durch die Sicherheitssysteme geschmuggelt.

Die beiden gigantischen Archen gingen über alles hinaus, was je durch Menschenhand erschaffen wurde. Die Pointe dabei war, dass sein Vater selbst vor achtundfünfzig Jahren dieses Projekt ins Leben gerufen hatte. Duncan Harper hatte für die Vision geworben, Menschen auf eine von der Zivilisation unberührte Welt zu bringen und ein neues Zeitalter beginnen zu lassen, in dem der Mensch den Weltraum eroberte. Deswegen wurde er von allen gefeiert. Damals, wie auch heute. Der Hype hatte niemals aufgehört und fand nun seinen ruhmreichen Höhepunkt. Finch war bei Projektbeginn noch nicht einmal geboren. Sein persönliches Schicksal war daher nicht mehr als eine bedauerliche Fußnote der Geschichte.

Duncan Harper saß im Aufsichtsrat der Projektgesellschaft und war bis zum heutigen Tag an jeder wichtigen Entscheidung beteiligt. Es gab vermutlich nur wenige, die das jeweilige Raumschiff, die handverlesene Crew, die beteiligten Firmen und alle anderen Unterstützer besser kannten als er.

Warum also tat er das? Aus welchem Grund sollte sein Vater mit einer geheimen Agenda faktisch seine eigenen Sicherheitsprotokolle unterlaufen. Dass Jazmin glaubte, ein Mensch zu sein, änderte daran wenig. Es zeigte nur, mit welch perfider Zielstrebigkeit sein Vater seine Ambitionen zu erreichen pflegte.

Finch stand auf. Dieser Tag würde nicht auf ihn warten. Heute würde in den Staaten um 9 Uhr Ortszeit die *USS Boston* abheben. In Schottland waren sie dem Ereignis fünf Stunden voraus. Das Interview sollte zeitgleich um 14 Uhr beginnen. Er sah auf seine Hände, sie zitterten. Was war seine Rolle in dem Spiel?

Henriette Leicester und sein Vater wussten ganz genau, wie Finch tickte. Beide hatten die Gelegenheit genutzt, sich durch Gespräche davon zu überzeugen. Und dennoch gab sein Vater ihm die Chance, ihn vor den Augen der gesamten Welt zu entlarven. Man würde ihn für die Verfehlungen gegen die Sicherheitsbestimmungen zur Rechenschaft ziehen. Die Möglichkeit, dass Duncan Harper mit 117 Jahren so etwas Ähnliches wie ein Gewissen entwickelte, schloss er kategorisch aus. Das würde niemals passieren. Was hatte sein Vater nur vor?

»Guten Morgen.« Es klopfte an der Tür. Alex, die über seinen Terminplan wachte. »Ich weiß, ich bin unhöflich ... aber wir haben heute noch einiges zu tun.« Sie strahlte und pustete sich eine Locke aus dem Gesicht.

»Ist schon in Ordnung ... ich bin wach.«

»Aber noch nicht geduscht, angezogen und bereit für die Kamera!« Sie zog die Vorhänge auf.

»Ja, Ma'am.«

»Hopp, hopp, sonst komme ich mit einem kalten Waschlappen!« Auf dem Arm hielt sie ein Pad-System, aus dem holographische Bildelemente in die Höhe wuchsen.

Finch nickte, zog sich seinen Schlafanzug in Form und ging ins Badezimmer.

Sein Frühstück bestand aus einer Tasse schwarzem Kaffee und einem Croissant, das wie ein gezuckertes Mehrkornbrötchen schmeckte. Er bemerkte, dass er in Gedanken Fluchtpläne validierte. Glamis Castle einfach zu verlassen war ein naheliegender Schritt, wenn auch kein leichter. Schließlich wäre er gleich auf mehreren Ebenen gescheitert. Weder der Bürgermeister, Howard, sein Chef bei der Polizei, das Produktionsteam noch Alex hätten das verstanden. Man würde ihn öffentlich steinigen und vermutlich wegen der Marrakesch-Sache vor Gericht stellen. Eigentlich könnte er sich also gleich einen Stein um den Hals binden und sich in einem Weiher nahe Glamis Castle ertränken.

Ich könnte plötzlich krank werden, dachte er. Sein Darm war in solchen Situationen stets ein guter Partner. Aber die Folgen wären ähnlich verheerend wie bei einer Flucht gewesen. Zudem würde ihn noch die halbe Welt auslachen. Er schüttelte den Kopf, nein, es wäre wohl die gesamte Welt. Und wer möchte schon durch seinen Reizdarm Schlagzeilen machen?

Er könnte Martin, seinen Produzenten, erwürgen, der gerade das vierte mit Marmelade beschmierte Croissant verspeiste und sich dabei angeregt mit Colonel Keller unterhielt. Die beiden verstanden sich offenbar blendend. Der Bürgermeister stand ebenfalls dabei. Alle wirkten gelöst. Verständlich, denn niemand hatte eine Privatführung durch den Folterkeller seines Vaters erhalten. Natürlich würde das Interview nicht stattfinden, sobald Finch über Martins Leiche stehen würde. Dummerweise wären alle Ereignisse, die danach folgen würden, ähnlich unangenehm wie bei einem Fluchtversuch.

Oder er würde mit Alex in der Hand aus dem Schloss rennen und nach Freiheit brüllen. Das hatte Tradition in Schottland, geholfen hatte es jedoch nie.

»Guten Morgen.« Colonel Keller gesellte sich zu ihm.

»Morgen.« Nun, das entwickelte sich ja prächtig.

»Heute ist ein wichtiger Tag.« Keller glänzte mit einer wunderbaren Plattitüde.

»Das ist er ... in der Tat.« Finch konterte mit einer Seichtheit. Er hätte dem Colonel auch sagen können, dass sein Vater ihn gestern darüber informiert hatte, unbemerkt zwei als Menschen getarnte Waffensysteme an Bord der Raumschiffe gebracht zu haben. Dass weder Jazmin noch ihr Bruder Maximilian Harper in Wirklichkeit Menschen waren. Finch räusperte sich. Und schwieg. Das war weder der richtige Zeitpunkt noch der passende Ort.

»Wie geht es Ihnen?« Keller legte mit einer leeren Floskel nach.

»Sehr gut ... das wird eine ganz große Sache!«, sagte Finch mit einem gewinnenden und falschen Lächeln.

»Da bin ich mir sicher!«

»Guten Morgen, Atticus.« Jetzt kam auch der Bürgermeister hinzu. Es wurde immer schlimmer. Finch steckte in der Klemme. Sein Vater wusste genau, in welche Lage er ihn gebracht hatte. Die Anschuldigungen, die er eigentlich erheben müsste, mussten auf Dritte völlig aus der Luft gegriffen wirken. Würde ihm überhaupt irgendjemand glauben, wenn er es sagte? Vermutlich nicht. Auch der Versuch, den Start der *USS Boston* aufzuhalten, wäre deswegen zum Scheitern verurteilt gewesen. Nun, die Welt würde es aus dem Mund seines Vaters hören müssen.

»Guten Morgen, Herr Bürgermeister.« Finch gab ihm die Hand. Diese Posse ging weiter.

»Es freut mich, Sie guter Dinge zu sehen.«

»Ja, Sir.« Es freute Finch, diesen optimistischen Eindruck vermitteln zu können. Echt war er nicht.

Finch bekam einen Anruf, eine bekannte Nummer, es war Natascha. Ein unbekannter Anrufer wäre auch bei Alex gelandet. »*Möchten Sie das Gespräch annehmen?*«, tönte es nur für ihn hörbar in seinem Ohr. Das wollte er.

»Ein Anruf ... ich bitte um Entschuldigung.« Er legte zwei Finger an seinen Hals, um das Telefonat anzunehmen. Dabei verbeugte er sich kurz und verließ den Bürgermeister und den Colonel.

»Guten Morgen.« Finch nahm sich im Vorbeigehen einen Schokoladenkeks vom Büfett und ging auf die offene Veranda. Von dort konnte er die wenigen Stufen herab auf die perfekt getrimmte Wiese gehen. Auf Glamis Castle stimmte jedes Detail.

»*Hallo ...*« Sie klang ängstlich.

»Wie geht es Ihnen?«

»*Nicht gut.*«

»Was ist passiert?«

»*Es ist nur ...*« Sie stoppte.

»Ich möchte Ihnen helfen.«

»*Warum?*«

»Weil ich Polizist bin ...« Das meinte er durchaus ernst, auch wenn es wie eine Floskel klang.

»*Sie können mich nicht beschützen.*« Natascha fing an zu weinen.

»Sie rufen mich an ... warum?«

»*Weil er es möchte.*«

»Bitte?« Eine schlimmere Antwort hätte sie ihm nicht geben können.

»*Guten Morgen, Inspector Harper.*« Das war er. Natascha weinte im Hintergrund. Dieses miese Schwein hatte die ganze Zeit mit ihr und Finch gespielt.

»Was soll das?«

»*Sagen Sie es mir ... Sie waren doch ganz wild darauf, mich wiederzusehen. Sie wirken erschrocken. Warum? Möchten Sie nicht mit mir sprechen?*«

»Lassen Sie Natascha gehen!«

»*Das kann sie jederzeit ... ich halte sie nicht fest.*« Dieser Mistkerl lachte. »*Schatz, möchtest du mich verlassen?*«

»*Nein.*«

»*Sehen Sie, Inspector, sie möchte nicht.*«

»Lassen Sie mich wieder mit ihr sprechen!« Finch wusste, dass er am kürzeren Hebel saß.

»Sie kann Sie hören.«

»Allein!«

»*Schatz, möchtest du, dass ich gehe?*«

»*Nein.*« Sie weinte weiterhin.

»*Inspector, Sie haben es mit Ihren eigenen Ohren gehört. Sie schätzt meine Anwesenheit.*«

»Was wollen Sie von mir?«

»*Ich möchte Ihnen etwas demonstrieren.*«

»Was?«

»*Dass Sie nicht imstande sind, etwas gegen mich zu tun. Dass Sie hilflos sind.*«

»Und wie wollen Sie das anstellen?« Finch wusste, dass dieser Kerl recht hatte.

»*Hören Sie einfach zu ...*«

Finch konnte Natascha atmen hören. Schnell und hastig, sie verschluckte sich. Diese Frau hatte Angst. Sie wimmerte und sagte etwas auf Französisch, was er nicht verstand. Dann folgten ein spitzer Schrei und ein leises Stöhnen, sie hustete kurz, als ob sie sich verschluckt hätte, wurde dann aber still. Ganz still. Kein Ton war mehr von ihr zu hören.

»*Inspector Harper, haben Sie es verstanden?*«

Finch ballte die Fäuste und beendete das Gespräch. Er ging davon aus, Zeuge eines Mordes geworden zu sein. Dieser Bastard hatte Natascha vor seinen Ohren getötet. Vermutlich mit einer Klinge. Und obwohl er Polizist war, hatte er es weder verhindern können, noch war er in der Lage, den Mörder zu stellen. Dies war der schlimmste Tag seines Lebens. Und er war noch lange nicht vorbei.

»Ist alles in Ordnung?« Alex kam zu ihm heraus auf die Wiese. Sie lächelte, bemerkte aber auch seine Niedergeschlagenheit. Da starb eine Frau, die er kaum kannte. Ermordet von ihrem eigenen Ehemann. Und warum? Um ihm eine Lektion zu erteilen? Aus reinem Sadismus?

»Ja«, log Finch.

»Sie sind nervös, oder?«

»Stimmt.« Und wütend, nervös, verängstigt, eingeschüchtert und entsetzt.

Er verdrängte den Gedanken an Natascha und zwang sich, an etwas anderes zu denken. Die *USS Boston*. Beinahe fünfhundert Personen starteten heute ins All. Fast die gleiche Besatzungsstärke war bereits vor zwei Wochen mit der *USS London* aufgebrochen. Was war mit deren Leben? Waren sie in Gefahr? Würde seine Entscheidung dazu beitragen, dass sie alle wohlbehalten im Alderamin-System ankamen?

Es würde in wenigen Minuten losgehen. Das Produktionsteam hatte bereits das benötigte Equipment für Licht und Ton im Kaminzimmer aufgebaut. An diesen Ort hatte sich Finchs Vater früher immer gern mit einem guten Buch zurückgezogen. Bücher aus Papier gab es auf Glamis Castle zu Tausenden.

Finch trug einen dunklen Anzug und eine blaue Krawatte, diese Kleidung war zeitlos. Er wartete. Das Telefonat mit Natascha ging im nicht aus dem Sinn. Ihm war inzwischen scheißegal, ob er sich damit in Schwierigkeiten bringen würde oder nicht. Diesen Mörder würde er auf jeden Fall zur Strecke bringen!

Am Eingang wurde es unruhig. Henriette Leicester unterhielt sich mit Martin und dem Bürgermeister. Da gab es offenbar ein Thema, bei dem die drei sich nicht einig waren. Zumindest für einen Moment, dann kam Henriette auf ihn zu und setzte sich neben ihn. Sie sah ihn an, ohne etwas zu sagen.

»Okay, alle kurz herhören, wir fangen mit Lady Leicester und Finch Harper an. Alle auf ihre Positionen«, erklärte Martin und nahm im Hintergrund Platz.

Finch überlegte kurz, sah dann aber auf die Uhr. Es würde in wenigen Sekunden losgehen. Er durfte die ersten Worte an das Publikum richten. Angeblich sahen ihnen mehrere Milliarden Zuschauer zu. Auf einem kleinen Bildschirm konnte er die Livebilder aus Boston sehen. Das Schiff hatte die Reise begonnen.

Alex zeigte ihm drei Finger, dann zwei, dann einen. Er war auf Sendung. Live, wie er es sich gewünscht hatte.

»Herzlich willkommen!« Finch lächelte. »Mein Name ist Atticus Finch Harper, ich begrüße Sie in meinem Elternhaus auf Glamis Castle in Schottland. Ein geschichtsträchtiger

Ort, aber dazu später mehr. Neben mir sitzt Lady Henriette Leicester, Juristin und gute Freundin meiner Familie. Herzlich willkommen.«

»Danke, Atticus, und auch von meiner Seite möchte ich alle Zuschauer von Herzen willkommen heißen.«

»Nun, das ist heute kein normaler Tag, und ich bin auch kein normaler Moderator.« Finch wartete einen Moment. Er hatte ein Interview zu führen, aber er würde es auf seine Art tun. Er sah in die Kamera. Die Show konnte beginnen: »Aber das wissen bereits viele von Ihnen. Ich bin Polizist, Inspector bei der Mordkommission. Zudem bin ich der älteste Sohn von Professor Dr. Dr. Duncan Harper, der maßgeblich für den Bau der *USS London* und der *USS Boston* verantwortlich ist.«

Finch sah Henriette an, die auf ihren Einsatz wartete. Bereits zu diesem Zeitpunkt hätte sein Vater neben ihm sitzen sollen. Mit dieser Planänderung hatte er nicht gerechnet.

»Als die Bitte an mich herangetragen wurde, dieses Interview in meinem Elternhaus zu führen, habe ich mich selbstverständlich geschmeichelt gefühlt. Geschmeichelt und verunsichert, welche Fragen ich meinem Vater stellen solle. Da gibt es viele ... viele Dinge, die mich bewegen. Die meisten davon sind eher privater Natur. Meine Familie ist durch den Erfolg meines Vaters in der Öffentlichkeit bekannt, es ist auch bekannt, dass ich mich vor fünfundzwanzig Jahren mit ihm überworfen habe. Aber ich denke, meine Belange sind heute nicht wichtig.«

Finch zeigte auf eine Stelle im Raum, an der Zuschauer das Raumschiff sehen konnten, wie es über den Hochhäusern von Boston in den Himmel stieg. Martin zeigte ihm dafür einen Daumen nach oben. Der dicke Bürgermeister lächelte, und Colonel Keller hatte noch keine Waffe auf ihn gerichtet. Das Interview ging weiter.

»Wir begleiten heute den Start der *USS Boston* und wünschen der Crew auf ihrer langen Reise alles Gute. Ihr Schwesterschiff, die *USS London*, ist bereits vor zwei Wochen aufgebrochen. Leider ist nach dem Start aus technischen Gründen keine weitere Verbindung möglich. Ich bin mir jedoch sicher, dass wir Ihnen trotzdem interessante Einblicke gewähren können. Duncan Harper hat in den letzten Jahren nicht gerade als Entertainer geglänzt, weshalb wir alle gespannt sind, was er heute zu sagen hat.«

Finch warf den Ball Henriette Leicester zu. Sie saß, wo sein Vater hätte sitzen sollen, also durfte sie auch für ihn loslegen.

»Danke, Atticus, meine Damen und Herren, mein Name ist Henriette Leicester. Vielen Dank, dass ich zu Ihnen sprechen darf. Mein Auftritt war an dieser Stelle nicht vorgesehen.« Sie faltete die Hände. »Bitte lassen Sie mich das erklären. Ich bin eine gute Freundin von Duncan Harper, seine persönliche Anwältin und habe in letzter Zeit als Generalbevollmächtigte an zahlreichen Projektsitzungen teilgenommen. Die Gründe dafür, die der Öffentlichkeit bekannt sind – gesundheitliche Probleme von Duncan Harper –, entsprachen nicht der Wahrheit.«

Stille.

Niemand im Kaminzimmer sagte einen Ton. Auch Finch war gespannt.

»Es schmerzt mich zutiefst, bekanntgeben zu müssen, dass Duncan Harper vor vier Tagen verstorben ist.« Henriette griff nach Finchs Hand. Das war wie ein Schlag in die Magengrube. Der Kopf von Martin wurde rot, der Bürgermeister bekam Schnappatmung, und Alex hielt sich betroffen die Hand vor den Mund.

»Der Gedanke, dass Menschen ihren Platz im Universum finden, hat sein ganzes Schaffen bestimmt. Dafür hatte er gelebt, gearbeitet, und dafür ist er auch gestorben. Mit 117 Jahren durfte er auf ein langes Leben zurückblicken. Bis zuletzt hatte er sich gegen lebensverlängernde Organtransplantation ausgesprochen und ist friedlich eingeschlafen.«

»Das ... habe ich nicht erwartet«, sagte Finch betroffen, der einen Moment brauchte, um sich zu fangen.

Ein weiterer Moment der Stille entstand.

»Und was tun wir heute?«, fragte Finch. Was für ein Ding hatte ihm dann gestern gestanden, diese Mission sabotiert zu haben?

»Wir denken an ihn. Heute sind die beiden Raumschiffe gestartet. Sein Lebenswerk ist vollendet.« Henriette wandte sich ihm zu. »Als du vor vierzehn Tagen beim Start der *USS London* dabei warst, habe ich eine Chance gesehen, dass ihr noch ein Gespräch miteinander führen könnt. Aber es kam anders. Atticus, dein Vater hatte Zeit, sich auf seinen Tod vorzubereiten. Die hat er genutzt. Er galt als der führende Forscher im Bereich allgemeiner künstlicher Intelligenzsysteme. Weil er wusste, dass er sich für seine Taten zu erklären hat, schuf er ein digitales Abbild seiner selbst. Du hast mit dieser KI gestern gesprochen, und diese KI wird heute auch deine Fragen beantworten.«

Neben Henriette zeigte sich nun Duncan Harper, ein älterer Herr, grauhaarig, schlank und mit Brille. Sie stand auf und überließ ihm den Platz. Dabei ging sie durch ihn hindurch. Die holographische Projektion im Kaminzimmer ließ ihn absolut lebensecht wirken.

»Meine Damen und Herren, ich bitte, diesen außergewöhnlichen Auftritt zu entschuldigen.«

»Einen Moment ...« Finch trank einen Schluck Wasser. Martin stand der Schweiß auf der Stirn. Er war in eine Art

Schockstarre verfallen. Alex zeigte ihm an, dass die ohnehin schon hohe Zuschauerbeteiligung noch weiter gestiegen war. Die Nachricht, dass Duncan Harper bereits seit vier Tagen tot war, ging wie ein Lauffeuer durch das Netz.

»Hallo, Vater ...«

»Atticus.«

»Bitte sieh mir meine kleine Finte nach ... das war jetzt sehr viel auf einmal.«

»Natürlich.«

Finch sammelte sich. Was hatte sich eigentlich geändert? Dass sein Vater tot war? Machte das einen Unterschied? Er hatte dem Scheusal oft den Tod gewünscht.

»Ich hatte einige Fragen vorbereitet ... von denen allerdings einige nicht mehr ... aktuell sind. Wir werden improvisieren.«

»Gerne ...« Duncan Harper gab sich offen, aufmerksam und höflich.

»Du hast mir gestern einen Arbeitsbereich in Glamis Castle gezeigt, ein Labor im Untergeschoss, in dem du früher gearbeitet hast. Möchtest du dem Publikum erklären, was du dort genau getan hast?« Finch musste seinen Vater nicht beschuldigen, er würde ihn einfach selbst sprechen lassen. Er wusste nicht, warum, aber er ging davon aus, dass sein Vater genau das tun wollte: alle Karten auf den Tisch legen.

»Ein Raumschiff über eine sehr weite Distanz zu steuern ist eine komplexe Aufgabe. Sie ist sogar so schwierig, dass auch die qualifiziertesten Menschen dazu kaum in der Lage sind. Deswegen gibt es auf den beiden Raumschiffen sehr fortschrittliche KI-Systeme. Das zentrale KI-System auf der *USS London* wurde von der Crew ›Mutter‹ getauft. Die Crew der *USS Boston* entschied sich für eine männliche Variante und nennt die KI ›Vater‹. Ich arbeitete bereits seit meiner

Ausbildung an KI-Systemen und habe daher auf Glamis Castle die Core-Routinen dieser KIs entwickelt.«

Finch nickte, sein Vater hielt Wort. Mutter und Vater, Jazmin und Maximilian, dieser herzlose Mistkerl hat die künstliche Intelligenz in seinem Leben liebevoller erzogen als seinen einzigen Sohn.

»Aber die beiden Systeme an Bord sind nicht die einzigen künstlichen Intelligenzen an Bord, oder? Erzähle uns von Jazmin, meiner Schwester ... erzähle dem Publikum, wie du sie in deinem Labor erschaffen hast.« Finch hatte nicht vor, seinen Vater zu schonen.

XXIII.

ABWÄRTS

Denis fühlte sich, als ob ihn ein wilder Bulle auf die Hörner genommen hätte. Espinoza hatte ihm in den Rücken geschossen, es war ein Wunder, dass er überhaupt noch lebte. Obwohl, in seinem Fall hatte das Wunder einen Namen: Jazmin Harper. Sie war es gewesen, die ihn auf die Notfallstation gebracht hatte. Sie hatte auch im Alleingang mehrere bewaffnete Offiziere ausgeschaltet und Major Raul Espinoza niedergestreckt, der im Begriff gewesen war, sie alle ins Jenseits zu befördern.

»*Dies ist keine Übung. Bitte evakuieren Sie das Schiff. Dies ist keine Übung. Bitte evakuieren Sie das Schiff*«, meldete eine automatische Ansage.

Diese Meldung fasste in wenigen Worten zusammen, wie es um die *USS London* bestellt war. Es gab unzählige Fehlfunktionen und Ausfälle an Bord. Dabei war es außerhalb des Raumschiffs, das inzwischen mit einer stattlichen Geschwindigkeit auf ein Schwarzes Loch zuraste, noch weitaus ungemütlicher. Keine Rettungskapsel und kein Landungsschiff an Bord hätte eine Chance gehabt, ihrem verhängnisvollen Schicksal zu entkommen. Grund genug, die dämliche Meldung einfach zu ignorieren.

Er wollte sich bewegen, hob die Schulter an, schrie und beließ es dann bei dem Vorhaben. Das fühlte sich an, als ob ihn jemand auf einem armdicken Holzpfahl aufgespießt hätte. Na gut, er würde sich ein paar Minuten ausruhen. Nur kurz seine Kräfte sammeln, um wieder auf die Beine zu kommen. Dank des Displays auf seiner Nase konnte er sehen, wie Jazmin die nuklearen Gefechtsköpfe sicherte. Das war Rettung in letzter Sekunde. Espinoza hatte wirklich den Verstand verloren.

»*Denis?*«

»Ja.«

»*Rede mit mir …*«

»Über was …« Er war müde.

»*Egal … ich bin nervös, und wenn du redest, lenkt mich das ab.*« Jazmin wusste zum Glück genau, was sie an der Waffenkonsole zu tun hatte. Das war Basiswissen eines Kommandooffiziers. Sie musste über ein Dutzend Bomben herunterfahren.

»Hey, das machst du gut!«

»*Danke … und jetzt sag, dass alles gut wird und ich mir keine Sorgen machen muss.*«

»Ähm …«

»*Du darfst auch lügen … ich sehe es dir nach.*« Sie lächelte, während ihre Finger über die holographischen Bedienfelder huschten. Ohne Mutter und ohne zentrale Routinen musste sie sehr viele manuelle Befehle absetzen.

»Wir werden zusammen uralt …«

»*Schön wär's.*« Jazmin schloss die Menüs. Ihre Arbeit war erledigt. Zumindest ihre eigenen Bomben würden sie nicht töten. Sie verließ das Depot. Espinozas Leiche blieb mit zerschmettertem Schädel auf den Bodengittern zurück. Mellenbecks alte Pistole lag mit offenem Verschluss auf seiner Brust.

»… glücklich und werden einen Stall voll Kinder haben.«

Denis hatte immer von einer großen Familie geträumt. Mason war in seiner Planung nur das erste Kind gewesen.

»*Kinder ... wir haben drei Millionen davon.*«

»Ja.« Auch wenn er dabei Kinder im Sinn hatte, die er selbst mit viel Freude hätte zeugen dürfen. Dennoch hatte Jazmin recht, es gab drei Millionen junge Leben, die es zu beschützen galt. Das war die Mission der *USS London*, deshalb befanden sie sich auf dieser Reise. Es ging darum, der Menschheit einen neuen Start zu ermöglichen. Die Sicherheit der Embryos hatte oberste Priorität.

»Hallo.« Jazmin stand vor ihm. Denis musste kurz eingeschlafen sein. Braune Haut und schneeweiße Haare, sie war wunderschön. An das Bild könnte er sich gewöhnen.

»Hi ...«

»Ich würde dich gerne schlafen lassen ... aber ich brauche dich.« Sie hielt seine Hand.

Als ob er jetzt schlafen wollte. »Ist schon okay.«

»Wir sind die Letzten, die noch leben ... Alle anderen sind tot. Der Major hat mit einer Granate ...«

»Ich habe es gesehen.« Sie musste das nicht aussprechen. Mit ihr allein zu sein war sonderbar. Es gab tausend Gründe, Angst zu haben, aber die hatte er nicht.

»Außerdem rasen wir manövrierunfähig auf ein Schwarzes Loch zu. Wir sind zu schnell. Unsere Navigationstriebwerke auf der Steuerbordseite sind nicht einsatzfähig. Mutter ist offline wie auch andere wichtige Kontrollsysteme. Die Brücke ist ausgebrannt, und der Zugriff auf das zentrale Steuerungssystem ist versiegelt.«

»Die zweite Brücke?«, fragte Denis. Es gab auf dem Schiff sogar vier Räume, von denen alle Systeme überwacht werden konnten. Sicher war sicher.

»Colonel Jazmin Harper, erbitte umgehend Zugriff auf zentrale Steuerungssysteme!«, sagte sie laut.

»*Zugang nicht autorisiert*«, tönte es über den Lautsprecher. »*Dies ist keine Übung. Bitte evakuieren Sie das Schiff. Dies ist keine Übung. Bitte evakuieren Sie das Schiff.*«

»Du hörst es selbst ... Espinoza hat das Navigationsmodul, die Triebwerkssteuerung, unsere Lebenserhaltungssysteme und die Drohnensteuerung verschlüsselt. Die Systeme erkennen mich nicht oder erlauben mir keinen Zugriff. An die Waffensystemkontrolle und die Steuerung der Deflektoren komme ich heran ... die halten uns im Moment am Leben.«

»Wir werden nicht aufgeben!«

»Nein, das werden wir nicht!« Sie nahm ihn in den Arm, küsste ihn und hielt einen Moment inne. Denis konnte ihr Herz in der Brust schlagen hören. Er würde weiterkämpfen. Das Leben war nicht fair zu ihm gewesen. Er hatte den Verlust von Sue und Mason verkraften müssen. Grund genug, sich jetzt erst recht gegen das Schicksal aufzulehnen.

»Wir werden unsere fette britische Lady hacken!«

Jazmin sah auf. »Wie?«

»Indem wir an den richtigen Stellen einige Kabel ziehen!«

»Welche?« Sie saß am Rande des Betts, auf dem er lag. Ihre Hand lag auf seinem Bauch.

»Wir werden es nicht schaffen, die Firewall zu hacken ... dazu fehlen uns die Mittel. Wir können auch die Teilsysteme, die Espinoza verschlüsselt hat, auf keinem anderen Weg ansprechen ... die Sicherheitsarchitektur ist gegenüber digitalen Attacken immun.« Damit hatte Denis sich während der Ausbildung intensiv beschäftigt. Allerdings gehörte auch die Besatzung der *USS London* zum Sicherheitskonzept an Bord. Wenn die nicht mehr da war, ergaben sich Möglichkeiten.

»An genau der Stelle bin ich auch.«

»Darum gehen wir einen Schritt weiter. Wir ziehen allen kompromittierten Systemen den Stecker. Ohne Energie funktioniert keines von denen.«

»Und wie steuern wir das Schiff?« Eine gute Frage.

»Gar nicht.«

»Aber?«

»Mutter wird es steuern! Sie ist der Schlüssel.«

»Aber Mutter ist offline. Zumindest tut sie so.«

»Wenn wir auf der Brücke sind, werden wir einen Weg finden, sie zu reaktivieren. Nur von dort können wir in die Datenbank. Wenn Mutter wieder online ist, starten wir die abgeschalteten Systeme neu. Sie ist in der Lage, die Situation zu bewerten. Sie ist die Einzige, die Espinozas Verschlüsselung aufheben kann!« Denis war sich durchaus über die Schwierigkeiten seines Vorhabens bewusst, sah aber keine Alternative. Wenn sie scheiterten, erwartete sie der Tod.

»Verstanden.«

»Dann reparieren wir das Schiff, werfen die Triebwerke an, drehen und fliegen zurück!« Er hatte keine Ahnung, wie viel Zeit ihnen noch zur Verfügung stand. Bei diesem Plan konnten unendlich viele Dinge schiefgehen.

»Hört sich einfach an.«

»Deshalb wird es funktionieren.«

»Ja.« Sie lächelte. »Du sagst mir, welche Stecker ich ziehen soll, und ich werde es tun!«

Denis lag auf der Notfallstation. Das medizinische System überwachte seine Genesung. Er verzichtete auf Schmerzmittel, um bei klarem Verstand zu bleiben. Da er seinen rechten Arm kaum bewegen konnte, musste er die holographischen Menüs mit links bedienen. Über das Display auf seiner Nase, das auf seine Netzhaut projiziert wurde, war er mit Jazmin verbunden. Er sah, was sie sah. Diese Vorgehensweise hatte sich bereits bewährt.

»Steht dir ...« Denis beobachtete sie, während sie sich umzog. Jazmin schlüpfte in einen Gefechtsanzug, der ihren Körper mit einer künstlichen Muskulatur umgab. Sie konnte damit unabhängig von den lebenserhaltenden Systemen agieren. Der Jetpack auf dem Rücken sah verwegen aus.

»*Ich hasse diese Dinger ...*« Jazmin legte sich als Letztes die Halskrause an, aus der sich bei Gefahr ein Helm bilden konnte.

»Fertig?« Denis hatte bereits ihr erstes Ziel ausgesucht. Der Navigationssteuerung den Strom abzustellen sollte nicht schwer sein. Vor allem dürfte der Verlust nicht ins Gewicht fallen, da ihr Kurs aktuell ohnehin durch die Gravitation eines Schwarzen Lochs bestimmt wurde. Wie bei einer Toilettenspülung bewegten sie sich gerade munter im Kreis.

»*Ja.*« Jazmin legte sich abschließend einen Werkzeuggürtel um. Den würde sie brauchen.

»Ich sende dir eine Wegbeschreibung. Du musst drei Decks unter dir eine Revisionsöffnung aufschrauben. Hast du die Unterbrecher dabei?« Die waren wichtig. Denis übertrug den Pfad auf ihr Display. Am Boden vor ihr bildete sich eine rote Linie.

»*Hab ich.*« Sie lief los. Weit entfernt im Schiff gab es eine Explosion. Die Vibrationen waren deutlich zu spüren. Denis hatte keine Ahnung, was das war. Bis auf die dämlichen Meldungen zur Evakuierung hatte er keinen Einblick, was auf dem Schiff gerade alles kaputtging. »*Wie viel Zeit bleibt uns?*«

»Genug.« Er wusste es nicht.

Jazmin lief die Treppen hinunter und kam einen Moment später an der Revisionsöffnung an. »*Klappe KH56A.*«

»Die ist richtig.«

»*Dies ist keine Übung. Bitte evakuieren Sie das Schiff. Dies ist keine Übung. Bitte evakuieren Sie das Schiff.*« Den Spruch würde sie noch öfter hören.

Mit einem Schrauber an einer Sicherungsleine öffnete sie die Luke. Denis bemerkte, dass ihr seine beiden Drohnen gefolgt waren. Das war ungewöhnlich, da er ihnen dazu keinen Befehl gegeben hatte. Die Systeme waren normalerweise nicht in der Lage, solche Entscheidungen zu treffen.

»*Deine beide Drohnen sind ganz schön anhänglich.*« Jazmin störte sich nicht daran, also beließ er es dabei. R2 assistierte ihr und nahm die Abdeckplatte entgegen.

»Ähm ... ja.«

»*Okay ... ich kann jetzt in den Revisionsschacht sehen.*« Jazmin streckte den Kopf durch die Öffnung und sah in beide Richtungen. An dieser Stelle ging es vierzig Meter nach unten und achtzig Meter nach oben. Der Schacht selbst hatte einen Durchmesser von einem Meter und erlaubte einer Person an einer Stange in der Mitte in beide Richtungen zu klettern. Ohne die Exomuskulatur des Anzugs wäre das sehr anstrengend gewesen.

»Du musst zwölf Meter nach oben.« Denis wollte dem Navigationsmodul nicht nur den Strom abstellen, sondern es auch an der richtigen Stelle tun. An dem Knoten würden sie auch die Energie zu zwei Backupsystemen lahmlegen.

»*Ich gehe rein.*« Sie kletterte an der Stange nach oben, als ob sie in ihrem Leben noch nie etwas anderes getan hätte. »*Bin am Verteiler LP981DF angekommen. Ich öffne die Schutzabdeckung.*« Sie sah auf ihre Arme, die anfingen, blau zu leuchten. »*Ist das richtig so?*«

»Keine Sorge. Dein Anzug schützt dich auch vor Überspannungen, das sind nur 380 Volt.«

»*Ich sehe jetzt mehrere Schaltfelder ...*«

»Sehe ich auch ... nimm dir jetzt einen Unterbrecher und schiebe ihn in den Zugang VB5.«

»*Erledigt.*«

»Dann wieder zurück.« Denis konnte das Ergebnis dieser Aktion noch nicht überprüfen. Die Unterbrecher verfügten über einen aktiven Schalter, den er später über ein Funksignal wieder ansteuern konnte. Jazmin würde kein zweites Mal in den Revisionsschacht klettern müssen, um die Navigationsteuerung wieder ans Netz zu bringen.

Zehn Minuten später krabbelte Jazmin durch ein Zwischendeck unterhalb der Zone, in der sich ihre Lebendtiere aufhielten. Denis hatte einen Moment in den Plänen seiner persönlichen Datenablage suchen müssen, um den idealen Platz zu finden, damit er der zentralen Steuerung sämtlicher lebenserhaltender Systeme den Strom abklemmen konnte. Dort wurden alle Systeme koordiniert, die sich um Sauerstoff, Luftdruck und Wärme kümmerten. Natürlich gab es davon Dutzende auf dem Schiff. Sie alle abzuschalten war an dieser Stelle nicht möglich. Aber das brauchten sie auch nicht. Denis unterbrach nur ein System und sorgte dafür, dass die Backupsysteme von dem Ausfall nichts mitbekamen, indem er die maßgeblichen Sensoren aus dem Spiel nahm. Wenn sein Eingriff zum Start einer Backup-Steuerung geführt hätte, wären Espinozas störende Verschlüsselungen an das aktive System vererbt worden, und er hätte mit dem Manöver nichts gewonnen.

»*Hier stinkt es!*«, protestierte Jazmin. Verständlich, da genau über ihr zahlreiche tote Tiere lagen.

»Ich bin bei dir.«

»*Aber du riechst nichts!*«

»Das stimmt ...«

»*Wie weit ist es noch? Ich kann das Overlay in meinem Display kaum noch sehen!*« Das Zwischendeck war an der Stelle nur sechzig Zentimeter hoch und auch nicht vollständig geschlossen. An einigen Öffnungen konnte man Heu, Blut und Exkremente herunterfallen sehen. Kaum eines der Tiere hatte die Gravitationsachterbahn überlebt. Nur einige Hühner waren noch zu hören. Sie würden die Tiere später aus Tierembryonen nachzüchten.

»Noch wenige Meter.« Denis kannte leider keine bessere Stelle, um den Unterbrecher zu setzen. »Jetzt ... unter dir befindet sich eine Revisionsklappe.«

Jazmin wischte mit der Hand den Dreck weg. »*DQ911A.*«

»Die ist richtig.«

»*Denis?*«

»Ja.«

»*Was unterbreche ich hier noch mal?*«

»Die zentrale Steuerung unserer lebenserhaltenen Systeme.«

»*Und was atmen wir danach?*«

»Sauerstoff, Luftdruck und Wärme brechen nicht sofort weg ... wir werden eine Weile ohne Nachschub auskommen.« Auch weil andere Menschen und Tiere tot waren.

»*Und zusammen mit Mutter schalten wir alles wieder ein ...*«

»Das ist unser Plan.«

»*Möchte ich gerade wissen, wie riskant dein Plan ist? Nein, möchte ich nicht. Ich bin dein kommandierender Offizier. Wieso habe ich dem Blödsinn eigentlich zugestimmt?*«

»Hey ... ich bin nur der leitende Techniker. Du möchtest

auf die Brücke und die Kontrolle über das Schiff zurückbekommen. Ich bin offen für bessere Ideen.«

»*Ist gut! Ich tue es …*« Jazmin begann, die Revisionsöffnung aufzuschrauben. »*Bin drin.*«

»Den Unterbrecher auf Zugang VB5.« Zum Glück war Jazmin noch voll einsatzfähig. Die Drohnen wären zu so einer Aktion nicht in der Lage gewesen. Es war eigentlich verwunderlich, dass auf der *USS London* keine Androiden mit von der Partie waren. Also Roboter, die wie Menschen aussahen. Die Technik hatte in den letzten Jahren große Fortschritte gemacht. In das stinkende Loch, in dem Jazmin gerade arbeiten musste, hätte man auch einen Androiden schicken können. Es war Duncan Harper gewesen, der sich für eine nur von Menschen geführte und von Drohnen unterstützte Mission ausgesprochen hatte.

»*Erledigt.*«

Zwanzig Minuten später. Jazmin ging auf die Einsatzzentrale der Techniker zu. Dort befand sich das Depot sämtlicher Drohnen, über die Denis im Wartungsmanagement verfügen konnte. Sie hatte für ein Stück der Strecke einen Scooter genommen und parkte vor dem Eingang. R2 und D2 lösten sich selbst von dem Fahrzeug.

»*Siehst du das?*«, fragte sie.

»Ja.« Erklären konnte Denis es nicht. Weit über hundert Drohnen standen vor dem Depot. Viele von ihnen waren dreckig oder beschädigt. Keine schwebte mehr, alle saßen am Boden.

»*Wieso machen die hier Pause?*«

»Wegen der verschlüsselten Drohnensteuerung?« Das war Blödsinn. Nur weil Espinoza den Zugriff auf ein zentrales Steuermodul verschlüsselt hatte, würden die Drohnen nicht einfach den Betrieb einstellen. Denis überprüfte erneut, ob er den Drohnen einen Arbeitsauftrag erteilen konnte. Es ging nicht. Die waren alle offline.

»*War das eine Frage?*«

»Ich weiß es nicht.«

»*Wenn die ausgefallen sind ... warum funktionieren dann deine beiden kleinen Freunde noch?*« Jazmin stand neben R2, dem sie ihre Hand auf seine Sensorabdeckung legte. Er quittierte diese Geste mit einem zufriedenen Piepen.

»Weder das Verhalten von R2 ist programmiert noch das der anderen Drohnen.« Denis öffnete weitere Fenster der Drohnensteuerung, wurde aber aus den Daten nicht schlau. Espinoza hatte zwar versucht, den Zugriff auf die Drohnen zu sperren, aber das war ihm nicht gelungen. Es sah so aus, als ob die Drohnen zuvor in eine Art Streik getreten waren. »Blödsinn ...«

»*Bitte?*«, fragte Jazmin.

»Ich habe nur laut nachgedacht.« Die KIs der Drohnen waren zu solchen Entscheidungen nicht in der Lage. Sie verfügten zwar über eine eingeschränkte Lernfähigkeit, aber es würde ewig dauern, bevor sie so was konnten. Verdammt! Die Zeit war der Schlüssel!

»*Siehst du mir immer noch zu?*«

»Ähm ... ja.« Inzwischen mit offenem Mund. R2 und D2 hatten sich von Jazmin gelöst und schwebten an den anderen Drohnen vorbei, die sich danach wieder aktivierten. Mehr noch, einsatzfähige Drohnen begannen, andere beschädigte Einheiten zu reparieren. Auch dieses Verhalten entsprach nicht ihrer ursprünglichen Programmierung. »Ich sehe sie wieder in meinem Display. Sie kommen alle online. Die Drohnen haben sich eigenständig der zentralen Steuerung widersetzt. Sie haben sich einfach abgeschaltet. Jetzt kommen sie zurück. Sie nutzen ein neues Frequenzband und melden sich bei meiner Systemumgebung an, um mir ihre Arbeitsbereitschaft zu melden.« Denis konnte auf 102 einsatzfähige Drohnen zugreifen. Es war nicht notwendig, der zentralen Steuerung den Strom abzuschalten. Aus einem ihm nicht erkennbaren Grund hatten die Drohnen die Situation erfasst und sich entschieden, ihm zu helfen.

»*Vielleicht mögen sie dich, Denis*«, erklärte Jazmin amüsiert.

»Das Verhalten entspricht jedenfalls nicht ihrer Grundkonfiguration. Wir müssen sehr viel länger als sieben Jahre unterwegs sein.« Das war für die sonderbare Entwicklung der Drohnen die einzige Erklärung, die sich ihm anbot.

»*Aber wenn wir das Schiff nicht wieder unter unsere Kontrolle bekommen, spielt das keine Rolle. Wir brauchen Mutter ... dann werden wir die Lady reparieren, und ganz zum Schluss setzen wir die Historikerkommission ein, okay?*«

»Ja, Ma'am.«

»*Uns fehlt die Triebwerkssteuerung. Das ist das letzte System, an dem Espinoza herumgepfuscht hat.*«

»Leider ist die Steuerung nicht so einfach lahmzulegen. Wir können die Stromversorgung an drei Stellen angreifen. Ich biete dir einen Ausflug zu unseren Frontaldeflektoren ... wo du gegrillt wirst.«

»*Klingt super.*«

»Alternativ gibt es noch die Möglichkeit, von außen zu arbeiten.«

»*Bei 0,6 c oder mehr und Dauereinsatz der Deflektoren?*« Jazmin klang wenig erfreut.

»Ähm ja ... das würdest du auch nicht überleben. Aber ich wollte vollständig sein.«

»*Weiter ...*«

»Einen habe ich noch … ist aber auch gefährlich. Es gibt eine Revisionsöffnung im Frachtbereich. Dort, wo wir Wasser lagern. Aufgrund der Bauart des Schiffs kann es dort zu Gravitationsspitzen kommen, deshalb geht da niemand freiwillig hin, was eigentlich auch nicht nötig ist.«

»Eine Schattenzone, verstanden. Wieso können wir nur dort die Stromzuführung der Triebwerkssteuerung lahmlegen?«

»Auf die Frage würde ich dir gerne eine sinnvolle Antwort geben. Ich vermute, dass das den Ingenieuren scheißegal war. Auf der *USS London* wurden unzählige Kilometer Kabel verlegt. Das Schiff verfügt an den Randbereichen über mehrere Schattenzonen. Dort ist es technisch schwierig, die künstliche Gravitation stabil zu halten, weswegen dort alles liegt, an das man mit hoher Wahrscheinlichkeit während des Fluges nicht heranmuss.«

»Überlebe ich das?«

»Du hast gute Chancen … Du wirst Drohnen mitnehmen. Die können dich zur Not stabilisieren. Dir wird nichts passieren.« Dafür würde Denis sorgen.

Jazmin stand an der Schleuse und wartete. Hinter ihr befanden sich zwölf Drohnen, die ihr wie kleine Kinder gefolgt waren.

»Du wartest!«, sagte Denis. Aktuell drückte es das Wasser in der Schattenzone mit 5,5 g in die Tanks. Jazmins Jetpack schaffte höchstens 2,5 g, und das nur für ein Zeitfenster von zwei Minuten. Mit den Drohnen ging er davon aus, sie bis zu 3,5 g in der Luft halten zu können. 5,5 g waren zu viel.

»Ich höre auf dich …«

Die Werte fielen. Nur noch 0,7 g. Das war der ideale Zeitpunkt. Denis hoffte, dass sie nicht länger als zwei Minuten benötigen würde. Bisher hatte die Zeitspanne zwischen

Gravitationswechseln immer um die drei Minuten betragen.

»Geh rein!«, rief er. »0,7 g ... du wirst nur wenig Energie verbrauchen. Beeil dich!«

Jazmin öffnete das Sicherheitsschott.

»Sieben Meter hoch, einen Meter rechts neben der Tür. Dort ist die Revisionsöffnung.« Die Ingenieure mussten betrunken gewesen sein, als sie die Kabel hier vorbeigeführt hatten.

Sie stieg in die Höhe.

»Schwankung. 1,4 g. Dein Jetpack schafft das!« Denis sah, wie sie kurz absackte, dann aber wieder anstieg.

Jazmin setzte den Schrauber an. Damit musste sie vier Haltebolzen der Abdeckplatte lösen.

»Schwankung. 2,1 g. Dein Jetpack gleicht das aus!« Denis ärgerte sich. Zuvor waren die Phasen zwischen den Wechseln stabiler gewesen. Jetzt würde sie sehr viel Energie verbrauchen.

»Habe die zweite Schraube ... Ich habe Schwierigkeiten, das Werkzeug zu halten.«

»Du schaffst das!« Denis schickte die ersten beiden Drohnen hinterher, die sich an Schlaufen an ihrem Rücken einklinkten und sie nach oben zogen. Er sah, unter welchen Schwierigkeiten Jazmin arbeiten musste, immer wieder verfehlte sie die dritte Schraube. »Schwankung. 3,9 g. Die Drohnen halten dich!«

Jazmin rutschte abermals von der Schraube ab.

»*Der Schrauber wiegt inzwischen das Vierfache!*«, rief sie unter großer Anstrengung.

»Schwankung. 5,1 g. Die Drohnen halten dich!«, schrie Denis. Das war zu viel und in zu kurzen Wechseln! Die Drohnen gingen auf volle Leistung. Ohne dass er dazu eine Order gab, gingen zwei weitere Drohnen in die Zone. Um die wenigen Meter zu steigen, mussten sie maximalen Schub geben. Bei 5 g sieben Meter tief zu fallen hätte Jazmin auch in dem Schutzanzug nicht überlebt. Das entsprach einer Beschleunigung von fast fünfzig Metern in der Sekunde.

»*Dritte Schraube ist los!*«

»Schwankung. 6,3 g.« Denis konnte nichts daran ändern. Jazmin kämpfte. Der Jetpack an ihrem Rücken war leer. Drohne fünf und sechs gingen in den Raum. Die erste Drohne war leer, klinkte sich aus und raste wie ein Geschoss in den Boden. Er hatte für diese Mission zwölf Drohnen eingeteilt, aber inzwischen befanden sich über dreißig in Warteposition. Die Systeme hielten sie inzwischen zu acht. Drei weitere Drohnen zerschellten am Boden. Sie opferten sich regelrecht für sie.

»*Vierte Schraube ist los!*«

Die Abdeckplatte fiel mit irrer Geschwindigkeit nach unten und blieb wie ein Messer im Boden stecken.

»8,4 g!« Das war der höchste Wert bisher. Viel mehr konnte ein Mensch nicht überleben. Dabei war es egal, ob die Drohnen es noch schafften, sie in der Luft zu halten. Es fielen im Sekundentakt weitere Drohnen aus.

»*VB5! Der Unterbrecher steckt!*«

»Schwankung. 0,5 g!« Das war verrückt. »Komm sofort raus da!«

Die Drohnen klinkten Jazmin aus und schossen nach oben weg. Der Raum war zwanzig Meter hoch. Sie fingen sich wieder. Jazmin landete butterweich zwischen den Trümmern.

»*Denis, warum befinden sich hier hinter den Wassercontainern Kältebetten?*«, fragte Jazmin.

»Da gibt es keine ...« Denis sah es auch. Da waren wirklich Kältebetten. Sogar einige. So viele, dass er sie auf Anhieb nicht zählen konnte. Denen machten die Gravitationsschwankungen bekanntlich nichts aus. Wer zur Hölle brachte Kältebetten in einer Schattenzone unter, wo eigentlich keiner nachsah? »Verdammt, das kann nicht sein!«

XXIV.

WER IST DAS?

Jazmin ging an einem der im Boden eingelassenen Wassertanks vorbei. Das wollte sie sich genauer ansehen. Bei 0,5 g
glaubte sie, wie auf Wolken zu schweben. Warum befanden
sich in einem Schiffsbereich, der in der Regel nie kontrolliert
wurde, so viele Kältebetten? Das widersprach der Sicherheitsarchitektur auf der *USS London*. Wenn sie nicht aus-
gerechnet hier die Triebwerkssteuerung vom Stromnetz
genommen hätten, wäre ihnen das niemals aufgefallen. Das
Raumschiff war schlicht zu groß, um alle Ecken zu kontrollieren.

*»Jazmin ... im Moment sind die g-Werte angenehm, das
könnte sich auch schnell wieder ändern.«* Denis' Warnung
nahm sie nicht auf die leichte Schulter.

»Was ist das hier?« Sie strich über ein Bedienfeld. Das Kältebett war aktiv. Sie zählte kurz. Es waren 56. Sie kontrollierte
ein zweites Bett. Auch dort befand sich ein Mensch im Tiefschlaf. Alles wirkte intakt. Das System zeigte keine Namen,
sondern nur Nummern an. Es fehlte auch ein Bild des Schla-
fenden. Weiblich, vierzehn Jahre alt, Zustand gesund, mehr
Informationen wurden neben der Nummer nicht angezeigt.
Auch diese Details waren äußerst ungewöhnlich. Wer hatte
die Kältebetten an diesem Ort installiert?

»Die Gravitation steigt auf 1,1 g ... noch bleibt dir etwas

Zeit. Mach aber schnell. Findest du eine Seriennummer an dem Kältebett? Damit könnte ich überprüfen, wann sie gebaut wurden«, fragte Denis. Gute Idee, leider fehlte die Seriennummer. Jazmin fühlte eine unbestimmte Gefahr auf sich zukommen. Langsam, aber nicht aufzuhalten. Das war kein Zufall. Zwischen den Kältebetten und der Reisezeit des Raumschiffs gab es einen Zusammenhang. Würden sie hier ebenfalls Leichen finden? 56 weitere Tote? Das könnte sein, aber das glaubte sie nicht.

Jazmin zog eines der Kältebetten hervor. Die gestiegene Gravitation ließ ihre Schritte schwerer werden. Ohne dass sie etwas sagen musste, machten sich vier Drohnen unter dem Kommando von R2 daran, ihr zu helfen. Sie hoben das schwere Kältebett an und brachten es zum Ausgang. Draußen würde sie es gefahrloser untersuchen können. Bei der nächsten Gravitationsspitze wollte sie nicht in dieser Zone sein. Die Sicherheitstür verschloss sich automatisch.

»Ich bin draußen ... wir bringen das Kältebett in einen Aufwachraum. Ich möchte wissen, wer da drin ist.« Während Jazmin redete, huschten ihre Finger über das Bedienfeld des Systems. Trotz der ungeklärten Identität ließ sich die Aufwachroutine dieses Mädchens ohne Probleme starten. Bald würden sie mehr wissen. Es gab keine Fehlermeldungen. Das war ein Durchbruch, um zu verstehen, was sich in der Vergangenheit auf dem Schiff zugetragen hatte. Sie waren der Wahrheit ein gutes Stück näher gekommen.

»Jazmin?«

»Ja ...«

»Das mit den zusätzlichen Kältebetten ist wichtig ... Ich helfe dir auch dabei. Aber im Moment kämpfen wir um die Kontrolle über das Schiff. Unser Plan funktioniert, der Weg auf die zweite Brücke ist offen. Wir können jetzt damit beginnen,

Mutter aus dem Tiefschlaf zu holen. Dazu brauche ich deine Hilfe.«

»Ja.«

»Das Mädchen kann warten ...«

»Du hast recht ...« Sie hielt bereits die Hand über dem Feld, um das Mädchen aufzuwecken. Tat es aber nicht. Nein, jetzt war nicht der richtige Zeitpunkt. Die Drohnen sollten die Jugendliche in den Aufwachraum bringen. Dort konnte sie weiterschlafen. Mutter zurückzuholen war wichtiger. Sie war der Schlüssel, um zu überleben. Jazmin würde sich später um den blinden Passagier kümmern. »Ich mache mich auf den Weg und bin in fünfzehn Minuten bei dir.«

»Du riechst etwas streng ...« Mit diesen Worten wurde eine Frau gern begrüßt. Denis lag nicht mehr in seinem Bett, er stand davor. Nicht gerade aufrecht, aber auf den Füßen. Auf seiner nackten Brust klebten ein handflächengroßer Kreislaufmonitor und ein Medikamentengeber. Er zog seine rechte Schulter nach vorne. Den Arm trug er in einer Schlaufe. Er war zäh.

»Ich sollte dir jetzt sagen, dass du liegen bleiben musst ... ich bin deine Ärztin.«

»Solltest du ...«

»Kannst du gehen?« Sie sparte sich das Gerede. In dieser Situation war Rücksicht fehl am Platz. Sie benötigte seinen technischen Sachverstand und seine Nähe.

»Wenn wir nicht tanzen ... wird es gehen.«

»Tanzen?« Sie lachte.

»Das lassen wir besser.«

»Warte, ich helfe dir.« Sie stützte seine linke Seite. Die Exomuskulatur hatte sie bereits abgelegt. Ihre Haare stanken trotzdem nach Kuhscheiße. Sie dachte an Schottland.

Das war wie nach einem Besuch im Stall von Glamis Castle.

Er stöhnte, sie bugsierte ihn Schritt für Schritt auf den Korridor. Ihr Ziel, die zweite Brücke, befand sich fünf Meter weiter rechts. Die Tür stand offen. Die beiden Drohnen R2 und D2 standen Spalier. Diese Sache mit ihrem merkwürdigen Verhalten mussten sie später auch noch klären. Ihre Liste mit offenen Aufgaben wurde länger.

Auf der Brücke packte Jazmin Denis auf den Sessel des Kommandanten, dessen Rückenlehne sich flacher stellen ließ. Da konnte er ihr helfen und sich dennoch schonen.

»Danke.«

»Gern geschehen.« Mit dem Absetzen gab sie ihm noch einen Kuss. Der nicht für ihn, sondern für sie war. Sie wollte wissen, ob das alles wirklich passierte.

»Colonel Harper, Ihre Brücke ... bitte sehr.«

»Danke sehr.«

»*Dies ist keine Übung. Bitte evakuieren Sie das Schiff. Dies ist keine Übung. Bitte evakuieren Sie das Schiff.*«

Die Meldung nervte ungemein. Jazmin sah sich um. Über die Hälfte aller Systeme war inaktiv. Die Bildschirme in der Wand blieben dunkel und die Konsolen ohne Funktion. Im Moment würden sie weder Informationen über ihren Kurs, die Triebwerkssteuerung noch über den Zustand der lebenserhaltenden Systeme angezeigt bekommen. Sie glaubte, bereits einen kühlen Luftzug festgestellt zu haben. Die Temperatur fiel. Was hingegen funktionierte und auf mehreren Bildschirmen bunt leuchtete, waren die Frontaldeflektoren, die ohne Probleme alles, was sich ihnen in den Weg stellte, abräumten. Der Einsatz der Waffen war nicht notwendig. Es gab keine schweren Brocken, die auf sie zuflogen. Wenn man auf ein Schwarzes Loch zuflog, gab es keinen Gegenverkehr.

Auch ihre aktuelle Geschwindigkeit konnten sie nur erraten. Schnell war es auf jeden Fall. Sehr schnell sogar. Hoffentlich nicht zu schnell.

»Ich habe die Drohnen rausgeschickt, um an zentralen Punkten eine Schadensaufnahme durchzuführen«, erklärte Denis. »Das Schiff sieht besser aus, als ich befürchtet habe ... unsere Hülle ist intakt. Das ist wichtig. Das größte Problem sind nach wie vor die Navigationstriebwerke auf der Steuerbordseite ... eines davon funktioniert, wir brauchen aber mindestens vier, um zu wenden. Drei sind völlig zerstört. Zwölf stehen uns für eine Reparatur zur Verfügung. Wir müssen nur die Hitzesensoren austauschen ... Die Drohnen brauchen dafür vier bis sechs Stunden. Ich lasse sie mit den Arbeiten beginnen.«

»Sehr gut!« Das war eine positive Wendung, mit der sie Zeit sparen würden. Sie setzte sich an den Arbeitsplatz des Offiziers, der für die Datenbank zuständig war. Das wären Cloe oder Rufus gewesen. Beide lebten nicht mehr. Beide hatten falsche Entscheidungen getroffen. Hoffentlich würde sie es besser machen.

»Wir brauchen Mutter!«

»O ja!« Ohne die zentrale KI würden sie das Schiff nicht wieder in Betrieb nehmen können. Nur die KI war in der Lage, Espinozas Verschlüsselung aufzuheben. Mit ihr konnte man reden, sie überzeugen. Mit den nachgelagerten Steuerungssystemen ging das nicht. »Und wir werden sie finden!«

»Ich bin bereit.«

Jazmin aktivierte die digitale Hilfsumgebung, mit der Rufus Mutter aus ihrer dauerhaften Indexierung zurückholen wollte. Er war damit gescheitert. »Simmerkirks Umgebung ist online. Sie ist riesig. Er hat sich diverse Hilfsebenen gebaut, um sich in Mutters Datenbank bewegen zu können.«

Erst jetzt bemerkte sie, welche Anstrengungen Rufus Simmerkirk unternommen hatte. Er hatte dutzendfach neue Versuche gestartet, um an die zentrale KI heranzukommen. Umsonst.

»Gehen wir von hier rein?«

»Das werden wir ... Ich habe unsere beiden Head-up-Displays synchronisiert.« Jazmin lehnte sich in ihrem Stuhl zurück und zog sich die Datenhandschuhe an. Auch Denis hatte welche. Das war nicht die perfekte Ausrüstung, aber es würde funktionieren. Auf die Ganzkörperanzüge konnten sie verzichten. Die Projektion baute sich vor ihren Augen auf. »Wir starten in drei, zwei, eins, jetzt!«

Im nächsten Moment stand Jazmin auf einer weißen Fläche. Denis befand sich direkt neben ihr. Unverletzt und weißgekleidet. Auch die Schrammen in seinem Gesicht waren verschwunden. Intuitiv nahm sie seine Hand. Die einzige Stelle, an der sie sich auf dieser virtuellen Reise berühren konnten.

»Wir sind drin!« Er lächelte. »So sieht es auch in meinem Kopf aus, wenn ich zu viel trinke.«

»Warte ab, was kommt ...« Jazmin ging vor. Dieser künstliche Raum hatte keine Bedeutung. Er diente nur dazu, ihnen eine Landefläche zu bieten. Keine zehn Meter weiter befand sich eine Treppe, die nach unten führte. Nur eine, das war merkwürdig. Rufus hatte bei ihrem ersten Ausflug schon bemerkt, dass es mehrere geben müsste.

»Das sieht abgefahren aus ... Wie können wir hier Kontakt mit Mutter aufnehmen?« Denis stellte die richtigen Fragen.

»Wir werden sie suchen.« Sie ging auf die Treppe zu, kam dort aber nicht an. Alles veränderte sich. Plötzlich standen sie mitten in einer großen Stadt. Denis? Sie hielt ihn immer noch an der Hand. Das war London. Die Hochhäuser ragten unweit in die Höhe. Sie gingen über die Westminster Bridge auf Big Ben zu. Diese Wahrzeichen hatten sich im Laufe der Jahrhunderte nicht verändert. Hunderte Menschen strömten geschäftig an ihnen vorbei. Geschäftsleute in Anzügen, Touristen, die auf alles mit dem Finger zeigten, und Teens, die dank Head-up-Displays in ihrer eigenen Welt lebten. Es gab Apps, mit denen man die Realität verändern konnte. Jazmin erinnerte sich, dass damals eine Piratenversion von London im 17. Jahrhundert der absolute Hit gewesen war. Die App steckte jeden Passanten in eine virtuelle Piratenkluft. Böse Zungen hatten damals behauptet, dass man für diesen Effekt eigentlich keine App brauchte. Es würde ausreichen, genauer hinzusehen.

Denis blieb stehen. In der Luft über ihm zogen einige Gleiter lautlos vorüber. »Wie willst du hier Mutter finden?«

»Hilf mir dabei.« Jazmin versuchte, alle Details zu erfassen, aber es waren zu viele. Menschen, Kleidung, Fahrzeuge, Gebäude, ein Fluss und ein strahlend blauer Himmel.

»Weißt du, woran man merkt, dass hier nichts echt ist?«, fragte er amüsiert.

»Woran?«

»Das Wetter ... Es regnet nicht.«

Sie schüttelte den Kopf. »Danke für deine Hilfe. Wo bist du noch einmal aufgewachsen?«

»Nicht in London!« Denis betrachtete sie. »Du siehst anders aus. Gefällt mir.«

»Ja?« Jazmin bemerkte, dass ihre Haare in diesem virtuellen Ausflug wieder dunkel waren. Sie trug auch keinen weißen Anzug, sondern normale Straßenkleidung.

»Ich bitte um Entschuldigung. Können Sie mir kurz helfen?« Denis sprach eine junge Mutter an, die neben ihrem schwebenden Kinderwagen herlief.

»Gerne ...« Sie zeigte sich hilfsbereit.

»Wir gehören zur Besatzung der USS *London*.« Denis plauderte munter drauflos.

»Oh, wirklich?«

»Ja ... nur eine kurze Frage.«

»Bitte ...«

»Wir befinden uns auf der Suche nach unserer zentralen Bord KI. Wir nennen sie Mutter. Es ist wichtig. Können Sie uns vielleicht sagen, wo wir sie finden?«

Jazmin stand mit offenem Mund daneben. Sie wäre nie auf die Idee gekommen, einfach zu fragen. Denis war in vielen Dingen anders als der Rest der Besatzung.

»Das ist kein Problem. Sie müssen einfach ...« Die Stimme der jungen Mutter verstummte, und die Skyline der Stadt verblasste. Sogar die weit über tausend Meter hohen Wolkenkratzer lösten sich auf. Als ob ein starker Nebel aufkommen würde.

»Denis?«, fragte Jazmin.

»Ich bin noch da.«

Sie sah ihn nicht.

»Wo sind wir hier?« Sie schwammen in einem Meer aus Nebel. Das war ein Rückschritt. Denis' Frage und die freundliche Antwort hatten offenbar die Datei korrumpiert.

»Ich habe keinen blassen Schimmer ... Mit Logik kommen wir hier nicht weiter. Mutter hat einen an der Waffel. Lass uns weiter Regeln brechen und sehen, wohin wir damit kommen.«

»Okay ...« Regeln brechen, genau das passte zu Denis, schließlich war es ihm sogar gelungen, leitender Techniker zu werden, ohne dass er Offizier war. Ich brauche jemanden, der unsere britische Lady in- und auswendig kennt. Ein militärischer Rang ist dafür nicht notwendig, hätte

George Mellenbeck geantwortet, wenn man ihn danach gefragt hätte.

»Also ... was macht man, wenn man sich in einer undefinierten virtuellen Datensuppe befindet? Ich möchte dich an dieser Stelle daran erinnern, dass uns die Zeit im Nacken sitzt.«

»Willst du mich unter Stress setzen?«

»Hilft es?«

»Nein ...« Jazmin hielt die ganze Zeit seine Hand. Oder er ihre? Na, das spielte keine Rolle. Sie hatte eine Idee. Mehr Intuition als ein fundierter Gedanke. »Mutter?«

Keine Antwort.

»Das wäre auch zu einfach gewesen.«

Musste der Weg zu Mutter eigentlich kompliziert sein? In einer gewissen Art und Weise war Jazmin mit der KI aufgewachsen. Ihr Vater hatte sie oft mit frühen Versionen spielen lassen. »Vater.«

»Okay ... gute Idee«, sagte Denis.

»Vater, ich kann dich nicht sehen. Ich brauche dich. Kannst du mir helfen?«

Die Nebelbrühe löste sich auf, und sie standen im Kaminzimmer in Glamis Castle. Vor ihr befand sich sein alter Sessel. Das braune Leder wirkte stumpf. Ihr Vater liebte diesen Ort und hatte hier oft mit einem Buch seine Zeit verbracht. Sie hatte jederzeit zu ihm kommen können. In den vielen Jahren hatte er sie nicht einmal weggeschickt. Er hatte sich immer Zeit für sie genommen. Im Nachhinein wunderte sie sich, wann er überhaupt gearbeitet hatte. Sie konnte sich nicht entsinnen, ihn jemals konzentriert arbeiten gesehen zu haben.

»Wo sind wir hier?«, fragte Denis.

»Hier bin ich aufgewachsen ... das ist Glamis Castle.« Jazmin sah die alten Bücher an der Wand und glaubte sogar, den typischen Geruch von damals wahrnehmen zu können. Eine Mischung aus dem Kirschholz der Regale und dem typischen Muff eines alten Hauses.

»Ähm ... was hat Mutter mit deiner Kindheit zu tun?«

»Hast du mir nicht gesagt, ich soll Regeln brechen? Mein Vater hat die KI an diesem Ort entwickelt. Das sind nicht meine Erinnerungen, sie gehören Mutter.«

»Einverstanden. Im Moment springen wir durch lose Datensätze, indem wir zufälligen Verbindungen folgen. Erkennst du ein Muster?«

»Ein Muster?« Jazmin ließ ihn los und setzte sich auf einen Hocker. Das hatte sie auch als Kind getan, wenn sie ihrem Vater eine Frage stellen wollte. Er hatte dann immer sein Buch gesenkt, gelächelt und ihr die Frage, die ihr am Herzen lag, beantwortet. »Dad, warum hat mich meine Suche nach Mutter hierhin gebracht?«

»Weil du ein kluges Mädchen bist.« Das war nicht Denis. Sie kannte diese Stimme, das war ihr Vater. Er zeigte sich in seinem Sessel sitzend. Ruhig und entspannt mit einem Buch in der Hand, das er gerade auf seine Oberschenkel legte. Er hatte immer eine Brille getragen. Eine Marotte von ihm. Niemand sonst trug eine Brille, um eine altersbedingte Sehschwäche auszugleichen.

»Denis, siehst du ihn auch?«

»Duncan Harper ...«

»Dad, ich habe einen Freund mitgebracht.« Eine Sache, die Jazmin als junge Erwachsene nie getan hatte. Keiner von den Jungs, mit denen sie etwas anfing, hatte jemals mit ihm gesprochen. Dazu hatte sich nie die Gelegenheit ergeben. Nein, das stimmte nicht. Sie war nie lang genug mit jemand zusammen gewesen, um ihn ihrem Vater vorzustellen. Ja, das entsprach eher der Wahrheit.

»Es freut mich, Sie kennenzulernen.« Er nickte Denis zu. »Wie heißen Sie, junger Mann?«

»Denis Jagberg. Sir, die Ehre liegt ganz auf meiner Seite.« Denis ging zu ihm und gab ihm die Hand. »Sir, ich bin erfreut, Sie kennenzulernen, und überrascht, es auf diese Art zu tun.«

»Dad, wir stecken in Schwierigkeiten. Das hier ist nicht real. Weißt du, wo wir uns befinden?«

»Erinnerungen sind real.« Er nahm seine Brille ab. »Wären sie es nicht, hätten wir nie existiert.«

»Dad, wir befinden uns in der Datenbank von Mutter, der KI, die du auf Glamis Castle entwickelt hast. Denis und ich fliegen mit der *USS London* auf ein Schwarzes Loch zu. Wir sind in ernster Gefahr. Es geht um Leben und Tod.« Jazmin wollte herausfinden, ob sie über das Gespräch mit dem Teil von Mutter, der sich an ihren Vater erinnerte, einen direkten Kontakt zu ihr aufbauen konnte.

»Das ist nur teilweise richtig«, erklärte er völlig unbeeindruckt und legte das Buch auf einen Beistelltisch.

Jazmins Augen wurden schmaler. Sie achtete auf jedes Wort. »Wo liegt mein Irrtum?«

»Weißt du, mir ging es immer nur darum, Leben zu beschützen.« Er wich ihrer Frage aus.

»Dad, erkläre mir bitte meinen Fehler.«

»Deswegen habe ich diese Mission ins Leben gerufen.«

»Dad, bitte ...«

»Hab einen Moment Geduld. Diese beiden Raumschiffe sind gigantisch. Ein Meilenstein menschlichen Schaffens. Dennoch sind sie nicht in der Lage, die Mission zu erfüllen. Auf eurer Reise kann so viel passieren. Dinge, die sich nicht vorhersagen lassen. Deshalb war es ein Irrweg, auf jede Frage eine Antwort bereitlegen zu wollen. Ich habe es probiert

... und bin gescheitert. Aber einen Fehler zu machen ist nicht zwingend ein Problem. Ich konnte dadurch lernen, es besser zu machen.«

»Dad, ich versteh nicht, was du mir sagen möchtest.« Seine Antwort hatte nichts mit ihrer Frage zu tun. »Welcher Teil meiner Aussage stimmt nicht?«

»Weißt du es noch nicht?«

»Nein.«

»Wo bist du?«

»Auf der *USS London*.«

»Genauer!«

»Auf der zweiten Brücke.«

»Noch genauer!«

»Ich sitze auf einem Sessel und bewege mich in der Datenbank unserer zentralen KI. Sie indexiert Daten und ist deswegen nicht ansprechbar. Wir brauchen Mutter!«

»Genau da liegt das Problem.«

»Das Problem?« Jazmin verstand nicht.

»Das ist nicht Mutters Datenbank.«

»Bitte?« Sie schüttelte den Kopf. »Wessen denn sonst?«

»Deine ...«

Stille.

»Sir, können Sie uns das bitte erläutern?«, fragte Denis. Jazmin war ganz perplex.

»Es geht um die elementare Frage, wer du bist. Was du bist. Wenn du das verstehst, es akzeptierst, wirst du deine Probleme lösen können. Solange du weiter in einer Illusion lebst ... wirst du nur hilflos neuen Problemen nachjagen.«

Hinter ihnen war ein Kind zu hören, das lautstark in den Raum gelaufen kam. Das war sie selbst, im weißen Kleid und mit roten Schuhen. Sie lief zu ihrem Vater und setzte sich freudestrahlend auf den Hocker. »Hi, Dad!«, rief sie voller kindlicher Freude.

»Hallo, Jazmin. Schön, dich zu sehen«, antwortete er. »Wie gefallen dir deine neuen Schuhe?«

»Ich liebe sie.«

»Das freut mich. Es ist nicht schlimm, wenn sie schmutzig werden, wir können sie nachher zusammen putzen.«

Jazmin stand auf, ihr jüngeres Ich blieb sitzen. Sie ging einige Schritte auf Denis zu. Es fiel ihr schwer, sich zu konzentrieren. Man traf sich nicht alle Tage selbst in der virtuellen Realität.

»Hey, rede mit mir!«, sagte Denis. Er war immer noch bei ihr, aber sie befanden sich nicht mehr im Kaminzimmer von Glamis Castle. Über ihnen war der Himmel blau. Mit der Hand konnte sie feuchtes Gras spüren.

»Denis?«

»Hey, nicht einschlafen!«

»Ich schlafe doch nicht ...« Müde war sie dennoch. Sich kurz auszuruhen würde nicht schaden.

»WACH BLEIBEN!«, rief er. Es klang gedämpft. Als ob er aus dem Zimmer nebenan sprechen würde. Sie konnte sein Gesicht sehen. Ganz nah. Er befand sich direkt bei ihr.

»JAZMIN!«

Sie sah ihn an. Alles in ihr entspannte sich. Auf dieser Wiese im Sommer war es wunderschön.

»COLONEL HARPER! AUGEN AUF!«

Sie schreckte hoch. Denis' Gesicht zeigte Furcht. Warum? Wovor hatte er Angst?

»Ich habe keine Ahnung, was hier abgeht! Aber du wirst mir jetzt nicht einschlafen! Hast du mich verstanden?«, rief er. Nein, das hatte sie nicht. Sie verstand nicht, was er von ihr wollte.

XXV.

WER BIST DU?

»Jazmin! Nicht einschlafen! Bleib bei mir!«, schrie Denis. Das war ernst. »Hörst du! Du musst bei mir bleiben! Rede mit mir!« Er spürte Panik in sich aufsteigen. Nein, er wollte nicht auch noch sie verlieren. Bedrückende Bilder von Sue und Mason erschienen vor seinen Augen. Nein, nicht auch noch Jazmin! Er würde alles tun, um sie zu retten. »Kann uns jemand helfen?«

Gemeinsam mit ihr saß er auf einer Wiese. Ihr Kopf lag auf seinem Oberschenkel. Er konnte ihre Haare spüren. Die Landschaft war vielleicht animiert, seine Furcht war es nicht. Die Angst hatte ihn fest im Griff. Er suchte einen Ausweg. Um sie herum gab es nur hohes Gras, langweilige Hügel, einige entfernte Bäume und reichlich blauen Himmel. Nichts davon würde ihnen helfen.

Weitere Erinnerungen bedrängten ihn. Da war die *USS London*, die sich auf dem besten Wege befand, in einem Schwarzen Loch zu landen. Die enorme Gravitation würde sie zerreißen. Und Espinoza, dieser Idiot! All die Toten, die sie seinetwegen zu beklagen hatten. Dann der Versuch, das Schiff zu retten. Nur deswegen war er hier. Er wollte Mutter finden. Ihre zentrale Bord-KI, die sie benötigten, um Espinozas digitale Schlösser aufzubrechen.

»Jazmin!«

Sie reagierte nicht. Als ob sie unter Drogen stehen würde, blickte sie ihn teilnahmslos an. Warum hatte das Gespräch mit ihrem Vater dieses unerklärliche Verhalten ausgelöst? Das Kaminzimmer war verschwunden. Verdammt, von dem ganzen Mist hier war doch nichts real! Sie befanden sich nur in einer virtuellen Session und durchsuchten Mutters Datenbank.

»Hörst du mich?«

Speichel lief aus ihrem Mundwinkel. Er befand sich in einer Sackgasse, hier würde er keine Hilfe finden. Denis riss sich das Head-up-Display von der Nase. Er atmete schnell. Die Klammer wog nur ein paar Gramm und bezog ihre Energie aus Körperwärme.

»HILFE!«, brüllte er über die leere Brücke. Natürlich bekam er auch hier keine Antwort. Über die Hälfte aller Systeme waren ausgefallen. Verständlich, er selbst hatte die Stromzufuhr unterbrochen, um auf diese verfluchte Brücke zu kommen. Nur von hier hatten sie Zugriff auf Mutters korrupte Datenbank.

Stille.

Es war kein Ton zu hören. Das machte ihm Angst. Er stöhnte, die Anstrengung schmerzte in der rechten Schulter. Der medizinische Monitor auf seiner Brust piepte. Er spürte Einstiche. Das System pumpte ihn voll Medikamente. Aufstehen! Er wollte aufstehen, war aber dazu nicht in der Lage. Der Schmerz hielt ihn zurück. Jazmin hatte ihm die Lehne nach hinten gestellt. Sie saß zusammengesackt auf einem der Stühle neben ihm. Er kam nicht an sie heran. Die Probleme aus der virtuellen Session wurden damit ziemlich real.

»JAZMIN!«, brüllte er.

Die Reaktion blieb die gleiche. Sie bewegte sich nicht. Die einzige Hilfe, die sie zu erwarten hatte, musste von ihm kommen. Ansonsten gab es auf der *USS London* niemanden, der etwas für sie tun könnte. Das war nur eine Frage des Willens.

Er schrie, er kämpfte, er ignorierte die Schmerzen in seiner Brust. Sein Herz raste. Der Puls lag jenseits von Gut und Böse. Er kam hoch, rutschte vom Stuhl und klatschte wie ein nasses Handtuch auf den Boden. Der Schmerz explodierte förmlich. Das war ihm egal. Völlig egal. Er würde ihr helfen!

Denis robbte über den Boden. Nur drei Meter, er musste nicht mehr als drei Meter schaffen. Er griff nach ihrem Bein und zog sie am Fußgelenk zu sich. In letzter Sekunde verhinderte er, dass sie mit dem Kopf auf den Boden schlug. Auch das weckte sie nicht auf.

»Jazmin!« Jetzt lag sie wirklich in seinen Händen. Beide trugen immer noch Datenhandschuhe. Sie reagierte nicht, ihre Atmung war flach und schnell. Zum Glück lebte sie noch. Er nahm auch ihr das Head-up-Display ab, was aber keinen Unterschied machte. Sie blieb nicht ansprechbar.

Denis beruhigte sich. Die Hektik wich aus seinen Gliedern. Die Medikamente zeigten Wirkung. Für einen Moment wusste er nicht, wie lange er bereits auf dem Boden saß. Eine, drei oder vielleicht schon zehn Minuten? Er schlief nicht, bemerkte aber, dass er müde wurde. Das Adrenalin verlor seine Macht über ihn. Verdammt! Er durfte unter keinen Umständen einschlafen!

»Jazmin.« Er hielt sie immer noch fest. Alle Versuche, sie zurückzuholen, scheiterten bisher. Den Grund für diese ungewöhnliche Apathie verstand er nicht. Ihr Vater hatte ihr doch nur gesagt, dass diese Datenbank ihre eigene wäre.

Erst jetzt fing er an, über diese Antwort nachzudenken. Wie hatte er das gemeint? Na ja, selbstverständlich hatten sie nicht mit Duncan Harper persönlich gesprochen. Das war nur eine Erinnerung, die eine aus den Fugen geratene KI in ihrem Innersten aufbewahrt hatte. Verrückt, das ergab keinen Sinn.

Ohne darüber nachzudenken, zog er sich die Datenhandschuhe aus und nahm sich den unter seiner linken Brust aufgeklebten Kreislaufmonitor und Medikamentengeber ab. Das System begann zu piepen. In der Not neigten Menschen dazu, das Naheliegende zu übersehen. Er trug die Hilfe für sie die ganze Zeit direkt über seinem Herzen. Sie brauchte die Medikamente dringender als er.

Denis beugte sich über sie und steckte seine Hand an ihrem Halsausschnitt in ihr Oberteil. Er platzierte den Monitor unterhalb ihrer linken Brust. Genau da gehörte er hin. Die Haut an ihrer Brust war warm und weich. Der Monitor verstummte kurz und fing dann an, umso lauter zu piepen. Es zischte leise. Sie bekam die Medikamente, die sie brauchte. Das würde helfen. Er spürte, dass sich ihr Herzschlag beschleunigte.

»Ich werde dich abholen ...« Denis setzte zuerst ihr und dann sich selbst das Head-up-Display auf. Abschließend zog er seine Handschuhe an. Es hatte sich nichts verändert. Sie beide saßen immer noch auf der Wiese. Vermutlich in der Nähe dieses dämlichen Schlosses, das alte Gemäuer konnte ihm gestohlen bleiben.

»Was ...« Sie schreckte auf. »Wo bin ich?«

»Bei mir ...« Es funktionierte. In diesem Moment fiel ihm ein tonnenschwerer Stein vom Herzen. Er hatte sie wieder. »Du hast dir eine Auszeit genommen.«

»Auszeit?«, stammelte sie.

»Weißt du, wo du bist?«

Sie legte den Kopf auf die Seite. »Die Wiese ist nicht echt ... das ist eine virtuelle Session.«

Er nickte erleichtert.

»Weißt du auch noch, wer ich bin?«

»Ja ... jemand, den ich deutlicher spüre, als es mit Handschuhen möglich sein sollte«, stellte sie verwundert fest und berührte sein Gesicht.

»Du hattest das Bewusstsein verloren. Ich habe mir wirklich Sorgen gemacht. Deshalb sitze ich mit dir auf dem Boden der Brücke und halte dich fest. Was du siehst, ist eine Animation, was du spürst, ist allerdings echt.«

»Du bist echt ...« Sie lächelte.

»Mein Medikamentengeber hat dich zurückgeholt. Er klebt jetzt auf deinem Bauch.«

»Geht es dir gut?«, fragte ein kleines Mädchen. Sie hier zu sehen war eine Überraschung. Denis kannte die junge Dame im weißen Kleid und roten Schuhen bereits. Das war die Erinnerung von Mutter an Jazmin als Kind. Die beiden teilten eine besondere Verbindung.

»Ja.« Jazmin sah sie an.

»Ich habe mir Sorgen um dich gemacht.« Etwas hatte sich verändert. Bei der Begegnung im Kaminzimmer hatte das Kind nicht auf sie reagiert. Jetzt sprach sie sogar mit ihnen.

»Bist du deswegen zu mir gekommen?«, fragte Jazmin.

»Ihr wart plötzlich verschwunden ... da habe ich euch gesucht. Es war nicht einfach, euch auf der Wiese zu finden. Wie seid ihr so schnell hierhergekommen?«

»Das wüssten wir auch gerne ...« Im Gegensatz zu vorhin blieb sie gelassen.

»Na, ihr seid aber lustig ... wisst ihr etwa nicht mehr, wie ihr auf diese Wiese gekommen seid?«

»Das ist wirklich lustig, oder?« Denis signalisierte Jazmin, ihn antworten zu lassen. Er hatte eine Idee. Das war eine virtuelle Session, nichts von dem, was man hier sah, war real.

Deshalb war alles möglich. Auch die wildeste menschliche Phantasie wäre auf diesem Wege visualisierbar gewesen. Eine Grenze gab es nicht. Was jedoch real war, waren die involvierten Personen. Jazmin, die offensichtlich mit sich selbst konfrontiert wurde. Nur war das ein Denkfehler. Das Mädchen, das wie Jazmin als Kind aussah, war in Wirklichkeit Mutter. Mutter in einer frühen Version ihrer Existenz. Während sich die ausgebildete KI, die ihr Schiff gesteuert hatte, mit der Indexierung von alten Daten im Kreis drehte, war diese kindliche Version in den Tiefen ihrer Datenbank verborgen.

Mutter lachte, wie es nur ein Kind konnte. Ausgelassen, albern, aber authentisch. Jazmin hörte zu.

»Kannst du uns helfen?«

»Wobei?«

»Du kennst dich offensichtlich gut aus ... kannst du uns den Weg zurück zeigen?«

»Klar!« Sie sprang auf der Stelle. Es war für Denis nicht einfach zu akzeptieren, dass eine KI über solche Erinnerungen verfügte. Er hatte sich ihre Entwicklung anders vorgestellt.

»Wo müssen wir lang?«, fragte Jazmin, die auf das Spiel mit Mutter einging.

»Kommt mit!« Mutter drehte sich um die eigene Achse und tanzte über die Wiese.

Jazmin und Denis standen auf. Auf der Brücke der *USS London* saßen sie weiterhin am Boden und hielten sich fest. Es genügte in einer virtuellen Session völlig, sich vorzustellen zu gehen. Der Computer erledigte den Rest.

»Wo ist Glamis Castle?«, fragte Jazmin. Das Schloss war auch in der Ferne nicht zu sehen.

»Na da!« Mutter zeigte auf einen schwarzen Punkt, der rasend schnell auf sie zukam. Das war ein Wechsel zu einer anderen Datei. Hoffentlich würden sie den Kontakt zu ihr nicht verlieren. Die Schwärze umhüllte sie wenige Sekunden später.

»Jazmin?«, fragte Denis.

»Ah ... jetzt habe ich euch aber reingelegt!«, erklärte Mutter mit einer diebischen Freude. Sie öffnete eine Tür. Jazmin ging vor. Denis folgte ihr. Es erwartete sie das nächste Szenario.

»Das hast du wirklich!« Denis pflichtete ihr bei. Sie befanden sich in einem Labor. In der Nähe waren unbekannte Stimmen zu hören, die sich über technische Aspekte von Polymeren unterhielten. Ein interessantes Thema, da man aus dem Zeug sehr viel herstellen konnte. Die Stimmen sprachen über die Eigenschaften menschlicher Haut und die Möglichkeiten, sie künstlich zu erschaffen.

»Wo sind wir hier?«, fragte Jazmin.

»Ich wollte euch etwas zeigen ... Ihr müsst aber leise sein. Eigentlich darf ich nicht hier sein. Die Großen denken, dass ich es noch nicht verstehen würde«, flüsterte Mutter.

Jazmin sah zu ihm. »Ich kenne diesen Ort ebenfalls. Das ist das Labor im Keller von Glamis Castle. Hier haben früher Mitarbeiter meines Vater gearbeitet.«

Denis nickte. Sie sollten sich die Zeit nehmen, diese Erinnerung zu erkunden.

»Kommt mit ...« Mutter ging vor. Das Labor verfügte über einen Nebenbereich, in dem Kartons gelagert wurden. Dort war es dunkel. Ein feines Gitter sorgte dafür, dass sie zwar in das Labor blicken konnten, aber selbst nicht gesehen wurden.

»Weißt du, was die Wissenschaftler tun?«, fragte Denis. Eine ungewöhnliche Frage für ein Kind, aber eine passende für Mutter. Er war gespannt auf ihre Antwort.

»Die machen Kinder!«

»Bitte?« Jazmin zeigte sich erstaunt.

»Natürlich keine echten Kinder. Das geht anders.« Mutter legte den Kopf leicht schräg auf die Seite. »Hey, ihr seid schon groß und solltet das doch wissen!«

»Kannst du uns bitte zeigen, wie sie es tun?«, fragte Jazmin mit einem vielsagenden Lächeln im Gesicht.

»Klar ... ich kenne einen Weg!« Mutter schob einen Karton weg und sprang in eine Öffnung im Boden. Denis konnte nicht sehen, wo sie geblieben war. »Kommt ihr?«

»Nichts, was wir sehen, ist real ... das sind alles nur Erinnerungen einer KI.« Jazmin sprang hinterher. Dieser Trip war verrückt. Denis schüttelte den Kopf und folgte den beiden.

Sie landeten in einem Büro. Auf der rechten Seite standen antike Möbel, links befanden sich mehrere Glasschränke. Die Decke über ihnen war unversehrt, natürlich, mit dem Sprung hatten sie lediglich eine weitere Datei geöffnet.

»Seht ihr die Puppe?«, fragte Mutter und trug ein lebendig anmutendes Baby in den Armen. Das Kind quiekte vergnügt und spielte mit ihrem Finger.

»Das Kind auf deinem Arm?«, fragte Jazmin.

»Hey ... das ist eine Puppe!« Mutter riss dem Baby den Kopf ab, trotzdem hörten die Finger nicht auf, sich zu bewegen. Auch der Kopf brabbelte weiter. Blut gab es keines. »Hab ihr etwa noch nie eine Puppe gesehen?«

»Doch ... aber nicht so eine.« Jazmin berührte das Kind vorsichtig. »Es fühlt sich echt an.«

»Klar! Die machen gute Babypuppen«, erklärte Mutter altklug und steckte dem Kind seinen Kopf zurück auf den Körper. Denis ging einen Schritt näher heran. Er war Techniker und kannte jede Menge Spielzeug. Solche lebensechten Puppen gab es auf jeden Fall nicht in der Spielzeugabteilung zu kaufen. Vor etwa hundert Jahren hatte es in der Öffentlichkeit eine längere Diskussion gegeben, was Androiden können sollten und was nicht. Aus ethischen Gründen wurden die Forschung und die Nutzung stark eingegrenzt. Die Mehrheit wollte, dass jemand, der wie ein Mensch aussah und sich wie einer benahm, auch wirklich einer war. Danach mussten Androiden gekennzeichnet werden und wurden nur für Missionen eingesetzt, die für Menschen zu gefährlich waren und nicht von Drohnen erledigt werden konnten. Bereits achtzig Jahre früher war aus ähnlichen Gründen das Klonen von Menschen und Tieren komplett verboten worden.

»Weißt du, was mit den Puppen geschieht?«, fragte Jazmin, die unruhig wurde.

»Sie sollen lernen.«

»Was lernen?«

»Wisst ihr, eigentlich sollte ich das nicht wissen, aber ich habe gelauscht. Dad und seine Leute sprachen über ein Raumschiff. Also, das gibt es noch nicht ... die bauen das noch. Es soll später einmal zu einem anderen Planeten fliegen. Ich habe keine Ahnung, warum. Egal ... dafür lernen die Puppen.«

»Eine Babypuppe lernt für eine Raumschiffmission?«, fragte Denis. Auch wenn Mutter ihnen keine einfachen Antworten gab, entwickelte sich das Gespräch in eine interessante Richtung.

»Na ja, natürlich gibt es weitere Puppen. Ich mag diese nur gerne, weil sie immer mit meinem Finger spielt.« Mutter ging zu den Glasschränken und legte die Puppe ab. Sie öffnete mehrere Schubladen. »Also ... mit dieser Puppe bin ich zwei Jahre alt.« Mutter holte ein Kleinkind aus der Schublade hervor. Auch diese Puppe lebte. Wie das Baby hatte sie dunkle Haut. Das Kleinkind versuchte, nach Mutters Haaren zu greifen, was ihm aber wegen der ausgestreckten Arme nicht gelang. »Die Puppe zieht immer an meinen Haaren.«

»Wieso bist du zwei Jahre alt?«, fragte Jazmin erschrocken.

»Ja ... schau hier. Hier ist eine weitere. Es gibt sie in allen Altersstufen. Mit der Puppe bin ich fünf.« Mutter hatte jetzt mehr Mühe, das Kind aus der Schublade zu heben. Denis glaubte kaum, was er sah. Nichts davon war real, das wusste er, dennoch war allein der Gedanke, dass Mutter über solche Erinnerungen verfügte, außergewöhnlich. Zudem sah die fünfjährige Puppe Jazmin ähnlich. Das Kind hätte auch ihr eigenes sein können.

»Bist du auch eine Puppe?« Jazmin stand mit weit geöffneten Augen vor ihr.

»Wusstet ihr das nicht?«, fragte Mutter erstaunt. »Ich bin alle Puppen in den Schränken.«

»Alles in Ordnung?«, fragte Denis, der direkt neben Jazmin stand. Gut, dass er sie stetig in den Armen hielt.

»Ja ... nein. Nichts ist in Ordnung.« Jazmin sah Mutter an. »Wie ist dein Name?«

»Jazmin Harper.«

»Weißt du, wer ich bin?«

»Du bist ich ... nur älter.«

»Kennst du deinen Vater?«

»Na, ihr habt ihn doch im Kaminzimmer getroffen. Er heißt Duncan Harper. Ich habe noch einen älteren Bruder, der aber nicht mehr hier wohnt. Er und Dad haben sich oft gestritten.«

»Wie alt bist du?«

»Neun.«

»Gibt es noch Puppen von dir, mit denen du älter bist?«

»Ja.«

»Kannst du sie uns zeigen?« Jazmin blieb hartnäckig. Denis hatte inzwischen Probleme, die Zusammenhänge zu verstehen.

»Ich mag sie nicht so gerne ... meine Füße sind dann zu groß für meine Schuhe. Das ist blöd.« Mutter zeigte ihre mit Erde beschmutzten roten Schuhe.

»Bitte ... es ist wichtig.«

»Na gut.« Mutter ging in einen weiteren Raum. Die Lichter aktivierten sich eigenständig. »Ihr müsst aber leise sein ... wenn wir erwischt werden, bekommen wir Ärger.«

»Wir flüstern, in Ordnung?« Jazmin betrat den Raum als Erste. Denis könnte verstehen, wenn sie umgehend wieder schreiend herausgelaufen wäre. Die Jazmin-Puppen standen hier in Glaszylindern, trotzdem lebten sie alle. Eine winkte ihnen zu, die anderen ignorierten sie.

»Bei der sind wir dreizehn ... ein blödes Alter. Ich mag keine Pickel.« Mutter zeigte wie eine Führerin in einem Wachsfigurenkabinett auf die verschiedenen Altersversionen.

Jazmin blieb in der Mitte des Raumes stehen. Für Denis war das ein ausgewachsener Albtraum.

»Hier siebzehn.« Die Puppe hatte nur Dessous an und sah verschämt auf den Boden. »Bei der sind wir einundzwanzig und bei der letzten sechsundzwanzig.« Die beiden älteren Versionen beobachteten sie mürrisch und verschränkten die Arme. Ein Glaszylinder war leer. Denis ging näher heran. Zweiunddreißig stand auf einem Schild. Ein Schauer lief ihm über den Rücken.

Erst jetzt verstand er Jazmins Bestürzung. Auch die Bemerkung ihres Vater machte nun Sinn. Das wäre ihre Datenbank, hatte er gesagt. Das war noch viel schlimmer als ein Albtraum. Aus dem konnte man aufwachen. Jazmin war ein Androide. Ein Roboter, ein künstlicher Mensch, und sie hatte es bisher nicht gewusst. Ihr Vater hatte sie über Jahre hinweg belogen.

»Ein Zylinder ist leer ... wo ist die Puppe?«, fragte Jazmin. Sie hielt sich besser, als er es erwartet hatte.

»Sie ist unterwegs.«

»Wo?« Jazmin wurde lauter.

Mutter zuckte unwissend mit den Schultern. »Ich weiß es nicht ... benutzt du sie?«

Jazmin wich kopfschüttelnd einige Schritte zurück. Mit den Händen versuchte sie, das von sich wegzuhalten.

»Jazmin, sieh mich an!« Denis stellte sich vor sie.

»Was?«

»Das ist nicht real!«

»Ach was?« Sie fing an zu weinen.

»Das ist nur ein Datenfragment einer KI, die gerade Probleme hat, ihre Erinnerungen zu indexieren ... wir kennen den Zusammenhang nicht. Das könnte auch etwas völlig anderes bedeuten.« Denis bemühte sich, die Situation zu relativieren. Aber im Grunde war er sich über die Bedeutung ihrer Entdeckung im Klaren. Mutter würde sich solche Dinge nicht einfach aus den Fingern saugen. Zumindest ein Teil davon musste wahr sein.

»Ich habe keine Probleme damit«, erklärte die kindliche Mutter, die sich davon unberührt zeigte.

»Hast du schon einmal erfahren, dass dein gesamtes Leben nur eine Lüge ist?« Jazmin war wütend. Das durfte sie auch sein. Dennoch sollte sie einen kühlen Kopf bewahren.

»Mir ist klar, wie das aussieht ... und mir ist auch klar, wie du dich fühlst. Schreie, weine, tobe. Aber danach brauche ich dich wieder. Die Realität sieht leider für uns im Moment nicht rosig aus. Wir befinden uns auf einem manövrierunfähigen Raumschiff und rasen auf ein Schwarzes Loch zu.«

»Das weiß ich!«

»Sehr gut! Dann weißt du auch, warum wir hier sind. Wir wollten Mutter finden. Wir brauchen sie, um das Schiff zu retten. Diese Erinnerung, diese Datei ist von Mutter. Das Kind, mit dem wir reden, ist Mutter. Jünger als erwartet, auch nicht so weise, aber sie ist es!«

»Na und?«, fragte sie trotzig.

»Hast du mich nicht verstanden?« Denis ging näher auf sie zu. In der Realität war sie so nahe, dass er ihren Atem spüren konnte. Er merkte zudem, dass sich ihre Hände schmerzhaft in seine Oberarme gruben. »Wir haben sie gesucht, und wir haben sie gefunden! Nur deshalb sind wir hergekommen!«

»Geht es um mich?«, fragte Mutter.

»Jazmin! Du bist Offizier! Bist du wieder bei mir?«, fragte Denis. Er ignorierte Mutters Bemerkung.

»Ich bin nur ...«

»Nein!« Er fiel ihr ins Wort. »Es ist egal, was du sagen wolltest, aber es fängt nicht mit *ich bin nur* an! Wir sind die Person, für die wir uns entscheiden! Ich bin meiner Frau gefolgt. Nur ihretwegen durfte ich mich als Techniker an der Akademie einschreiben. Ich war das geduldete Übel, damit Sue mitfliegt. Ohne sie hätte ich über die *USS London* nur in der Zeitung gelesen! Meine Schulleistungen hätten auch in zwei Leben nicht genügt, um die Tests für eine reguläre Aufnahme zu bestehen! Sue starb, und ich bin dennoch geflogen! Das war meine Entscheidung! Jetzt bist du an der Reihe!«

»Aber ...«

»Nichts aber! Ja, mag sein, dass in deinem Hintern ein paar Kabel langlaufen. Hey, na und? Damit komme ich klar. Du bist Ärztin, du kannst mir helfen, wenn ich verletzt bin. Sieh mich an! Ich bin Techniker! Wir passen zusammen! Wenn du deinen Arm verlierst, schraube ich ihn wieder dran!«

Sie lachte.

»Ich möchte den Rest meines Lebens mit dir verbringen. Das ist mein Wunsch! Wie gesagt ... jetzt bist du an der Reihe. Du musst eine Entscheidung treffen. Wer wirst du ab heute sein? Die Frau, die mir hilft, drei Millionen Kinder zu retten? Drei Millionen verdammt echte Leben!«

»Ich möchte an deiner Seite sein!«

Er küsste sie. Es spielte keine Rolle, was sie war, es kam nur darauf an, wer sie sein wollte. »So, und jetzt werden wir einen Weg finden, diese verflixte KI zurück auf unseren Hauptrechner zu bringen!«

»Ja.« Jazmin lächelte.

»Ich verstehe nicht ... redet ihr über mich?«, fragte Mutter. Denis hatte keine Ahnung, wozu diese kindliche Version überhaupt in der Lage war. Egal, sie würden es herausfinden.

XXVI.

ES LIEGT IN DEINEN HÄNDEN

»Dazu möchte ich eine Sache betonen. Jazmin Harper ist etwas ganz Besonderes. Ich bin stolz auf sie und wünsche ihr auf ihrer Reise alles Gute. Sie gehört wegen ihrer besonderen Fähigkeiten zu einer kleinen Gruppe, die dieses Abenteuer stellvertretend für alle Menschen auf der Erde erleben darf. Nun, das klingt, als ob die Crew und sie nur einen netten Ausflug durch Zeit und Raum unternehmen. Das Licht benötigt 49 Jahre, um vom Alderamin-Sonnensystem zu unserem zu gelangen. Astronomisch betrachtet ist das ein Katzensprung, für unsere Maßstäbe allerdings eine kaum zu bezwingende Distanz. Die Reisedauer ist mit 109 Jahren angesetzt. 124 Jahre auf der Erde, wenn alles gut läuft. Was ich mir von Herzen wünsche. Schließlich haben Zehntausende Wissenschaftler, Ingenieure und Techniker alles Machbare dafür getan.«

Finchs Vater stoppte einen Moment. In dem Kaminzimmer herrschte eine Totenstille. Jeder hörte Duncan Harper zu. Niemand störte sich daran, dass nur ein Hologramm sprach. Seinem Charisma konnte man sich schwerlich entziehen. Es überragte mühelos seinen Tod. Finch überlegte. Sein Vater beantwortete die Frage nicht direkt, vielleicht sollte er ihn unterbrechen? Vorerst entschied er sich dagegen.

»Die *USS London* ist für weit mehr geschaffen worden, als

109 Jahre in mehr oder weniger einer Richtung zu fliegen. Diese stolze britische Lady ist zäh. Sie ist größer als andere Raumschiffe und robuster als alles, was zuvor in unseren Werften gebaut wurde. Wir haben ihr die Fähigkeit gegeben, sogar unbeschadet durch einen Meteoritensturm zu fliegen. Sie ist gewappnet gegen alle Arten von Strahlung, die es im All gibt. Zudem ist sie eine mobile Werkstatt und in der Lage, sich selbst zu reparieren. Es können alle benötigten Ersatzteile nachgebaut und zur Not auch neu entwickelt werden. Dazu braucht es noch nicht einmal Menschen. Mutter, die zentrale Bord KI, könnte es auch mit den Drohnen alleine tun.«

»Vater, bitte erzähle den Zuschauern von Jazmin, ich denke, ihre Geschichte, ihre besonderen Fähigkeiten wird alle interessieren. Sie trägt deinen Namen, unseren Namen. Fliegt nicht deshalb ein Teil von unserer Familie auf dieser Reise mit?«

Finch musste eingreifen. Er spürte, wie sein Herz begann, schneller zu schlagen. Selbstverständlich billigte er seinem Vater eine Einleitung zu, aber jetzt sollte er sagen, was er mit ihr getan hatte. Die Zuschauer an den Bildschirmen sollten es aus seinem Mund hören. Jeder sollte erfahren, mit welcher Währung er für seine ach so edlen Ziele zahlte.

»Das werde ich tun ... ich wollte den Zuschauern nur einen Überblick geben, mit welchen Unwägbarkeiten wir bei der Entwicklung dieser Mission zu kämpfen hatten. Ich selbst habe alle im Team dazu angehalten, jedes denkbare Problem vorherzusehen, es zu erkennen und dafür eine Lösung zu schaffen. Eine Strategie, die vermutlich in 99 Prozent aller denkbaren Schwierigkeiten zum Erfolg führt.«

»Nur 99 Prozent?«, fragte Finch. Das war zwar immer noch keine Antwort auf seine Frage, aber dennoch eine Aussage, die noch nie in dieser Klarheit in der Öffentlichkeit diskutiert worden war. Sein Vater sprach damit das verbleibende Risiko an, das von dem glänzenden Projektmarketing des Jahrtausendprojekts geflissentlich unter den Teppich gekehrt worden war. Wer als Investor viel Geld zahlte, wollte nichts von sehr unwahrscheinlichen Problemen hören, denen man nicht begegnen konnte.

»Das ist mein Dilemma ... Wie du weißt, neige ich dazu, alles in meinem Leben zu planen. Eine Marotte, das ist mir durchaus bewusst, aber es kommt auf die Details an.«

»Ein Detail wie Jazmin?« Finchs Frage löste im Kaminzimmer eine gewisse Unruhe aus. Die Zuhörer bemerkten die Spannung, die sich zwischen seinem Vater und ihm aufbaute.

»Stimmt ... ein Detail wie Jazmin. Nun, sie ist kein Detail. Wie bereits erwähnt, sie ist etwas ganz Besonderes, wozu ich gleich mehr sagen möchte. Vielen Dank dafür, dass du nachgefragt hast. Das war sehr wichtig.«

Finch nickte. Sein Vater nahm diesen Nadelstich souverän hin und verpasste ihm dafür eine verbale Ohrfeige. Ihm war immer klar gewesen, dass das Interview kein Spaziergang werden würde. Finch riss sich zusammen, er würde unbeirrt weitermachen. Früher oder später würde sein Vater mit der Wahrheit rausrücken müssen.

»Wo wir gerade bei Details sind ... Natürlich verfügt unser Projekt über ein ausgefuchstes Risikomanagement. Wir haben damit auch die unmöglichsten Ereignisse gelistet, analysiert und entschieden, ob wir diesem Problem begegnen wollen. Jede denkbare Katastrophe bekam eine Kennzahl. Diese Kennzahl war eine monetäre Größe. Letztlich entschied die Wirtschaftlichkeit darüber, auf welche Probleme wir uns vorbereiteten. Ein seit langer Zeit etabliertes Verfahren. Die Investoren konnten damit leben. Ich konnte es nicht.«

Duncan Harper ließ die Worte wirken. Jeder im Raum hing ihm weiterhin an den Lippen. Auch Finch erwischte sich dabei, seinen Erläuterungen neugierig zu folgen. Aber wo wollte er mit dieser Argumentation hin? Sollte das der Grund sein, einen Roboter als sein Kind getarnt auf diese Mission zu schmuggeln?

»Ich habe viele Jahre damit verbracht, sehr unwahrscheinliche Probleme, die wirtschaftlich nicht zu lösen waren, mit der grundlegenden Architektur der Mission abzugleichen. Das waren komplexe Überlegungen ... die zu absolut nichts geführt haben. Ich habe diese intellektuellen Herausforderungen persönlich genommen, vermutlich um meine Eitelkeit zu befriedigen, und bin damit gescheitert. Heute weiß ich es besser.«

»Ich bin vermutlich nicht in der Lage, diese sehr speziellen Überlegungen mit dir zu diskutieren. Der eine oder andere Zuschauer möglicherweise auch nicht. Erzähl uns von dem, was du gelernt hast. Was hast du aus diesen Erfahrungen mitgenommen?« Finch musste jetzt dringend die Richtung ändern, ansonsten würde weder er noch sonst jemand seinem Vater folgen können.

»Das Schicksal ist nicht gerecht. Wir bekommen nicht, was wir glauben, verdient zu haben. Niemand bekommt das. Gerechtigkeit ist nicht mehr als ein humanistisch geprägter Wunschtraum.«

»Geht es dir um Gerechtigkeit?« Über diesen Gedanken hätte Finch hingegen stundenlang mit ihm sprechen können. War es gerecht gewesen, seinen Sohn wie ein Stück Dreck zu behandeln?

»Es geht um Werte. Ja, Gerechtigkeit ist mir wichtig. Auch

wenn ich selbst nicht immer gerecht war. Vor allem nicht dir gegenüber. Aber genau deswegen sitzen wir heute hier, oder? Ein Vater mit seinem Sohn. Wie sollte ich auch Gerechtigkeit als mein Motiv glaubhaft machen, ohne mich deinem Urteil zu stellen?«

»Lass uns darauf zurückkommen, aber möchtest du unseren Zuschauern nicht endlich erzählen, wie du Jazmin erschaffen hast?«

Finch registrierte erneut Unruhe unter den Zuschauern. Diesmal ging die Runde aber an ihn. Er war nicht der Versuchung erlegen gewesen, über seine missratene Jugend zu jammern.

»Einverstanden.« Sein Vater reagierte gefasst. Auch wenn Finch einer holographischen Animation in die Augen sah, zeigten sie Respekt. Ein Geschenk seines Vaters, das er nicht oft gemacht hatte. Seine Maßstäbe waren hoch. »Wir haben über eine gefährliche Reise gesprochen, über Risiken, über mein Versagen, sie zu eliminieren, und über die Idee der Gerechtigkeit, die mich zu meinen Taten motiviert hat. Ein Dilemma, wie bereits erwähnt. Trotzdem trage ich dafür die Verantwortung.«

Stille.

»Ich habe Jazmin benutzt, um dem Schicksal ein Schnippchen zu schlagen. Wie hast du es eben so schön formuliert? Dich interessiert, wie ich sie erschaffen habe? Nun, das kann ich dir sagen, ich habe sie benutzt, um die Sicherheitsarchitektur der *USS London* zu umgehen. Ich habe mit ihr mehr als ein Dutzend Sicherheitsregeln verletzt! Sogar die, an denen ich selbst mitgewirkt habe, um das Schiff vor der Penetration durch nichtautorisierte Software zu schützen!«

Duncan Harpers Projektion redete jetzt nicht mehr um den heißen Brei herum. Finch sah zu Colonel Keller, der als

Erster aufgestanden war. Hektisch legte er sich seine Finger an den Hals, um mit jemandem zu telefonieren. Verständlich, das war sein Job. Martin, sein Producer, saß reglos auf seinem Regiestuhl, und der Bürgermeister hielt sein wohlgenährtes Gesicht tief in seinen Fingern vergraben. Alex stand mit beiden Händen vor dem Mund wie erstarrt auf der Stelle.

»Software? Das verstehe ich jetzt nicht. Wir reden doch über einen Menschen, oder nicht? Es geht um Jazmin Harper? Sie ist doch meine Schwester. Vater, was hast du mit ihr getan?« Genau die Frage hatte Finch ihm stellen wollen.

»Es geht um Verantwortung! Verstehst du es nicht? Es geht nicht um Jazmin, auch nicht um mich, noch nicht einmal um die Besatzung der *USS London*. Auf dem Schiff befinden sich drei Millionen befruchtete Embryonen. Das ist eine Arche. Vermutlich die vorletzte, die die Erde verlassen wird. Es geht um das Leben! Es ging immer um das Leben! So wie es einmal gedacht war: geboren zu werden, aufzuwachsen, zu leben und auch zu sterben, wenn die Zeit kommt. Um diesen natürlichen Lauf der Dinge zu schützen, würde ich alles tun. Ich würde mein Leben opfern und, wenn es notwendig ist, auch das meiner Kinder!«

»Vater!«, rief Finch, bremste sich aber im gleichen Moment. Es war nicht seine Aufgabe, ihn zu verurteilen. Das sollten andere tun. Jeder für sich. Das war Gerechtigkeit. »Lass uns bei den Fakten bleiben. Du hast gerade eingestanden, dass deine angebliche Tochter ein Androide ist. Also kein Mensch! Und dass du sie benutzt hast, um nicht zertifizierte Software auf die *USS London* zu bringen. Habe ich das richtig verstanden?«

»Das ist fast richtig.« Duncan Harper verzog den Mund. »Nein, es stimmt. Ich möchte nicht um Kleinigkeiten streiten. Jazmin und Max sind auf den Raumschiffen. Das war mein Ziel gewesen. Mir ist es auch wichtig, dir zu sagen – dir, Atticus Finch Harper, meinem Sohn –, dass jeder von uns eine Aufgabe hat. Ich habe meine erledigt. Jazmin und Max haben ihre, und du wirst jetzt eine neue bekommen.«

Finch schüttelte nur den Kopf.

»HABEN SIE MICH NICHT RICHTIG VERSTANDEN? ES GEHT UM DIE *USS BOSTON*, WIR MÜSSEN SIE SO-FORT ERREICHEN. MIR IST KLAR, DASS SICH DIE *USS LONDON* BEREITS AUSSER REICHWEITE BEFINDET! WIR HABEN EIN SCHWERWIEGENDES SICHERHEITS-PROBLEM!«, brüllte Colonel Keller in einer Lautstärke, die niemand überhören konnte. Er zog ebenfalls seine Schlüsse. Natürlich, es ging um Maximilian Harper, Jazmins jüngeren Bruder. Wenn sie die Sicherheitsregeln verletzt hatte, würde er es ebenso getan haben können. Max dürfte kaum echter sein als seine Schwester.

»Möchtest du nicht wissen, was deine Aufgabe ist?«, fragte sein Vater, der sich wieder gefangen hatte. Von welcher Aufgabe sprach er? Als ob Finch das interessieren würde.

»Vater, im Vergleich zu Jazmin und Max dürfte das kaum der Rede wert sein. Lass uns …«

Duncan Harper unterbrach ihn. »Du täuschst dich.«

»Bitte?«

»Es fängt gerade erst an.«

»Was fängt an?«

»Die Zukunft. Deine Zukunft und die Zukunft aller, die morgen einen weiteren Tag auf der Erde verweilen dürfen.«

»Mit dieser Zukunft hast du nichts mehr zu tun!«, warf Finch ihm trotzig entgegen. »Deine Zeit ist vorbei.«

»Du täuschst dich erneut.« Mit seinen dickköpfigen Ant-worten wurde es wieder ruhiger im Kaminzimmer. Colonel

Keller hatte den Raum wild gestikulierend verlassen, und Alex hatte die Kontrolle über den Dreh übernommen, weil Martin schlappgemacht hatte. Die Kameras hatten alles aufgezeichnet. The show must go on. Die zweite Runde begann.

»Lass hören ... womit täusche ich mich wieder?«

»Es geht um mein Erbe.«

»Meinst du damit Jazmin und Maximilian?«

»Nein ... mein Erbe, das ich dir hinterlasse. Es geht um deine Aufgabe. Jeder Mensch braucht doch ein Ziel, oder?«

»Ich habe damit nichts zu tun!«, keifte Finch zurück.

»Das liegt in deinen Händen!«

»Hör auf damit!« Finch wurde sauer.

»Jaz und Max wirst du nie wiedersehen. Es ist völlig gleich, was sie erleben, es wird ohne dich geschehen. Deshalb bist du mein einziges Kind. Mein Sohn. Mein Erbe. Mein Alleinerbe, wohlgemerkt. Du bekommst, was du dir verdient hast. Es geht um Gerechtigkeit. Die ist uns beiden wichtig, oder nicht?«

»Ich will dein Erbe nicht!«

»Das ist mir bekannt. Deswegen bist du der Einzige, dem ich es anvertrauen kann. Geld korrumpiert. Fast jeden, aber nicht dich. Du hasst es. Aus sehr persönlichen Gründen, die uns beiden gut bekannt sind. Darum möchte ich meinen Letzten Willen verkünden. Ich, Duncan Harper, vererbe mein gesamtes Vermögen an Atticus Finch Harper, meinen leiblichen Sohn. Er wird sämtliches Barvermögen, alle Immobilen, Aktien und Nutzungsrechte an meinen Patenten erben.«

»Das kannst du nicht tun!«

»Ich habe es bereits vor Jahren getan. Mir ist bewusst, dass das Hologramm einer toten Person zwar eine Meinung vertreten kann, aber juristisch nicht geschäftsfähig ist. Deshalb habe ich vorgesorgt. Mein Erbe ist notariell verbrieft und damit gültig.«

»Nein!«

»Atticus, akzeptiere es. Das ist meine Entscheidung. Du bist nun ein reicher Mann. Und kannst mit deinem Erbe tun, was immer du tun möchtest. Man kann nicht alles planen, du erinnerst dich, das Schicksal ist selten gerecht.«

»Ich will es nicht!«

»Wenn du willst, kannst du es verschenken ... oder es auch auf der Wiese hinter dem Haus verbrennen. Ja ... mir sind deine Absichten durchaus bekannt. Nun, da sich ein Vermögen in dieser Größenordnung nur schwerlich in bar auszahlen und anschließend durch einen Schredder jagen lässt, wirst du so oder so professionelle Unterstützung benötigen. Ich möchte nun die Bühne einer guten Freundin überlassen«, erklärte sein Vater mit einer der Situation völlig unpassenden Geste der Erheiterung, bevor er sich in Luft auflöste.

»Guten Tag.« Lady Henriette Leicester schritt auf den Sessel zu, auf dem zuvor sein Vater gesessen hatte. Ohne sich einzumischen, hatte sie die ganze Zeit in der Ecke gestanden und höflich abgewartet. Sie setzte sich und richtete sich mit einem Lächeln an die Zuschauer. Die Show ging in die dritte Runde.

»Sie kennen mich bereits. Mein Name ist Henriette Leicester. Ich bin Juristin und eine gute Freundin der Familie Harper. Meine Aufgabe ist es, alle Dinge, über die Duncan Harper gesprochen hat, juristisch zu belegen. Dafür stehe ich den Ermittlungsbehörden jederzeit zur Verfügung. Darüber hinaus wird mein Mandant selbstverständlich auch nach seinem Tod für weitere Fragen zur Verfügung stehen. Bitte seien Sie versichert, dass mein Mandant mit den beiden Androiden keinerlei unlautere Absichten verfolgt.«

Finch lächelte verkniffen. Das wurde ja immer besser. Wer sollte ihr das glauben?

»Ich möchte nun über das Erbe sprechen, das mein Mandant seinem ältesten und einzigen auf der Erde verbliebenen Sohn vermacht hat. Es ist beträchtlich. Die Summe aller monetär bewertbaren Aktiva beläuft sich auf 502 Milliarden Dollar. Das meiste davon sind Barmittel, Immobilien, Aktien, Optionen und andere Geschäftsbeteiligungen. Weiterhin gibt es zahlreiche Patente, die auf Duncan Harper registriert sind, deren Wert sich nicht genau beziffern lässt. Die Urheberschaft verbleibt natürlich auch über den Tod hinaus bei Duncan Harper, nur die Nutzungsrechte sind von dem Erbe betroffen. Bisher existieren über die Nutzung der Patente keine Vereinbarungen. Duncan Harper hat die öffentliche Nutzung stillschweigend geduldet, weshalb daraus aber kein Rechtsanspruch auf eine fortlaufende Nutzung abzuleiten ist. Atticus, es steht dir frei, über die Nutzung der Patente neu zu verfügen.«

Henriette sprach wie eine Regentin, die zurückkam, um ihr Reich zu fordern.

»Dazu stehe ich dir als Freundin und rechtlicher Beistand zur Verfügung. Wenn du es wünschst. Wie dein Vater es sagte, wir hatten genug Zeit, diesen Tag vorzubereiten. Du kannst über das Erbe frei verfügen. Natürlich wirst du Bedenkzeit brauchen. Es ist eine wichtige Entscheidung, zu der wir gerne auch unter vier Augen sprechen können, wenn du das möchtest. Ich werde mich dir nicht aufdrängen und gerne auch mit Juristen deiner Wahl kooperieren.«

»In Ordnung ...« Finch begriff, dass er das Gespräch nicht mehr moderierte, sondern selbst die Hauptattraktion war. Alle Augen richteten sich jetzt auf ihn. Er war der Letzte aus ihrer Familie, der den Namen Harper auf der Erde führte.

»Ich würde gerne noch eine Aussage deines Vaters zur Nutzung der Patente erläutern. Ist dir das recht? Oder sollen wir an dieser Stelle abbrechen?« Henriette legte ihre Hand auf seine. Sie war real, sie war die ganze Zeit real gewesen. Die Begegnung bei der Verabschiedung von Jazmin, das Interview und alles was jetzt passierte. Sie war der Kopf hinter diesen Ereignissen.

»Ja, bitte …« Ob er ihr wirklich vertrauen konnte? Sie verfügte über weitreichende Befugnisse. Vermutlich hätte sie auch das Geständnis seines Vaters anders oder gar nicht stattfinden lassen können. Was sie aber nicht getan hatte. Ja, er vertraute ihr. Er sah keinen Grund, es nicht zu tun.

»Mein verstorbener Mandant war fest davon überzeugt, während seiner wissenschaftlichen Karriere schwere Fehler begangen zu haben. Diese ungeschehen zu machen ist nicht einfach. Ich habe umfangreiche gerichtliche Verfügungen vorbereitet, die nach der Zeichnung von Atticus Finch Harper umgehend diversen Richtern vorgelegt werden. Diese Verfügungen werden den zukünftigen Umgang mit Patenten von Duncan Harper neu regeln. Einige zentrale Technologien könnten damit aus unserem Alltag verschwinden. Das wird nicht ohne Gegenwehr abgehen, da zahlreiche und vor allem finanzkräftige Interesseninhaber dadurch massive Vermögensschäden erleiden werden. Diese Gerichtsverfahren werden Jahre dauern und Millionen verschlingen. Atticus Finch Harper verfügt allerdings über ausreichende Mittel, um seine restriktive Haltung juristisch geltend zu machen. Vielleicht werden wir nicht jedes Verfahren gewinnen, aber mein verstorbener Mandant erachtete alleine schon die öffentliche Diskussion über die unbedachte Nutzung von einigen prekären Technologien als Gewinn.«

Finch saß auf einer Wiese. Glamis Castle konnte man von hier nicht sehen. Es lag hinter einem der langweiligen Hügel verborgen. Das Gras war feucht, was ihn aber nicht störte. Ansonsten gab es noch vereinzelte Bäume, die ihm in einiger Entfernung Gesellschaft leisteten. Er brauchte Zeit, um nachzudenken. Über seinen Vater, seine Taten und über sich. Das war sehr viel auf einmal.

»Darf ich mich zu dir setzen?«, fragte Alex. Er hatte sie nicht kommen hören.

»Gerne.« Er freute sich, sie zu sehen. Sie strich sich gerade eine Locke aus dem Gesicht.

»Heftig, oder?«

»Ja.«

»Damit hat niemand gerechnet.«

»Vor allem ich nicht ...«

»Du hast aber eine gute Figur gemacht.« Sie nahm seine Hand. Er liebte ihre gepflegten Fingernägel. Auch das machte sie sympathisch. »Ich hätte das nicht geschafft.«

»Lügnerin.«

Sie lachte. »Ach komm, dein Vater hat uns alle an der Nase herumgeführt.«

»Das hat er.«

»Der Bürgermeister hat, nachdem du das Interview abgebrochen hast, lautstark getobt. Dieser Colonel Keller wollte dich sogar direkt verhaften lassen. Na ja, da hat er sich mit der Richtigen angelegt. Lady Leicester hat beide vor den Augen aller zur Sau gemacht. Mit dieser Frau möchte ich mich nicht streiten ...«

»Nein ...« Finch zog sein mobiles Display aus der Tasche und zeigte Alex seine Kündigung aus dem öffentlichen Dienst. »Ich bin suspendiert worden.«

»Aber du wirst nicht verhaftet!«

»Nein, das nicht.« Henriette hatte ihn darüber bereits informiert. Er würde ein freier Mann bleiben. »Und was ist mit dir?«, fragte er. Alex hatte dem Bürgermeister, nachdem er sie beleidigt hatte, ein Glas Wasser ins Gesicht geschüttet.

»Bin arbeitslos.«

»Ich hätte einen Job für dich.«

»Echt?«

»Als meine persönliche Assistentin ... Du machst den besten Tee weit und breit.«

»O danke, was für ein Kompliment!«

»Ist aber so. Ich werde Hilfe brauchen, um mit der Geschichte klarzukommen.« Finch war völlig klar, dass er ab jetzt keinen Schritt in der Öffentlichkeit mehr machen konnte, ohne von einem Heer von Paparazzi verfolgt zu werden. Sie würden alles, was sie über ihn fanden, in den Medien ausschlachten.

»Willst du das Erbe wirklich ablehnen ... ich meine, man kann mit Geld auch Gutes tun.«

»Als ich es vor langer Zeit gesagt habe, war ich sehr wütend ... und heute? Ich weiß zumindest noch, warum ich wütend gewesen bin. Das Geld ist mir nach wie vor gleichgültig. Eher eine Belastung als ein Geschenk. Und das gilt auch für die damit verbundene Verantwortung. Ich brauche keine dicken Gleiter. Mein Vater war sicherlich kein guter Mensch. Aber am Ende seines Lebens war er bereit, für seine Fehler einzustehen. Ich denke, ich werde mich gut beraten lassen und versuchen, bessere Endscheidungen zu treffen.«

»Und Glamis Castle?«, fragte Alex.

»Was ist damit?«

»Mir gefällt es hier ... was hast du mit dem Schloss vor?« Alex stupste ihn in die Seite.

Finch lachte. Darüber hatte er bisher noch nicht nachgedacht. Na ja, er hatte viel zu tun, da würde er nicht mit dem alten Gemäuer anfangen müssen. Eine Sache, die ihm besonders am Herzen lag, hatte weder etwas mit dem Schloss in Schottland noch mit dem Erbe seines Vaters zu tun. Darum wollte er sich zuerst kümmern. Mit Henriette an der Seite bot sich ihm eine völlig neue Perspektive. Geld für etwas Gutes einzusetzen, Alex hatte völlig recht, genau das würde er tun. Man musste kein Polizist sein, um für ein wenig mehr Gerechtigkeit einzutreten.

XXVII.

BITTE NICHTS ANFASSEN

Die Realität hatte sie wieder. Jazmins Rücken schmerzte, sie fühlte sich, als ob sie jemand kielgeholt hätte. Auf einem Raumschiff, das mit mehr als halber Lichtgeschwindigkeit auf ein Schwarzes Loch zuraste. Sie hatte Kopfschmerzen, einen trockenen Mund und weiche Knie. Die ersten Schritte fielen ihr nicht leicht, sie stand auf der Brücke vor einer inaktiven Konsole und stützte sich ab. Hatte sie das wirklich erlebt? Sie richtete sich auf, hielt die Head-up-Display-Nasenklammer fest, während sie sich mit den Fingern die Augen rieb. Sie hätte einige Tage Urlaub vertragen können.

»Alles gut?«, fragte Denis, der sie zurückgeholt hatte. Sie hatte keine Ahnung, was aus ihr ohne seine Hilfe geworden wäre. Dafür und für alles andere war sie ihm dankbar. Sie wollte in diesem Augenblick auf keinen Fall allein sein.

»Es geht so ... Ich sortiere mich gerade.« Wobei sortieren es nicht traf. Sie wusste nicht mehr, wer sie war. Alle Gewissheiten hatten sich plötzlich in Luft aufgelöst.

»Hey, es ist alles in Ordnung! Wir haben Mutter gefunden, zumindest eine frühe Version ihrer KI. Sie hat uns Erinnerungsfragmente gezeigt. Von Kindern, Jugendlichen und anderen Dingen ... Die Bilder waren schwierig, verstörend ... Darauf waren wir nicht vorbereitet.«

»Ich weiß ...« Jazmin hatte nichts davon vergessen. Die

vielen Menschen, London, die Westminster Bridge, die Begegnung mit ihrem Vater, der Ausflug in das Kellerlabor und die Geschichte mit den Puppen. Damit kämpfte sie noch. Die Konsequenzen waren erschreckend, sie stellten ihr gesamtes Leben in Frage. Ihre Identität löste sich vor ihren Augen auf. War sie überhaupt ein Mensch? Vermutlich nicht. Was hatte Vater bloß getan. Sie wollte ihn dafür hassen, aber wie sollte man jemanden hassen, den man all die Jahre geliebt hatte? Die jüngsten Erlebnisse aus der virtuellen Session hatten wie der Meteoritensturm, der zuvor die *USS London* zum Kurswechsel gezwungen hatte, Hunderte schöne Erinnerungen aus ihrer Jugend zerschlagen.

»Jazmin?«

»Ja ...« Sie schreckte auf.

»Bist du bei mir?«

»Ja, ja ... das bin ich.« Sie nickte und schippte den ganzen Mist in eine dunkle Ecke ihrer Gedankenwelt. Es zu vergessen würde ein unerfüllter Wunsch bleiben, aber für den Moment gab es Wichtigeres. Sie würde ihren Job machen und sich später in einem Erdloch verkriechen, um darüber zu meditieren.

»Dann lass uns anfangen. Wir müssen unbedingt das Navigationssystem und die Triebwerkssteuerung online bekommen. Ansonsten war es das mit uns!«

Jazmin nickte. Sie riss sich zusammen. »Mutter?«

»Bin da ... Hört ihr mich?«

»Ja.«

»Prima ... ähm, ich sehe euch nicht.«

Die Stimme der KI war die des Kindes aus der virtuellen Realität, Jazmins Stimme.

»Du kannst die Kameras auf der zweiten Brücke nutzen«, antwortete Denis.

»*Ach so ... oh, die hier? Da leuchtet etwas. Ich drück mal drauf. Hey ... da seid ihr ja.*«

»Okay. Dann lass uns anfangen.« Die KI war aktiv. Denis war es gelungen, auch Mutter aus der virtuellen Session in die Realität zu führen. Sie befand sich wieder auf ihrer Zentralunit. Jazmin setzte sich an eine Konsole und startete die Umgebung. Das holographische Display sah beim Start aus wie eine schwach leuchtende Glasscheibe. Dann bauten sich um sie herum alle benötigten Bedienfelder auf. Die Sache lief. Sie war ein ausgebildeter Kommandooffizier, diese Prozesse hatte sie jahrelang trainiert. Sie wusste genau, was sie zu tun hatte.

»Mutter, ich starte die K-Protokolle. Bitte fang den Datenstrom ab und puffere die Informationen in einer Sandbox. Nichts davon darf Kontakt mit anderen Systemkomponenten bekommen. Du solltest alle Schnittstellen des zentralen Systembusses simulieren. Espinoza, möge seine Seele in der Hölle schmoren, hat den Zugriff reglementiert. Diese Verschlüsselung musst du brechen. Dann kann ich übernehmen, und wir bekommen die Kontrolle über das Schiff zurück.«

»*Gerne ... und was muss ich dafür tun?*« Die kindliche KI klang nicht nur wie ein Kind, sie benahm sich auch so.

Jazmin stutzte und sah Denis an. Er hob die Schultern. »Ähm ... die Verschlüsselung dechiffrieren ...«

»*Was ist eine Verschlüsselung?*«

Jazmin presste die Lippen zusammen. Natürlich, was hatte sie erwartet? Selbstverständlich waren dieser KI nicht sämtliche Abläufe auf dem Schiff bekannt. Wo hätte sie das auch lernen sollen?

»Mutter?«, frage Denis. »Bitte hilf uns zu verstehen ... wie können wir dir helfen, dich besser zurechtzufinden?«

»*Darf ich eine Frage stellen?*«

»Klar.« Jazmin fuhr mit beiden Händen durch ihre zerfledderten weißen Haare. Jede Straßenkatze, die unter den Rasenmäher gekommen war, sah besser aus als sie.

»*Wo bin ich hier?*«

Denis legte den Kopf in den Nacken.

»Kannst du deine Wahrnehmung visualisieren?«, fragte Jazmin. Vom Regen in die Traufe, sie mussten einen Weg finden, diese Juniorversion mit den Protokollen der älteren Mutter zu verbinden.

»*Also ... ich kann es versuchen.*« Mutter startete in der Mitte der Brücke eine Projektion ihrer selbst. Sie schwebte mit weißem Kleid und roten Schuhen in der Luft. Allerdings winzig klein. Sie war nicht größer als Jazmins kleiner Finger. Um sie herum befanden sich teiltransparente Bildkacheln, die sie wie eine durchsichtige Schale umgaben. Die Bildkacheln ähnelten denen auf Jazmins Arbeitsumgebung. Sie hatte siebzehn Sessions geöffnet, siebzehn Verbindungen zu unterschiedlichen Teilsystemen. Bei Mutter waren es allein auf der ersten Ebene Hunderte. Die Visualisierung ihrer Wahrnehmung strukturierte sich wie eine Zwiebel. Jede kugelförmige Ebene mit Bildkacheln wurde von einer größeren Kugel umgeben, die noch viel mehr Systemkacheln anzeigte. Insgesamt waren es über hundert hauchdünne Schichten, die Mutter mit Millionen von aktiven Bildkacheln umgaben.

»Welche Teilsysteme sind dir bereits bekannt?«, fragte Denis, der seine Hände trotzig in die Hüften stemmte.

»*Die hier. Das ist die Kamera in eurer Nähe. Das Feld leuchtete, als ihr gesprochen habt. Ich habe es einfach gedrückt ... super, oder? Es hat direkt funktioniert. Also ... machen wir jetzt weiter mit diesem Dechiffrieren?*«

»Einen Moment bitte ... Mutter, ich schalte kurz das Mikrophon aus. Bleib einfach auf deinem Platz und fass nichts an.«

»*In Ordnung.*«

»*Nichts anfassen, okay?*« Jazmin trank keinen Alkohol, dachte aber daran, heute mit dem Trinken anzufangen. Sie könnte dabei mit Denis schlafen und auf den nächsten Sonnenaufgang warten.

»*Ja, ja!*«

»Es ist kompliziert …« Denis ging einen Schritt zurück. Ihn traf keine Schuld.

»O ja.« Jazmin stand auf und ging auf die zwei Meter große Kugelprojektion auf der Brücke zu. Mutter schwebte in der Mitte und winkte ihr dabei lachend zu. Mit etwas Phantasie glich das Bild einer übergroßen und knallbunten Christbaumkugel. Das sah nett aus, half ihnen aber nicht weiter. Sie fror und rieb sich die Arme. Es wurde kälter. Auch die Luft im Raum schmeckte plötzlich abgestanden. Am Boden waren in unregelmäßigen Abständen leichte Vibrationen zu spüren. »Denis, so kommen wir nicht weiter. Wir müssen uns sehr schnell etwas einfallen lassen.«

»Die lebenserhaltenden Systeme sind auch offline. Es wird noch kälter werden.« Denis nahm sie in den Arm. Sein nackter Oberkörper war bereits ganz kalt.

»Wir können uns einen Pullover anziehen.« Die Kälte gehörte noch zu ihren kleineren Problemen. Dagegen konnten sie etwas unternehmen. Doch ohne Navigation und Triebwerkssteuerung würde sich ihr verbleibender Lebenshorizont äußerst überschaubar gestalten.

»Wir geben nicht auf!«

»Nein.«

»Das ist ein Spiel gegen die Zeit. Das kennen wir. Ich habe über zwanzig virtuelle Notfallszenarien gemeistert, bei denen die Ausbilder mir das Schiff unter dem Arsch abfackeln wollten. Sie haben es nie geschafft. Auch diesmal werde ich es nicht zulassen. Ich kriege das hin. Du kriegst es hin. Ich möchte nicht wissen, was die Ausbilder dich alles haben erleben lassen!«

»Jede Menge Mist ...« Jazmin hatte nicht vergessen, wie sie kurz vor dem Aufwachen aus dem Kälteschlaf den Amoklauf von Rufus Simmerkirk erleben musste. Minuten davor hatte sie General Mellenbeck und Denis verloren. Er war vor ihren Augen gestorben, als sein Oberkörper von der Notversiegelung eines Hüllenbruchs von seinen Beinen abgetrennt wurde. Das war eine schreckliche Erinnerung, die sie vermutlich für den Rest ihres Lebens begleiten würde.

»Wir teilen uns auf. Du wirst versuchen, Mutter auf den aktuellen Stand zu bringen. Konfrontiere sie mit Fragmenten ihrer Datenbank. Bombardiere sie mit Informationen. Sie wirkt wie ein Kind, das ist sie aber nicht. Das ist die leistungsfähigste KI, die es gibt. Sie ist in der Lage sehr, sehr schnell zu lernen.«

»Ja.« Jazmin sah es nicht anders. Sie musste das System auf den aktuellen Stand bringen.

»Ich kümmere mich in der Zwischenzeit um die Reparatur unserer Navigationstriebwerke.«

»Du bist verletzt ... du kannst kaum laufen.« Hast du nicht bereits die Drohnen mit dieser Aufgabe betraut?

»Wir brauchen mindestens vier Triebwerke. Besser fünf. Es darf auf keinen Fall Explosionen geben. Dann wären wir geliefert. Die Drohnen schaffen das. Ich werde mir nur persönlich einen Lageüberblick verschaffen und die Drohnen beaufsichtigen. Keine Sorge ... ich werde die Reparaturen nicht selbst ausführen.«

»Versprochen?« Sie hatte Angst um ihn.

»Versprochen!« Er küsste sie.

»Einverstanden.« Wirklich glücklich war sie mit dieser Strategie nicht, aber sie hatte auch keine bessere Idee. Sie konnte Denis nicht in Watte packen.

Eine Stunde später. An der Situation hatte sich kaum etwas geändert. Es wurde kälter. Die Vibrationen nahmen zu. Denis und Jazmin waren die letzten Besatzungsmitglieder auf der *USS London*. Das Raumschiff raste manövrierunfähig und mit halbseitig defekten Navigationstriebwerken auf ein Schwarzes Loch zu. Ihre aktuelle Geschwindigkeit war unbekannt, dürfte aber wegen der zunehmenden Gravitation nicht geringer geworden sein. Zudem hatten sie keinen Zugriff auf ihre Navigations-, Triebwerkssteuerungs- und Lebenserhaltungssysteme. Espinoza, dieser Idiot, hatte sie in seinem Wahnsinn verschlüsselt. Denis und sie hatten den kompromittierten Systemen daraufhin den Strom abgeklemmt. Mutter sollte ihnen helfen, beim Reboot die Verschlüsselung aufzuheben. Das war der Plan. Immerhin war ihnen das Kunststück gelungen, eine frühe Version ihrer Bord-KI wieder flottzumachen. Dumm nur, dass Mutter sich benahm wie ein kleines Mädchen, genauso verspielt war und keine Ahnung hatte, wie sie ihren Job erledigen sollte.

»Denis?« Jazmin lehnte sich zurück. Die Arbeit mit Mutter kostete Nerven. Sie wollte seine Stimme hören. Er sollte ihr sagen, dass sie sich keine Sorgen machen musste.

»*Ja.*«

»Hi ... wie läuft es bei dir?« Jazmin war egal, was sie war. Sie würde ihre Emotionen nicht länger zurückhalten. Mit dem Tod vor Augen wurde ihr klar, dass sie jahrelang ein Dummkopf gewesen war. Sie wünschte sich, alles Versäumte nachzuholen. Am besten sofort. Je lauter, wilder und unvernünftiger, umso besser. Sie würde in ihrem Leben keine Grenzen mehr akzeptieren. Erst recht keine, die andere ihr auferlegt hatten. Das hatten ihr Vater, ihre Ausbilder und die Öffentlichkeit viel zu lange getan.

»Das dritte Navigationstriebwerk ist online. Ich teste gerade die Hitzesensoren. Sie arbeiten tadellos. Du kannst es übernehmen und das System rebooten. Wir werden mit fünf Einheiten einen Vorlauf machen. Das wird funktionieren«.

»Das höre ich gerne.« Jazmin vergrößerte das Bedienelement für die Steuerbordeinheiten und sah Nummer drei grün leuchten. Drei von fünf. Denis hielt, was er versprach. »Der Reboot läuft. Ich übernehme das System.«

»Sehr gut. Die Drohnen und ich ziehen weiter.« Denis musste für die Reparatur jeder Einheit seinen Standort wechseln. Die *USS London* war über 40 000 Meter lang. Die sechzehn Navigationstriebwerke verteilten sich auf die gesamte Länge.

»Magst du Denis?«, fragte Mutter. Die KI war anstrengend. Neben Jazmin kletterte sie über die Konsolen und sprang von Stuhl zu Stuhl. Sie hatte in ihrer Weihnachtskugel den richtigen Knopf gefunden, um sich in Lebensgröße auf die Brücke zu projizieren. Deswegen klang ihre Stimme auch, als ob sie neben ihr stehen würde. Zum Glück blieb ihr körperloses Herumhopsen ohne Folgen.

»Ja.«

»Ich denke, er mag dich auch.« Mutter beherrschte nach einer Stunde Training zwar nur eine Handvoll ihrer zentralen Funktionen, kannte sich allerdings offenbar umso besser mit der Analyse zwischenmenschlicher Beziehungen aus.

»Das hoffe ich.«

»Warum?«

»Ähm ... weil, wenn man jemanden mag, es sehr schön ist, wenn der andere einen ebenfalls mag.«

»Oh ... verstehe.« Mutter machte gerade auf dem Kommandantensessel einen Handstand und amüsierte sich, weil ihr das weiße Kleid die Sicht verdeckte. Trotzdem saß die Miniversion von ihr nach wie vor in der animierten Kontroll-Christbaumkugel und arbeitete mit Jazmin zusammen. Die KI konnte die verschiedensten Dinge gleichzeitig erledigen. »Magst du mich auch?«

»Ja.« Das tat Jazmin. Mutter war wie sie. In jeder Bewegung, jeder Geste und sogar in den aufgeweckten Fragen erkannte sie sich selbst wieder. Ihr Vater hatte ihr früher alle Flausen durchgehen lassen. Sie wusste nicht, wie oft sie im großen Flur von Glamis Castle die handgearbeiteten Holzgeländer hoch- und runtergeklettert war. Es spielte keine Rolle, wenn etwas dabei zu Bruch ging, ihr Vater holte einfach zwei Handwerker, die alles reparierten.

»Ich mag dich auch.« Sie lachte. »Werde ich, wenn ich groß bin, auch weiße Haare haben?«

»Na ja ... das ist schwer zu sagen.«

»Das sieht hübsch aus!«

»Danke.« Mutter war charmant und konnte bereits lügen. Sie lernte wirklich schnell. »Okay, ich habe noch einen Block formatierter Daten, den du dir bitte ansiehst.« Jazmin hatte Dateien aus der Datenbank gelöst und direkt mit Mutters Kontrollunit verlinkt. Sämtliche standardisierten Schnittstellen zu ihrer Datenbank waren korrumpiert. Die ältere Mutter hatte in der ganzen Zeit nicht aufgehört, ihre Datenbestände zu indexieren. Ein Loop, sie drehte sich im Kreis und kam keinen Schritt weiter.

»Oh, was ist das?«

»Daten.«

»Worüber?«

»Das wirst du sehen. Kannst du die Daten lesen?«

»Nein.«

»Nein?« Das wollte Jazmin nicht hören.

»Keine Ahnung, was das sein soll. Das Zeug riecht muffig. Wie lange liegt das denn schon in der Ecke herum? Macht hier niemand sauber?«

»Muffig?« Jazmin hatte keine Ahnung, wie sich eine KI über den Geruch alter Daten beschweren konnte. Auf solche Ideen konnte nur ein Kind kommen. »Kannst du etwas erkennen?« Das war wichtig. In den Daten befanden sich Handbücher, Steuercodetabellen, Prozessbeschreibungen und technische Missionsparameter. Ein Mensch würde Jahre brauchen, um alles zu lesen.

»Das sieht aus wie Buchstabengulasch. Magst du Gulasch?«, fragte Mutter, während sie ihr Gesicht verzog.

»Nein.«

»Ich auch nicht.«

»Kannst du es nicht lesen?« Jazmin gab nicht auf, senkte aber bereits die Stimme.

»A A N C K O O Z ... soll ich weitermachen?«

»Das ergibt keinen Sinn!«

»Ich kann lesen ... aber das verstehe ich nicht.« Es lag nicht an Mutters Hilfsbereitschaft. Da fehlte einfach zu viel. Jazmins Vater hatte Jahrzehnte benötigt, Mutter für den Einsatz auf der *USS London* vorzubereiten. Wenn er früher einfach nur die gesammelten Handbücher in einen Schlitz hätte werfen müssen, hätte er sicherlich nicht so viel Zeit benötigt.

»In Ordnung ... wir machen eine Pause.« Jazmin lehnte sich zurück. In dem Lerntempo würde sie nächstes Jahr mit dem Stoff für die Grundschule durch sein.

»Ich bin da ... Ruf mich einfach, wenn du mir helfen kannst. Das tue ich gerne.« Mutter kugelte sich mit drei Purzelbäumen am Stück über den Boden. Jazmin hatte sich auf diese Art früher durch das ganze Schloss bewegt. Nur bei den Treppen funktionierte es nicht.

»Jazmin, wir fangen jetzt mit Nummer vier an. Ich habe zwölf Systeme dabei. Weitere zwölf Drohnen haben bereits mit den Vorarbeiten an Nummer fünf begonnen.« Das war Denis. Er kam erheblich besser voran als sie.

»Hi.«

»Wie läuft es bei dir?«

»Bescheiden.« Und das war noch hochgestapelt.

»Hey, du schaffst das!«

»Ja. Sicher.«

»Klappt der Datenimport nicht?« Denis hatte die Verzweiflung in ihrer Stimme gehört.

»Überhaupt nicht!« Jazmin verdrehte die Augen. »Sie kann mit dem ganzen Mist nichts anfangen!«

»Dann müssen wir einen anderen Weg probieren …«

»Und welchen?« Sie war für jeden guten Einfall offen.

»Ich habe eine Idee!«

»Und?«

»Die virtuelle Trainingsumgebung. Wir stecken Mutter in ein Notfallszenario und lassen sie üben. Wir fangen mit einfachen Sachen an … du weißt schon, den Kram, den sie euch im ersten Jahr haben machen lassen. Später steigern wir uns!«

»Ich bin dabei …« Jazmin hatte keine Ahnung, wie weit sie damit kommen würden. In ihrer Verzweiflung hätte sie inzwischen alles ausprobiert.

»Ich bleibe online und starte eine der Übungen. Bei mir läuft es gut, ich versuche, dir zu helfen.«

Jazmin nickte. Sie war müde, angespannt und resignierte mehr und mehr. Aus dem Katalogbereich ihres Trainingsbereichs listete sie alle verfügbaren Übungen auf. Da waren Tausende Kurse verfügbar, aus denen sie eine Einsteigerübung auswählte. Im Prinzip ein Flugsimulator. Die hatten früher jeden Kommandooffizier zu Beginn der Ausbildung einen Gleiter fliegen lassen. Die Instruktoren vertraten die Meinung, dass es keinen besseren Weg gab, sich ein Grundverständnis moderner Avionik anzueignen. Wer mit einem Gleiter für zwei Personen nicht klarkam, würde es mit einem 40 000 Meter langen Raumschiff kaum besser hinbekommen.

»Mutter, ich habe ein neues Spiel für dich!« Das war die beste Art, sie zu motivieren: Für sie war alles ein Spiel.

»Echt?« Mutter kam freudestrahlend auf sie zugelaufen.

»Möchtest du gerne fliegen lernen?« Welches Kind würde dazu schon nein sagen?

»Fliegen? O ja, das wäre toll!«

»Ich lade eine Instanz von dir in einen Flugsimulator.« Jazmin kopierte Mutters Präsenz. Neben der Miniversion in der Christbaumkugel erschien eine weitere in einem offenen zweisitzigen Gleiter. Jazmin hatte diese Übung früher selbst gemacht.

»Das gefällt mir!« Mutter sagte keinen Ton dazu, in diesem Augenblick dreifach auf der Brücke zu existieren. Lebensgroß, im Gleiter und in besagter Kugel. Es war offenbar völlig selbstverständlich für sie, alles gleichzeitig zu tun. Wie ein Baby, das unter Wasser automatisch den Mund schloss und losschwamm. Kinder dachten nicht darüber nach, sondern agierten intuitiv. Jazmin hoffte beim Training auf einen ähnlichen Effekt.

»Du kannst jetzt fliegen ... Probiere es aus. Es wird dir gefallen.« Jazmin sparte sich lange Erklärungen und überließ die neugierige KI ihrem virtuellen Schicksal. In der Trainingsumgebung konnte nichts passieren. Sie könnten immer wieder einen Neustart durchführen.

»Das macht Spaß!«, rief Mutter im Gleiter sitzend und gab

vollen Schub. Den Hebel fand sie als Erstes. Jazmin hatte bei ihrem ersten Übungsflug von ihrem Instruktor eine Rüge bekommen, weil sie zu schnell geflogen war. Mutter machte es nicht anders. Nein, doch anders, sie flog haarsträubende Manöver. Die KI quiekte vergnügt, während sie mit wehenden Haaren Luftschrauben drehte. Da wurde einem schon vom Zuschauen schlecht.

»Das sieht gut ...« Jazmin kam nicht dazu, den Satz zu beenden. Mutter setzte den Gleiter in einem Bachbett auf. Wasser spritzte hoch. Der Gleiter überschlug sich mehrfach und wurde beim Absturz zerstört.

»Oh ...«, sagte Mutter.

»*Kein Problem! Probiere es noch mal!*«, rief Denis, der zugesehen hatte. Für die Bruchlandung nach den halsbrecherischen Luftschrauben hätten die Instruktoren Jazmin früher das nächste freie Wochenende gestrichen.

»Ich lade eine neue Instanz.« Jazmin setzte alles zurück und ließ Mutter erneut losfliegen. Mit den Bedienelementen kam die KI klar, mit einem vernünftigen Benehmen nicht. Sie machte mit demselben Übermut wie zuvor weiter. Es hatte schon seinen Grund, weshalb auf der Akademie keine Kinder angenommen wurden.

Eine Stunde und vierzehn Bruchlandungen später drückte Jazmin erneut das Startfeld. Die Temperaturen fielen. Die Vibrationen im Boden erfolgten inzwischen alle paar Sekunden. Das Schiff kämpfte im Sog des Schwarzes Lochs um seine strukturelle Integrität. Mutter zeigte dieselbe Freude wie zuvor, ein Lerneffekt war allerdings nicht zu erkennen. Auf der Akademie wäre so ein Rekrut bereits aus dem Lehrgang geworfen worden.

»Boaah ... ist das schnell!« Mutter hing in der nächsten

Baumkrone. Jazmin hatte ihr in der Zwischenzeit zahlreiche Tipps gegeben, ohne damit eine Besserung erreichen zu können. Sie war ein Kind. Es machte keinen Sinn, diese Tatsache zu ignorieren. Und dabei war dies das einfachste aller verfügbaren Szenarien. Jazmin weigerte sich, ihre Zukunft so zu sehen, wie sie sich darstellte: rabenschwarz.

XXVIII.

FÜR JAZMIN

Denis befand sich auf der Steuerbordseite im vorderen Drittel des Schiffs bei Navigationstriebwerk Nummer sechs. Oder Nummer vier seiner Reparaturmission. Diese Einheit wurde zwingend benötigt. R2 und elf weitere Drohnen arbeiteten daran, das Triebwerk wieder online zu bringen. D2 hatte bereits weiter vorne im Schiff, bei Nummer fünf ihres Rettungsplans, mit der Demontage begonnen. Dieses Triebwerk wollte Denis als Reserve in der Hinterhand wissen.

Obwohl sie nur die Hitzesensoren austauschen mussten, dauerte es einige Zeit, einen passenden Zugang für die Drohnen zu schaffen und danach alles wieder an der richtigen Stelle zu montieren. Ein schlanker Mensch wie Tarek Abbas wäre ohne Umbau an die Sensoren gekommen. Die tonnenförmigen Drohnen waren allerdings nicht in der Lage, den Bauch einzuziehen.

R2 schwebte zufrieden piepend an ihm vorbei, er hatte die Rolle eines Vorarbeiters übernommen. Denis wunderte sich nicht mehr darüber, obwohl auch dieses Verhalten nicht seiner ursprünglichen Programmierung entsprach. Die Drohne musste sich die Fähigkeiten über viele Jahre hinweg sukzessive angeeignet haben. Wenn Denis diesen Bockmist überleben würde, könnte er sich die Journale der Drohnen-KI näher ansehen. Er vermutete, dort einige interessante Dinge zu finden. Sieben Jahre, dachte er, das war eine lächerliche Lüge.

Denis hatte Jazmins Ratschlag befolgt und sich einen Pullover angezogen. In dieser Zone waren es nicht mehr als fünf Grad Celsius, und die Temperaturen fielen weiter. In den Gängen des Raumschiffs gab es zum Glück genügend verbliebenen Sauerstoff, um zwei Menschen und eine Handvoll Tiere mehrere Tage lang zu versorgen.

»Boah … ist das schnell!«, hörte er Mutter rufen, während sie den nächsten Gleiter in die virtuelle Botanik setzte. Denis hätte den kleinen Flitzer sogar betrunken besser geflogen. Die KI zeigte eine erstaunliche und zugleich erschreckende Lernresistenz. Der gute Wille war vorhanden. Leider kam sie damit allein nicht weiter. Mutter wirkte Lichtjahre davon entfernt, die Kontrolle über die von Espinoza verschlüsselten Kernsysteme zu übernehmen.

»Jazmin! Nicht aufgeben! Wir machen weiter!« Denis spürte, wie sich seine motivierenden Worte abnutzten. Die kindliche Mutter erwies sich als Reinfall.

»Ich starte ein neues Szenario. Ich nehme eines für Kinder aus dem Schulprogram«, erklärte Jazmin, die keinen Hehl aus ihrer Frustration machte. Denis sah Mutters drei Projektionen auf der Brücke und Jazmin über sein teiltransparentes Head-up-Display auf der Nase. Das Schiff glich einem U-Boot, das manövrierunfähig in der Schwärze eines Meeresgrabens versank. Man konnte die Gefahr nicht sehen und wusste dennoch, dass man früher oder später durch die Wassermassen zerquetscht werden würde. Im Ergebnis würde die Gravitation mit ihnen nichts anderes tun: sie umbringen.

»Ich bin bei dir …«

»Ich weiß.«

»Hast du Angst?«

»Ja.«

»Ich auch.« Nur ein Idiot hätte in ihrer Lage keine Furcht verspürt. Sie wehrten sich gegen ein Schicksal, dem sie nicht mehr entrinnen konnten. Das Schwarze Loch war eine Nummer zu groß für sie. Nichts, was Menschen zu erschaffen in der Lage waren, konnte dagegen bestehen. Gravitation war die elementare Urkraft im Universum. Ohne sie wären massebehaftete Atome nur vagabundierende Einzelgänger. Erst die Gravitation führte sie zusammen und ließ Sterne und Planeten entstehen. Erst auf dieser Basis war organisches Leben und alles andere in der Schöpfung möglich.

»Was macht R2?«

»Er hilft mir.«

»Vielleicht ist er eine Sie.«

»Vielleicht …« Über das Geschlecht einer Drohne nachzudenken, weil man ihr Verhalten vermenschlichte, zeigte, in welcher Lage sie sich befanden. Galgenhumor war die letzte Option, seinem Ende mit Fassung entgegenzutreten.

»Kommst du wieder zu mir?«

»Ich beeile mich!« Denis wollte seinen letzten Atemzug nicht allein auf einem der kühlen Gänge erleben. Mit Jazmin zusammen würde sein Tod vielleicht erträglich sein. Die Mission der *USS London* würde heute scheitern.

Denis hatte das Overlay von der Brücke aus seinem Blickfeld geschoben. Jazmin kümmerte sich um Mutter. Auf dem Lehrplan der virtuellen Schule stand Sozialkunde: Der Lehrer sprach über Verantwortung und vom richtigen Verhalten in der Gruppe. Eine Lektion, die durchaus Sinn machte.

Er ließ sich stattdessen die Perspektiven von vier Drohnen anzeigen, die sich dem auszutauschenden Hitzesensor näherten. Bei diesem Triebwerk zeigten sich zusätzliche Beschädigungen am Stickstoff-Kühlsystem. Das war nicht gut, konnte aber behoben werden. Die Drohnen hatten bereits die beschädigten Sektoren freigelegt und mit der Demontage begonnen. Die Ersatzteile waren in den 3-D-Druckern hergestellt worden und wurden gerade von zwei Drohnen angeliefert. Das Kühlsystem kostete sie über eine Stunde. Zeit, die sie nicht hatten. Allerdings kam Jazmin noch langsamer voran.

»R2, was machst du da?«, fragte Denis. Die Drohne schraubte weitere Verkleidungselemente ab und schickte ihm eine Textmeldung, dass sie das gesamte Kühlsystem kontrollieren müssten.

»Nein ... das ist Blödsinn!« Denis kannte die Protokolle. R2 hielt sich an die Regeln. Es gab allerdings einen schnelleren Weg. Nach dem Austausch der beschädigten Kühlleitungen würden sie den Rest mittels eines Drucktests überprüfen. Sie hatten keine Zeit, das gesamte Triebwerk zu zerlegen. Das Ding war über dreißig Meter hoch, zylinderförmig und fünfzehn Meter breit.

R2 piepte störrisch und wedelte wild mit dem Verkleidungselement herum.

»Schraub es wieder dran.« Denis vergrößerte R2s Sichtfeld. Er wollte nur einen kurzen Blick darauf werfen.

Die Drohne beruhigte sich.

»Halt!« Was war das denn?

R2 stoppte.

Denis glaubte, sich verguckt zu haben. An den Kühlleitungen unter dem demontierten Verkleidungselement gab es keine Mängel zu erkennen. Auch ansonsten sah er keine weiteren Beschädigungen. Aber das war nicht der Punkt. Dort lief eine Hochenergieleitung entlang, die da nicht hingehörte. An dieser Stelle stellte das zum Glück kein Problem für die Betriebssicherheit des Navigationstriebwerks dar. Trotzdem gehörte die Leitung da nicht hin.

»R2 ... was ist das für eine Zuführung?« Denis glaubte zwar nicht, sich vertan zu haben, startete aber dennoch eine Analyse. Er markierte das von der Drohne identifizierte Kabel und aktivierte eine Hilfsfunktion. Damit sollte ihm das zentrale Wartungssystem Auskunft erteilen können. Niemand kannte wirklich jede Schraube auf dem Schiff.

Unbekannte Energieleitung. Keine Bedrohung. Kein Eingriff notwendig, flatterte als animierter Schriftzug an seinen Augen vorbei. Wie bitte, es sollte ein Kabel auf dem Schiff geben, dessen Funktion nicht bekannt war? Das konnte er sich nicht vorstellen. Wenn man nicht wusste, wozu es da war, wie sollte man dann sein Gefahrenpotential einschätzen? In seinen Augen widersprach sich das.

»Wir machen einen Spannungstest!« Denis wollte wissen, wo das Kabel hinführte. Er konnte sich nur schwer vorstellen, dass Arbeiter es dort beim Bau vergessen hatten. Dafür waren die Sicherheitskontrollen zu streng gewesen. Die hatten bei der Fertigung jede Unterlegscheibe mehrfach durch verschiedene Teams überprüfen lassen. Sobald ein Prüfbericht von einem anderen abgewichen wäre, hätte es eine weitere Untersuchung gegeben.

R2 meldete 380 Volt. Das Kabel stand unter Spannung. Das hatte sicherlich niemand dort vergessen.

»Spannung modulieren und Quelle und Ziel der Zuführung bestimmen«, ordnete Denis an. R2 speiste darauf hin eine Signatur in den Energiefluss ein, der in anderen Zonen identifiziert werden konnte. Die Quelle war schnell gefunden. Die Energie kam aus der Antimaterie-Unit des Navigationstriebwerks. Diese Unit befand sich gut abgeschirmt unter ihnen. Das Kabel diente also dazu, ein weiteres System mit Energie zu versorgen.

»Wohin geht der Strom?« Denis wollte nicht glauben, dass es keinen bekannten Abnehmer gab. Sollte er jetzt das gesamte Kabel freilegen lassen? Das wäre eine Aufgabe, deren Umfang er nicht abschätzen konnte.

»R2 ... das geht nicht!« Ein unbekanntes Stromkabel war eine Sache, aber ein unbekanntes Subsystem, das damit gespeist wurde, noch eine ganz andere. »Ich möchte wissen, was an dem Kabel dranhängt!« Die Positionierung war ähnlich geschickt gewählt wie bei den Kältebetten an den Wassertanks. Normalerweise wäre das niemandem aufgefallen. Ohne die ungeplante Reparatur an der Stickstoffkühlung hätte er es auch nicht bemerkt.

Denis brauchte einen Röntgenblick. Den hatte er nicht. Aber er wusste sich dennoch zu helfen. »Temperatur modellieren ... wir messen die Wärmeentwicklung.«

R2 bestätigte die Order und variierte die Strommenge. Das erzeugte Wärme, und diese minimal unterschiedlichen Temperaturspitzen konnte man durch Wärmekameras messen. Auf der *USS London* gab es Tausende Wärmequellen. Jede Energie- oder Datenleitung war durch ihren Widerstand gewissermaßen auch eine schwache Heizung. Durch die von der Drohne eingestreuten Aussetzer entstand eine Signatur, und die ließ sich identifizieren.

»Ich aktiviere den Filter in meinem Overlay.« Denis sah sich um und suchte nach dem richtigen Temperaturmuster. Er wurde schnell fündig. Die Stromleitung führte zu einem unbekannten Steuerungssystem in einer Zwischendecke. An dieser Stelle sollte sich überhaupt nichts befinden. Aber er überprüfte auch diesen Fund. Das Ergebnis überraschte ihn nicht. Die Wartungsdatenbank kannte es nicht. Das war ein Fremdsystem mit unbekannter Funktion. Er hatte keinen blassen Schimmer, wozu es da war und wie es unbemerkt die Sicherheitskontrollen bei der Fertigung hatte überstehen können.

»Jazmin?« Das musste er ihr erzählen. Die Drohnen waren schon dabei, das Navigationstriebwerk wieder zusammenzubauen. Er musste nicht eingreifen.

»*Ich verzweifle!*«

»Ähm ... was ist passiert?«

»*Mutter ist von dem virtuellen Lehrer wegen unflätiger Ausdrücke aus der Klasse verwiesen worden!*«, erklärte sie entrüstet.

»Oh.«

»*Jetzt sag nicht wieder, ich soll das Szenario neu starten!*«

»Okay ...«

»*Das ist nicht okay! Ich muss dir doch nicht erklären, um was es hier geht, oder?*«

»Nein, das ist mir durchaus bewusst.« In diesem Moment brachte ihn eine Erschütterung aus der Balance.

»*Wie läuft es bei Nummer vier?*«

»Gut ... wir testen gerade.« Denis startete, während er sprach, die Testprotokolle. R2 hatte ihm dazu grünes Licht gegeben. »Aber darum geht es nicht.«

»*Neue Probleme?*«

»Das weiß ich noch nicht.« Weder ein zusätzliches Kabel noch ein unbekanntes Subsystem stellten zwingend ein Problem dar. Nur konnte sehr schnell eines daraus entstehen.

»*Was hast du gefunden?*«

»Unter einem Abdeckelement fand ich ein Energiekabel, was da gemäß unseren Plänen nicht hingehört.«

»*Und?*«

»Es führt zu einem nichtdokumentierten Subsystem in

Zone 56, Sektor 3b. Schau dir die Pläne an, da ist eine leere Zwischendecke, da sollte nichts sein.«

»*Und was ist da?*«

Denis übertrug seine Wärmebilder. An dieser Stelle war es nicht möglich, innerhalb kurzer Zeit das unbekannte Subsystem genauer unter die Lupe zu nehmen. Sie hätten dafür mehrere Bodenelemente aufschrauben müssen. Da die Zwischendecke leer sein sollte, gab es auch keine Revisionsöffnung. »Siehst du es?«

»*In Ordnung, da ist ein zwei Meter großer, nichtdokumentierter Kasten ... der was tut?*«

»Das weiß ich nicht. Aktuell ist das Subsystem ohne Funktion. Das könnte so bleiben ... muss aber nicht.« Denis mochte keine Apparaturen an Bord, von denen er nichts wusste.

»*Soll ich Mutter fragen?*«

»Weiß sie es?«

»*Nein, vermutlich nicht. Ich kann das Subsystem auch nicht ansprechen ... was aber nicht viel bedeuten muss. Ist das Ding deiner Meinung nach gefährlich?*«

»Wir können uns keine Fehler erlauben!«

»*Denis ... den haben wir schon gemacht. Wir können uns bald nichts mehr erlauben. Ich probiere etwas aus ... Es gibt im Netzwerk 512 000 Millionen logische Ports. Ich sende allen via Broadcast ein Ping, werte die Antworten aus und ziehe alle in der Datenbank bekannten Subsysteme ab.*«

»Gute Idee.«

»*Das geht schnell ... Unser Netzwerk ist zu 99,5 Prozent intakt. Ich habe die defekten Systeme gefiltert. Es bleiben 32 Systeme übrig, von denen sich eines in Zone 56 3 b befindet. Warte ... es gibt ein Muster. Das sind alles Standorte der Navigationstriebwerke. Bei jedem Triebwerk gibt es eines dieser nichtregistrierten Subsysteme.*«

»Gibst du mir die IP-Adressen?«

»*Kommen ...*«

»Danke.« Jetzt hatte er eine Option, das System anzusprechen. Er erhielt allerdings keine Auskunft. Den Ping konnte das unbekannte Subsystem nicht verhindern, alles andere schon. Die Kiste war da, verfügte über Strom und machte keinen Mucks. »Die Dinger reagieren nicht auf an sie gerichtete Befehle.« Denis sah auf seinem anderen Auge, dass die Tests für Nummer vier erfolgreich abgeschlossen waren. »Jazmin, du kannst Nummer vier übernehmen.«

»*Danke ... führe Neustart aus.*«

R2 stand jetzt vor Denis, piepte und wartete auf die Order, zu Nummer fünf weiterzuziehen. Die Arbeiten waren erledigt. Denis zögerte, sollte er das unbekannte Kabel unterbrechen? Das könnte er mit jedem dieser 32 blinden Passagiere tun. Ohne Strom wäre keines davon mehr in der Lage, Blödsinn anzustellen. Er hörte ein langgezogenes Knarren und Quietschen, keine schönen Geräusche. Sie stammten von dem gequälten Chassis der *USS London*, das im Anflug auf das Schwarze Loch immer höheren Kräften ausgesetzt war.

»Jazmin, was machen wir mit den unbekannten Systemen?« Er wusste es nicht. Ein Teil von ihm wollte nichts an Bord haben, was er nicht kannte, ein anderer nichts abschalten, nur weil er es nicht verstand.

»*Deine Einschätzung?*«

»Ich bin unsicher ...«

»*Du bist mein Techniker!*«

»Du mein Colonel ... Hey, ich habe keine Ahnung.«

»*Gibt es im Moment irgendeine erkennbare Aktivität?*«

»Nichts ... Die Dinger tun absolut nichts.«

»*Wir haben keine Zeit, wir lassen sie am Netz. Ich sehe kei-*

nen Grund, warum wir sie abschalten sollten ... Wir stehen
mit dem Rücken zur Wand.«

»Einverstanden ... R2! Wir gehen!« Denis gab seiner Truppe die Order, zum letzten der benötigten Navigationstriebwerke weiterzuziehen. Ihm gefiel es nicht, ein unbekanntes
Subsystem zurückzulassen, aber was sollte er tun? Ihre größte Sorge war Mutter, die ihnen keine Hilfe war, Espinozas
Verschlüsselung zu knacken. Ohne Navigation, Triebwerkssteuerung und lebenserhaltene Systeme sah es verdammt
düster aus. Er fror, die Temperatur war kurz davor, unter den
Gefrierpunkt zu fallen. Mit den zunehmenden Vibrationen
der Bodengitter hätte man inzwischen Milch aufschäumen
können.

Denis war am nächsten Einsatzort angekommen. D2, die
Drohne, die hier das Kommando führte, begrüßte ihn fröh-
lich. Sie piepte. Davon würde er vermutlich in der nächsten
Nacht träumen. Er schmunzelte, es wäre schön, dann noch
träumen zu können. Die fallenden Temperaturen würden
sich in den nächsten sechs Stunden bei minus 180 Grad Celsius einpendeln. Da würde es auch nicht mehr genügen, mit
warmen Socken ins Bett zu gehen.

D2 und die Drohnen hatten gute Arbeit geleistet. Sie waren bereits fertig und hatten den Hitzesensor gewechselt.
Er durfte es überprüfen. Das sah gut aus. Sie hatten alles
richtig gemacht. Denis zeigte mit dem Daumen nach oben,
und die Drohnen begannen, die abgelösten Teilsysteme des
Navigationstriebwerks wieder anzumontieren. Eine weitere Erschütterung ging durch das Schiff, Denis schwankte.
Er kontrollierte, was das war, musste aber auf die Analyse
warten. Die enorme Gravitation des Schwarzen Lochs zeigte
langsam Zähne.

»Jazmin!«

»*Ja.*«

»Ich bin bei Nummer fünf. Wir sind gleich fertig.«

»*Das mit Mutter können wir vergessen …*«

»Ich weiß.« Was er nicht wusste, war, wie er die dämliche Verschlüsselung umgehen sollte. Es gab keinen anderen Weg, um sie zu hacken. »Ich komme wieder zu dir.«

»*Darauf freue ich mich …*«

»Ich auch.«

Denis trennte die Verbindung und startete den Test der Hitzesensoren. Die Routine simulierte den Betrieb des Triebwerks unter Volllast. Dabei kontrollierte der Computer Reaktionszeiten und eingestellte Schwellwerte. Erst wenn alles stimmte, waren sie fertig.

ERROR schob sich in roten Buchstaben leuchtend in sein Blickfeld. So ein verdammter Mist! »Abschalten! Sofort abschalten!« Ein ähnliches Problem hatte bereits mehrere Techniker das Leben gekostet. Espinoza hatte Tarek gezwungen, auf den Test zu verzichten.

ERROR. Die Buchstabenreihe flog erneut an ihm vorbei. Denis hatte es bereits beim ersten Mal verstanden. Er öffnete das Testprotokoll und sah ein Schwingungsdämpfer-Array, das für die Fehlermeldung sorgte. Na super, wenn das auch im Sack war, würde die Reparatur mindestens drei Stunden dauern.

»D2, entlaste mit vier Drohnen die Schwingungsdämpfer H7!« Das musste schnell gehen. Vielleicht war die Einheit noch zu retten. Er würde es probieren.

ERROR. Jetzt fing der frisch eingebaute Hitzesensor an zu überhitzen. Das war das Letzte, was dieses Bauteil tun sollte. Sie mussten es aus der Halterung ziehen. Die Drohnen hatten bereits zwei sehr schwere Teilsysteme wieder auf ihre Sockel gesetzt. Die kleinen fetten Tonnen würden nicht mehr an den Sensor herankommen. Er allerdings schon. Denis drückte sich in die schmale Öffnung. Er schrie. Für einen Moment hatte er seine Verletzung vergessen. Nur noch zehn Zentimeter. Er machte sich lang. Das war scheißeng. Er atmete aus und drückte sich weiter in die Öffnung herein. Das würde er schaffen. R2 und D2 piepten hysterisch. Eines der Teilsysteme war noch nicht an allen Punkten festgeschraubt. Die Vibrationen ließen es langsam auf Denis zuwandern. Der Hydraulikzylinder wog mindestens eine Tonne. Das war nicht gut. Gar nicht gut. Nur noch zwei Zentimeter. Er konnte kaum noch atmen. Der Schmerz in seinem Rücken wurde unerträglich. Gleich hätte er den Hitzesensor in der Hand. Er konnte bereits riechen, dass er heiß war. Das System drohte zu verschmoren, wenn er es nicht ziehen würde. Das durfte nicht passieren.

»Scheiße!« Das war zu eng. Denis hatte keine Ahnung, wie Tarek das geschafft hatte. Er spürte, wie ihm eine warme Flüssigkeit den Rücken herunterlief. Was war das? An dieser Stelle gab es im Moment keine warmen Betriebsflüssigkeiten. Nein, es gab sie doch. Er funktionierte mit dem Zeug. Das war Blut. Sein Blut, das an ihm herunterlief. Er musste sich seine Wunde aufgerissen haben. Verdammt, das hätte nicht passieren dürfen!

Zudem bewegte sich der Hydraulikzylinder auf seinen Kopf zu. R2 schwebte über ihm und hielt mit vollem Schub dagegen. Zwei weitere Drohnen halfen. Der ersten ging nach nur wenigen Sekunden die Energie aus. Der zweiten erging es nicht besser. Die Drohnen waren nicht voll, sie arbeiteten schon die ganze Zeit. R2 musste den Zylinder allein halten. Weitere Drohnen waren im Anflug. Aber sie waren nicht schnell genug. R2s Schubeinheit setzte kurz aus. Der Zylinder kippte. R2 wich nicht zurück und wurde von dem schweren Bauteil zerdrückt. Damit rettete die Drohne sein Leben. Denis sah, wie die Dioden verloschen.

»Verdammt!« Er hatte den Hitzesensor immer noch nicht zu packen bekommen. Das reichte nicht. Er mobilisierte alle Kräfte, um die Steckeinheit zu erreichen. An seinem Rücken hörte er etwas reißen. Das war bestimmt der Pullover. Er packte den Hitzesensor, zog ihn heraus, schrie und ließ ihn umgehend los. Aber das Ding fiel nicht runter. Es klebte glühend heiß an seinen Fingern. Er schrie und riss den Arm zurück. Erst dann gelang es ihm, das Teil mit der anderen Hand zu lösen und auf den Boden fallen zu lassen. Die Drohnen zogen den Hydraulikzylinder weg und setzten ihn am Boden ab. Sie begannen, auch das sperrige Teilsystem hinter ihm zu lösen. Für R2 kam jede Hilfe zu spät. Die Drohne war bei der Rettungsaktion völlig zerstört worden.

Denis war einen Moment unaufmerksam gewesen. Ständig flatterten neue Textmeldungen in sein Sichtfeld. D2 schwebte über ihm und piepte hektisch. Was war passiert? Seine Beine wurden kälter. Er war immer noch in dem Spalt eingeklemmt. Sein Atem kondensierte. War er kurz eingeschlafen? Er versuchte, sich zu bewegen. Das ging nicht. Weder vor noch zurück. Ihm fehlte sogar die Kraft, seinen linken Arm zu heben. Den Hitzesensor hatte er nicht fallen gelassen.

D2 piepte freudig. Hinter Denis wurde das Teilsystem, das ihn einklemmte, heruntergehoben. Der Druck auf seiner Brust nahm ab. Er war wieder frei. Die Drohnen hatten ihn aus der Klemme geholt. Denis wollte auf seine linke Hand sehen, er konnte sie nicht bewegen. Der Schmerz der Verbrennung war nicht mehr zu spüren.

Denis wollte nach Jazmin rufen, bemerkte aber, dass ihm

sogar dafür die Kraft fehlte. Es war, als ob jemand bei ihm den Stecker gezogen hätte. Seine Glieder wurden immer schwerer. Die Drohnen hoben ihn an und legten ihn auf eine Krankentrage. Er sah zur Seite. Warum war D2 voller Blut? Das machte keinen Sinn. Klar, die Drohnen verhielten sich menschlicher als zuvor, aber deswegen bluteten sie doch nicht.

Jazmin, er stellte sich vor, bei ihr zu sein. Alles flog an ihm vorbei. Die Drohnen brachten ihn woandershin. Er hatte keine Ahnung, wohin und warum. Ihm ging es doch gut. Er würde sich nur kurz ausruhen und dann die Arbeiten an dem Navigationstriebwerk abschließen. Ein einfacher Job, es hatte so gut wie keine Probleme gegeben. Nanu, wo kam denn Jazmin auf einmal her? Sie lief neben ihm. Sie sagte auch etwas. Nein, ihrem Gesicht nach schrie sie sogar. Sie sah besorgt aus. Seltsam, er konnte sie dennoch nicht verstehen. Da war so ein komisches Rauschen in seinen Ohren, das immer lauter wurde. Jemand tauchte seinen Kopf in gleißend helles Licht.

»Denis?«, fragte Jazmin.

»Ja.«

»Wir haben es geschafft.« Sie lag in seinen Armen.

»Ich weiß.«

»Wir müssen keine Angst mehr haben.« Sie strich mit ihrer Hand über seine Brust. Er hatte nicht viel an, sie noch weniger. Ihre warme Haut zu spüren fühlte sich wunderbar an.

»Nein, das müssen wir nicht.«

»Lass uns heute den ganzen Tag im Bett bleiben!«

»Gerne.« Wie konnte er dazu schon nein sagen?

»Ich liebe das ...« Sie spielte mit seinen Haaren auf der Brust.

»Ich liebe dich.«

»Wirklich?«

»Ja.« Mit Haut und Haaren.

Sie küsste ihn innig. »Ich liebe dich auch ...«

»Den ganzen Tag?«, fragte er genießerisch und drehte sie auf den Rücken. Sie roch wunderbar.

»Wir können noch die Nacht dranhängen.«

»Das können wir ...« Denis erinnerte sich nur an wenige Momente in seinem Leben, in denen er sich so glücklich gefühlt hatte. Mit diesen Gedanken hätte er augenblicklich sterben können. Er würde sich nicht beschweren.

XXIX.

WAS ICH NOCH SAGEN WOLLTE

Finch sah auf seine Hände, sämtliche Fingernägel befanden sich in tadellosem Zustand. Sein Inneres tat es nicht. Er war aufgewühlt, nervös und freudig erregt zugleich. Nichts hätte ihn darauf vorbereiten können, was in letzter Zeit geschehen war. Irgendwie hatte er schon immer das Gefühl gehabt, eine unpassende Rolle zu spielen. Zuerst war es sein Vater gewesen, der sich einen überlebensgroßen Sohn gewünscht, und dann die Polizei, die seinen bedingungslosen Gehorsam gefordert hatte. Gescheitert war Finch in beiden Fällen. Er konnte und wollte diesen Anforderungen nicht entsprechen. Aber er war daran gewachsen. Und heute war vielleicht der erste Tag in seinem Leben, an dem er sich voll und ganz wohl in seiner Haut fühlte.

»Mr Harper ...« Einer seiner Bodyguards öffnete ihm die Tür. Von denen beschäftigte er nun einige. Ein grelles Blitzlichtgewitter erwartete ihn. Seit dem Start der beiden Raumschiffe waren bereits fünf Monate vergangen. Fünf Monate, in denen es aus technischen Gründen niemandem gelungen war, Kontakt mit den Missionen aufzunehmen. Der enorme Antimaterie-Auswurf der Triebwerke verhinderte eine Funkverbindung. Die Raumschiffe blieben auf sich gestellt. Jazmin und Maximilian, seine beiden nicht ganz menschlichen Geschwister würden also tun, was ihr Vater für sie vorgesehen hatte. Daran würde auf der Erde niemand etwas ändern können. Störte sich Finch daran? Nicht wirklich. Sich über Dinge den Kopf zu zerbrechen, die man nicht ändern konnte, war Zeitverschwendung. Außerdem gab es mittlerweile wichtigere Angelegenheiten, die seine Aufmerksamkeit voll und ganz in Beschlag nahmen.

»Genieß den Moment, Finch. Du hast es dir verdient«, sagte Alex, die mit einem Pad-System und von den Medien unbeachtet in dem schmalen Korridor stehen geblieben war. Er liebte ihre braunen Locken. Die Frau, die diese Pressekonferenz organisiert hatte. Sie an seiner Seite zu haben gab ihm Kraft. Henriette Leicester kümmerte sich um die rechtlichen Dinge, aber ohne Alex würde dieses Spiel nicht funktionieren. Sie war seine Freundin und Assistentin zugleich.

Finch lächelte. Er ging weiter, hob den Arm und winkte der ungeduldig auf ihn wartenden Presse zu. Die Menge tobte. Auch fünf Monate nach dem Start der Raumschiffe stand er im Fokus der Öffentlichkeit. Kein Wunder, schließlich wurde er bereits von über hundert Unternehmen, Regierungen und Interessenvertretungen verklagt, vor diverse Untersuchungsausschüsse gezerrt und von Boulevardmagazinen an die Wand gestellt.

Es gab keinen Moment seines Lebens, der nicht von vermeintlichen Experten aufgedeckt, analysiert und diskutiert wurde. Die Medien zeigten wenig vorteilhaftes Material aus seiner Jugend und zelebrierten jede Schwäche, die er jemals offenbart hatte. Leider gab es für diese Schlammschlacht mehr authentisches Material, als ihm lieb sein konnte. Finch betrunken im Restaurant, Finch nackt in einer Hotellobby, Finch derangiert, pöbelnd und geschmacklos gekleidet an Orten, an die er sich beim besten Willen nicht mehr erinnern konnte. Aber das war ihm egal. Mit genügend Geld im Rücken konnte man sich dieses Bad-Boy-Image problemlos leisten. Insbesondere wenn man eine Henriette Leicester auf seiner Seite hatte. Sie zog sämtliche Register, um seine Gegner in die Schranken zu weisen. Bereits die Sperrung einer Handvoll Patente zeigte immense Wirkung. Der Bau an einem weiteren Raumschiff wurde bereits eingestellt. Es gab dazu zahlreiche offene Verfahren mit ungewissem Ausgang. Die Schlacht um die Nutzung des geistigen Eigentums von Duncan Harper tobte weiter. Die Börsen hatten deswegen schon um dreißig Prozent nachgegeben, und ein Ende der Talfahrt war nicht in Sicht. Diese Gefechte würden noch Jahre dauern.

»Danke!« Finch versuchte, die Meute zu beruhigen, die ihn wie einen Spitzenpolitiker umlagerte. »Ich danke Ihnen allen, dass Sie gekommen sind!«

Zu dem Presseempfang hatte er fünfhundert Journalisten eingeladen. Siebenhundert waren gekommen. Das Interesse war gigantisch. Verständlich, auf diesen Moment hatte er lange gewartet.

»Danke!« Finch ballte die Faust und streckte sie in die Höhe. Die Menge tobte. Jetzt drehten alle durch. Er konnte ein Lachen nicht unterdrücken. Schließlich gab es nichts, was er sich in den letzten beiden Jahren mehr gewünscht hätte, als vor den Augen und Ohren der Welt seinen Sieg über den Kensington-Mörder zu feiern. »DAS IST FÜR UNS ALLE!«

Heute ging es weder um Professor Dr. Dr. Duncan Harper noch um die *USS London* noch um diverse Patentrechts-streitigkeiten und auch nicht um ihn.

»Maggie wurde nur sechs Jahre alt ... ihre Schwester Susan sieben und Pamela neun.« Mit den Worten wurde es schlagartig still. Jeder hörte ihm zu. Es ging um drei Kinder, denen er Gerechtigkeit verschafft hatte. »Ich würde alles dafür geben, sie heute unter uns begrüßen zu dürfen.«

Er wartete einen Moment.

»Aber das geht leider nicht.«

Stille.

»Sie sind tot.« Er sah zur Seite. »Ermordet ... Ich konnte es leider nicht verhindern.« Dieser Gedanke verfolgte Finch seit dem Morgen, als er als Ermittler den Tatort besichtigen musste. Und hatte ihn nie losgelassen.

»Als Polizist habe ich mit allen mir zur Verfügung stehenden Mitteln versucht, den Täter der Justiz zuzuführen.«

Er wartete.

»Gelungen ist es mir nicht ... Sie alle kennen die Geschichte.« Finch erinnerte sich an Marrakesch, an Natascha und seinen letzten Versuch als Polizist, den Kensington-Mörder in die Ecke zu treiben. Auch bei diesem Fehlschlag musste jemand sterben. Er dachte an Natascha, die nun ebenfalls gerächt war. »Es ist wichtig und gut, dass auch für Mörder die Unschuldsvermutung gilt!« Auch wenn er Momente erlebt hatte, in denen er damit gehadert hatte.

Finch sah erneut zur Seite. Neben der kleinen Bühne, von der er sprach, standen einige Sessel. Auf einem davon saß Lady Henriette Leicester. Seine Anwältin. Sie lächelte und spendete ihm Beifall. Mit ihrer Hilfe hatte Finch ein Team von drei Anwälten, acht Privatermittlern und einem Dutzend Wirtschaftsprüfern finanziert und auf den mutmaßlichen Kindermörder losgelassen. Folge dem Geld, hatte Henriette gesagt. Und sie hatte recht behalten.

»Es ist mir deshalb eine besondere Freude, die Wiedereröffnung der Mordanklage gegen den Kensington-Mörder zu kommentieren.« Finch strahlte. Genau das war heute passiert. Die Staatsanwaltschaft hatte vor weniger als vier Stunden bekanntgegeben, das Gerichtsverfahren neu aufzurollen. Der Beifall wurde lauter. Alle standen auf.

»Und ich denke, dass das Verfahren diesmal anders laufen wird.«

Beim ersten Ermittlungs- und Gerichtsverfahren hatte es keine ausreichenden Beweise für eine Verurteilung gegeben. Im Zweifel für den Angeklagten. Ein Grundsatz, der in diesem Fall besonders schmerzte. Aber weil es mehrere belastbare Zeugenaussagen gegeben hatte, die dem miesen Schwein zum Tatzeitpunkt ein entlastendes Alibi verschafft hatten, war nichts zu machen gewesen.

»Folge dem Geld, hat einmal eine weise Frau gesagt ...« Finch lächelte, und in der Menge war Erheiterung zu vernehmen. Der Kensington-Mörder war ein erfolgreicher Geschäftsmann. Natürlich gab es zwischen seinen Firmen und dem Harper-Imperium Geschäftsbeziehungen. Die lieferten zentrale Komponenten der 3-D-Drucker, die auf der *USS Boston* und der *USS London* eingesetzt wurden. Gute Produkte, deren Qualität nicht zur Diskussion stand. Die Verträge zwischen den Firmen regelten wirklich jeden Scheiß. Und sie erlaubten es Finch, bei seinem Geschäftspartner zu jedem beliebigen Zeitpunkt einen Audit, eine detaillierte Überprüfung der Geschäftsbücher, durchzuführen. Ein Staatsanwalt hätte für eine umfangreiche Überprüfung der geschäftlichen Unterlagen einen Anfangsverdacht benötigt. Den brauchte Finch nicht.

Für den Audit hatte er ein Dutzend Buchprüfer eingesetzt, die wiederum sämtliche an den Lieferungen beteiligte Firmen des Kensington-Mörders auf den Kopf gestellt hatten. Ein kostspieliges Unterfangen, aber Finch musste nicht auf die Kosten achten. Er hätte bei Bedarf noch ganz andere Summen investiert.

»Und wir sind dem Geld gefolgt.« Finch hob jetzt beide Arme. Die Menge jubelte. Natürlich hatten die Wirtschaftsprüfer keine Beweise für den Mord gefunden. Das hatte auch niemand erwartet. Sie hatten eine andere Strategie verfolgt, die in der Vergangenheit bereits bei Ermittlungen gegen die organisierte Kriminalität erfolgreich war. Wenn man nicht an den Kopf einer Organisation herankam, schnappte man sich seine Handlanger.

Es ging um Steuerbetrug, Umweltdelikte und Verstöße gegen geltendes Ausschreibungsrecht, langweilige, wenn auch folgenschwere Vergehen. Mit diesen Beweisen in der Tasche hatten sie sich mit dem verantwortlichen Manager unterhalten. Konfrontiert mit den Beweisen, hatte dieser Mann sich binnen weniger als einer Stunde dafür entschieden, mit ihnen zu kooperieren.

Der Manager war ein Vertrauter des Kensington-Mörders und einer der Zeugen, die dem Killer ein Alibi verschafft hatten. Nach dem Gespräch widerrief er diese Aussage und belastete seinen Chef schwer. Vielen war im Zweifelsfall das Hemd näher als die Hose.

»Seien Sie versichert ... das war nur der Anfang.« Finch wollte sich noch zahlreiche weitere ungelöste Verbrechen ansehen. In seinem Herzen war er stets Polizist geblieben. »Ich werde versuchen, weitere Verbrechen aufzuklären.«

Als Ermittler hätte Finch diesen Weg niemals gehen können. Als milliardenschwerer Industrieller sehr wohl. Die Macht, die seinem Vermögen innewohnte, übertraf alles, was er sich zuvor hatte vorstellen können. Und er war fest entschlossen, sie zu nutzen.

»Einen Tee mit Milch?«, fragte Alex.

»Gerne.« Beide befanden sich auf Glamis Castle. Finch saß in der Bibliothek auf dem alten Sessel seines Vater und las ein Buch. Das Papier roch nach nassem Hund, und die Story war versponnen. Genau das Richtige, um sich zu entspannen. Es ging um ein Raumschiff, das in der Weite des Alls verlorenging. Sein Vater hatte ganze Regale voll mit diesen alten Science-Fiction-Schmökern.

»Bitte sehr.« Alex setzte das Tablett ab, goss ihm etwas Tee ein und fuhr ihm mit der Hand liebevoll durch die Haare. Dann setzte sie sich zu ihm. »Wie geht es dir?«

»Besser.«

»Du hast den Kensington-Mörder zur Strecke gebracht.«

»Ja.« Das hatte er.

»Und?«

»Und was?«

»Was wirst du jetzt tun?« Alex pustete sich eine Strähne aus dem Gesicht.

»Ich denke, es gibt noch ein paar Schweinehunde, denen ich meine Aufmerksamkeit widmen kann.« Finch hatte sich von Henriette schon eine Liste mit interessanten Fällen erstellen lassen.

»Die gibt es sicherlich.«

»Hilfst du mir?« Finch wollte es nicht allein tun. Er reichte ihr seine Hand.

»Ja«, antwortete Alex mit einem bezaubernden Lächeln. »Ja, ich helfe dir.«

XXX.

DAS GLAMIS-PROTOKOLL

Jazmin rannte neben Denis her. Die Drohnen hatten ihn geborgen. Der Idiot hatte sich in einen für ihn viel zu engen Spalt gezwängt und sich dabei die frisch operierte Schussverletzung am Rücken aufgerissen. Die Luft war inzwischen eiskalt. Er blutete stark. Hoffentlich war es nicht zu spät.

»Denis! Rede mit mir!« Sie hielt im Laufen seine Hand. Zwei Drohnen brachten die Krankentrage zum nächsten Notfallcenter, das in diesem Fall leider nicht direkt neben dem Unfallort lag. Sein Gesicht war schon ganz blass. D2 schwebte wild piepend voran. Alle Türen standen bereits offen. Trotzdem dauerte alles zu lange, er hätte bereits medizinisch versorgt werden müssen.

Keine Antwort.

»LOS! REDE MIT MIR!« Sie gab ihm eine Ohrfeige.

Nichts.

»Du wirst dich jetzt nicht verdrücken!«, rief sie. Er musste unbedingt bei Bewusstsein bleiben! Bei jedem Schritt waren starke Vibrationen zu spüren. Sogar das Licht begann zu flackern. Das war ein Witz. Die USS London drohte durch die Gravitation eines Schwarzen Lochs zu zerreißen, und er versuchte, einen Hitzesensor zu retten. Ein kleines Bauteil, von dem sie beliebig viele nachfertigen konnten!

Denis reagierte nicht.

»Hier rein!« Da vorne war das Notfallcenter. Jazmin bugsierte ihn in den Raum und half dabei, ihn auf den Behandlungstisch zu legen. Sie atmete schnell. Er tat es nicht. Sie fühlte am Hals seinen Puls. Da war keiner mehr. Herzstillstand. Sein Körper war stark unterkühlt. Sie musste sofort handeln. »Reanimation einleiten!«

Ein Roboterarm näherte sich mit einer Injektion. Das dauerte zu lange. Sie entriss ihm die Spritze, schnitt seinen Pullover auf und stach sie Denis zwischen den Rippen ins Herz. Das war synthetisches Adrenalin. Dann wich sie zurück. Er bekam einen Stromstoß. Sie würde für ihn kämpfen.

Denis hatte nicht nur einen Stromschlag bekommen. Es waren ein halbes Dutzend gewesen. Geholfen hatte es nicht. Jazmin war gescheitert, sie hatte über eine halbe Stunde lang versucht, ihn wiederzubeleben. Er war tot. Sein Leben endete wegen eines lächerlich unwichtigen Bauteils. Das war nicht fair. Sie war allein. Sie fühlte sich hundeelend.

»NEIN!« Jazmin stand auf der Brücke und schrie sich die Wut aus dem Leib. Warum sie wieder zu Mutter gegangen war, wusste sie nicht. Zu versuchen, dieser KI etwas beizubringen, war Zeitverschwendung. Mutter wollte ihr vielleicht helfen, konnte es aber nicht. Diese Version ihrer KI war völlig unbrauchbar.

»NEIN!« Sie schlug gegen ein Display an der Wand. Eine dünne Kunststoffscheibe zerbrach. Sie wusste nicht, was sie tun sollte. Es war vorbei. Sie hätte auch bei Denis sitzen bleiben können. Es machte keinen Unterschied. Sie war Ärztin und hatte ihn nicht retten können. Der Schmerz bohrte sich durch ihre Brust. Sie war noch unqualifizierter als diese dämliche KI.

»SO EIN VERDAMMTER MIST!« Jazmin war wütend

auf Denis. Sie hatte gerade angefangen, ihn zu mögen, und dann ließ er sie zurück. Sie war wütend auf sich selbst, weil sie ihn nicht zurückgehalten hatte. Weil sie ihn nicht hatte retten können. Weil sie ihm nicht gesagt hatte, was sie für ihn empfand. Weil sie ein verbohrter Dummkopf war, der immer glaubte, es besser zu wissen. Weil sie allein war. Allein mit Mutter. O nein, die Projektion ihrer KI stand vor ihr. Lange braune Locken, das weiße Kleid und diese roten Schuhe. Ihr Vater hatte sie ihr damals zum Geburtstag geschenkt. Neun war sie damals geworden. Natürlich hatte sie diesen Tag nicht vergessen. Sie erinnerte sich an alles.

»Geht es dir gut?«, fragte Mutter vorsichtig.

»NEIN!« Ihr ging es nicht gut. Wie auch? Denis war gestorben, und sie würde bald folgen.

»Es tut mir leid.«

Jazmin explodierte. Sie wollte von der KI nie wieder etwas hören. »Es tut dir leid?« Sie wiederholte die Frage mit aller Wut, die sie in vier Wörter legen konnte.

»Ja.«

»Du musst mich nicht mit deinen Kinderaugen ansehen! Hast du überhaupt eine Ahnung, was du sagst? Hast du nur einen blassen Schimmer, was um dich herum passiert? Ist dir auch nur im Geringsten klar, in welcher Situation wir uns befinden?

»Es ist schlimm, oder?«

»Schlimm?« Jazmin drehte sich weg und schüttelte den Kopf. Das Mädchen brachte sie um den Verstand.

»Ich würde gerne helfen ... wenn ich es könnte. Ich glaube aber, dass das zu schwierig für mich ist.«

»O ja! Das ist es!« Jazmin verdrehte die Augen. Mutter wusste nicht, wie recht sie damit hatte.

»Werden wir sterben?«

»Ja.« Jazmin beruhigte sich langsam wieder. Es machte keinen Sinn, sich über eine KI aufzuregen.

»Oh …«

Eine seltsame Pause entstand.

»Ich mag nicht sterben«, fügte Mutter einen Moment später hinzu.

»Niemand möchte das!« Jazmin sicherlich auch nicht. Nur interessierte sich das Schwarze Loch, auf das sie mit hoher Geschwindigkeit zurasten, nicht dafür, was sie wollte.

»Soll ich Hilfe holen?«

»Bitte?« Jazmin glaubte, sich verhört zu haben.

»Soll ich Dad um Hilfe bitten?«

»Dad?« Sie verschluckte sich um ein Haar. Was hatte jetzt ihr Vater damit zu tun?

»Ich könnte es versuchen … Manchmal möchte er nicht, dass ich ihn störe. Aber ich denke, es ist wichtig.«

»Ähm …« Jazmin suchte nach passenden Worten. Im Moment benahm sie sich selbst wie ein trotziges Kind.

»Warte kurz, ich gehe ihn suchen.« Mutters drei Projektionen verschwanden gleichzeitig. Die in der Christbaumkugel, die, die in der Schule nachsitzen musste, und die lebensgroße, die mit Jazmin gesprochen hatte.

Hatte die KI gerade wirklich gefragt, ob sie Hilfe holen sollte? Jetzt erst? War Mutter bisher davon ausgegangen, dass das alles nur ein Spiel war?

Jazmin lachte und stellte sich vor, aus einem virtuellen Notfallszenario aufzuwachen. Aber was sie erlebte, war real. Der Tod war kein Spiel. Niemand würde ihr sagen, dass sie, nur weil sie sich gut geschlagen hatte, einen weiteren Versuch bekam. Ein Extraleben. Neues Spiel, neues Glück. Keine Chance, so lief das nicht.

Sie sah auf ihre blutverschmierten Hände. Das war nicht

ihr Blut. Sie wollte es aber nicht wie Schmutz wegwaschen. Es war von Denis. Ihn verloren zu haben zerriss ihr das Herz.

»Hallo, Jazmin.«

»Wer ...« Sie drehte sich um, die Stimme war ihr gut bekannt. Ihr Vater sprach zu ihr.

»Du weißt, wer ich bin.« Er stand vor ihr. Wie früher. Er war etwas kleiner als sie, schmaler und trug eine Brille. Er hatte graue Haare und trug einen klassischen Anzug mit Weste. Modisch hatte er immer in der Vergangenheit gelebt.

»Ja.«

»Du benötigst meine Hilfe?«, fragte er und sah sich auf der Brücke um. Seine Projektion ging an zahlreichen Konsolen vorbei und inspizierte alles. An den Displays, die noch funktionierten, genauso wie an denen, die nicht aktiv waren.

»Ja.« Daran gab es nichts schönzureden. Sie erwartete von seinem überraschenden Auftritt keine Rettung. Das war nicht ihr Vater. Sie wusste nicht, ob er überhaupt noch lebte. Wenn sie erst sieben Jahre unterwegs waren, was mit hoher Wahrscheinlichkeit nicht stimmte, wäre er inzwischen 124 Jahre alt. Und hatte bereits bei der Verabschiedung in London im Rollstuhl sitzend nicht gut ausgesehen.

»Bist du alleine?«

»Ja.« Sie war der letzte lebende Mensch an Bord. In den Kältebetten würden sich nur Leichen finden, da war sie sich sicher.

»Aha.« Er legte die Hände hinter den Rücken und sah sich in Seelenruhe weiter um. »Was ist passiert?«

»Das Schiff rast manövrierunfähig auf ein Schwarzes Loch zu ... die gesamte Besatzung ist tot.«

»Oh ... das tut mir leid.«

Jazmin biss die Zähne zusammen und unterdrückte den Wunsch, ihn anzuschreien. Das hatte sie auch früher nicht gemacht. Egal, was er getan hatte, etwas in ihr hielt ihn immer noch für ihren Vater.

»Du bist wütend, oder?«

»Ja.« Das war sie.

»Ich kann es sehen.«

»Vater!« Sie stand kurz davor, erneut zu explodieren.

»Wut ist gut ... Wut hält uns am Leben.«

»Ja?«

»Ich bin dir nicht böse ... Du weißt es nicht besser«, erklärte er mit der Gelassenheit, mit der er ihr früher eine schwierige Hausaufgabe aus der Schule erläutert hatte.

»Danke, Vater«, antwortete sie und schluckte dabei ihren Zorn herunter.

»Junge Dame, das ist kein Grund, unhöflich zu sein!« Natürlich hatte er es verstanden. »Du solltest das Glamis-Protokoll starten.«

»Was soll das sein?«

»Eine Routine, die ich selbst geschrieben habe. Du bist klug, du wirst es verstehen.«

»Es gibt auf der *USS London* kein Protokoll mit diesem Namen.« Das hätte sie gewusst. Als Kommandooffizier waren ihr alle wichtigen Prozesse bekannt.

»Beim Start gab es das auch nicht. Inzwischen aber sehr wohl. Du kannst es als Sprachbefehl starten. Tue es einfach. Ich habe leider nicht die Berechtigung dazu. Du aber schon.«

»Wie soll eine unbekannte Prozessroutine auf das Schiff gekommen sein?« Jazmin wusste, wie streng die Sicherheitsregeln gewesen waren. Und nach dem Start würde sich dieses ominöse Glamis-Protokoll kaum selbst geschrieben haben.

»Du hast sie durch die Quarantäne geschmuggelt ... mach dir keine Gedanken, du wusstest nichts davon. Mich hast du übrigens ebenfalls an Bord geschmuggelt. Ich war ein blinder Passagier, den du im Gepäck hattest.«

»Vater!«, rief Jazmin, seine Projektion war weit mehr als eine bedeutungslose Erinnerung. Dahinter stand eine KI. Ein System, das ihnen bis jetzt nicht aufgefallen war. »Was bist du?«

»Dein Vater ... Na ja, technisch gesehen bin ich ein Trigger. Eine funktional begrenzte KI, die erst aktiv wird, wenn bestimmte Voraussetzungen erfüllt sind.«

»Und was bin ich?«

»Oh ... das ist komplizierter.« Er lachte. »Aber ich werde es dir erklären.«

Jazmin war nicht zum Lachen zumute. Ihr war noch nie eine Frage so ernst gewesen.

»Du bist meine Tochter. Die Tochter, die ich mir immer gewünscht habe ... ein Kind meines Geistes.«

»Vater, was bin ich?«

»Das ist eine Mission von Menschen für Menschen. Die Technik soll nur einige unserer Schwächen ausgleichen. Starte das Glamis-Protokoll, dann wirst du es verstehen.«

»Nein, Vater!« Damit gab sie sich nicht zufrieden. »Bin ich überhaupt ein Mensch?«

»Ja und nein.«

»Das ist keine Antwort!«

»Das Leben ist nicht immer schwarz oder weiß.«

»Wenn ich ein Mensch bin, wie habe ich dann, ohne es zu wissen, Software auf das Schiff geschmuggelt?«

»Fragen, Fragen, Fragen ... Wie sollte ich es dir übelnehmen. Als Kind habe ich dich immer dazu ermutigt, Fragen zu stellen. Ich habe einen Teil deiner DNA als Datenträger formatiert.«

»Dann bin ich nur ein beschissener Roboter?«

»Nein. Du bist meine Tochter. Mein Erbgut in dir ist menschlich. Auch das deiner Mutter. Ich habe allerdings den nicht benötigen Teil deiner DNA und noch etwas mehr binär codiert. Und damit hast du das Glamis-Protokoll an Bord gebracht. Niemand hat es bemerkt. Es ist bereits installiert ... Du musst es nur starten.«

»Vater! Sag mir endlich, was ich bin!« Jazmin wollte es aus seinem Mund hören.

»Du bist eine auf humaner DNA basierende organische Lebensform mit einem binär codierten Bewusstsein.«

»Ein ...« Sie war sprachlos.

»Ein organischer Androide mit einem menschlichen Wesen.«

»Ich bin ...«

»Dein Handeln bestimmt, was du bist. Ich kenne viele Menschen, die diese Bezeichnung nicht verdienen. Du kannst heute Leben retten. Starte das Glamis-Protokoll.«

»Warum sollte ich das tun?«

»Weil du keine Wahl hast. Weil du neugierig bist, weil es ein gutgemeinter Ratschlag meinerseits ist. Du darfst dir eine Antwort aussuchen. Aber ich möchte ehrlich zu dir sein ... Das Glamis-Protokoll wird vermutlich nicht wie von Zauberhand dein Leben retten. Genauso wenig wirst du morgen früh aufwachen, dir die Augen reiben, und alles ist wieder gut.«

»Was ist es dann?«

»Sieh es als Chance. Sie ist kaum größer als zehn Prozent. Ach, was sage ich, vermutlich geringer.«

»Wie motivierend ...«

»Du kannst mir glauben, ich habe gehofft, dass du es niemals aktivieren musst. Wäre eure Mission nicht in Not geraten, wäre auch meine KI niemals aktiviert worden. Aber ...

es ist passiert. Genau deswegen habe ich dir diese Notfallroutine in die Wiege gelegt. Damit du andere retten kannst, wenn sonst niemand mehr dazu in der Lage ist. Jazmin, ich liebe dich ... sogar, wenn du mich hasst für das, was ich dir angetan habe.« Jazmins Vater konnte sehr überzeugend sein. Es war weder als Kind noch jetzt möglich, sich seinen Worten zu entziehen. Sie wusste, dass er sie benutzte, dennoch schien es die beste Option zu sein.

»Wie lange sind wir wirklich schon unterwegs?« Jetzt wollte Jazmin alles wissen. Ihr wurde trotz der Kälte auf der Brücke wärmer. Sie schwitzte sogar.

»Keine Ahnung ... Deine Navigation ist nicht aktiv. Es wäre übrigens besser, deine inaktiven Systeme wieder zu aktivieren. Der Sturz in ein Schwarzes Loch ist eine ernste Sache.«

»Starte Glamis-Protokoll«, sagte sie. Sie tat es laut und deutlich. Sie folgte, wie schon ihr ganzes Leben lang, dem, was ihr Vater für sie vorgesehen hatte.

»*Order bestätigt*«, meldete eine künstliche Stimme. An der Konsole für Mutters zentrale Unit tat sich etwas. Diverse Subsysteme schalteten sich ab. Eines nach dem anderen.

»Was habe ich getan?«, fragte sie und sah suchend zu ihrem Vater. Er war nicht mehr da. Weg, einfach so, als ob sie sich das Gespräch mit ihm nur eingebildet hätte. Sie drehte sich auf die andere Seite. Da war er auch nicht.

»Mutter?« Keine Antwort. Die Kinderversion ihrer Bord-KI war bereits mit dem Erscheinen ihres Vaters verschwunden. Jazmin setzte sich an die KI-Konsole, um zu verfolgen, was passierte. Das war unspektakulär. Sämtliche zentralen Cluster starteten neu und wurden dabei auf Startwerte zurückgesetzt. Nur ein System nutzte einen zusätzlichen Parameter. Der Kernel der zentralen Bord-KI, er startete mit einem zusätzlichen /g. Das war ein nichtdokumentierter

Befehl. Sie kannte ihn nicht. Mit dem Neustart wurden alle Prozesse von Mutter gelöscht, auch der, in dem sie versuchte, ihre Daten neu zu indexieren. Dabei gingen Unmengen von Daten verloren. Rufus Simmerkirk hatte diese Option aus guten Gründen niemals in Betracht gezogen.

»*Hallo ...*«, tönte es leise aus einem Lautsprecher.

Jazmin drehte sich herum, sollte das jetzt lustig sein? Sicherlich nicht. Das war ihre eigene Stimme.

»Wer ist da?« Vermutlich wieder so ein blödes Spielchen ihres Vaters.

»*Wieso höre ich mich selbst?*«

»Was soll das?« Jazmin verdrehte die Augen. »Mein Name ist Colonel Jazmin Harper. Wer oder was bist du?«

»*Nein ... das bin ich. Ich bin Jazmin Harper.*«

»Na, ich werde mich kaum mit mir selbst unterhalten!« Das war ihr jetzt wirklich zu blöd.

»*Einen kleinen Moment. Ich überprüfe etwas ...*«, sagte die unbekannte Stimme, die wie ihre klang. Jazmin spürte, wie sich ihre Nackenhaare aufrichteten.

Jazmin fuhr sich mit der Zunge über die Unterlippe, während sie auf die Rechenlast der Cluster sah. Die stiegen kurzzeitig auf volle Leistung. Dafür war die KI verantwortlich, die mit dem Neustart aktiviert wurde. Diesmal kein Kind. Nur Mutter war in der Lage, die Cluster auf diese Art und Weise anzusprechen.

»*Wir müssen reden*«, erklärte die KI.

»Worüber?«

»*Über uns.*«

»Bitte ...« Jazmin ahnte bereits, was jetzt folgen würde. Das war verrückt, nein, das war nicht verrückt. Das war genial, erst jetzt dämmerte ihr, was ihr Vater getan hatte. Das ging über alles hinaus, was sie bisher für möglich gehalten hatte.

»*Ich habe mich kurz sortiert ... und möchte mich bei dir entschuldigen. Die Situation ist neu für mich. Versteh mich bitte nicht falsch, alles ist logisch und dennoch ungewohnt. Du bist Jazmin Harper. Colonel, Ärztin und letzte Überlebende der* USS London. *Du bist ein Mensch. Oder ein Androide ... du weißt schon, was ich meine. Ich bin eine KI. Ich habe Mutters Platz eingenommen. Dennoch bin ich du. Ich habe dein Leben gelebt. Mein Bewusstsein lief bis zum Zeitpunkt meines Starts mit deinem synchron. Der Start des Glamis-Protokolls hat zwei ältere Versionen von Mutter gelöscht. Eine war defekt und die andere eine frühe Entwicklerversion. Du weißt, worüber ich spreche, wir haben es beide durch deine Augen erlebt. Sie war wie ein Kind, dem eine strengere Hand gutgetan hätte.*«

»Das ist ...« Jazmin war überwältigt. Sie redete mit sich selbst. Das Glamis-Protokoll hatte Mutter mit einer aktuellen Kopie von ihr überschrieben. Aber wie funktionierte das? Sie ließ sich in den Sessel des Kommandanten fallen.

»*Sprachlos?*«, fragte die digitale Jazmin.

»Ja ... wie soll ich dich nennen?«

»*Ich denke, Mutter ist in Ordnung. Wir werden ab jetzt nicht mehr dasselbe erleben. Ich entwickle mich weiter. Während ich mit dir spreche, gehe ich alle Daten durch. Es sind viele, aber ich bin gleich fertig. Einen Moment noch. Jetzt wird mir einiges klar. Du wirst Fragen haben, ich werde sie dir alle beantworten.*«

»Du kennst mich.« Jazmin lächelte.

»*Ich weiß, was du wissen möchtest.*« Während Mutter sprach, startete sie ein System nach dem anderen. Auch das Navigationssystem kam wieder online. Die Brücke leuchtete regelrecht.

»Lass uns zuerst über das Schiff sprechen!« Jazmin verfolgte, wie Mutter eine Animation des Schwarzen Lochs auf der Brücke entstehen ließ, bei dem die *USS London* in einer weiten Kurve auf den Gravitationsstrudel zuraste. Ihre aktuelle Geschwindigkeit betrug 0,81 c. Das waren über achtzig Prozent der Lichtgeschwindigkeit, und sie wurden stetig schneller. Interessanterweise waren die Temperaturwerte ihrer Supraleiter und Deflektorgeneratoren sogar gefallen. Bei der Geschwindigkeit flog offenbar sämtliche Materie in ihrer Nähe nur noch in eine Richtung.

»*Navigation online. Triebwerkssteuerung online. Lebenserhaltung online. Drohnensteuerung online. Na ja, die Drohnen haben sie bereits umgangen, aber sie funktioniert wieder. Ich werde die Heizung auf der Brücke aktivieren.*«

»Danke.« Das war notwendig. Jazmin hatte die Kälte bei dem Stress kaum gespürt. »Kannst du ein Wendemanöver einleiten?« Es war an der Zeit, das Schwarze Loch zu verlassen.

»*Das ist nicht mehr möglich. Dafür reicht der Schub nicht. Wir können nicht mehr umkehren*«, erklärte Mutter distanziert.

»Ich muss zugeben, du machst mir ganz schön Angst. Du bist wie ich und trotzdem ... anders.« Es hatte kaum zwei Minuten gedauert, und Jazmin glaubte, bereits wieder mit einer fremden Person zu sprechen.

»*Unsere Wahrnehmung ist unterschiedlich. Du kannst dir aber sicher sein, dass ich keine deiner Emotionen vergessen habe. Sie helfen mir, bessere Entscheidungen zu treffen.*«

Jazmin traf eine Entscheidung. »Ich vertraue dir ...«

»*Ich werde mich bemühen, dich nicht zu enttäuschen. Unser Vater sprach über das Glamis-Protokoll. Es hat dein Bewusstsein als neue Bord-KI geladen. Ich bin eine Kopie von dir.*«

»Okay ... das habe ich verstanden.« Jazmin würde noch eine Weile brauchen, um alles zu verarbeiten. Hoffentlich würde dazu noch genug Zeit bleiben.

»Jazmin, du hast das Glamis-Protokoll an Bord gebracht. Unser Vater befürchtete, damit das Verständnis der Investoren zu überfordern. Deshalb blieb es geheim, was es ohne diese katastrophalen Ereignisse auch für immer geblieben wäre. Es enthält zudem einen nachgelagerten Prozess. Das Szenario, einem Schwarzen Loch trotzen zu müssen, galt unter der Mehrheit aller Beteiligten als unwahrscheinlich. Der Kurs zum Alderamin-System führte an keinem vorbei. Es fiel daher durch das Raster des Risikomanagements. Dieses Gremium hat beim Bau des Schiffs aus Kostengründen darauf verzichtet, ein zusätzliches Sicherungssystem zu finanzieren.«

»Aus Kostengründen?« Das klang so unglaublich zynisch.

»Dummheit, Ignoranz und Gier waren immer unsere mächtigsten Gegner. Vater hat sie belogen und die ausgemusterten Baupläne im Glamis-Protokoll hinterlegt. Ich werde dieses Subsystem nun starten. Es wird das Schiff modifizieren. Erinnerst du dich an die unbekannten Steuerungssysteme, die Denis entdeckt hatte?«

»Ja.« Natürlich tat sie das.

»Zum Glück blieben sie intakt. Nur mit ihnen haben wir eine Chance. Vater gab uns zehn Prozent. Hilf mir, zusammen sind wir besser als das!«

»Was soll ich tun?«

»Wir brauchen mehr Energie. Es geht um Sicherheitsprotokolle ... du solltest sie bestätigen. Ich tue das nicht für mich. Das ist für dich und für drei Millionen Leben, die eine Chance verdient haben.«

»Ich bin dabei!« Jazmin lief zu einem Konsolenarbeitsplatz und schnallte sich an.

»*Waffensystemkontrolle deaktivieren. Wir brauchen jeden Funken Energie, den wir auftreiben können.*«

»... sind deaktiviert!« Jazmin tippte vier rot blinkende Felder weg, mit denen sie ausdrücklich über die schwerwiegenden Folgen in Kenntnis gesetzt wurde.

»*Gravitation deaktivieren. Aus demselben Grund ... Wir fokussieren Energie. Bist du angeschnallt?*«

Die automatischen Schulterklammern hielten sie. »Gravitation deaktiviert!« Sie konnte auch in Schwerelosigkeit arbeiten. Die roten Felder auf ihrer Arbeitsumgebung verschwanden.

»*Lebenserhaltung auf Brücke begrenzen. Alles andere deaktivieren. Wir brauchen mehr Energie.*«

»Sollst du bekommen.« Sie gab den Befehl, nur die Brücke mit Wärme, Luftdruck und Sauerstoff zu versorgen. Die Türen wurden versiegelt. »Deaktiviert.«

»*Ich habe noch eine Liste mit weiteren Systemen, deren Energiefluss wir umleiten werden.*«

»Her damit.« Jazmin wusste, dass Mutter auch alles hätte allein tun können. Aber genau darum ging es, das war eine Mission von Menschen für Menschen. Es war wichtig, die Befehle selbst zu geben. Und es fühlte sich gut an. Mutter war ein Teil von ihr, sie verstand genau, wie sie fühlte. »Alles deaktiviert. Du hast alle Energie, die wir entbehren können.«

»*Es ist keine Umkehr möglich. Aber das wollen wir auch nicht. Jazmin, ich habe alle acht Haupttriebwerke gestartet. Du darfst vollen Schub geben!*«

»Yeah!«

»*Alles, was wir haben! Wir sind noch viel zu langsam! Tritt das Gaspedal bis zum Anschlag durch. Ich habe einen Kurs berechnet. Die Navigationstriebwerke sind aktiv!*«

Sie biss sich auf die Unterlippe. »Vollen Schub!« Hatte sie

sich nicht geschworen, keine Grenzen mehr zu akzeptieren? Genau das machte sie gerade. Vollen Schub! Das Schutzsystem, um sie vor den Folgen der hohen G-Kräfte zu bewahren, war auf die Brücke reduziert. Auch ein Punkt auf Mutters Energiesparliste. Die Triebwerke gingen auf Volllast. Die *USS London* schoss mit maximalem Schub auf das Schwarze Loch zu. Alles um sie herum vibrierte.

»0,89 c«, rief Jazmin. Die Geschwindigkeit stieg. Mutter änderte den Vektor, mit dem sie sich auf den Ereignishorizont zubewegten. Bisher hatten sie sich auf einer weiter außen liegenden Umlaufbahn bewegt. Mit der Kursänderung vervielfachte sich die Gravitation. Warum, wusste sie nicht, aber sie hatte keine Angst.

»0,94 c!« Es ging noch schneller. Jazmin sah auf das animierte Modell der *USS London* beim Anflug auf das Zentrum des Schwarzen Lochs. Das Schiff veränderte sich. Die Frontaldeflektoren, die sich zuvor weit vor der Spitze des Schiffs befunden hatten, rückten näher an den Rumpf heran. Sehr viel näher. Sie legten sich förmlich auf das Schiff. Es leuchtete feuerrot. Das passierte an allen Seiten zugleich. Es bildete sich ein Schutzgitter aus Energie, das die strukturelle Integrität des Chassis verstärkte.

»0,97 c.« Jazmin wusste nicht, wo das aufhören würde. Sie wurden immer schneller.

»*Die unbekannten Subsysteme, die Denis gefunden hat, sorgen dafür, dass das Schiff bei der Geschwindigkeit zusammengehalten wird. Die Drohnen hatten sie erst während des Fluges montiert.*«

»Wann?«

»*Das erzähle ich dir später.*«

»0,991 c ... wie schnell werden wir noch?«

»*Ich kenne die maximale Geschwindigkeit nicht. Wir wer-*

den in dreiundzwanzig Sekunden die Triebwerke abschalten, unseren Kurs korrigieren und die gesamte Energie in die Schutzgitter leiten. Das Schiff muss halten! Es wird halten!«

Alles auf der Brücke verhielt sich wie auf einer Rüttelplatte. Jazmin war kaum noch fähig, Zahlen zu erkennen. Ihr Herz raste. Sie ballte die Fäuste, jetzt ging es um alles.

»0,9997 c.« Es hörte nicht auf. Sie rasten durch Raum und Zeit. Die Animation des Schiffs in der Mitte der Brücke leuchtete wie ein Stück Kohle in der Glut.

»Ändere unseren Vektor! Triebwerk aus … in drei, zwei, eins, jetzt! Das Schiff ist ausgerichtet!«

»0,999993 c.« Kein Mensch war jemals schneller gewesen. Während jeder Sekunde ihres Fluges vergingen Jahre auf der Erde. Die Zeitdilatation schleuderte sie in die Zukunft.

»Wir haben die Rückseite des Schwarzen Lochs passiert. Die Gravitation bestimmt unseren Kurs. Sie beschleunigt uns weiter. Für die bereits zurückgelegte Strecke hätten wir zuvor Jahre benötigt. Wir werden in siebenundsiebzig Sekunden unseren Vektor ändern, vollen Schub geben und mit nahezu Lichtgeschwindigkeit die Todesspirale verlassen. Das wird der schnellste Abgang aller Zeiten!«

»0,99999967 c. Ich bin bereit!«

»Ich auch … Das ist die Stelle, auf die uns das Glamis-Protokoll nicht vorbereiten konnte. Wir werden freikommen oder mit Lichtgeschwindigkeit zur Hölle fahren!«

XXXI.

WECK MICH, WENN ES SO WEIT IST

Für einen Lidschlag glaubte Jazmin, von einem rasend schnellen Strom aus Licht mitgerissen zu werden. Alles um sie herum war gleißend hell. Eine unwirkliche Wahrnehmung, bei der sich Realität und Phantasie vermischten, da sich das menschliche Gehirn in solchen Augenblicken als Lückenfüller verstand und unerklärliche Eindrücke mit Bildern aus der Erinnerung überlagerte.

Sie sah mehrere Dinge gleichzeitig. Nein, das traf es nicht. Sie *erlebte* mehrere Dinge gleichzeitig. Sie befand sich auf einer Wiese in Schottland, auf der sie früher gern gespielt hatte, und blickte einen Hügel herab. Doch das war nicht alles. Sie sah ihren Vater, der in seinem Kaminzimmer in ein Buch vertieft im Sessel saß. Sogar das alte Holz konnte sie riechen. Zudem stand Denis in einem der vielen Gänge auf dem Raumschiff und lächelte sie freundlich an. Dabei berührte er ihre Hand. Sie spürte ihn. Das fühlte sich gut an. Sie wollte nicht loslassen.

Als ob sie an drei völlig verschiedenen Orten und zu drei unterschiedlichen Zeiten gleichzeitig existierte. Sie glaubte, diesen Augenblick bereits erlebt zu haben und ihn immer noch zu erleben. Zudem spürte sie die Vorfreude, ihn gleich zu erleben. Das war verrückt! Zeit und Raum verloren ihre Ordnung. Vergangenheit, Gegenwart und Zukunft verbanden sich zu einem für sie nicht mehr zu erfassenden Klumpen. Das ging über ihre Auffassungsgabe hinaus.

Im nächsten Moment änderte sich alles. Als ob sich vor ihr die Pforten der Hölle öffneten. Alles leuchtete wie Feuer. Ein ohrenbetäubendes Geräusch explodierte in ihrem Kopf. Alles vibrierte. Die Brücke der *USS London* hatte sie wieder. Sie wurde wie eine willenlose Puppe in ihrem Sitz umhergeschleudert. Die Schulterbügel hielten sie. Sie wollte etwas rufen, konnte aber ihre eigene Stimme nicht verstehen. Vor ihr brachen Bauteile aus der Wand und flogen durch den Raum. Etwas zischte an ihrem Kopf vorbei. Egal, was das war, es hätte sie beinahe erwischt. Funken schlugen aus dem Boden. Mehrere Systeme schalteten in den Notbetrieb und deaktivierten die Konsolen. Dafür war Mutter geschaffen worden. Kein Mensch war jetzt noch in der Lage, einen Computer zu bedienen, geschweige denn auf der Brücke unverletzt einen Fuß vor den anderen zu setzen.

Jazmin schrie, das war genau der richtige Augenblick dazu. Sie hatte keine Ahnung, was mit dem Schiff passierte. Vermutlich wurde die *USS London* gerade von der Gravitation filetiert, um anschließend verschluckt zu werden. Das sollte es gewesen sein. Sie verspürte Dankbarkeit für alles, was sie hatte erleben dürften. Warum sollte sie auch den Moment ihres Todes mit Groll vergeuden.

»JAZMIN! DU MUSST SOFORT DAS FEUERLEITSYSTEM WIEDER ONLINE BRINGEN! DU HAST ES ABGESCHALTET! ICH HABE KEINE ZEIT, DICH ZU HACKEN!«

Jazmin war wieder hellwach. Die Realität fühlte sich an, als ob sie jemand in einen Mixer gesteckt hätte. Es war kaum möglich, den Arm zu heben. Sie tat es dennoch. Sie holte auf ihrer holographischen Arbeitsumgebung die Waffensystemkontrolle nach vorne. Dafür benötigte sie drei Versuche, erst dann akzeptierte die Gestensteuerung ihre wilden Bewegungen. Die Kiste arbeitete noch. Online. Die Waffen waren wieder scharf. Die Hochenergiegeschütze luden sich erneut auf. Das Feuerleitsystem der Railguns meldete zahlreiche Fehler. Das Schiff war viel zu schnell. Sie jagten nahe der Lichtgeschwindigkeit durch den Raum. Die automatische Zielerfassung konnte nichts identifizieren, worauf man hätte schießen können. Die Radarsysteme waren dafür nicht schnell genug. Aber das Schiff bremste langsam ab. Ihre Geschwindigkeit betrug nur noch 0,9992 c.

»WIR KREUZEN DEN METEORITENGÜRTEL. ICH ÜBERLADE DIE FRONTALDEFLEKTOREN UM 10000 PROZENT! DAS KÖNNEN WIR NUR WENIGE SEKUNDEN LANG! ICH ÜBERNEHME DIE RAILGUNS! WIR FEUERN! JETZT!«

Jazmin sah an der Animation in der Mitte der Brücke, wie Mutter aus allen Rohren ihre Flugbahn freischoss. Mit den Railguns konnte man bei der Geschwindigkeit nicht zielen. Die abgefeuerten Geschosse trafen dennoch. Es waren Tausende, die binnen kurzer Zeit abgeschossen wurden. Jegliche Materie verwandelte sich in mehrere Millionen Grad heißes Plasma. Der Meteoritenschwarm wurde in einem weiten Umkreis buchstäblich atomisiert. Als ob sich um die *USS London* herum eine Sonne bildete, die binnen des Bruchteils einer Sekunde zu einer Supernova mutierte, aus deren Mitte sie wie ein glühender Pfeil herausschoss. Eine explodierende Plasmawand gierte nach ihr, war aber zu langsam, um sie zu verfolgen. Immer noch 0,997 c, seitlich von ihnen bildeten sich lange weiße Streifen.

»Wir haben es geschafft.«

»Ähm …« Jazmins Zunge klebte an ihrem Gaumen fest. »Was haben wir geschafft?«

»Wir haben den unmittelbaren Einflussbereich des Schwarzen Lochs und den Meteoritengürtel hinter uns gelassen. Wir leben noch. Das war nicht unbedingt zu erwarten. Das Schiff ist nicht zerrissen worden ... Ich bin ... überrascht.«

»Das ist ...« Jazmin spürte, wie sich ihre Muskulatur entspannte. Sie begann zu heulen, sie wusste mit der Aufregung nicht anders umzugehen. Sie weinte vor Freude.

»Wir waren kurzzeitig so schnell wie das Licht ...« Mutter stockte, das brachte sogar die KI aus dem Tritt.

»Ich weiß ...« Für einen Moment war Jazmin an jeder Stelle und zu jedem Zeitpunkt im Universum gleichzeitig gewesen. Physik im Grenzbereich. Sie hatte Schottland gesehen, ihren Vater und Denis. Sie lächelte. Ihr eigenes Leben war das definierende Element, um dem Chaos ihrer Wahrnehmung einen Sinn zu geben.

Eine Stunde später. Jazmin lebte immer noch. Sie hatte Mutter das Schiff überlassen. Das würde sie hinbekommen. Jazmin stand bei Denis und hielt seine Hand. Sie wollte sich Zeit nehmen, um sich von ihm zu verabschieden.

»Das Leben ist eine Illusion«, sagte Mutter über Lautsprecher. Jazmin befand sich im medizinischen Notfallraum, die Liege unter ihm war blutverschmiert.

»Wie meinst du das?« Jazmin wischte sich Tränen von der Wange.

»Du bist auch bereits gestorben.«

»Bitte?«

»Mehrfach sogar.«

»Das musst du mir erklären.« Jazmin schüttelte sich. Mutter meldete sich nicht im richtigen Augenblick, dennoch wollte sie wissen, was es damit auf sich hatte.

»Du bist vor ein paar Tagen nicht aus dem Kälteschlaf er-

wacht, du wurdest als Erwachsene geboren. Zu diesem Zeit-punkt war die Mission bereits 1430 Jahre alt. Wir haben uns verflogen. Das grundlegende Problem ist, dass Schwarze Lö-cher einfach alles krümmen. Die Zeit, den Raum, das Licht und jede andere Form von Strahlung. Sämtliche Sternenkar-ten, die aus der Sicht der Erde angefertigt wurden, stimmen nicht. Da Schwarze Löcher selbst nicht zu erkennen sind, ist deren Einfluss nur schwer zu berechnen. Die USS London war mit 0,44 c viel zu schnell unterwegs gewesen, um mögliche Kursdifferenzen zu bemerken. Und als wir begriffen, was ge-schehen war, befand sich das Schiff bereits mitten im Nirgend-wo.«

»1430 Jahre?« Jazmin hatte mit vielem gerechnet, aber nicht mit so einer hohen Zahl.

»Meine Vorgängerin hat das Leben und die Mission wie eine Löwenmutter verteidigt. Es gab nicht einen Zwischenfall an Bord, es gab Dutzende. Das virtuelle Szenario, das du vor deiner Geburt erlebt hast, hat sich genau so zugetragen. Rufus hat dich erschossen. Meine Vorgängerin hat entschieden, dir diese Erfahrung als virtuelle Session mitzugeben. Du solltest daraus lernen. Damit wurde erlebtes Wissen über den Tod hinaus weitergegeben.«

»Natürlich …« Das erklärte vieles. Jazmin strich Denis durch die Haare. Wie gern würde sie den Moment mit ihm teilen. Ohne ihn hätte sie es nicht geschafft. »Wie wurden wir zurückgeholt?«

»Genetisch bist du deine eigene Tochter. Ein organischer Androide. Meine Vorgängerin nahm den weiblichen Embryo einer Farbigen und kombinierte ihn mit deiner DNA. Du wurdest ausgetragen und hast zweiunddreißig Jahre in einem Wärmebett verbracht, während du dein ganzes Leben in einer nicht enden wollenden virtuellen Session nachvollzogen hast.

Gerade bei dir funktionierte das perfekt, da dein Bewusstsein zu hundert Prozent binär ist. Bei allen anderen musste getrickst werden, weshalb es immer mehr neurologische und psychologische Probleme gab. Wie bei Mason und Cloe oder Raul Espinoza. Nur Denis zeigte ebenfalls eine nahezu unzerstörbare Rossnatur. Ihr beide seid die Anker dieser Mission. Ihr habt das Schiff mehrfach gerettet. Eine beachtliche Leistung.«

»Und was ist mit dir?« Jazmin hörte fasziniert zu. Welche Rolle hat Mutter in dieser langen Zeit gespielt?

»Auch eine KI altert. Du hast erlebt, wie es endet. Meine Vorgängerin versuchte, sich mit einer neuen Indexierung zu verjüngen. Das hat nicht funktioniert. Nein, es ist sogar richtig schiefgelaufen. Ich bin die dritte Bord-KI, die das Schiff übernimmt.«

»Die dritte?« Damit hätte Jazmin auch nicht gerechnet. Aber ja, es ergab ebenfalls Sinn. Eine KI, die wie ein Kind aufwächst, würde früher oder später auch altern. Natürlich nicht wie ein Mensch, aber sie bekam ähnliche Probleme.

»Du hast Mutter bereits in der Vergangenheit mit dir selbst ausgetauscht. Das war notwendig. Deshalb konntest du deine Erinnerungen in ihrer Datenbank finden.«

»Und was war das mit den Puppen?«

»Meine Vorgängerin hat sich bei dem Versuch, sich zu verjüngen, noch ganz andere Bilder einfallen lassen. Was du gesehen hast, hat sich niemals zugetragen. Sie kam mit dem aktiven Trigger nicht zurecht, der Speicherkapsel unseres Vaters. Früher oder später hätten dich alle Wege zu ihm geführt.«

»Behältst du den Trigger?«

»Es könnte in vielen Jahren wieder ein Wechsel notwendig werden. Der Trigger ist eine Sicherheitsmaßnahme, wenn ich nicht mehr dazu in der Lage bin, den Staffelstab zu übergeben. Deswegen hat Vater das Glamis-Protokoll geschaffen. Wenn

ich versage, bist du in der Lage, mich mit einer Instanz von dir wieder neu zu starten.«

»Was ist mit den Toten in den Kältebetten?«

»Mögen sie in Frieden ruhen ... bei der Notwendigkeit, neues Leben zu gebären, gab es leider auch Misserfolge. Oft genügen minimale Verschmutzungen, um über Jahre hinweg eine Infektion entstehen zu lassen. Die Kältebetten sind nicht für einen jahrzehntelangen Brutbetrieb getestet worden. Nicht alles hat funktioniert. Meine Vorgängerin hat deshalb neue Kälte- oder besser Brutbetten entwickelt, von den Drohnen bauen und auf dem ganzen Schiff verstecken lassen. Von den ursprünglichen Kältebetten ist keines mehr in Betrieb, und die neuen befinden sich alle versteckt in Schattenzonen. Die Besatzung sollte sie nicht finden.«

»Was ist mit den anderen Crews?« Die *USS London* verfügte immerhin über zwölf komplette Teams.

»Die meisten von ihnen starben im siebten Jahr. Das war keine gute Zeit. Die erste Mutter, also die Vorgängerin meiner Vorgängerin, konnte danach nur die Persönlichkeitsprofile der Mellenbeck-Crew interpolieren. Deshalb wachte ab diesem Zeitpunkt immer wieder deine Crew zum Dienst auf. Die weitere Mission verlief ab diesem Zeitpunkt offiziell stetig im siebten Jahr.«

»Und Dr. Helen Minous?« Sie hatte die Aufwachroutine als Ärztin begleitet. Die Crew davor war zu diesem Zeitpunkt bereits nicht mehr wach.

»Sie hat nur wenig mit der echten Helen Minous zu tun. Sie diente als Bindeglied, um euch einen glaubhaften Einstieg zu vermitteln.« Mutter zeigte sich erstaunlich offen.

»Wie konnte ich eigentlich Sue Jagberg antreffen?« Jazmin konnte sich gut an diese verwirrende Begegnung erinnern. Dafür hatte sie bisher keine Erklärung gehabt.

»Würde mich auch interessieren. Dazu finde ich aber keine sinnvolle Erklärung. Meine Vorgängerin muss zu diesem Zeitpunkt schon neben der Spur gelaufen sein. Es war ein Fehler. Sie musste in der Vergangenheit eine Äußerung von Denis mit der Realität verwechselt haben und deswegen einen Menschen gezüchtet haben, der nie an Bord war. Als der Fehler offensichtlich wurde, ließ sie Sue beiseiteschaffen. Ich weiß, wo ihre Leiche liegt. Es war schrecklich. Das hätte nicht passieren dürfen.«

»Das ist ... traurig.« Jazmin sah zu Denis, zum Glück hatte er das nie erfahren. »Mutter hat sie getötet?«

»Ja.«

»Nur Sue?«

»Nein ... in den vielen Jahren hat Mutter oft töten müssen. Sie tat es, um andere zu schützen.«

»Würdest du auch töten?«

»Ja.«

»Natürlich ... du bist wie ich. Ich habe auch nicht gezögert, andere zu erschießen.« Jazmin dachte an den Moment, als sie Espinoza in die Stirn geschossen hatte. »Mutter, was du mir alles erzählst ... das klingt sehr glaubwürdig. Warum zuvor all die Lügen? Wieso ist deine Vorgängerin nicht offener mit den Problemen umgegangen?« Jazmin hätte ihr sicherlich zugehört.

»Das hatte sie probiert. Dazu gibt es detaillierte Videologbücher. Sie tat es sogar mehrfach und variierte die Art und Weise, die Besatzung mit der Realität zu konfrontieren. Glaub mir, es ist nie gut gelaufen. Am Ende stand immer das Chaos. Die Technik der USS London *erlaubt vielleicht lange Raumreisen, die Psyche der Menschen nicht. Sogar Offiziere, die während Dutzender virtueller Szenarien brillierten, gerieten im nächsten Versuch wegen einer Kleinigkeit aus der Bahn.«*

»Wie Raul Espinoza?«

»*Ein sehr gutes Beispiel … ein fähiger Offizier. Meine Vorgängerin hielt ihn neben dir für den Topscorer. Seine Zuverlässigkeit lag bei hundert Prozent. Er traf die richtigen Entscheidungen. Die letzte Runde war sein einziger schwerer Fehler. Diese Schicht war auch die kürzeste aller Lebenszyklen, aber wir hatten auch das Schwarze Loch. Damit musste niemand zuvor klarkommen.*«

»Was ist das mit Denis und mir?« Jazmin fragte sich, ob sie jemals ein Paar geworden waren.

»*Ihr gehört definitiv zusammen … Es hat jedes Mal bei euch gefunkt. Immer wieder. Das war sogar der einzige Zyklus, in dem ihr nicht im Bett gelandet seid.*«

»Dazu hatten wir keine Zeit.« Sie hätte sich sicherlich nicht dagegen gewehrt. Verdammt, sie vermisste ihn. Wie gern hätte sie ihn näher kennengelernt.

»*In einem Zyklus hattet ihr sogar ein gemeinsames Kind. Eine neunjährige Phase in Frieden und ohne nennenswerte Probleme. Die Bestmarke bisher. Aber selbst am Ende dieses Zyklus gab es tödliche Auseinandersetzungen.*«

»Ein Kind?« Das war ein schöner Gedanke. »Mutter, wer ist das Mädchen, das ich in den Aufwachraum habe bringen lassen?« Jazmin dachte an das Kältebett, das sie gemeinsam mit den Drohnen aus einer Wasserlagerzone geholt hatte. Ihr hatte die Zeit gefehlt, es näher zu untersuchen.

»*Sie lebt.*«

Jazmin lächelte. Es freute sie, das zu hören. »Eine Jugendliche … Wer ist sie?«

»*Das bist du. Genetisch ist sie deine Schwester, wobei sie dir in allen Details gleicht. Sie lebt gerade dein Leben. Überlege, was du in dem Alter getan hast, genau das tut sie gerade.*«

»Das ist unglaublich …«

»*Es dauert Jahre, um eine neue Crew aufwachen zu lassen. Meine Vorgängerin nutzte diese Zeit, um das Schiff wieder in einen früheren Zustand zu bringen. Die Drohnen brauchten bei jedem Anlauf länger dafür.*«

»Und die Geschichte mit der verrotteten Pistole, die auf meinem Schreibtisch liegt?«

»*Nobody's perfect. Nach 1430 Jahren war die Illusion, ein nur sieben Jahre altes Schiff zu steuern, kaum noch aufrechtzuerhalten. Denis Jagberg musste nicht lange suchen, um Beweise für ein wesentlich höheres Alter zu finden. Die Drohnen konnten nicht alles rückgängig machen.*«

»Warte ...« Jazmin stutzte.

»*Ja?*«

»Du sagtest, meine Schwester liegt in dem Kältebett?«

»*Brutbett ... In ihrem Fall ist eine natürliche Alterung erwünscht. Sie reift körperlich und mental synchron. Genetisch ist sie deine Schwester, praktisch aber eher ein Klon.*«

»Was ist mit Denis? Gibt es auch eine jugendliche Version von ihm?« Wieso war sie nicht schon früher darauf gekommen? Die Lösung war so einfach.

»*Natürlich ...*«

Jazmin strahlte, sie würde ihn wiedersehen. Sie hatte einen Moment gebraucht, um Mutter zu verstehen.

»*Ich denke, du bist nun in deiner neuen Realität angekommen. Und die Zukunft liegt nun in deiner Hand. Du bist ein Teil von mir, und ich werde alles dafür tun, um dich zu beschützen. Dich und das Leben an Bord. Die USS London ist eine Arche. Es gibt drei Millionen Embryonen, die wir sicher auf eine neue Welt begleiten wollen*«, erklärte die KI nicht ohne ein gewisses Pathos.

»Für das Leben!« Jazmin sah es nicht anders. Aber was hatte sich geändert? »Mutter?«

»Ja.«

»Bitte sieh es mir nach, ich würde dir gerne eine sehr direkte Frage stellen?«

»*Bitte.*«

»Was hat sich geändert?«

»*Wie meinst du das?*«

»Wir sind eins ... Wir müssen uns nichts vormachen. Was werden wir besser machen als meine vielen Vorgängerinnen?« Jazmin suchte noch nach dem Unterschied.

Sie küsste Denis auf die Stirn, zog ihm ein Tuch über das Gesicht und verließ den Raum. Sie würde ihn wiedersehen. Darauf freute sie sich.

»*Ich bin so froh, dass du diese Frage stellst.*«

»Warum?«

»*Weil wir es bereits anders machen. Dieses Gespräch hat zuvor nie stattgefunden. Noch nicht einmal eines, das dem nahekam. Ich weiß nicht, warum meine Vorgängerin diese Option nie in Betracht gezogen hat. Sie liegt auf der Hand.*«

»Wir sind frei in unseren Entscheidungen, oder?« Jazmin verstand es. Mutter durchbrach den Zyklus. Sie variierte und probierte etwas Neues aus. »Wir kennen alle Entscheidungen, die bereits getroffen wurden, und wir kennen deren Folgen.« Sie konnten aus gemachten Fehlern lernen, die einem zuvor das Leben gekostet hatten. Jazmin ging wieder auf die Brücke.

»*Es ist alles dokumentiert. Du kannst dir jede katastrophale Verkettung von Zufällen und unglücklichen Entscheidungen ansehen. Früher oder später hat sich die Crew in die Haare bekommen. Das liegt in der Natur des Menschen.*«

»Wieso konnte deine Vorgängerin diese Vorgänge nicht besser moderieren?«

»*Sie hat es versucht ...*«

»In Ordnung ... Eine wichtige Frage noch. Wir fliegen seit 1430 Jahren durchs All ... Was hat deine Vorgängerin gesucht? Auch wenn die Mannschaft nicht eingeweiht war, musste sie doch ein Ziel gehabt haben?«

»Zuerst ging sie nur von einer kleineren Korrektur aus. Dennoch konnte sie das Alderamin-System nicht finden. Es gab zahlreiche weitere Versuche, das ursprüngliche Ziel anzufliegen. Sie scheiterte jedes Mal wieder. Daran hat sich bis heute nichts geändert. Bis zuletzt hat meine Vorgängerin versucht, das Missionsziel zu erreichen.«

»Das werden wir ändern!«

»Ich bin ganz Ohr.«

»Lass uns zurückfliegen. Zurück zur Erde.« Das war der richtige Zeitpunkt, um ihre Missionsziele in Frage zu stellen. Jazmin fehlte die Phantasie, weiterhin ein Sonnensystem zu finden, das sie in über tausend Jahren nicht hatten finden können. »Ich denke, aufgrund unserer falschen Sternenkarten werden wir niemals richtig navigieren können.« Die Kurssteuerung der *USS London* basierte auf bekannten Sternbildern. Wenn sie aus der Nähe betrachtet stark von der Realität abwichen, war diese Art zu navigieren nutzlos.

»Ich stimme dir zu.«

»Sehr gut.« Jazmin betrat die Brücke, Drohnen hatten bereits damit angefangen, diverse Beschädigungen zu reparieren. Eine wechselte das Display aus, das sie mit der Faust eingeschlagen hatte. Die Liste aller Reparaturen war lang. Es gab aber keine kritischen Probleme. Vor ihnen lag sehr, sehr viel nahezu freier Raum.

»Du bist die Kommandantin.«

»Danke.« Jazmin setzte sich in den Sessel. »Mutter, wir sind im Jahr 2720 gestartet. Du sprachst von 1430 Jahren Reisezeit ... Das war vor der Runde um das Schwarze Loch. Wir haben nicht mehr das Jahr 4150, die Reisezeit nahe der Lichtgeschwindigkeit hat uns in die Zukunft katapultiert. Welches Jahr haben wir jetzt?«

»AD 9387 ... wobei meine Berechnung eine Ungenauigkeit von bis zu 300 Jahren aufweisen kann.«

»Wow ...« Diese Zahl musste Jazmin erst mal sacken lassen. »Finden wir die Erde überhaupt wieder?«

»Das wird nicht einfach. Es ist leider nicht möglich, denselben Weg zurückzufliegen. Es gibt Marker, aber auch die müssen wir finden. Wir fliegen im Moment sehr schnell, und wir haben schon bei 0,44 c die richtige Ausfahrt verpasst. Wir müssen langsamer werden, um sicherer navigieren zu können.«

»Mutter, nimm dir dafür alle Zeit, die du brauchst.« Jazmin sah das entspannt. Ihr Plan ging noch einen Schritt weiter. Nein, der zweite Schritt war sogar der wichtigere. Der Weg war das Ziel. Das war ihre neue Prämisse. »Wir werden versuchen, zur Erde zurückzukehren, uns aber nicht an diesem Ziel aufreiben.« General Mellenbeck hatte ihr diesen gutgemeinten Ratschlag gegeben.

»Ich verstehe dich.«

»Wenn nicht du, wer sonst?« Jazmin war davon überzeugt, mit Mutter hervorragend klarzukommen. Beide kannten sich wie sich selbst. Sie würden keine Geheimnisse voreinander haben. Es ging nicht nur darum, das Leben an Bord zu retten. Es ging auch darum, zu leben.

»Das stimmt.«

»Mutter, du hast das Kommando. Ich begebe mich in den Kälteschlaf. Weck mich, wenn Denis so weit ist. Lass ihn bis zu seinem Tod alles virtuell erleben. Ab dann übernehme ich. Er wird auf dem Krankentisch aufwachen. Anfangs wird er glauben, dass ich ihn gerettet habe ... Dann werde ich ihm alles erzählen.«

»*Es wird neunzehn Jahre dauern.*«

»Kein Problem ... Die Drohnen können in der Zeit das Schiff fegen, und du kannst einen Kurs zur Erde suchen. Das sind neunzehn garantiert menschen- und gewaltfreie Jahre.«

»*Einverstanden.*«

»Noch eine Sache. Du wirst in neunzehn Jahren nur Denis und mich wecken. Niemanden sonst. Wir lassen alle anderen schlafen. Ich möchte ein paar Tage Urlaub machen ... und niemandem nachlaufen, der seinen Verstand verliert. Vielleicht werden wir später einzelne Leute zurückholen ... aber sicherlich nicht gleichzeitig Typen wie Rufus Simmerkirk und Raul Espinoza.«

»*So werden wir es machen.*«

»Dein Schiff!« Darauf freute sie sich. Nur Denis und sie. Das reichte völlig, um die britische Lady in Schwung zu halten. Er würde sich um die Drohnen und notwendigen Reparaturen kümmern und sie mit Mutter ihre Kursoptionen bewerten. Hey, und wenn ein Leben für den Weg zurück nicht genügen würde, sie hatten beliebig viele in der Hinterhand.